U0085222

愛的被告

Defendant *of* Love

初翁・查雅金妲 著
Chuwong Chayajinda

朱雀文化

序

《愛的被告》這篇小說大概創作於四十多年前，當小說第一次在《星期六郵報》出版，就引起廣大迴響。而小說改編為電影，更廣受歡迎，成為當時票房Top10的熱門電影。

電影首映會那天，身為作者的我也受邀出席。還記得那天，當《愛的被告》的旋律緩緩流洩，鬧哄哄的電影院在這一刻突然不可思議地靜了下來。

深刻、清澈、洪亮的聲調。演唱者蘇瓦麗・帕卡潘（Swalee Pakapun）小姐的優美嗓音；薩曼・甘察納帕林（Samarn Kanchanapalin）先生作曲；查理・因塔拉維吉（Chalee Intharawijit）先生作詞，使《愛的被告》一曲不僅打入流行音樂排行榜，更吸引了泰國人，堪稱經典永恆之作的一首歌，也得益於此，讓《愛的被告》一直到現在仍深受喜愛。

在此向查理・因塔拉維吉先生、薩曼・甘察納帕林先生和蘇瓦麗・帕卡潘小姐致上最真摯的謝意！

初翁・查雅金妲（Chuwong Chayajinda）

於澳洲墨爾本

二〇〇五年四月二十二日

前言

《愛的被告》小說已經出版近五十年，一直深受讀者的歡迎。對初翁．茶雅金妲小姐(Chuwong Chayajinda)來說，她算是最成功的「言情小說女王」。因為小說不僅暢銷，還改編為電視劇和電影，被翻拍過多個不同版本，每次都給觀眾更深刻的印象。

除了人物塑造，如：哈理德、蘇拉雅和沙姍妮，以及在不同的原因和目的下，男主角擄獲女主角的過程和各種虐戀式的對待，情節構思巧妙，可以算是此類型小說的典範。

四十多年來，《愛的被告》從來沒有消失過，一直都在大家的記憶中。這篇小說不僅有深刻的內容，而且《愛的被告》這首主題曲是由國寶級藝術家——查理．因塔拉維吉(Chalee Intharawijit)先生作詞，重量級歌手——蘇瓦麗．帕卡潘(Swalee Pakapun)小姐演唱，絕佳的黃金組合使這篇小說至今能夠感動大家，就連歌詞、意義以及聲音都十分動聽、優雅，很有自己的獨特之處。

非常感謝所有讓這本書更加美好的人，因為有你們，才能讓讀者與觀眾們更身歷其境，徜徉在這個故事中。

目錄

1 寄人籬下

「蘇拉雅，蘇，妳在做什麼？快幫我開門啊！」突然傳來的咚咚敲門聲和聒噪的喊叫，讓正在替抱枕套刺繡的蘇拉雅瞬間洩氣地抬起頭。這麼平靜悠閒的午後時光她可是非常珍惜，因為能連續閒暇幾個小時的機會實在不多，尤其是在白天。蘇拉雅的休息時間總在阿姨上床後才能開始，她忍不住嘆了口長長的氣，輕輕應了聲：

「進來吧！姊，門沒鎖。」

從外轉開球形把手，打開一扇寬寬的門，像踩著舞步似的姣好身段輕快地滑入了房間，滿臉笑容的年輕女性揚聲說：

「蘇，在幹嘛？喔喔！是刺繡啊，妳真用心，我哪時才能像妳這樣認真？」

蘇拉雅笑了笑，露出皎潔的牙齒：

「誰說姊不認真？姊一向認真，尤其是跳舞，」蘇豎起大拇指，「誰都不能比啊！」

「啊！妹妹挖苦姊姊！」沙姍妮一點兒也不生氣地笑開，她扠腰歪頭地看著妹妹手上的針線，接著說：「又繡抱枕幹嘛？紡織娘，客廳快放不下了。」

「阿姨要捐給和尚的。」

「又捐給和尚？」修長的眉毛微挑。「老媽總是捐給和尚這個捐給和尚那個，不是佛緣袋，就是扇子或者枕頭什麼的，最辛苦的是誰！不就是我們的寶貝蘇小姐嗎！」

「沒關係啦姊，我也算是做功德啊！這也不是阿姨逼我的，是我心甘情願的。」小女孩像平時一樣低低地輕聲解釋，也順便把手放在繡架上休息一下，細長的手指已經累得彎曲起來。

沙姍妮在繡架前蹲下，拿起抱枕套的正面看看。

「哎喲！是《帕羅塔麻垓》（音譯，泰國古代小說《文言》中的一幅畫的名字）的畫面。」她嘆服道，「蘇的刺繡技藝真的好厲害！繡得很精緻，跟畫裡一模一樣。」

「不過還有一點小細節繡得不夠好，我已經盡力了。」蘇拉雅斜著頭，擔心地看著。

「哎呦！太漂亮啦！如果是姊姊我繡的話，老媽看了肯定暈倒。」她又笑道，「我呢，大妳兩三歲，卻什麼都不會，我媽一定很想要換妳當她女兒吧？她經常抱怨我，我真的好羨慕蘇啊，妳知道嗎？」

「唉喲！阿姨只是開玩笑，她很疼姊姊的。」蘇拉雅柔聲辯解，停了一會兒，看到姊姊把手肘放在繡架框上，來回摸著自己彎曲的短髮，沒注意自己的話，蘇拉雅連忙轉換話題。

「下午姊姊不出門嗎？」

「又在挖苦我！在諷刺妳姊是個玩咖吧！」

「唉喲！」蘇拉雅忍不住笑出來，「怎麼可能啦，我只是問問。」

沙姍妮擰了一下蘇的臉，扭過身回答：「其實我本來也想出門……等一下，先不要笑啦！」

沙姍妮揮起手來想制止妹妹漾開的嘴角。「這次我是不得不出門，不是去玩。昨天拓瓦猜先生告

訴我，他媽媽身體不舒服，我覺得應該去探望一下，打好關係，以後訂婚戒指可能升級成兩三克拉喔！」她睜大眼睛，捂著嘴巴笑起來。「嘻嘻，別讓我媽聽到。咦，媽去哪兒了？從早上起來都還沒見到她，至於爸爸就別提了，下午時間只要在馬廄附近一定見得到他。」

「她一大早就去廟裡了。」

「是哦！今天是萬佛節，真幸運，否則我要被嘮叨幾遍都還不知道，昨晚跳舞到凌晨四點才回來，更何況睡覺睡到下午才起來的罪孽更重，蘇知不知道，今天我什麼都還沒吃。」沙姍妮說笑著，看到妹妹詫異的表情。

「啊！真是的，阿金真是太不像話了！」蘇拉雅憂心地說，「我囑咐了幾遍，只要姊一起來就……」她還沒講完，就被沙姍妮揮手打斷了：

「沒有，沒有，先聽姊說，勤快小姐，別怪小金，她已經按照妳的每個吩咐做了。我一打開門，小金就拿著早餐走進來了，我都還沒刷牙洗臉耶，馬上吃東西好噁心。」

「看吧，等到姊姊起來吃，早餐都涼了，也應該吃不下了吧！」蘇拉雅無奈得皺眉。

「沒有，我還不餓，就快到下午茶時間囉！我等下跟妳一起吃，一個人吃不好吃。」

蘇拉雅轉頭看了擺在床頭小小圓圓的鬧鐘，

「那我們趕快下去吧！現在快兩點了。」她說著，站起來把繡架放好，接著從臥室拉著姊姊的手走出來，下樓往餐廳走去。

走在一起的時候，蘇拉雅心裡不得不感嘆這位比自己稍長的姊姊是多麼幸運。除了出生在昭坤與蘇帕安德女士這個很有錢的貴族家庭之外，沙姍妮．蘇帕安德也是天生的美人胚子，豐滿的身材、透明的皮膚、線條優美的曲線及活潑開朗的個性，彷彿所有美好都能從她眼神中傳遞出來。圓亮的棕色眼睛散發著明朗的光輝，明亮而閃耀，透露著一種與生俱來的高傲氣質，五官更是完美無瑕，鼻子小巧又高挺，配上嬌滴滴的粉唇，淺淺的酒窩，精緻的下巴……

「哎呀！妳姊真像仙女下凡，遇見她真是莫大的緣分，我對她一見鍾情。」一個男人的聲音在耳朵裡輕輕響起，那是蘇拉雅腦海裡迴盪良久的聲音。她一直懷念那些讚美的聲音，能讓男人一見鍾情為之傾倒的美麗姊姊－沙姍妮．蘇帕安德。

但蘇拉雅對這件事一點也不介意，只要沙姍妮．蘇帕安德手上那些男人之中沒有「他」－哈林．郎西門就好了。

「嗨！盯著我看有什麼事嗎？看得好像初次見面。」沙姍妮的聲音把沉浸在幻想中的妹妹喚醒，她馬上擠了點笑容。

「喔，蘇正在想姊姊上輩子到底是做了什麼善事，這輩子十全十美，蘇好羨慕妳呀！」

「哼！」沙姍妮表面不以為然地輕笑，心裡卻自豪得意。她半開玩笑地回答：「妳是怕姊姊搶吃妳的點心就直說吧！聽妳說這句我已經有點飽了啦！」

「呵呵，我是說真的啦，我幹嘛拍姊的馬屁。」蘇拉雅認真地強調，同時，輕輕地將姊姊推進餐廳。「坐在這兒等我，很快就好，食材都準備好了。」

「不要啦，我要幫妳，看看有什麼好吃的。」沙姍妮跟著蘇拉雅精神抖擻地走進廚房，立刻興奮起來，想著等一下看看能不能試試或者玩玩什麼新花樣，每天讓僕人照顧都膩了。

廚房位於房屋後面，整個房間塗著看起來很舒服的淺黃色，每件家具都是新的，充滿時尚氣

息，同時又與整個房屋以及其他房間內的各種裝飾相互呼應，既時尚又不會與擺設的古董格格不入。蘇帕安德女士剛剛整修這個房間不到三年。這個房間是用原來的倉庫改建的，以前用來存放各種生活用品，如：地毯、靠枕、托盤等，現在這些都搬到樓梯旁邊的傭人房了，管家薩盈還因此不得不搬下去跟其他僕人一起住。

大家都很清楚，蘇帕安德女士裝修這間房間是給她姊姊的小女兒，也是蘇拉雅·娜帕蓬的獎勵。因為蘇拉雅努力認真地學習，順利以第一名成績，從首都的女子技工學校畢業，這樣令她滿意的優秀分數，讓阿姨決定送給蘇拉雅一個專屬的廚房。當然除了這個原因之外，也因為蘇拉雅當初放棄考高中上大學的心願，柔順平和地按照自己這個法定監護人的要求，乖乖上了技校，絲毫沒有任何的抱怨與不耐。

蘇拉雅不到五歲就失去了父親，由於她父親只是個職位不高的普通公務員，政府補貼的錢非常微薄，所以要養活尚幼的三個孩子實在是力不從心。母親身體一向不好，況且學歷也不高，沒有什麼工作機會。因此，身為親妹妹的蘇帕安德女士便提出想協助撫養她的幼女，蘇拉雅的母親當然十分放心，並且感激涕零地將孩子交給她。就這樣，蘇拉雅離開母親和兩個哥哥，從此跟蘇帕安德家一起生活著。

十幾年來，她受到悉心的照顧，阿姨待她如同對待他們的親生女，蘇拉雅從未有過自己不如姊姊的自卑和失落，也從未想過他們倆帶自己來只是大發善心，不想讓她餓死而已。可是人心難測，她的想法慢慢產生了動搖。

當年沙姍妮·蘇帕安德自高中畢業，蘇帕安德按照女兒要求，送她到法國學美容。那時蘇拉雅心裡默默地希望，兩年後也能求長輩讓自己上高中。蘇拉雅不敢自不量力地要求太高，沒有到國外留學的想法，更不曾作過去日本或檳城的夢，可是當她期待的時刻來臨，結局還是使她感到十分委屈。因為阿姨反對她上大學，想讓她念技校學一門手藝就好（不論是烹飪還是紡織），阿姨的理由是：

「這樣一來，妳才可以幫幫我照顧姨丈昭坤，我們不敢指望沙姍妮了，那丫頭成天就只愛美愛打扮，四處遊玩，家務都不像話，阿姨只能靠妳一個人了。親愛的蘇，如果妳不願意，我就不知道要靠誰了。」

阿姨都說成這樣了，蘇拉雅哪敢拒絕。於是阿姨仁慈地整修了這間廚房，讓聽話的外甥女有個舒適的環境，能和家中的廚娘做做點心或小吃給他們夫婦享用。之後沙姍妮從國外畢業回來，也享受到妹妹的好手藝。

當兩個女孩快走過門口，突然門鈴大作。

「唉啊！拓瓦猜先生來了吧！就說過好幾次不用接我，我要自己好好表現的，偏偏又來接。」沙姍妮埋怨著走到窗前一看，看到跑出去開門的僕人背影。

蘇拉雅打開櫃子，迅速地拿出已經炒好了的大蒜和新鮮韭菜的魷魚盤，還有油，放在鍋旁一邊點煤氣。

「表現什麼啊？姊。」

「唉！如果我自己去，至少拓瓦猜媽媽會對我比較客氣，認為我是真心的。可是如果他來接我去，他媽媽可能會認為是因為拓瓦猜都已經上門接我，所以我不得不去。這樣對我的印象就不會加分了。」姊姊一邊解釋一邊瞄著門口，接著說，「我去看一下是誰？」

「好，姊姊妳在餐廳坐著等就行了，很快就好。」

沙姍妮走了兩步又轉過來說；「嗯……對了，蘇，有什麼吃的？夠請拓瓦猜嚐嚐嗎？」

「泰式鮮魷魚濃湯脆皮麵……」蘇拉雅笑著回答，接著說，「管他夠不夠，反正拓瓦猜先生吃不吃又沒差，都好像只會聞一聞。」

「是哦！不知道他怎能活到現在，偏偏他又瘦不下來。對了，說到很能吃，就讓人想起哈林，是吧！蘇，他吃東西的樣子好可愛，哎，怎麼好久不見他人了，想想他也怪可憐的。」沙姍妮話音未落，人就出去了，沒來得及注意到自己那句話的後果。

蘇拉雅小小的手正拿著鍋鏟在鍋裡壓著脆皮麵用熱油炸，她愣住了一會兒。她那烏黑濃密的睫毛閃動著，嘴唇顫抖。

「想想他也怪可憐的！」蘇拉雅想大聲笑出來，雖然明明心底在哭泣。

「哈林，你真的適合這麼虛榮的她嗎？她能給你的最多只是隨口說說的憐憫，『想想他也怪可憐的』而已！」

腳步聲越來越近，蘇拉雅立刻回頭用袖子擦了擦快滴下來的眼淚，然後，用鍋鏟把最後的麵皮盛起來，放在盤子上。

「蘇，蘇。」姊姊興奮地尖叫著。

蘇拉雅頭也不回地回答著：

「請拓瓦猜先生先坐下吧！姊，馬上就好。」她的兩隻手忙著洗鍋子，準備接著調味做濃湯。

「誰說是拓瓦猜本人？」沙姍妮不高興地嘟囔，「本以為他會來接我，高興得很，現在說讓我自己過去，哪裡知道我什麼時候跟他媽那麼熟了！」

聽了沙姍妮的隨口抱怨，蘇拉雅挑了下眉毛，絲毫沒有任何反應，另一邊就忙著把魷魚俐落地倒進鍋裡翻炒，加入調味料，再放入加水拌好的芡粉汁，翻炒幾下，接著，一口氣倒在一個大碗和一個小碗中。

「姊幫我叫個僕人過來吧，不知道他們都跑到哪去了，要人給阿姨送飯去。」

「阿德來了。」沙姍妮點頭召來僕人，「過來吧！真是的。」接著頭往房間那邊擺了一下。

「來！送到涼亭下面那邊。」蘇拉雅說著，打開冰箱門，拿冰塊放進杯子裡，再拿瓶子倒水，順便將麵盤、小盤、各種醬料和刀叉放在托盤上，「阿德，幫我從櫃子裡拿些餐巾。」

拿到餐巾，蘇拉雅疊好了放在托盤上的勺子叉子旁邊，然後，點頭讓僕人端出去。

沙姍妮著急地站在旁邊，長嘆一聲！

「哎！妳終於忙完了！蘇，現在可以過來認真聽我講話了吧！」

蘇拉雅笑笑，走到另一邊洗手，用濕淋淋的手抹了把因油鍋熱氣而通紅的臉，然後，轉身向姊姊走去。

「好了，我們去那邊聊聊吧！這些等一會僕人過來再端。」

來到餐廳坐好，蘇拉雅就問道：

「剛才來的是誰？我還以為是拓瓦猜先生。」

「就是嘛！我走出去一看，唉，居然是……蘇，這個給妳看。」沙姍妮邊說邊遞過來一張名片，怪怪的表情，用力將名片扔到桌上，相當鬱悶。

蘇拉雅低頭看著那張名片，張口就問：

「誰的？」她愣了一會兒，叫出聲來，「啊！」瞄過了名字，看到熟悉的姓氏，名片上寫著：哈日．郎西門。

「郎西門！他跟哈林是什麼關係？」蘇拉雅自言自語，翻看名片另一邊。是粗重的男人筆跡，清楚而易讀，上面說的是：

「我代表我弟弟哈林，請求見沙姍妮小姐一面，為了當面溝通，今天下午三點半，不知您是否願意與我見面，請您回覆。」

「見到他本人了嗎？」

「沒見到，僕人拿過來給我的。」

「那，姊會讓他來拜訪嗎？」

沙姍妮皺眉：「見什麼見！我等會就要去拓瓦猜先生家了。哼！說起來我還在生拓瓦猜的氣。」

「那……姊怎麼回答他呢，要不要改天？」妹妹問，手裡還忙著接僕人端過來的菜放在桌上。

「不必了，我懶得跟那個哈林的哥哥打交道，根本沒什麼大不了，還不是過來請求我可憐可憐自己的弟弟，他媽的！」

蘇拉雅咬了下嘴唇，問：

「所以妳拒絕，不是嗎？」

「沒有，我答應了，但是我不會等他來，我想妳替我去見他就好。」沙姍妮臉色如常，平靜地說，絲毫不覺得這是什麼大事。

2 真假替身

蘇拉雅眨著長睫毛的眼睛盯著盤子，慢慢困惑地瞄向沙珊妮，重複了這句：

「你說……想讓我當替身去見他？」

「是呀！就是你呀！」沙姍妮挑起眉毛大聲說著，「幹嘛那樣的表情，好像要你下地獄見閻王的樣子。」

蘇拉雅慌張的一笑，企圖掩蓋她的眼神和臉上的蒼白。

「哪有啊，讓我去見閻王可能比見那個什麼哈什麼日的好多了，我去怎麼行，我什麼都不知道啊。」

「哦，對呀！」姊姊點頭，讓蘇拉雅心裡踏實多了。沙姍妮應該知道吧，怎麼能讓她假扮身份去見哈林的哥哥，她與這件事可一點關係都沒有，對於那個曾經熟悉的名字……她只是介紹兩個人認識而已，真的只是介紹而已！蘇拉雅的心再次抽痛著。

不過沙珊妮接下來的話讓她知道自己想的太好。姊姊再次拿起名片來仔細端詳，皺眉道：

「咦，這個人到底叫什麼名字？是哈日還是哈令？蘇拉雅！幫我看看，你的泰語最棒了！」

「噢，不知道耶，如果按照發音的話，我記得以前背過字母發音的規則，應該念作哈利。」

「原來如此，好，那我們叫他『哈利』好了。咦！發音好難聽唷，應該是吧！我在國外的時候，有個泰國同學的名字叫哈禮，是『哈日台』的簡稱而來，那個名字也讀『哈利』，這個人的名字也應該差不多吧！」

「是男的還是女的，那個哈日台？」蘇拉雅隨口回答，手還忙著從大碗裡舀脆皮麵到姊姊的盤子裡，同時加入濃湯，還把調味料添加妥當。

沙姍妮看著妹妹伶俐的手，說；「是男的！如果是女的幹嘛還要簡稱呢！『哈日台』本來就很短啦，如果是我，就叫『哈日他雅』或『哈日雅葉』。」

「趁熱吃吧！等下就涼了。」蘇拉雅邊說邊舀了食物到自己盤裡。

「嗯！魷魚好新鮮，肉也很甜，麵好脆。妳要害我發胖了啦！」沙姍妮卡滋卡滋地吃了幾口麵後抬頭抱怨。

「魷魚和麵是分開準備好的，姊，我其實什麼都沒做。」蘇拉雅笑著說。

「還狡辯，如果放著不料理，會害我變胖嗎？」沙姍妮怒目圓睜。「哎呀！都是因為妳，誰教妳做的一手好菜，看看這盤好料，都是誰做的呀！」她用叉子刺著肥厚的魷魚塊，揚起來給妹妹看。

蘇拉雅低聲回答：「這都是女廚師的手藝，我只是調味罷了，廚房那邊中午就準備好了。」

「調味的人最壞了，調得這麼好吃，我不胖才怪，想讓我變醜是不是？我一定要重重懲罰妳。」

「好好好，我承認，不過陛下能否寬容一下奴婢，請問，要怎麼懲罰？」

沙姍妮裝嚴肅又轉而一臉笑容；「好啊！懲罰其實也不重，就是要負責幫沙姍妮·蘇帕安德

當替身，去跟哈日．郎西門談話就好啦！」

蘇拉雅的臉色立刻變得蒼白。

「可是姊姊，我不是說了……」

「這算是很輕的懲罰了，別再上訴最高法院，要不然……哼！」

「等一下，等一下！姊，妳聽我說，我不是不想幫妳，但這位先生……哈林的哥哥他，這樣會對我有所誤解啊！這本來就不關我的事，我來插手幹嘛，更何況這又不是談生意，誰都可以去。」

「哎！這位蘇小姐真是很會討價還價。如果怕他說妳不請自來，就跟他說，妳！本！人！就是沙姍妮．蘇帕安德，他就沒什麼好講的啦，一定會識相趕緊走人，這件事真是太討厭了！」

蘇拉雅睜大眼睛。

「哎呀！這樣不行啦，絕對不行！怎麼可能騙他說我是沙姍妮呢，他有可能發現的，至少他應該認得出來吧！姊經常出去參加晚會應酬什麼的。」

「那種鄉下人，怎麼會認得我！」沙姍妮露出一副嫌棄的表情，「還有雖然我不是古板的人，但我可不會那麼輕易地送人家照片，連那個哈林那麼迷戀我，我都還不給呢！免得他拿出去跟別人吹牛說我是他的情人，就太丟臉了！」

蘇拉雅忽然眼睛一亮。

「姊姊，我真的想知道，哈林有什麼不好，妳怎麼就那麼嫌棄、看不起他，跟他在一起沒那麼丟臉吧！如果是學歷，再過兩年他就大學畢業啦，可是偏偏……」蘇拉雅的話卡在喉嚨裡，淚珠已在眼角打轉。

「哈！妳這小妞什麼時候變成哈林的個人辯護律師啦？小心點，我說妳該不會是愛上他了吧！其實他長得還不錯，也挺帥的，高高的，棕褐色皮膚，五官也不賴，女人會喜歡他也不足為奇。」沙姍妮沒說出「像妳那樣的女人會喜歡」，因為不想讓妹妹更傷心。

「那姊為什麼不能愛他呢？什麼原因？」蘇拉雅哽咽著問，「我聽妳說了幾百遍幾千遍自己不能愛哈林，會很沒面子，但是姊從來沒說過是什麼原因？我一直不明白，姊認為他很窮嗎？」

「沒有，我沒這麼想。」沙姍妮放下餐具喝水，蘇拉雅也吃飽了，按了放在桌上的叫人鈴，僕人一進來，她就說：

「去拿放在冰箱裡的鳳梨盤來吧！阿德。阿姨的送過去了嗎？」

「都送好了，不過我拿錯了大盤的鳳梨給她。」阿德認錯地說。

「沒關係，那就拿小盤來吧！」蘇拉雅並不是太介意。

沙姍妮冷笑了一聲：「阿德妳真狡猾啊！拿大盤下去給她，她也吃不完，剩下的就妳自己吃，如果拿來給我，我連一塊都不可能剩下，妳一定吃不到，是嗎？我們家吃的鳳梨是很難買到的。」

阿德聽了嚇得臉色蒼白，正要趕緊解釋，但蘇拉雅用眼神勸阻，她就往茶水室走過去，再出來時手裡拿著小盤鳳梨。她蹲在年輕主人邊，在桌上放小盤，在小盤邊放著叉子，然後避免犯錯趕緊走出去。

「蘇切的鳳梨啊，我一次吃十幾片都不夠。」沙姍妮邊說邊叉著盤子裡的迷你鳳梨。「咬起來口感也很好，剛好一個一口，而且形狀又很精緻，跟真的鳳梨一模一樣，用牙籤一根根插著，看起來好好吃。」

「姊，剛妳說不是因為哈林貧窮而嫌棄他，如果不是那樣，那到底是為什麼？我老早就想知道了。」蘇拉雅轉到剛才的話題說。

「看妳的樣子，對於這件事非常認真啊，蘇！」沙姍妮說，將一口鳳梨放進嘴裡，輕鬆咬著，同時也懷疑地看著妹妹。

「我……我當然認真啊，因為如果連姊姊的想法我都不了解，怎麼能做姊的替身呢？」

「這麼說，就是妳願意當我的替身了是吧！」

「是，可是還是以妹妹蘇拉雅的身分去比較好吧，萬一有我不能決定的重要事情，才能先跟姊商量。」

「不要！」沙姍妮皺著眉，「這樣很麻煩，萬一以後那個哈利又想再見我本人，我還是懶得見他啊！妳就以沙姍妮．蘇帕安德的名字去見他更好，這傢伙應該是來問妳現在正在問我的同樣問題，為何不接受他弟弟的愛。」

「是呀！那麼，姊要我怎麼回答他呢？」

「很簡單啊，直接回答，說我沙姍妮．蘇帕安德不可能與低級家庭的人結婚，而且還是從鄉下來的哈林．郎西門。我們家是上流社會，如果我要選擇家族不認同的男人當女婿，父母一定會反對，如果他們知道是從外地來的，就更不可能……」

「等一下，姊。」蘇拉雅輕聲又客氣地反駁，「剛開始姊看起來挺喜歡哈林的，姊剛從國外回來時，還不知道他不是城裡人，而是外地的嗎？」

「就是不知道啊！其實這個哈林長得挺帥的，講話又沒口音，還是大學生，我就以為他跟我一樣，是上流社會的孩子，妳看妳那麼迷他，哼！哪知道原來是個……」她停住話聳了聳肩，臉上盡是嫌棄的樣子。

「那……那姊跟哈林說了嗎？是這個原因。」

「當然啊！幹嘛不講？自不量力想得到我的愛，真可笑。妳知道嗎，那個哈林要讓哥哥來跟我爸談婚事，我問，你哥做什麼工作？他說，是做礦業的。呵呵，我閉上眼睛想像哈林哥哥的樣子，應該是黑黑的，因為在沙灘上工作被晒黑，也許還穿著髒髒的短褲，肚子綁著男人用的浴巾，要不就是穿著一件能蓋住大肚子的爛布，光著腳走路，說話口音也南腔北調……」

「不可能吧！姊，他弟弟長得……也很不錯，哥哥怎麼可能是那樣子！」蘇拉雅反駁著。

「啊，就是弟弟是大學生，哥哥還這樣子，我才覺得好笑，品味實在太差了，如果爸媽看到這個哥哥媒人一定會暈倒。」

蘇拉雅靜靜地坐著，眼睛盯著地上，那些放在桌上的所有東西，包括盤子、杯子、雕刻可愛的小鳳梨、包著刺繡布套的茶杯，還有桌上花瓶裡插著的粉紅玫瑰，都是她自己的傑作，但這些統統都沒有出現在蘇拉雅的眼裡。

「他都已經請家人來談婚事，為什麼姊姊還是無法接受他的愛？」蘇拉雅心裡暗想著。

「哦！對了，還有一個我不能跟哈林結婚的原因，就是他比我小將近一歲，我也是前陣子才知道，妳當初沒跟我說。」她的口氣好像在抱怨蘇。

蘇拉雅立刻抬起頭來，眼眶濕熱；「喔，那是我不知道姊對年齡這麼重視，我並不覺得有什麼，姊弟戀，女人比男人大好幾歲也多得是，他們也都能白頭偕老。」

「但那不是重要的原因，年齡問題只是我隨便找的一個藉口，最重要的是他家配不上我們，我會沒面子，朋友們也會看不起我，一想到我要去鄉下在田裡祭拜祖先，我都想自殺了。」

「姊姊把嫌棄他的原因告訴哈林了嗎？」蘇不捨地開口詢問。

但另一方面她心中又想：「如果姊真的已經跟哈林說白了，為什麼哈林的哥哥還要來找姊談呢？」

「別想那麼多了，白傷腦筋，我現在要趕緊去拓瓦猜先生家了。」原來坐著的沙姍妮馬上站起來，妹妹也跟著起身。上樓梯時，沙姍妮一再跟妹妹交代：「不要忘囉，假裝成我十分鐘而已，如果他哥一直替弟弟拜託懇求，我允許妳說得更嚴重點，不要留情，讓他不要再來糾纏我。如果對這種人心軟，他以後一定還會再來，我啊，煩死了，真的！」

「那讓我直接告訴他我是誰，好好跟他講，不是更好嗎？」

「如果這樣，以後他一定還會再來騷擾我，蘇妳太固執了。」沙姍妮溫柔地抱住妹妹的肩膀靠向自己。「妳就按我說的去做吧！他絕對不會知道妳是假的啦，只是妳說話不留後路，他自然就會生氣，不再來找麻煩了，這一點都不難。」

「一點都不難！」蘇拉雅反覆想著這句「一點都不難！」沙姍妮總是覺得世界上的事情都很簡單，因為她從來不用親自去做任何事。她們倆還小的時候，好幾次沙姍妮都命令妹妹做違背長輩告誡的事，那些姊姊想出來的招數，後面也都跟著一句「一點都不難！」

蘇拉雅永遠不會忘記，幾年前有一次，蘇帕安德女士帶她們倆去濃市附近河邊的果園玩，離開長輩視線範圍時，沙姍妮就招著妹妹一起到河邊碼頭玩。那時有一個很大的水葫蘆浮在樓梯下，上面綁著一束漂亮的花，她還記得那是三束淺紫色小花。沙姍妮因為沒見過這種花，開口說想要那些花，沙姍妮要蘇拉雅到樓梯下面拿，當時雖然她已經伸長了手，但還是搆不到水葫蘆。「用樹枝勾過來呀！蘇，妳愣著幹嘛，用樹枝將它勾過來，然後摘花給我，一點都不難！」沙姍妮從橋上喊著，同時還扔了一支樹枝下來。

蘇拉雅伸長身體，用那支樹枝想將水葫蘆勾過來，但是水葫蘆太大太重，力氣不夠的蘇只好更用力地想把它拉過來，沒想到嘎一聲，樹枝斷了！蘇拉雅失去平衡，從樓梯上摔進又深又洶湧的河水裡。

那一天，如果沒有一個船夫經過看見，蘇拉雅可能也沒有活到現在的機會，更無法繼續為沙姍妮姊姊做那些「一點都不難！」的事情直到現在了。

由於沙姍妮是兩位恩人的女兒，他們又像自己父母，蘇拉雅這才意識到，自己為兩位恩人的女兒所做的一切，都是表示對他們孝順忠誠的另一種方式。夫婦倆對她仁慈，從小將她撫養長大，給了她良好的教養、優渥的環境跟上學的機會，蘇拉雅對此感恩戴德，除了報答什麼都不想。為了償還他們從小到大給自己的恩德，她只知道她要好好報答恩人。不論讓她做任何事、用任何機會，報恩這件事永遠沒有盡頭。

3 訪客帶來的意外

大門的電鈴突然響了起來，嚇了蘇拉雅一跳。她放下手上為姨丈準備的枇杷，前去應門。

「他來了，哈林的哥哥！」她心裡好緊張，回頭對著旁邊正在準備杯盤的僕人說：

「阿瑞！去看一下是誰來了？」

阿瑞出去一會兒就回來。

「阿德已經跑過去開門了，小姐，我已經叫阿德回報妳來者是誰。」

「阿瑞，把枇杷放進冰箱去，別忘記蓋好蓋子。先準備好再端甜點出去，別讓昭坤先生久等，我要上去，然後……」話音突然停住，蘇的眼睛望向手上拿著名片的阿德，阿德跪下將名片交給她：「小姐，有個客人來找沙姍妮小姐，我說不在，他堅持要等，說他們已經約好了。」

蘇拉雅看著那張名片，心跳到喉頭，很快看到出現的名字。

哈日．郎西門

「天啊！他真的來了，我要怎麼辦？」蘇問著自己，同時一邊把事情吩咐完，一邊從廚房走出來，猶豫應該躲到臥室去，還是按照答應姊姊的接待他。

快走到樓梯時，她停住了，手抓著欄杆，但是腳還沒走上去。

「如果我不去，他執意等到姊姊回來，姊姊一定會很生氣，我就死定了。唉……但如果我出去，我該說自己叫什麼好呢？如果告訴他真名他卻不想跟我談，不就丟死人了。嗯！算了，就假扮姊姊一會兒，應該沒問題，然後我故意說些激怒他的話，他就會馬上回去了，不再來找我麻煩。對了，我可別忘了問哈林現在人在哪，搞不好我可以過去勸勸他，這麼好的人，可惜不應該……」回想起那個命苦的男人，蘇的眼睛再次濕潤。

她決定轉身，從樓梯後方走向客廳，一個年輕男人坐在客廳中間的軟沙發上，面對著門，但是他的眼神注視著房間裡的一個東西，所以蘇拉雅有了先看到他的機會。

他是個身材健壯的男人，年齡大約三十多歲，古銅色的皮膚被太陽晒得很深。他的輪廓有點像哈林，但緊閉的嘴唇上有著雙翼般挺立的鬍子，使他顯得很凶、很獨斷而讓人恐懼。他的眼睛與弟弟的眼睛十分像，詫異的是眼神的不同，哈林的眼神明亮、開朗、誠實而溫柔，這個男人反而……蘇拉雅的眼睛不禁要移開，因為當他的眼神與她對視，是那麼堅硬、激烈、灼熱的明亮。

蘇拉雅一走進客廳，他就站起來。此時蘇拉雅想著，這男人有著這麼古怪，連自己都不知道怎麼念的名字，還有著跟姊姊幻想中完全不同的身材。而他居然還懂社交禮儀，知道該站起來迎接女性，至於他淺色的長袖襯衫和褐色長褲，看起來倒也乾淨得體。

「什麼都好，除了鬍子而已！」她在心裡下了個總結。

「您是……沙姍妮嗎？」他先開了口，是低沉又清晰的聲音。

「哦！……是的。」蘇拉雅回答得結結巴巴。「您就是哈利先生嗎？」她按著與姊姊一起決定的名字叫他「哈利」。

「叫我哈理德吧！」他平靜地說，「每個認識我的人都這麼叫我。」

蘇拉雅的臉蛋瞬間變成粉紅色。

「對不起！我猜錯了，請坐吧！哈理德先生。」她清楚正確地叫他的名字，比剛才有信心多了。

哈理德坐回原來的位置，蘇拉雅在對面坐下，那個時候她開始心驚膽戰，原來哈理德的眼神正看著桌旁那張金色相框的十二吋照片，蘇拉雅立刻明白他剛才為什麼那麼專心了。

是沙姍妮．蘇帕安德側臉的照片，照片中姊姊裸著肩，鬈髮別到耳後，大而重的耳環配上那樣細瘦的脖子感到很吃力，可是沙姍妮還是自豪地抬著頭往上看，圓圓、大大的眼睛亮得好像星星，而且她豐滿的嘴唇正甜甜一笑，是那種戲謔式的微笑。

正忐忑地看著那張照片的蘇拉雅，突然聽到那個男人隨意提問：

「誰的照片？」

「嗯……」她結巴，緊張地回頭來對視著他，「他可能知道真相了，就假裝試探？」但那雙炯炯有神、透露頑強性格的眼睛正盯著她的臉，讓她沒有那麼多時間考慮，「哦！是我姊的照片，阿姨的孩子。」

「非常抱歉打擾您！」他不理睬她的答案和那張漂亮的照片，馬上轉移話題，「僕人跟我說，妳不在，說明妳不歡迎任何人，但是妳已經約了我……」

「她誤會了，我在後院，她以為我不在。」蘇拉雅趕緊說，也立刻想起來，她的責任是要盡力讓哈理德．郎西門生氣而回，不再來騷擾姊姊，她繼續說：「有話快說吧！我沒時間，很忙！」

男人的嘴角卻是笑開了：

「只是對鄉下來的我沒時間而已，是嗎？」他生硬又尖銳地反問。

「爆點來了。」蘇拉雅告訴自己，半自嘲半悲傷地感嘆自己正在上演的戲碼，「我的火點得夠快，剛好這傢伙也是易燃物，不錯！」

她挑高眉毛，同時看著他的眼睛，莫名其妙地不高興起來：

「喂，你什麼意思？」

「我認為，我的話已經說得夠清楚了。」他笑著說，眼睛明亮起來，一種莫名的意圖出現在那雙眼睛裡，讓蘇拉雅心裡有種奇怪、害怕的感覺，其實還不明白它的真正意義。

「你來見我，就是為了專程諷刺我嗎？難道這是你名片上說的溝通方式嗎？」蘇拉雅咬牙切齒，顯示她是槓上這個年輕男人了。

「妳說的沒錯，這是溝通的一部分，但……我們不要吵了，浪費時間，我來只是想跟妳說，現在哈林正在生病，迷糊中一直唸著妳的名字。」

蘇拉雅突然心裡一驚，好像有一塊東西堵著喉嚨，眼眶泛紅，因為愧疚而開始發抖。

「唉啊！哈林！」她輕輕地自言自語，淚眼看著對面的臉，聲音變低低地問：「他得了什麼病？」

年輕男人露出扭曲的笑，眼睛好像著了火，彷彿要把蘇燒掉似地。

「什麼病？妳是真的不知道還是假裝不知道？」他顯得很激動，「還能得什麼病，除了相思病！瘋了，他瘋是因為被女人背叛，劈腿了！他不去上學，甚至病倒，連飯都不吃，只哭著要他女朋友，哼！活該，自不量力！」

「等一下，」蘇拉雅小聲地說，「你可能誤會了，哈林覺得被背叛，但是我從來沒答應過要跟哈林結婚，從沒接受過他的感情，所以我有權利拒絕他……」

「沒接受過他的感情？」哈理德重複了她的話，「因為妳從來沒接受那個笨蛋的感情，所以我才會聽到他胡說八道，喃喃唸著妳身上的香味，妳的胸口有多溫暖，妳的吻有多甜，那些話都是我胡扯的是吧，哈哈。」

「真粗魯！我萬萬沒想到哈林會有你這麼……低級的哥哥，他應該很丟臉有你這樣的哥哥。」

「那怎麼不說他瞎了眼，愛上妳這個虛有其表的女人。」年輕男人瞬間反擊，但冷酷無情的態度卻又一下子消失了，馬上恢復了平常的表情，語氣也變得輕柔多了，好像認錯一樣地說著：「請原諒！沙姍妮，我失態了，因為又可憐又捨不得這個唯一的弟弟，看他生不如死的樣子……妳可能不知道我有多愛他，我不是像弟弟一樣的愛，而是像自己孩子一樣的愛，如果我有孩子，我也不可能愛孩子比愛這個弟弟多，失去他，我一生就沒意義了。」

蘇拉雅好像被這些話捆綁著，她突然站起來，理智要她走出這房間，來叫僕人趕走這個蠻橫的客人，把他從家裡攆出去，可是，蘇拉雅沒有實現自己的任何意志，她只是愣著，站著聽他說，有種心要被撕碎了的感覺。

「嗚……哈林，不應該這樣的，只要你沒有這麼投入地愛上姊，只要你分一點這寶貴的感情給……給對你忠誠的某個人，雖然只是小小部分，你就不會變成這樣，而且你心裡的傷口就會被治癒了。」

一滴一滴的眼淚從她那細膩肌膚的臉蛋滾下，蘇拉雅顫抖地問著：

「現在哈林在哪兒？哈理德先生，我非常想去看看他。」無力地癱坐下來。

哈理德用強硬的眼神盯著，並沒有因為她的眼淚溫柔起來，反而是一抹得逞的微笑揚在嘴角。

「這就是所謂的女人。」他心裡想著，「她隨時都能掉幾滴眼淚，誰知道，她哭是不是因為高興，因為能讓很多男人著迷或是純粹同情，因為能看到一個男人為了被自己甩掉瀕臨瘋狂的樣子，總之絕不是因為傷心和可憐才流淚，一定是這樣！」

但他還是平靜地回答著：

「我替哈林感謝您，如果妳想去看他，現在他跟城外親戚住在一起。」（泰國曼谷分為兩邊——城內和城外，有湄南河分隔。）

「他搬到之前住過的帕雅泰區那邊的家，是嗎？」

年輕男人的粗粗眉毛稍微挑高起來。

「喔，原來哈林上大學前就認識妳，妳認識他幾年了？」

蘇拉雅臉色蒼白，姊姊口中「一點都不難」的事情，現在看起來越來越難，因為到目前哈理德·郎西門還沒有要告別的樣子，好幾次他對她發脾氣，但那種感覺都不足以讓他憤然離開，好像他正在等時機，想要實施一個計畫，猜疑的本能提醒了蘇拉雅，但她也猜不出接下來要發生的事。

「哦！我們認識大概五年了吧！」她鬱悶地回答，願他不要再問下去了，因為她知道如果問答持續得越久，露出的破綻就會越多。雖然哈理德的問題都是基本的，但是做賊心虛，那些問題對自己來說反而變成更難的問題。

「五年呀！」哈理德好像跟自己說，「奇怪！不過我剛聽到他提及妳的名字不久，更早之前我聽到的好像是另一個女孩的名字。」

「叫什麼名字，哪個女人？」蘇不自覺地脫口而出。

「叫蘇……蘇什麼來著，我不記得了，這都是我的錯，對弟弟不夠關心。我一直忙著工作，另外，我認為他是個男人，應該能照顧好自己，反而是我誤會了……」後面的強調在喉嚨消失，而他明亮強硬的眼神又出現，蘇拉雅躲開那雙眼神，每次她偶然看到懷恨在心的眼神，便低頭看著自己緊握的雙手。

「他的狀況怎麼樣？很嚴重嗎？麻煩跟他說一下，我要去看他。」她終於輕輕地提出來。

哈理德強勢地笑了：

「果然沒錯，我最想聽到這樣的答案，妳應該要去的！」他追問，「什麼時候出發，請穿黑色衣服去吧！因為醫生說他應該活不到今天下午五點。」

「啊！什麼狀況，那麼嚴重？」蘇拉雅又站起來，著急地用毛巾擦眼淚，「如果那樣，我們現在趕緊過去吧！我怕來不及見他最後一面了。」

眼前的女孩真心誠意著急的動作，使哈理德萌生一種猶豫感，但也只是一時而已，他跟著站了起來。

「我們要現在去嗎？妳不需要換衣服的時間嗎？」

「不用了，我怕來不及，我還擔心到那邊就太遲了。」

蘇拉雅說得很快，馬上擦乾眼淚，然後，從房間走出來，走在哈理德前面。

「我應該跟阿姨說一聲。」蘇心想，但另一方面心裡又煩惱，「如果去就來不及了，阿姨一定會問好多，別了，回來後被罵一頓就算了。」蘇拉雅心裡嘆著氣，要打消了交代僕人的念頭，因為她害怕失去跟曾經暗戀的對象告別的最後機會。

「你開車來的嗎？」蘇走到玄關時突然想到。

「是，但我停在巷口。」

「哦！為什麼？」蘇覺得古怪，「巷子很寬，可以轉個頭或者停在我家門口也行。」

他愣了一會兒說：

「我不敢開車進來，因為不確定這裡歡不歡迎。」

當兩個人走到正門口，蘇拉雅叫道：

「哎呀！我太急了，忘了拿包包，請稍等一下好嗎，哈理德先生。」

「如果妳不想去見哈林的屍體，求求妳現在趕緊去吧！沒有時間了，不用擔心回程，我會送妳回來的。」他口氣堅持，她無可奈何地跟他走出去，到了在巷口停著的深灰色小車旁。

哈理德讓蘇上車坐前面，然後坐進她左手邊的司機座位，接著，車子立刻飛速地開出去。

車在普他勇法橋（這座橋是泰國古代國王的名稱）上奔馳時，哈理德問蘇：「妳經常去城外那邊的家嗎？」

「從來沒有，但哈林跟我說過他住那兒。」

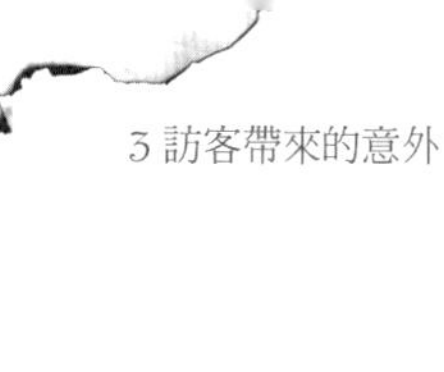

他靜了一會兒又問，但是聲音不正常，那是充滿著苦痛、傷心、仇恨的聲音，那個嘹亮的聲音告訴蘇拉雅，有股怒意在這個人心裡。

「沙姍妮小姐，請告訴我一下，哈林的死誰是凶手？」

蘇嚇了一大跳！那個問題一針見血地刺到蘇拉雅心裡，她咬緊嘴，覺得很後悔沒考慮就跟他出來，如果她之前問問他的住址，改天叫姊姊或家裡的僕人去看他，現在就不用來回答這些心如刀割的問題。

「你想，直接地說，所有的罪都應該是我負責的，是吧！」

「好吧！我認為妳還有點自覺，至少妳已經狠狠地殺掉一個人，誰知道，還有多少人遇到這樣的情況？」

蘇拉雅抿唇不語，她正考慮讓他在前面拐彎停車而下車好不好？現在車速很快，開在彭咖灑嘛路往城外去。

哈理德又接著說：

「沙姍妮小姐，妳告訴哈林，妳不能跟他結婚，因為他身分低、沒地位，妳擔心自己的另一半如果這麼粗俗一定會名譽掃地，但是妳願意讓他又親又抱，為所欲為地做什麼都行，為什麼妳都不覺得羞恥啊？我現在能想到的只有這麼多。」

蘇拉雅立刻回頭看他，血壓漲得臉發紅，發著抖大聲地說：

「馬上停車，我要下車，我不想跟你這種野蠻人在一起。」

「停車？」他大聲地笑，「啊！妳不想去看哈林了嗎？」

「不去，馬上停車，否則我要喊了。」

他又開始大笑，蘇拉雅覺得好害怕。現在車子正以快到有可能出車禍的速度往佛統府去，這條路比較偏僻，況且時間也接近傍晚了。

「啊！哈理德先生，你要帶我去哪兒，已經過城外了。」蘇拉雅輕聲地問，因為覺得自己很危險，雙手冰冷，心跳加速，好害怕即將發生的情況。

「就是去看哈林呀！」

「可是你說，哈林住城外的家，停車！否則我要推方向盤了！」蘇的口氣一下子變得強硬，因為哈理德一直不發一語。

「請吧！如果妳也想死的話！」他大聲反嗆，明顯帶著仇恨的聲音看著她的眼睛。「鄉下人哈理德．郎西門的命又不值錢，尤其跟高貴的沙姍妮．蘇帕安德的命比較的話！」

4 恐懼時刻

車子繼續往前開，越來越接近佛統府，蘇拉雅僵硬坐直身子，手心冰冷，心裡又生氣又害怕，她正在動腦筋，想著能幫自己逃出去的方法。現在她確定了，她是被騙來的，為了某個目的，蘇拉雅猜不到，哈理德有什麼陰謀，或是哈林非常非常記恨，瘋狂之餘讓哥哥來騙他渴望的女人，想擁有她？

「不可能，哈林一定沒那麼野蠻。」蘇心裡想著，「如果是哈理德就不奇怪，外貌、態度都像是那種野蠻的人。」

「哈理德先生，」她勉強自己跟他溝通，聲音也放得輕輕的，「你以為，如果你這樣強迫我去，我會可憐你正在病重的弟弟。但我可能故意說讓哈林更傷心的話，你不覺得他很可憐嗎？」

哈理德大聲地笑，笑聲響遍了整條路，連在田中騎著水牛的小男孩都回頭看。

「妳是在威脅我要對他口出惡言嗎？哈哈，真可笑，妳說得好像自己從來沒講過那些傷人的話。我可以重複給妳聽妳是怎麼罵他的喔……妳說，他自不量力，在農村鄉下種田養牛，出生在土地沙灘，竟然還有臉來愛像仙女一樣的妳。」說到這裡，他充滿嫌棄的眼神從頭到尾灼傷著蘇，使她全身突然潮熱起來，因為她很了解沙姍妮那種瞧不起的眼神，她咬著嘴唇不回話。

那時候突然想出了一個辦法，如果告訴他真相，他會相信而放過她嗎？這是蘇拉雅擔心的問題，蘇拉雅害怕就算她向哈理德．郎西門說出真相，或許他會帶自己去某處囚禁起來，然後再回去騙姊姊來。如果是那樣，後果將不堪設想，但就算她隱瞞真相，等哈林本人出現，自然又會把事實告訴哥哥，那麼沙姍妮一樣很危險，哈理德應該不會放棄報仇這件事，蘇拉雅沉思著，覺得很痛苦。

只有一個解決的方法，就是當她見到哈林，好好懇求他，讓他勸勸哥哥，放棄使用這麼流氓的方式對待自己。哈林是個溫柔的男人，雖然比較任性，但蘇拉雅可以肯定，他一定不是這樣惡毒的陰謀者，他可能與這個計畫沒有關係，蘇拉雅心裡充滿希望。

「如果要跟下等、沒有文化的哈林結婚讓妳覺得很恥辱。」他的聲音更大聲、更低、更凶，「哈哈！那我們有好戲看了。」

「你說什麼，我不明白。」蘇拉雅緊張地睜開眼睛。「你要對我幹什麼？哈林在哪兒？為什麼你不帶我去找他？」

「我要對妳幹什麼？」他強硬地笑，「誰說我要對妳怎麼樣，我只是想證明一下，當嬌生慣養的妳暈倒的時候，妳會不會接受不懂人話、低賤下流的老公？」

「哈理德先生！」

「是嚇到還是太興奮了？」他挑高眉毛。

「你這個壞人！太壞了！我真沒想到這個世界上有哪個男人會像你這麼惡毒、無恥、流氓……」蘇拉雅渾身發抖，泣不成聲。生氣、厭惡、恐懼和嫌棄等各種感覺混雜在她心裡。

他又殘酷地笑了笑，斜視了她一眼。

「哦！每個上流社會的人說話都是這麼好聽啊？聽好了，沙姍妮小姐，快到目的地了，妳的任務是坐好、安靜地，絕不要讓別人懷疑，要不然妳一定會受到更重的懲罰，記住！哈理德從來不開玩笑，說到做到！」

現在車子駛向大河上橋，蘇拉雅絕望地看著四周。路上的這時候空蕩蕩，讓她覺得這世上只有她和他兩個人而已，從一邊到另一邊，紫紅色的河上跨著一座白色混凝土的大橋，出現在最後一絲夕陽中。

好幾次蘇拉雅想開門跳車逃出去，但最後還是放棄了那個想法，因為心裡清楚是不可能的。車開得飛快，她很有可能受重傷或喪命，就算拚老命去搶方向盤，也不會有好下場。怯懦感只讓她敢放話嚇他而已，她最多只能安靜地坐著，但是心臟都已經快要跳出來了。滿懷恐懼感的眼睛環顧四周，心裡有股微小的念頭，希望會發生奇蹟，能讓她左手邊的哈理德．郎西門在她面前停止呼吸。

但是蘇拉雅期待的奇蹟並沒有發生，時間一分一分地過去，車繼續往前開，好像車輪沒有摩擦馬路的速度。兩邊都是已經收割了的稻田，在模糊的紫色中只剩乾黃的稻草，外面開始變涼，成群結隊的鳥兒飛過。

「鳥兒都飛回自己的窩了，但我呢！正離家越來越遠。」蘇拉雅灰心地告訴自己，任眼淚在臉上風乾，讓那種人看到我的脆弱有什麼用，怎麼可能讓鐵石心腸的他心軟，走一步算一步吧！如果那時候我真的不能自保，就是命一條而已。

車開著越來越接近目的地，房屋、商店慢慢變得稀少。當快到大佛塔時，車速緩緩地慢下來，但蘇還是不敢跳下去，以現在的速度跳車還是有可能摔斷脖子。她張開嘴巴，想呼叫靠近的人救她離開這個流氓，但還是絕望地把嘴閉上，哈理德連看都不看一眼對她說：

「還是不要叫好了，白費工夫，沒人想給自己找麻煩，飆車救一個不認識的女人。這附近沒有警察，如果妳自認妳的魅力大到可以吸引哪個笨蛋來救妳的話，那妳就大聲喊吧！不過我不能保證妳的安全。」

車子經過佛統大佛塔，蘇拉雅將雙手放在腿上，當她看著在朦朧黑暗中的光亮金色佛統大佛塔時，眼淚不禁掉下來。她祈求佛祖保佑她能夠平安無事。車子已經經過了宗教聖地，蘇拉雅嘆一口很長的氣，想通了，自己的命就在佛祖手裡，聽天由命吧！

天黑了，哈理德打開車前燈問：

「餓嗎？」

蘇拉雅抿嘴不答，淚眼充滿恨意。

「不餓就好，因為我不放心停車讓妳吃飯，少吃一餐不會死吧！」

「那還問幹嘛？」蘇拉雅忍不住仇恨，說出強硬的話。

車裡不夠亮，看不清楚哈理德的臉色，但是他哼哼的笑聲使恐懼感又衝擊了她絕望的內心，因為那是已經得到自己想要的人，那種得意的笑聲。他不回答問題，繼續開車好像沒聽到似地。

「如果我告訴他真相，我不是他要找的人，他會不會放我回去呢？如果他放了我，我就有回去告訴沙姍妮小心的機會，她就不會上這個人的當。嗯……不過如果他不放我呢，如果他抓住我，然後再去騙姊姊來，情況就更糟了，兩位長輩一定更煩惱，就只有我一個不見，他們應該不會太在意，畢竟我不是他們的親生孩子。」

蘇拉雅覺得前途未卜，憂心忡忡嘆著氣，但她轉念一想，

「不管怎麼樣，他們算是養我長大的親人，即使不是親生也照顧得像自己的孩子一樣，他們現在可能很著急，也應該報警要人來找我了吧！我的天！希望警察能追上我！」

肚子此時已經餓得咕嚕作響，蘇拉雅咬嘴忍住：

「我寧願餓死，也不求這個狠心的壞人，等一下他也應該會餓，我等著他下車去買東西吃再逃跑好了。」

風很大，幾乎睜不開眼睛，蘇拉雅坐著，全身冷得發抖，因為她身上檸檬色的絲綢襯衫比較薄，臉上的皮膚也覺得刺痛，好像被幾百支針刺到臉上，她用手摸摸臉蛋，手指也凍得發麻了。

哈理德突然不說話就停車，蘇拉雅全身立刻往前衝，嚇了一跳！那個地方十分偏僻，滿月的月光照亮了兩邊的馬路、田地，樹叢之間，看到一群群黑影，這裡好安靜，連小昆蟲小動物都沒有，只有從遠方農民茅屋視窗透出的燈光。

當蘇拉雅正擔心著這男人為什麼要突然停車時，心裡也打量著逃跑的路線，哈理德打開後座拿出一件東西來，接著扔到蘇的大腿上。

「喂！穿上！貴人好皮膚很容易凍死的，不過可能有股臭味要忍耐了！沒辦法，下等人的衣

服都是這樣的。」

雖然沒看，但蘇知道被扔過來的應該是件毛皮外套，溫暖的感覺立刻湧上她心裡，擴散到全身。但蘇拉雅立刻驅趕了那股感覺，嫌惡地推開那件外套，任其從腿上掉到地上去。

「我不冷！」她強硬地說，哼哼滿不在乎。

哈理德熄火，他從車上座位跳下去，再走過去拿備用的油筒加油，車子安靜，沒人說話，然後他收回油筒，回到駕駛座點了根菸。

蘇拉雅扁著嘴，掃描周邊的情景後悶悶地嘆了口氣，如果她現在跳車跑走，會發生什麼事情？擔保不到五分鐘他就能追上她了。馬路因為月光那麼明亮而一覽無遺，開闊的路上她無處可藏。

回頭恨恨地看身邊的人一眼，看他輕鬆抽著菸，對她不理不睬。誰知道他心裡正在想什麼陰謀？打什麼壞主意，現在只有她和他兩個人，微風、月光和周邊的寧靜可能隨時引起任何不好的念頭與想法。

「但他那麼恨我，他不會使用那種方法欺負我吧！」蘇拉雅自我安慰。「他應該會採用別的方式報復我，他可能把我抓去給哈林。但哈林也不會想要我，說不定他還會送我回家，求求老天爺！請您讓哈理德回心轉意。但是如果哈理德已經心理變態，他能不能意識到他帶過來的沙姍妮·蘇帕安德不是給自己的，而是給哈林弟弟的！」

越想越覺得自己的命運很悲慘，她咬緊嘴唇，因為神經緊張，頭都痛了起來。她盯著這膽大包天的男人，蘇拉雅決定拚了命也要保護自己的名節，如果她還有呼吸，哈理德就休想動佔她一

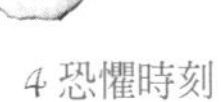

點便宜的念頭。

有一輛大卡車開著燈過來，稍微減慢一點速度就過去了。哈理德把菸蒂扔到馬路上，這個動作使正在盯著他的蘇愰恐了一下。不知不覺地把手握緊，準備好面對下一秒要發生的事情。

但什麼都沒有，哈理德沒有要靠近或對她採取任何動作，他把雙臂交叉在胸前，輕鬆地躺著，打算睡個覺的樣子。

「好啊，睡著就好，等你睡著了，我就會搭便車逃走，我不光要逃跑，而且還要帶警察來跟你算帳，抓你進監獄去。」蘇拉雅得意地咬嘴，掃描周邊希望有一支鐵棍或木棍，準備打暈哈理德，讓他睡得更快更香。

「我不睡，不用白白想逃跑。」他抬起頭來平靜地說，「老天爺絕對不會幫妳這罪人的。」

「誰說我要逃跑？」她大發雷霆地說，「我正在找棍子重重打你的頭，讓你早點去見閻王！」

「那也不用想了，因為我的頭很硬，不管怎麼打都不破。」

「要不要試試看？給我一根棍子看看。」

「我又沒有做壞事。」他聳肩說得強硬，「我從來不給別人找麻煩，為何我要受罪，反而是妳！做了那麼多壞事，現在輪到妳承擔自己的罪過，我懲罰妳不僅僅是要替弟弟報仇，而且還防妳去害其他笨男人。」

「懲罰？你要對我怎麼樣？」蘇拉雅發抖地叫，「為什麼你不帶我去找哈林？我相信，哈林是個君子，一定會原諒心愛的我，他不像你那麼野蠻，我根本沒想到，就因為我可憐他，所以想來看他，結果好心被當成驢肝肺。」

「好心被當成驢肝肺？妳想來看他，因為可憐他？才不會，我太了解妳這種女人了，妳只是想看看他有多慘，使妳心裡感覺更自豪，證明自己夠有魅力，還能夠害死一個男子漢。」

「我不要這樣硬碰硬，」蘇拉雅在心裡提醒自己，「只有一個辦法，在還來得及前趕緊去見哈林，懇求哈林去勸他哥哥放過我，但是……哈林是否生病也不清楚，難道他沒事，只是讓哥哥來騙沙姊？」

「哈理德先生，你說，哈林正在重病中，那麼，現在你帶我來坐在這邊幹嘛，浪費時間，你不怕你弟弟等不及就先死了嗎？」

「我不怕他死，因為我最害怕的事已經發生了，他已經過世了，在我懷裡斷了氣。」他嘶啞地回答，像從地底發出的聲音。

5 令人傷心欲絕的消息

「啊！！哈林死了！」蘇喃喃自語著，空虛和心痛的感覺從嘴唇蔓延出來。黯淡月光照在車頂反進來的光，讓哈理德看到女孩蒼白的臉色，強烈對比著深黑色頭髮。她的嘴唇微微張開，黑色眼睛也睜大，表示對這個消息十分驚訝。一會兒，眼淚像斷了線一樣不停地湧下，滑過臉蛋，被月光照得閃閃發亮。

「哈林……」蘇拉雅嗚咽著，她低頭，黑色長髮像波浪那般順滑，垂落下來遮住她一部分的臉，好像是一塊浮雲飄過來擋住了月亮，她自言自語好像在說夢話：「他真的死了嗎？」蘇拉雅難以置信地問道。

「當然！他已經死了，現在就要用妳一命抵一命！」那麼凶悍、那麼恐怖的答案，自己傷心和驚嚇的樣子一點都沒讓他軟化，因為哈理德非常堅定地認為，這些都是女人的偽裝，她在演戲，為了讓他可憐自己，休想！他絕對不可能這麼輕易地放她回去，以免她再次利用自己外貌和魅力傷害其他無辜男人。弟弟哈林舉槍自盡、躺在血泊中的畫面還歷歷在目，他唯一的親弟弟！未來將會一片光明的年輕人……如果他不曾迷戀這個把階級看得比愛情更重的女人！也許就不會這般痛苦地死去了。

當他表明自己強烈、凶狠的目的後，哈理德又開始發動車子，而且突然開得很猛，讓蘇拉雅在毫無防備的情況下往前撲倒又後仰，身體撞向背後的座位，接著，車子就飛速向前衝去，好像離弓了的箭。

蘇拉雅急急望向身邊大發雷霆，怒氣沖沖的年輕男人。

「你要帶我去哪兒？哈理德！如果要殺我就趕緊下手，我寧願死也不想讓你這樣威脅。」蘇拉雅咬著牙看著哈理德。

「我要幹什麼由我做主，不是妳！」

「可是你剛才說了，要讓我一命抵一命，就說明是為了報仇，你要殺我。為什麼還要帶我去很遠的地方浪費汽油？在哪兒殺我都一樣會死，難道你怕警察抓？」

他笑得冷酷無情。

「哼哼！如果我怕，我就不可能帶妳到這裡，知道嗎，我殺人無數。」

蘇拉雅不禁咬緊嘴唇，恐懼感、風的呼嘯、耳鳴，讓蘇全身發抖又起雞皮疙瘩，蘇不自覺雙手抱胸，冷風吹進薄薄的絲綢襯衫裡，又有了剛才那樣冰冷骨痛的感覺。

「穿好外套！」強硬的命令聲，一點也不留情地響起，「跟妳說清楚，這不是關心的提醒，而是我不希望妳死得太快，妳還沒好好地享受痛苦……拿衣服上來穿，還是妳想讓我親手幫妳穿？」

蘇拉雅無奈地彎下腰去，拿起她剛扔在腳下的衣服來蓋在自己肩膀上。

「有這麼保守啊！真是難以置信，妳這種女人會害怕碰到男人的東西嗎？」哈理德諷刺地說著。

蘇拉雅的嘴唇都咬痛了，噁心、嫌惡使整張臉都很僵硬。她望著窗外，心裡憤恨地想著，怎樣才能快點重獲自由。

車子依然往前開，一路上都不休息，兩邊一直都是稻田和甘蔗樹，黑暗中出現了貼在明亮天空中的山脈，銀色燦爛的光輝照映山坡上的城堡閃耀光芒。因為風很大，外套快被吹掉，蘇拉雅不自覺抓緊外套。她覺得身體的寒冷漸漸退去，但是因飢餓而難受的感覺卻是更重。旅程的勞累、飢餓和緊繃的情緒，使蘇拉雅身心俱疲，沒辦法打直身體，她換換動作，接著非常疲憊地靠著座位背，眼皮漸漸沉重起來，同時又有著生命中的絕望。

「哈林，你在哪兒？我想讓你知道，你忠實的好朋友蘇拉雅現在正遇到危險，而且主謀就是你的哥哥，他誤會了，以為我是沙姍妮姊姊。我不敢跟他說實話，因為如果我那樣做，沙姍妮姊可能也會陷入危機啊，我沒辦法了，哈林！請你救救我吧！」

當哈理德停車休息和再加油，蘇拉雅已經失去意識了，因為飢餓和疲倦，她的身子斜靠著座位背，歪斜的身體好幾次靠近了哈理德的大腿，外套也一直滑落到地上去。意識到自己在做什麼之前，哈理德已經拿起衣服鋪開蓋在蘇拉雅的身上。他對自己強調著，這是因為他希望她活著接受懲罰而已，絕不是因為可憐、同情。

在僻靜的路上開著夜車，哈理德忍不住想著自己報仇的計畫快成功了，得意地笑了起來。他輕鬆抓走了這個女人，超乎意料順利。她著急地要來看哈林的態度差點就讓自己心軟了，但那只是一時的感覺，很快就消失了。世上沒有任何力量能讓他復仇的心跳減緩，眼下的哈理德一心一意只想復仇。

哈林躺在血泊裡的畫面再次出現在他的眼前，那些掙扎跟不安，還有弟弟死之前受的所有痛苦，再度激起他無限的仇恨心。他曾經希望過，能夠親眼看到自己從兩歲就一手帶大的弟弟前途光明，而且就是為了讓這個願望成真，他一直努力讓自己從一無所有到晉身南部最大的鎢礦井老闆之一。他原本打算哈林從曼谷畢業回來後，送他到國外研究礦業經營，哈林一定會成為他的驕傲，能繼承並使礦井「咖納斯贏」蒸蒸日上，可是現在……那麼完美的天堂已經崩潰了，他的夢想完全倒塌了。這一切都是因為這個虛偽的女人，善良軟弱的弟弟輸給了狠毒的沙姍妮·蘇帕安德的誘惑。

還有很多過去的畫面不斷出現在他的腦海，哈理德如同看見當年在統宋縣火車站附近的一個小房屋，是他跟父母、四個妹妹還有弟弟哈林，大家相親相愛過著快樂日子的地方。

那是最殘酷的一天，是家裡的支柱「郎西門先生」垮下來的日子，哈理德還忘不了當天的情況，彷彿昨天剛剛發生！

那天是一九四一年十二月八日，同盟國開戰，日本軍隊立刻派兵佔領了一些地方，泰國也是被佔領地區之一。事發前一天，哈理德去看在第六區官拜上尉的父親，而當天因為水災回不去，只好住在父親那裡。

第二天早上天還沒亮，下著大雨，警報鈴聲響起，父親和其他軍人馬上起身，趕緊穿好衣服出去。過了一會兒，那些軍人回來了，大家面色緊張，個個都帶著步槍。哈理德的父親囑咐著說：

「哈理德在這兒好好躲著啊！兒子，千萬別去外面！」

「為什麼呢？爸，發生什麼事情了？」

「日本發動攻擊，還不確定情況。」爸嚴肅地說，「但是報告說已經來到市中心了，爸要出發了。」父親走了兩三步，回過頭凝重地說：「哈理德……如果爸出什麼事，你要替爸照顧媽媽和弟妹，哈林還年幼，不可以拋棄媽媽、弟妹，知道嗎？」

爸不等呆呆站著的他回答任何話便走了出去，這表示，爸爸相信哈理德不會拒絕他的要求。爸爸的臉色平靜、勇敢，準備好為國家犧牲生命，保護國家的獨立、主權，為了國王的榮譽而戰，爸爸與每個泰國人都有著同樣的想法。

過了片刻，槍聲連續響著，各種武器和軍隊出動的聲音格外響亮。哈理德愣了一會兒，腦海裡盡是爸爸的交代：「兒子，千萬別去外面！」

「爸爸把我當小孩才要我躲在這裡嗎？別人都拿著武器打仗了？」他看著自己結實的手臂，他已經滿十五歲了，而且曾經受過軍事訓練，非常熟悉各類武器，為何他要膽小地躲在這兒呢？他換上身旁的軍裝，拿了一把槍和彈藥腰帶，然後跑出去跟其他軍人一起作戰。

從昨晚開始就下起大雨，此刻傾盆大雨讓眼前什麼都看不清，地上滿是泥濘。泰國軍人搬上大砲，開始對敵軍開砲。雖然是臨時、突然的戰爭，卻沒人感到膽戰心驚或害怕，此刻大家都勇敢、堅強地履行著職責。日本軍隊也不服輸，不甘示弱抵抗著。哈理德也是那群軍人其中之一，跟大家一起作戰，用尾端帶刀的步槍，拚命勇敢地攻擊著，甚至因此受了重傷。那天的情形一直讓哈理德感到非常自豪，雖然他是多麼希望當天他沒有失去自己的父親，他不會忘記父親倒在面前的畫面，刀柄斷在他的胸膛裡。此時他的耳畔響起了父親交代要照顧好媽媽弟妹的叮嚀……從那一刻起，這就是哈理德．郎西門生命裡最大的責任。

但悲慘的命運沒有放過自己，隔年他在城裡的中學校上課時，剛好遇到飛機轟炸，目標是炸斷火車軌道。那天哈理德的母親不巧正帶著發燒的小弟去家裡附近的寺廟看病，這時突然聽到空襲警報鈴聲，慌張的她把還沒滿兩歲的孩子託付給廟方，自己則急忙冒險趕回家，看望留在家中的四個女兒。

那天下午，哈理德回到家，眼前悲慘的景象令他難以承受，他發現家裡所有親人都死在這次空襲，從此他的親人只剩下小弟哈林。小嬰兒幸運地存活下來，其他親戚更因戰爭而顛沛流離。傷心欲絕的哈理德帶著唯一的弟弟四處流浪，斯沖是他們最後停留的地方，艱苦的生活磨練讓他成長為一個頑強勤奮的大男人，十五年的努力，更讓他變成了當地最大礦井的經營者。同時管理數百個人的職責，讓他的性格變得權威且凶悍狠毒。愛恨分明的個性更讓他既是天使又是惡魔。這就是大家所認識的哈理德．郎西門，每個人都叫他「邦藍仔」（方言，眼鏡蛇王的意思）。

沙姍妮．蘇帕安德開懷地從家門口下了車，淺橘色的嘴唇，配合她一身如黃蘭花盛開般的華服。她把手放向唇邊，對車內的年輕男人送了一個輕輕的飛吻。

「拜拜，拓瓦猜，明天見！」甜美的道別後，沙姍妮正要上樓去，但是被愛人抓住手臂，「幹嘛啦？不要拖拖拉拉的，別忘了！你母親今天不舒服呢！」

「小事而已，」拓瓦猜笑笑，「我媽一年不舒服三百六十五次，叫妳去看看她只是討好她而已。」

「太過分了。」她埋怨著，假裝要甩開對方的手，但沒真的鬆手，對方也就沒放開，兩人就這樣微笑甜蜜對視著，此時她才說：

「想說什麼就說吧！討厭，搞得好像明天不見面。」

「哎啊，妳真不知道，一日不見，如隔三秋，我們分開的時候，我覺得好像一個小時有六百分鐘。」

沙姍妮又哼了一聲，但她並沒有表示任何抗拒的態度。沒有女人會對心愛男人的甜言蜜語感到厭煩，沙姍妮也不例外。雖然她明顯對他的表現還不夠滿意，但是亮晶晶的眼神和紅紅的臉蛋，使拓瓦猜知道他這句話是說對了。

「怎麼會呢？不說了，你趕緊回去吧！太晚了怕你母親擔心。真討厭！」嘴巴討厭，卻只是輕輕地推他肩膀，拓瓦猜文風不動，還是那樣站著微笑。

「要再跟我道別一次啊。」他笑著說。

「唉喲！」沙姍妮美麗的眉毛一挑，「這是哪招？」

「要重新送我吻啊！」

「嗯，討厭！」想用另一隻手送飛吻的沙姍妮顯得嬌俏可愛，但是拓瓦猜不讓她再用剛才那樣「飛吻」的方式。他將她拉進懷裡，就低頭親吻沙姍妮圓潤的臉頰，然後放開她，抬起頭來好像是宣示自己已經贏得這一戰：

「要這樣給飛吻才對啊！今晚我一定會有個好夢。」

「哎啊啊！拓瓦猜好討厭，好狡猾！萬一有人看見我就丟臉死了。」她撒嬌批評他後又哼了一聲，原來的大眼睛更明亮，轉身趕緊跑上樓去。

拓瓦猜嘆了一口長氣，回到駕駛座目送著自己朝思暮想的青春誘人胴體，慢慢地消失在金色大門裡。

6 蘇拉雅不見了

「小姐。」

女僕人的叫喚，讓沙姍妮在樓梯口停住腳步，她優雅地移開扶在欄杆上的亮黃色指甲，回頭瞥了一眼女僕，挑起眉梢。

「怎麼了？阿瑞。」

「小姐，」阿瑞的臉色蒼白，「老爺大發脾氣啊！」

「幹嘛跟我報告這個，關我什麼事啊，蘇去哪兒了？幹嘛不叫她來呢？我爸發什麼脾氣？我那個爸爸啊，一看到親愛的外甥女，就立刻笑得闔不攏嘴了。」

「蘇小姐不在，沒人知道她去哪兒了，先生一直在叫她，我們都找不到她……」女僕人還沒報告完，爸爸的聲音就從餐廳傳出來：

「是誰回來了？我聽到車聲，是姊姊還是妹妹，不管是誰你給我馬上叫過來！」

話音剛落，阿德就臉色慘白地從餐廳匆匆小跑步出來，一看到小姐就直衝過來，聲音顫抖地說：

「小姐，先生叫您，他在餐廳裡。」

沙姍妮長嘆一聲，不情願地嘟囔著朝父親處挪動。

「人家剛回來又熱又累的，讓我先洗個澡不行嗎？」

大廳中央的水晶燈光照在蘇帕安德昭坤那張蒼老卻憤怒的臉上。他把雙手放在背後，在餐廳裡來回踱步，聽到腳步聲立刻轉身回頭一看。

「哦，是妳啊，沙，去哪兒了？」他嗓音略帶失落地說，「想去哪就去哪，想幾點出去，幾點回家也都隨便！為所欲為，把我們家當賓館了！」

「哪有，怎麼會，爸爸，」沙姍妮快步向前抱住父親，臉貼在昭坤手臂上示好，「就……那時候，女兒看到爸爸在馬廄跟醫生閒聊，不敢去打擾，怕被你罵啊！」

這麼調皮的頂嘴和撒嬌，哪個年近二十的女孩做來不丟臉，但在沙姍妮身上反而顯得難得又可愛。細膩紅潤的臉頰對著燈光，甜甜的眼睛與父親對視，帶著懇求、明亮的微笑。

父親嚴肅的臉色稍稍鬆懈了些，認真地問著女兒：

「妳就只會撒嬌，爸問妳去哪兒了還沒回答，有沒有跟蘇一起？」

「啊！沒有啊，我一個人去拓瓦猜家而已，他媽媽生病了。怎麼了？爸爸，蘇去哪了嗎？」

「廢話！我知道還問妳嗎！」父親愁眉不展，將搭在肩膀的浴巾一會兒甩到左邊，一會兒甩到右邊，然後放回原處，重重地踱向飯桌跟前，沉思著：

「這孩子可是從來不會這麼晚出去不回家呀！」

沙姍妮跟著走過去，坐在父親旁邊，心裡也感到不安。

「僕人們也都不知道蘇去哪兒嗎？」

「每個人都問過了，阿德說，自從蘇出去接待客人後，就沒有人見到她。晚上來的那個人到底是誰？聽說，他是來找妳的，但妳不在，蘇就自作主張出去接待了。」

沙姍妮睜大眼睛，愣了一下，突然想起交給妹妹的任務，來見蘇拉雅的男人不可能是別人……就是那個哈利．郎西門啊！她差點就要說溜嘴，但她忍住了，因為怕父親會再接著追問關於那個男人的細節，問到底，她和哈林的關係就會被洩露，到時候肯定會被父親批評她亂搞男女關係。

「哦……」她吞吞吐吐，面對父親疑惑的眼神，敷衍地回答著，「我也不知道耶！她的男朋友也很多，誰知道是哪個。」

「但阿德告訴我，是妳約那個人來的，好像他也給妳名片不是嗎？」

看樣子沒辦法隱瞞了，沙姍妮告訴自己。她避開爸爸的眼睛，盯著地上，吞吞吐吐地回答：

「那個人，他叫哈利．郎西門，哈林的哥哥，就是蘇的好朋友啊！爸爸還記得哈林嗎？」

「哈林，就那個有一陣子老纏著妳的小男生嗎？」昭坤皺著眉頭。

「就是他，爸爸。他是蘇的好朋友。」沙姍妮趕快迴避話題。

昭坤還是那副質疑的表情，

「是哦！他曾是蘇的同學，但妳從國外回來之後就變成……」

「等一下！爸，」沙姍妮不願意等父親把話說完，「聽我說！哈林啊，他先愛上蘇拉雅，但蘇自命清高，哈林不知道怎麼辦，就跑來找我商量，想讓我做媒牽線。」

「哦！是嗎？那真是有心栽花花不開，無心插柳柳成蔭呢！」

「什麼啊？爸，哪有柳成蔭。」

「嘖嘖，那個哈林最後反過來愛上媒人不是嗎？」

「爸，你在說什麼啊？」沙姍妮瞬間滿臉通紅。

「妳真以為爸老了，糊塗了，什麼都不知道了是吧！」父親諷刺地說，雖然沒有真正生氣，但是也讓沙姍妮突然感到芒刺在背，默默心想：「爸一定知道哈林那傢伙為什麼會突然從我們家消失了，但那不是重點，現在當務之急只有一件事，就是一定要知道蘇去哪兒了？怎麼這麼晚還沒回家，爸一定懷疑跟晚上來的那個傢伙有關係。」

「不可能啦爸，蘇哪會認識他，怎麼可能跟他出去。」女兒表示反對，正暗自竊喜爸爸換了別的話題，「我覺得，蘇可能去市場買菜了吧，或許遇到老朋友就一起去看看電影，等下就回來了，我們先去吃飯吧！」

「哎！妳不是要先洗澡嗎？」

「沒關係，我也怕爸餓著啊！」她笑著說，然後，點頭示意僕人盛飯。

昭坤一邊吃飯，一邊自言自語批評所謂新時代女性的行為，完全不能跟以前的相比。沙姍妮靜靜坐著，著急地想為什麼妹妹還沒回家，而這件事到底跟那個哈利．郎西門有沒有關係呢？

當昭坤和女兒吃完飯站起來時，客廳的立鐘恰巧報時八點整，沙姍妮回頭告訴坐在門口的女僕人。

「阿金，告訴安阿姨，別忘了留給蘇一份。」

昭坤打開電視，坐在客廳的長沙發上，沙姍妮也跟著到他旁邊找話聊，看到父親愁眉不展，也焦慮了起來。

「這傢伙到底上哪兒去了？以前從來不會這樣啊！」她心裡嘀咕著，「回來的話肯定會被念很久，活該，妳這賤人，從前很會裝乖，現在只做錯一次就搞得那麼嚴重，還不如我呢，就算凌晨一兩點回來，也不會被我爸罵。」

「那個，爸爸，寺廟裡有風扇嗎？」沙姍妮開口詢問。

「應該有吧！」父親隨口答道，目不轉睛地盯著電視，可是沙姍妮知道，父親這時滿心焦急，注意力根本沒在電視節目上，為了設法打斷他的思緒，沙姍妮只能有一搭沒一搭地找話聊。

「唉！如果沒有的話，媽媽應該很熱吧！你看在家裡要是誰隨手關掉電風扇，她就會念好久。媽媽也奇怪，在家好好的，非得要去睡地上，被蚊子咬不說，晚餐也沒得吃，如果是我，才……」

「知道啦，如果是妳才不幹對吧，妳絕對不可能跟媽媽一起祈福誦經做善事，不用說爸也知道，」他打斷女兒，「就憑妳啊，你怎麼可能會去廟裡拜拜，應該去歌舞團應徵舞者，睡在台上才對。」

「哈哈，爸！」沙姍妮撒著嬌，「您生蘇的氣卻全發在女兒身上了，早知道這樣我就不要這麼早回家。等蘇先回來，她就會先被罵，哪有這樣的，女兒儘量早回來了還被念，嗚嗚。」沙珊妮假裝生氣地抱怨著。

立鐘的報時聲再度響起，已經九點整了，昭坤不耐煩地站起來。

「九點了！看來爸要親自去找她了。」

「爸！」沙姍妮急忙一把抓住父親的手臂。「你現在要上哪兒找她啊，冷靜點，別太心急啊！」

「太心急！」昭坤回頭死盯住女兒緊張的臉。「冷靜，妳要我怎麼冷靜！蘇從來不鬼混，也沒這麼晚出去蹓達過，教我怎能不著急呢！」

「但是爸爸……爸爸要上哪兒找她？」

「就……」他停下來，皺著眉頭，又拿起那條浴巾左右甩著，

「當然是去警察局報案，讓警方幫我們找啊！」

「有必要嗎？爸不怕把事情鬧大嗎？唉喲！或許蘇可能去什麼地方忙了，或許去廟裡陪媽媽聊天也說不定啊！蘇也有過這樣，爸爸。」

「但是她從不會忘記通知我們，」父親昭坤反對道，遲疑一會兒又肯定地說，「至少她要交代一下吧！這算什麼，想走就走，但是早上媽媽去寺廟住，也沒說要讓蘇過去，就只叫了阿姜同行。」

沙姍妮站起來。

「好！要不這樣，等一下女兒讓淨叔開車去寺廟看一趟，如果沒有就再想想，爸爸先看電視吧！很快就知道了。」

從大廳出來，沙姍妮吩咐司機開車去寺廟看看妹妹在不在那裡，然後立刻上樓去，趕緊換衣服洗澡。下來之前，沙姍妮去了妹妹的房間，她四處察看著，發現房間內每件東西都整整齊齊地放著，一樣不缺，衣櫃裡疊好的和整整齊齊掛著的衣服都還在，床上蓋著蘇拉雅親手刺的精緻細膩的蓮花床單，梳粧檯上的裝飾品及化妝品都擺在該擺的地方，所有東西都在，就像往常一樣，

除了妹妹之外。

沙姍妮下樓時發現，兩、三個僕人都站在樓梯前，臉上一副疑惑地在那裡交頭接耳，但當看到小姐下樓，竊竊私語又立刻停了。

「喂，還站著幹嘛？」沙姍妮問，「淨叔回來了沒？」

「回來了，小姐。」阿德替大家回答，接著顫抖地說，「蘇小姐沒去廟裡。」

「真的嗎！那淨叔在哪兒呢？」

「在大廳，正向昭坤先生彙報。」

沙姍妮立刻跑去大廳，電視關了，昭坤正站在那兒聽阿淨說話。沙姍妮一走近，就聽到父親憂心地對司機說著：

「看來我只能自己出去找了，阿淨，我的外甥女蘇現在還不知道究竟在哪兒，有沒有遇到危險呢？」

「爸。」

父親回過頭來的同時，沙姍妮瑟縮地投入他的懷裡，父親用因為上了年紀而乾燥的大手輕輕撫摸她的頭。

「不用難過，好孩子，爸會盡力找回妳妹妹的。」

「但爸爸，為什麼媽媽沒回來？女兒以為媽媽會嚇死了。淨叔，為什麼媽媽不回來？」

「夫人不知道蘇拉雅小姐不見的事，我怕嚇到她，所以只問是否缺什麼東西？還需要什麼嗎？我說是老爺吩咐我來問問，怕她忘了帶。她說沒有什麼，就是要提醒蘇讓她別忘了按時讓老爺吃藥，我才知道蘇小姐沒在廟裡。」

「噢，蘇，」沙姍妮輕輕地叫，抱住父親後背，抬頭看他，「爸爸要去哪兒找她？我不希望爸爸去啊，爸爸年紀大了，女兒不想……」

「是呀！爸老了，如果妳兩個哥哥還在，爸也就不會這麼辛苦了。」蘇帕安德昭坤的聲音乾燥嘶啞著，「爸將蘇從小養大，甚至比親生的還要親，我一定要找到她。那個晚上來的傢伙，到底叫什麼名字？」

「叫哈利，但爸覺得蘇是跟他出去嗎？不可能啦，他又不認識蘇，怎麼會找蘇一起出去，就算他約蘇也不會去的，一定是這樣。」

「他來找妳有什麼事情？」

「他也沒講清楚，只是說見個面，我猜可能來告訴我關於他弟弟的消息吧！可是我不想知道，於是就麻煩蘇替我去打發他，女兒想，蘇可能也不想理會那個人，打發了他之後，就自己出去了吧！」

「那就要交給警方處理了，我們直接報警，讓他們來決定，妳去拿電話給爸。」父親下了決定。

「啊！爸爸！」沙姍妮懇求，「請您不要報警！女兒會丟臉的，如果警方知道，媒體也會知道，那麼一定會有各種八卦流言，女兒怕……」

「怕什麼？」

「阿淨你可以先出去。」沙姍妮轉頭命令司機，在確定他走遠後，她才吞吞吐吐地說，「女兒怕……拓瓦猜的媽媽會……會嫌棄我。」

蘇帕安德昭坤注視了女兒的臉一會兒，沙姍妮臉頰通紅，讓人輕而易舉就猜得出來是怎麼一回事。

「所以妳已經決定要跟著這個拓瓦猜了嗎？妳下定決心了嗎？沙，爸真怕妳的心一直定不下來啊！」

「當然確定啊，爸您不覺得，拓瓦猜很適合我嗎，他的條件比其他人都好，不管是家世、學歷還有修養。」沙姍妮斬釘截鐵地回答，眼睛再次懇求父親。「爸爸也不討厭他，不是嗎？」

「這件事改天再說吧！現在更重要的是先找到妳妹。」父親平靜地回答。

「如果這樣爸就不能去報警，女兒擔心無法面對人家，最重要的是拓瓦猜和他母親，他們一定會想歪的，我會被誤解。」

「但如果不報警，我怎麼知道蘇拉雅上哪去了？該怎麼找她呢？」

「時候到了她自然就回來啦，爸，相信女兒嘛。蘇又不是三歲小孩，我覺得她只是自己想出門走走，明天就可能回來了。」

「明天就太遲了。」

「也還好不是嗎？她會回來的，如果……她真的去哪兒發生了事故，過兩天我們就知道了嘛。」

「但這樣報紙也會寫，還是會公諸於世啊！」

「可是這樣，等於是她自己偷跑出去，沒跟大家交代，這又不關我們的事。如果現在報警，大家會覺得這家的女兒都是這種個性，我也肯定像她一樣不檢點，我最怕拓瓦猜的母親會那樣想了。」

「……那好吧！爸不報警了。我們自己儘量找吧，現在爸只希望，我們發現的不會是她的屍體啊！」

7 誤入叢林

在飢餓和疲勞中昏迷了一整晚，經過幾百公里崎嶇山路的長途顛簸，蘇拉雅終於醒了過來。她的背後好像頂到了什麼凹凸不平的東西，耳邊砰砰作響，再加上引擎的低鳴，好像發出警報，讓蘇拉雅意識到危險即將來臨。她睜開恐慌的大眼睛，慌張地想坐起來，匆忙之間手卻不小心碰到身邊結實的大腿，心頭湧上一陣嫌惡，她立刻撤回自己的手，同時不自覺地暗自嘟囔。

對方倒是瞥了她一眼，即使在黑暗朦朧中，蘇拉雅依舊可以明顯感覺到那雙眼睛裡的嘲笑和輕蔑。蘇拉雅不由得害怕起來，有一種奇怪冰冷的感覺圍繞在她心底。在她毫無意識時是不是發生了什麼事情？蘇拉雅反覆問自己，卻因為無法確定答案而感到恐慌。

當她確認自己的衣服都還整齊如初時，感到踏實多了，自己擔心的事情沒發生。深褐色皮衣滑落在腳邊，蘇拉雅慌忙地抿抿嘴，移開那堆噁心的東西。

現在天開始亮了，車子開在又窄又爛、坑坑巴巴的道路上。小路彎曲在森林裡，兩側林木叢立，可以依稀看見清晨霧中的灰色樹影，眼前慢慢出現了模糊的丘陵，彷彿躲在薄霧的背後，濕冷的風不時吹來，葉上的露珠灑落一地。

蘇拉雅環顧四周，對這種陌生的場景感到十分恐懼。

這是什麼地方？她問自己。這個神經病哈理德為什麼帶我到這兒來？到處是森林和山，根本看不到人影，難道他想殺了我，然後，把我埋在這兒？一想到這，她就害怕得直起雞皮疙瘩。他剛說自己殺人無數，我算是排在其中的第幾個呢？為什麼沒有人出來找我？阿姨、沙姊，妳們都把我忘掉了嗎？

過了一會兒，淺黃色朝陽從山脊那邊漸漸升起，好幾道光線層疊在一起，天空的橘色和粉紅色混合，還有金色的光亮照映，樹叢慢慢改變，從灰色變成吸飽露水的草綠，耳邊傳來的除了引擎運轉，還多了鳥鳴。

車子還是繼續往前開，慢慢駛過丘陵的陡坡，前面的平原那裡有什麼東西？蘇拉雅下意識抬頭想看個清楚，當車子開近，她看到在椰林裡有著排成一線的村舍。如果說是森林人家也不太可能，每戶的屋頂都漆著一樣的葉綠色，好像是哪個單位的宿舍，可是為什麼會出現在這麼安靜的山上？她心裡充滿疑問。

灰色的炊煙瀰漫在村子的屋頂上，看來這些人都開始了一天的作息，車子也越開越近。

「如果現在我大叫出來，會不會有人來救我？」蘇拉雅心裡想著。眼睛發亮，充滿了希望。「路很陡，所以現在車開得不是很快，如果我跳下去應該不會很痛吧！嗯……可是如果沒人出來救我，他也會馬上抓我回去，到時候搞不好會被他扭斷脖子。」

馬上就要駛入村莊入口了，這時哈理德卻掉轉方向盤往山後小巷拐彎，蘇拉雅禁不住絕望的嘆息，她整個人筋疲力盡，臉色蒼白，飢腸轆轆自然不用說，從昨天下午五點到現在粒米未進，連喉嚨也已經乾澀到要燒起來，所以即使蘇拉雅真的想冒險呼救，她也不太確定自己現在到底喊不喊得出聲音。

路邊的景色漸漸活潑起來，路旁的石縫裝飾著低矮灌木與草本植物，橘黃色的小花兒搖曳，花瓣小巧又輕盈，柔弱到好像快要承受不住露珠的重量。

蘇拉雅無心欣賞那些大自然的景色，腦海裡一直想著什麼時候才能結束這痛苦漫長的旅程。她心裡已經準備好要面對最後一關了，即使艱辛但依然為自己決定從容赴死感到驕傲。現在她飽受痛苦的煎熬，身體疼痛的折磨，車子顛簸了不只十二個小時，但就算這樣，她蘇拉雅也絕對不會向眼前的惡魔低頭。

車子突然煞車，蘇拉雅毫無預警，差點撞到擋風玻璃，而當她驚魂未定地抬起頭來，哈理德就已經跳下去站好了。

「給我下來！」哈理德不顧蘇拉雅臉色蒼白，低吼地命令著她，「這條路太陡，車子開不上去，要走路。」

蘇拉雅無奈地嘆了一口氣，疲憊不堪的她也或許是出於本性，無論如何都無法抗拒別人的命令，她雙腳發抖慢慢走下車，頭暈目眩差點摔倒，幸好及時靠在車身旁。抬起頭，有著寬闊背影的年輕男人，正朝前面樹林中的一個小屋走去。

只走了一步，蘇拉雅就這樣昏了過去。

「喂！」低沉的吼音再次迴盪在耳邊，蘇拉雅用力抬頭睜開眼睛，看到男人的臉靠了過來，原本那麼剛毅、凶悍的堅定眼神，突然透出一絲柔和的光線，但聲音還是那樣不留情，「妳，怎麼啦？」

「你還好意思問啊！」蘇拉雅在心裡抗議，憤怒地咬緊嘴唇，眼淚就快要掉下來，她用手臂支撐自己坐直，抬頭看著高陡想放棄的馬路，想自己走上去。

「妳可以走到那間小屋嗎？如果真的不能走，我可以抱妳上去。」

哈理德充滿惡意的嘲弄口吻，使蘇拉雅氣得忘了自己的疲倦，她趕緊站穩，雖然無法喊出聲，她還是倔強地回嘴：

「為什麼不能走？我是不想走，要殺我你就在這下手，我才不會聽你命令。」

哈理德哼哼地冷笑兩聲，舉手抱在胸前，一副勝利者的樣子。

「已經落在我手裡，嘴還那麼硬啊，告訴妳，我不會殺妳的，這不是因為可憐妳，而是我不想讓妳那麼快就解脫，妳還得為妳犯的罪付出代價呢！」

「你要對我做什麼？」蘇拉雅嚇了一跳，聲調不由得抬高，怕得發抖。

「妳到那小屋裡，我就告訴妳。」

「我不去！」她緊握雙手，做好防備。

哈理德目光凶惡地斜視她，好像想強行帶她上去，但他轉眼就改變心意：

「喔，妳如果想待在這兒也隨便，可別怪我沒提醒妳，這附近眼鏡蛇最多，剛才我就在車邊看到一條，妳可能沒注意吧！差不多有妳手臂那麼粗。」

眼鏡蛇！！蘇拉雅頓時渾身雞皮疙瘩，恐懼佔滿內心，她不自覺走近男人一步，緊張地探看周邊。

「總之，妳要在這兒呆著是吧！那我要上去了，說實在的我可是很怕被蛇咬呢！」

看到他真的轉身要走，蘇拉雅不自覺叫出聲：

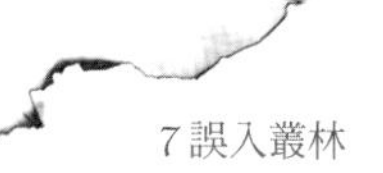

「哈理德先生。」

哈理德停住腳步，轉身，看著蘇拉雅的樣子，好像欲言又止，想要問她什麼，但還是沒有開口，只是挑起眉毛，用帶著疑問的眼神盯著她。

「我，我跟你上去。」她無奈地說，「如果你保證不會欺負我。」

他閃過一抹無禮的嘲笑。

「喔，妳還講條件呀！不過我好奇，您這種千金大小姐會相信我這下三濫的保證嗎？」

「我，相信。」蘇拉雅儘量放低聲調，可憐兮兮地說，希望他會生一點惻隱之心。「我會乖乖跟你上去，但你要發誓，不會欺負我，你想要多少錢，我願意寫信給家人送贖金給你，我保證你不會失望，求求你放過我吧！」

「哈！妳居然，妳居然會認為我是犯罪者啊！妳以為我是為了錢綁架妳的嗎？告訴妳！我不稀罕妳那點錢！我知道以妳沙姍妮·蘇帕安德的贖金一定是天文數字。但老實告訴妳，我不想要錢，妳最好給我搞清楚！」

「那你到底想要什麼？」她再次顫抖地問，環顧四周，「這裡又究竟是什麼地方？」

「等到了上面我就會告訴妳，不是在這兒！」

「但你還沒保證我的安全，誰敢上去，誰知道你要做什麼？」

哈理德邪惡地冷笑著：

「哈哈！就只是到屋子裡而已啊！怎麼？如果我真的想對妳怎樣，在這做不行嗎？誰會救妳，妳在森林裡叫破喉嚨也沒用。」

「可是……」

「不要再可是了，我沒時間也沒耐性跟妳扯這麼多，我現在就要上去，要不要跟來隨妳便！但我警告妳，除了眼鏡蛇之外，這裡還常有老虎和熊，因為前面有條河。」他指著左手邊一片竹林的方向，接著就轉身逕自往前走去，完全不顧蘇拉雅是不是要跟上去。

蘇拉雅無助地哭了起來，想要循車子開來的原路回去，如果下面村莊有人能發發善心，說不定有人能送她回去。天完全亮了，陽光灑落一地，慢慢暖和起來，剛才她坐的車子就這樣停在一邊。

「如果我會開車該有多好啊！那樣就能開車逃走，讓哈理德嚇一大跳了。」蘇拉雅恨恨地想，但是我不會開車，況且他根本就沒有留下鑰匙啊！蘇拉雅無可奈何地向前走去，她搖搖晃晃地隨著車印來時的路上前進，可是沒幾步就停了下來，耳朵迴響起那一句：

「除了眼鏡蛇，我還經常看見老虎和熊。」

蘇拉雅禁不住雙腿發抖，她一直安慰自己，那些瞎話只是他編出來嚇我的。可是嬌小的她還是忍不住害怕：

「萬一是真的呢，如果我真的遇到那些猛獸該怎麼辦呢？還有很遠很遠的路才能走出森林，連車子都開了這麼久，就憑現在渾身無力的我，要怎麼離開這裡？」

想到這裡她就更加喪氣，抓著路邊的樹才沒有倒下去。

「阿姨，為什麼你們不出來找我呢？」她心裡自言自語，眼淚掉個不停，「阿姨忍心讓外甥女死在這荒山野嶺裡嗎？老天爺，您幫幫我吧，誰能來救救我？」

回過頭去找哈理德，他早已不見人影，應該已經到小屋裡了吧！蘇拉雅一個人面對飢餓和恐懼，「好狠心！這傢伙真不是人！」蘇拉雅嗚咽著，全身發抖，因為害怕跟飢餓，蘇拉雅眼前一片模糊，旁邊的樹枝看起來突然像條蛇一樣，正抬頭張開嘴巴，在尖牙後吐出紅紅的信子，眼看就快咬到她的臉了，蘇拉雅連忙想高聲大喊，可是又發不出聲音，扭開身體想躲避大蛇的攻擊時，突然失去了重心，就這樣往樹旁倒了下去。

再次睜開眼睛的時候，蘇拉雅隱約感覺出自己睡在一片竹墊上，眼前是竹片跟乾草做的屋頂，同時她還聽到了那個熟悉的、魔鬼的聲音。

「妳醒了，沙姍妮，能坐起來嗎？」

蘇拉雅無力地斜看了他一眼，哈理德．郎西門坐在門口的竹凳上，旁邊有一個黑黝黝的粗壯男人坐在地上，他打了赤膊，只穿一件黑色褲子，有著圓滾滾的大肚子，臉上佈滿粗硬的鬍鬚，赤裸的上半身跟鬈曲的胸毛都是髒兮兮的，看起來好可怕。粗壯的男人好奇地盯著她。

當她努力掙扎著站起來的時候，哈理德正回頭去囑咐那個男人些什麼，口音好像是方言，而且說得很快，蘇拉雅聽不出談話的內容，哈理德一說完，那個男人馬上就走出門口。

哈理德回頭看著她，一臉平靜，但他語調依然響亮嚴肅、充滿不容挑戰的權威。

「妳要吃點東西才有力氣，接下來我會告訴妳，我帶妳過來到底是為了什麼。」

「不能先說嗎？」蘇拉雅輕聲回問。

「不行！」回答很堅決，威懾力足以讓蘇拉雅乖乖閉嘴，剛剛的粗壯男人再次露面。他端著竹托盤放在蘇拉雅前面，她這才看到是一碗粥，旁邊有一小盤烤魚和裝著清水的竹杯子。

蘇不假思索地立刻拿起竹杯將水一飲而盡。當水滑過喉嚨，她好像覺得自己又活了過來。

「下等人的食物都是這樣的喔！」哈理德冷冷地說，「如果想吃更好的，妳可以自己做，我會叫人送食材過來。但是我懷疑，妳這千金大小姐有本事自己下廚嗎？搞不好連飯都煮不熟吧！」

因為遭鄙視，她抬起頭來瞪了哈理德，但轉念一想他是因為誤以為自己是沙姍妮才這樣講，也就不生氣了。她低著頭不發一語，默默吃東西。香氣四溢的粥和帶鮮甜味的魚，讓她三兩口就不自覺吃得精光。

「妳很餓了吧！」他的態度好像長輩看到孫子大吃特吃時那種慈愛關懷的樣子，卻讓蘇拉雅頓時被激怒，覺得好像被羞辱了，抬起頭惡狠狠地瞪著大眼睛。

「怎麼可能不餓啊！我整個晚上都在挨餓。」

「妳挨了餓，但也睡了一整晚啊，而我呢！飯都沒吃，覺也沒睡，開車從曼谷到這兒十幾個小時，停了幾次車也沒幾分鐘。妳……要不要再加點粥，好像還沒吃飽的樣子。」

「不用，我飽了，我現在比較想知道，你到底要幹嘛？」

哈理德點頭讓僕人拿托盤出去，一會兒他就將裝滿水的竹筒遞給蘇拉雅，很客氣尊重的樣子，然後又轉身離開。這時哈理德說話了：「好，我告訴妳，我為什麼要帶妳過來。」

「這裡是哪裡？」她突然警覺地提問，同時忍不住打量四周，望望外面。

「就是妳不願意來的小屋啊！」

「不是，我的意思是這裡是什麼地方？」

「哦！這裡是洛坤府，哈林的老家。」

「那你為什麼帶我來這兒？」蘇拉雅又提出那個她曾經問了無數遍的問題。

哈理德先是很平靜，但又突然變得凶悍的眼神再度盯緊了她的臉，讓她感到心裡發毛。褐色眼睛裡透出的怒火，讓蘇拉雅忍不住避開他的視線。

「沙姍妮小姐，妳應該還沒忘記妳當初是怎麼跟哈林說擇偶條件吧！妳告訴他，妳是絕對不可能跟他結婚的。因為他只是從鄉下來的，身世不明的野孩子。如果跟他在一起，會讓妳名譽掃地，顏面盡失，被大家恥笑。妳可能沒想到，就因為妳隨口說的幾句話，讓他心如刀割，從此離開這個世界了。」

蘇拉雅傷心地低下頭，熱淚盈眶。

「對不起，是我說話太直接，但是我萬萬沒想到會造成這麼嚴重的後果，請你原諒我，哈理德，我真的不是故意的。」

「不，妳別誤會，我並沒有因為那些話而生氣，選擇另一半本來就是妳的權利，」哈理德突然站來走向窗邊，「可是我絕對不會原諒的，是妳的行為跟態度。妳先勾引他，讓他漸漸迷戀妳，尤其是妳居然這麼不知羞恥地……讓他佔有妳的身體，讓他被迷得神魂顛倒。結果，突然有一天妳決定甩了他，妳說不要就不要了，妳斬釘截鐵地說絕對不可能跟他在一起，要他死了這條心。

妳想想看誰受得了，他整個人都垮下來了，天天借酒澆愁，出去鬼混想要忘記妳。哈林這個孩子太單純，太自不量力了，他怎麼知道，原來不是妓女也可以隨便跟人睡，即使給了身體也不代表愛情。他一直相信妳是愛他的，相信總有一天妳會成為他的妻子。但妳讓他失望，妳親手毀了他的幸福，所以他才沒有勇氣再在這個人世間活下去。」

「可是事情都已經過去了。」她顫抖地說，聽到剛才那些話，讓她心裡有著說不出來的痛，幾乎要將她的胸口撕裂了，「現在即使妳再怎麼折磨我，殺我幾次，哈林都不會再活過來了……」

「沒錯，對哈林來說這些都沒有意義了，因為他已經死了，但妳還活著不是嗎？對妳來說，這一切還不算過去式，我絕對不會再讓妳有機會去傷害別的男人了，我要阻止妳繼續勾引、迷惑他們，我要阻止妳繼續作孽。」

「既然如此，你就乾脆殺了我吧，讓我跟他一起去吧！事到如今我再自己活下去也沒什麼意義。」蘇拉雅沒有講出她心裡的最後一句話，「反正我已經永遠失去哈林了。」

「我說過我不會輕易殺了妳的，那太便宜妳了。我要關著妳，不再讓妳有傷害其他笨男人的機會。妳，一輩子都要留在這兒……」

「直到我死為止嗎？」

他低聲地笑道：「沒那麼殘忍啦，怕了嗎？妳不只要被關，還得做我交代的工作，直到妳老了，不再年輕貌美，或什麼時候我確定妳對其他男人無害了，那妳就可以獲得自由了，或者……」他停頓了一會兒，鄙夷地看著她的臉，「還有一個方法讓妳迅速獲得自由，如果妳願意選擇妳剛才看到的工人當妳老公，為他生個孩子，妳就馬上自由了，呵呵。」

8 就要遭到監禁

哈理德剛講完的一秒，蘇拉雅瞬間從竹墊上站起來，用她那白淨纖弱的手掌，使盡全力搧了他的臉頰兩巴掌。

啪！啪！

「……下流！無恥！……我已經不知道怎麼形容你了！」

哈理德沒有什麼反應，他魁梧修長的身子依然站在那裡，挺拔得像一座雕像，看樣子剛才小女孩的那點氣力對他來說只是輕輕摸了兩下，毫髮無損。但是他眼睛裡湧出的怒意和殺氣，讓蘇拉雅本能地閉上眼睛，害怕他馬上要過來把她撕成碎片。

但……蘇拉雅又猜錯了，哈理德並沒有如她想的發脾氣，連一直抱在胸前的手都未曾鬆開。

「妳要把我的行為跟什麼惡行相比都可以，我只拜託妳，別把我跟妳相提並論就好。因為面對妳，我算是甘拜下風，不可能做得比妳更賤了。」他刻薄地說著，「我知道，妳搞清楚我的目的後就會很生氣很憤怒，但沒辦法，這是唯一能改造妳劣根性的方法，至少妳可以學會過過低三下四的日子，不會再瞧不起任何人。或許也可以讓妳永遠都忘不了，妳曾經也跟一個下等人生過孩子……」

「休想，我寧願去死也不會讓你得逞。」蘇拉雅高聲尖叫，歇斯底里地跺著腳。

「那就表示妳是打算在這裡長住囉？那也好，至少這世上的男人暫時都安全了。」他假惺惺地微笑著，心裡充滿戲謔她的快感，「真擔心那些礦井工人們如果碰到妳，不知道他們要受多少傷害呢！所以我事先警告妳，妳絕對不能到礦場去！」

「你是在怕我去叫警察來抓你吧！」

「如果我怕，幹嘛答應妳生了孩子就放妳出去呢？」他劍眉一挑，「不過算了，妳怎麼想我不管，總之妳都得聽我的就對了。」

「如果我不要呢，你又能怎樣？」蘇拉雅立刻抬頭問，她黑亮的大眼睛迎上他的眼神，挑戰似地盯著他的臉。

「我啊？我不必親自做什麼，反正我已經命令啞仔了，他負責在這裡照顧妳，如果妳硬要離開這裡，我允許他可以隨時處置妳，我是說任由他怎麼處置喔！」他強調這飽含深意的「處置」，聽到這個字眼，蘇拉雅全身雞皮疙瘩，胃裡一陣翻騰噁心。「可是如果萬一啞仔一不小心讓妳溜了，我想眼鏡蛇和老虎應該也可以幫我看著妳。」

「野蠻人！」蘇拉雅恨得咬牙切齒，「等著瞧，如果我什麼時候能逃出去，我一定會帶著軍隊來收拾你。」

「哈哈，是嗎，好啊，儘管來吧，我張開手臂熱烈歡迎，就等著有那麼一天了。」哈理德大聲地笑起來，充滿了諷刺的嘲笑，但當他抬起頭來，臉色忽而變得嚴肅：

「不過在逃出去之前，妳還想活命的話就必須服從我的命令，現在給我坐下！」

「我不累！」

「沒人擔心妳累，而是我討厭妳站在房間中間擋路。」他很乾脆地回答，面無表情推開蘇拉雅，雖然他沒提起剛才打臉的事，但是那雙眼睛讓蘇拉雅知道，他絕對不會給她再次攻擊他的機會了。

蘇拉雅往後跌跌撞撞退了幾步，無力地跌坐下去，當她坐定，哈理德又繼續說：

「既然妳拒絕我的第二個建議，就表示妳選擇第一個，也就是說要被關在這間小屋裡，這樣看來可能得過個好幾年，直到我確定妳不會再對男人構成危害。所以不要吵吵鬧鬧的，妳最好先看看那些日常用品，缺什麼就記下來給啞仔。我要走了，記住，絕對不要想逃走。」一說完，他就走出去，留下蘇拉雅一個人在房裡愣著。

門口人影閃了一下，蘇拉雅嚇了一跳，是啞仔！他駝背走了進來，把紙和鉛筆交給蘇拉雅，蘇接過來時禮貌性地報以一個微笑，心裡卻十分害怕哈理德剛才提到他對啞仔那段令人恐懼的交代。

「謝謝你！你叫啞仔是吧？」

啞仔凸起的眼球上佈滿血絲，很詫異地看著她。啞仔什麼也不回答，就在離她不遠的前面蹲坐下來。

蘇拉雅嘆了一口長氣。

「你真的是啞巴？但是你應該知道我在說什麼吧？因為剛才我看到你幾乎都照主人的話去做。」

啞仔又一臉疑惑的樣子，但蘇拉雅並不放棄，她懇求地說：

「啞仔，你一定不知道，我是被你的主人騙來的，我根本不想來，現在我的處境很危急，求你送我到城裡，可以嗎？然後我會給你很多錢作回報。」她說著，用手一起比劃著，「真的！你想要多少錢，我都可以給你，只要我能回到家，我保證不會虧待你，好不好？」

啞仔凸起的眼珠還是直直地盯著蘇拉雅的臉頰。

「你是在怕主人嗎？你應該是怕他會殺了你吧？如果是那樣，我保證，只要你成功帶我離開這裡，我會讓警方來保護你直到哈理德坐牢，怎樣？你帶我去好不好？」

啞仔仍然保持沉默，不表示接受還是拒絕的態度，蘇拉雅頓時覺得灰心，突然想到自己這兩天來都沒有洗澡，身體黏答答的不說，連淺色衣服都被弄髒成了深色。

「如果能洗頭洗澡讓精神變好，也許我的頭腦會清醒一些，想出逃跑的好辦法。」蘇拉雅環顧四周，發現房裡一角擺著的家具，好像是衣櫃的樣子。蘇拉雅打開櫃門，發現那是個三層櫃，第一層放著一些日常用品：牙刷、牙膏、肥皂、梳子和鏡子，第二層有幾件女裝、裙子和毛巾，第三層有蚊帳、小枕頭和被子。她一眼就看出這些東西都是新的，件件擺得整整齊齊，蘇拉雅心想，這些東西跟阿姨以前買來給僕人們用的便宜貨沒什麼兩樣。

「像哈理德那種人還能買到什麼好東西！」蘇拉雅默默地想著。她把櫃子裡的裙子、毛巾、肥皂、牙刷、牙膏都拿出來，撕掉肥皂的包裝紙，然後，習慣性地找哪裡有垃圾桶，但突然想起自己現在所處的環境，不由得笑了出來。蘇拉雅把所有包裝紙垃圾揉成一團，全都扔到房裡去，放肆大聲地笑著：「我要故意弄亂房間，走著瞧！」

一邊的啞仔眼神充滿困惑，靜靜看著她，讓蘇拉雅突然覺得對自己剛才的行為感到很不好意思。

「對不起啊，啞仔……這裡沒有垃圾桶嗎？」

啞仔搖搖頭，站起來收拾蘇拉雅扔在中間的垃圾，然後把它們丟到外面去。

「浴室在哪兒？帶我去。」蘇拉雅帶著點命令的口吻，帶著盥洗用具，跟著啞仔一起離開房間。

走出房間門口有個陽台，陽台外面的地板也是竹片鋪的，繞到房間後方，是另一間小房間，門開著，蘇拉雅探頭進去看一看，看到廚房的用品整齊擺放著。經過廚房後就看到房屋後方的竹梯，竹梯下連接著另一間小屋子，看起來很像廁所，是建在地面上的。蘇拉雅回頭看了一眼啞仔，就看到他點點頭指了指下面，她這才謹慎地、慢慢地扶著那個竹梯下樓，好幾次險些從上面掉下去，好不容易才到地面。

「咦？那我剛才是怎麼進到那間屋子裡去的？哈理德這個神經病可能抱我上去了吧！」蘇拉雅有一種不正常的感覺，好像有點嫌惡，卻又有點感動，當想起自己的身體躺在他的懷裡，臉馬上就漲紅了。「算了算了！不要胡思亂想，這又沒什麼，我當時神智不清啊！」

蘇拉雅注意到，這間浴室是剛建好的，不像房子比較老舊，是能讓一個人張開手轉圈的大小。上面的天花板是黃色的，地上很乾淨，門也可以鎖緊，馬桶雖然是舊式的抽水馬桶，但看得出來沒人用過，另一邊有個陶土水缸裝著乾淨的水，缸上放著竹瓢。

半個小時之後，蘇拉雅洗好澡出來，她穿著裸肩長裙，用小毛巾蓋住了肩膀，黑髮濕漉漉的，襯托光滑的臉蛋和白皙的頸部，毛巾沒完全蓋住的身體肌膚看起來十分水嫩，讓啞仔看得出神，眼睛一亮。但當蘇拉雅轉過身來，他馬上將自己的視線移開，站起來讓她上樓梯，依舊是很尊敬的態度。

「啞仔，你的主人讓你時時刻刻這麼認真地監視我啊，那晚上他讓你睡在哪？」蘇拉雅諷刺地問。

啞仔往一棵大樹上指，離小屋不遠的樹上搭了個小棚子，乾草的屋頂，沒有其他遮蔽，從小棚子剛好能夠看到小屋兩邊的樓梯。

「這個哈理德怎麼想得這麼周到，看來要逃出去真不容易。」蘇拉雅灰心地想著，走回小屋，啞仔沒有跟上來，只是坐在樓梯口。

進了臥室，蘇拉雅走向衣櫃，拿起一件衣服攤開，心裡不得不抱怨起來：

「天啊！這分明是女工的衣服嘛！圓領無袖特大號T恤，也只有這個鄉巴佬哈理德敢拿出來。」蘇拉雅哭笑不得，可是又能怎麼辦？跟接下來每一刻可能面對的危機相比，漂亮舒適根本不重要。

拿著毛巾，蘇拉雅下了樓梯。

「啞仔，這兒附近有很多老虎嗎？」她甜甜微笑像在示好般詢問。

啞仔搖搖頭，咧著嘴，可以看到他一口白牙。

「是不多還是沒有？」

他依然一邊搖頭一邊比手劃腳，蘇拉雅可著急了，因為她猜不出來，搖頭的動作到底是「沒有」還是「不多」的意思。

「等一下，我再問一遍，啞仔你曾經見過老虎和大熊到這附近來嗎？」

啞仔又逕自搖頭和揮手。他張嘴大笑，一副笑到要肚子痛的樣子，不過卻沒發出半點聲音。

蘇拉雅心裡詛咒哈理德，如果他不騙自己說附近有猛獸，現在她可能早就走到城裡去了。現在確定路上安全，蘇拉雅立刻開始想逃跑的辦法，想依靠啞仔是沒辦法的，因為他對主人太忠誠了，而且也不會被她賄賂。所以只有一個辦法，暫時引開他。

「啞仔，幫我做一條晾衣繩可以嗎？我洗了衣服，但沒有晾的地方。」

蘇拉雅暗自在心中計畫盤算，啞仔準備那些工具的時候，她就趁這個機會跑下山，她確定不會迷路，一定能走到下面的村子。

照蘇拉雅的計畫，啞仔應該站起來出去找工具開始動手做，還是坐在那兒，指向附近竹林的方向，有支竹竿橫在兩叢矮竹堆間，看起來很穩固，可以作為晾衣服的架子。蘇拉雅失望地嘆氣，無奈走到浴室裡，拿出洗好的衣服來晾。

她回想哈理德臨走前的話，他說如果有什麼需要就寫下來讓啞仔拿去給他，蘇拉雅又重新燃起希望，啞仔把紙條送去給主人時，她應該有逃跑下山的時間跟機會。想到這裡，蘇拉雅馬上轉身上小屋，拿了紙筆寫下一些需要的東西：檯燈、洗衣粉、蚊香……然後，走下樓梯交給啞仔。

「這個，給你主人，上面有我要的東西，他不是跟你說過了嗎？」

啞仔臉上表示明白，他接了紙條就往山下走去，完全忘了要蘇拉雅跟著他過來。

機會來了，蘇拉雅跑回房間拿鞋子，但她猶豫，在這麼一大片森林裡，高跟鞋應該不太方便，更會拖慢逃跑的速度，甚至可能遇上正準備回來的啞仔。

「赤腳吧，忍住腳痛，才能趕快離開這兒。」蘇拉雅拿著鞋下了樓梯，打算等到安全的地方再穿它。

蘇拉雅慢慢地從山坡爬下來，路很陡，心裡對等會兒可能面臨的危險感到七上八下。每當薄嫩的雙腳踩到那些烤得發燙的石頭時，又要忍住不叫出來。已經接近中午，太陽越來越大，好像要把所有東西都燒起來似地，好幾次蘇拉雅都想要停下來，過了好一會兒她才走到車停著的地方。蘇拉雅鬆了一口氣，立刻穿上鞋子，精神抖擻地趕緊向前走。她低頭走路，緊跟著在森林中彎曲的輪胎印想回家去。

蘇拉雅走得很快，路漸漸地變成低斜坡，當蘇拉雅正為即將到來的自由而欣喜時，輪胎印偏偏消失了，前面是條碎石子路。

蘇拉雅停下來，認真觀察著眼前一片碎石子地，想尋找有沒有車輪壓過的痕跡，可是就在這一秒，蘇拉雅突然感到背脊一涼，因為眼前在枯木和蘆葦叢之間的，正有雙眼睛與自己對視著。

眼鏡蛇！巨大的黑黃色眼鏡蛇，蘇拉雅發現它的時候，它剛好就高抬著頭，與她腰部的高度差不多。它的眼珠是深綠色的，在陽光照射下亮晶晶的，它擴張的頸部跟左右搖晃的動作顯示出它已經準備攻擊，身體挺直，只有尾巴部分還支撐在地上，好像隨時都會張開口咬人。

那一刻，蘇拉雅感覺自己的心跳已經快停了。

9 放棄逃跑的念頭

拿著鞋子的手抓得更緊了，蘇拉雅的臉龐、眼眶和太陽穴都湧出了豆大的汗珠，幾乎快要乾了的頭髮現在又濕透了，雙腳已經發顫到就要站不穩了。

「跑！」蘇拉雅的本能告訴自己，「要跑！用最快的速度逃跑！」

就在那一秒，蘇拉雅從背後聽到了那個低沉熟悉的聲音：

「別跑喔，沙姍妮，站住別動。」

「啊，是誰。」蘇拉雅混亂的思維中努力回想，那是她認識的聲音，那個深沉無法違背的命令口氣，但是又好像跟先前的不同，夾雜著其他情感，蘇拉雅也沒那麼多時間來分清到底是有什麼區別了。因為下一秒，蘇拉雅的眼前閃過了模糊的黑影，在眼鏡蛇準備攻擊的時候，森林裡迴盪著巨響：

砰！砰！砰！

高跟鞋從手上滑落，蘇拉雅閉上眼睛，捂住臉龐，恐懼害怕驚慌交錯，幾乎又要倒下來了。

「可以睜開眼睛了，沙姍妮。」剛才的聲音接著在耳邊響起，這次倒有著蘇拉雅最討厭的鄙視意味。「我真的要稱讚妳幾句了，沒想到妳這次這麼聽話，如果剛才妳動了，一定是死路一條。」

蘇拉雅把手移開，轉頭看向哈理德，不敢正視那條蛇的屍體。他正把手槍收起，臉色跟往常一樣平靜，完全沒有害怕或慌亂，可是蘇拉雅的心卻跳得很厲害，幾乎就要從胸口跳出來了。

「我才沒有要聽你的話。」雖然她明明已經嚇得臉色發白，滿頭大汗，還是非常嘴硬，「我只是，走不動了，不管怎麼樣，還是要，謝謝……謝謝你救了我。」

「那就不必了，我救妳是因為……擔心妳死得太快，不想讓妳這麼容易解脫。」哈理德依舊毫不留情，諷刺地說，「跑這麼遠散步啊？上面的路比這裡好走多了。」

「我不是出來散步，而是要逃跑回家的。」蘇拉雅恢復平靜，這句話說得一點都不客氣。

「逃跑回家？」他大聲地笑，將她從頭到尾打量了一遍。蘇拉雅穿著白色的普通T恤，因為太大，肩膀處幾乎要掉下來，紅色裙子長到腳下，頭髮亂蓬蓬的還沒梳好，身上沾滿汙泥，滿頭大汗，臉色蒼白。「穿這樣逃跑？我還在想妳怎麼肯乖乖穿上這身衣服呢，我還以為妳一定會大吵大鬧，死都不要。」

「原來如此！故意整我！哼！哈理德！你給我記住！」蘇拉雅心裡記恨著，「什麼時候把你送進監獄冷靜一下，讓你試試看比這更糟的犯人服好了。」

「這也沒什麼。」蘇拉雅驕傲地抬起頭來說，一臉平靜地打量了自己，「我在家也常常這樣穿，很舒服，這很了不起嗎？」

他又再次放聲大笑起來，馬上戳破她的謊言。

「哦！是嗎？真沒想到，本來覺得穿這種衣服真是委屈妳，還打算回去挑一些好一點的讓妳換，可是既然妳很滿意，那就不用麻煩囉！回上面去吧！我肚子餓了。」

「上面有食物嗎？」蘇拉雅狐疑地問，突然她的肚子叫了起來，先前吃的粥好像已經消化完畢了。

「只有生鮮食材啊！妳要負責煮。」他走在前面，自顧自地說著。

蘇拉雅趕緊撿起鞋子跟了上去，這次的事讓她徹底明白，目前她想逃跑，是絕對不可能的。她還不想被蛇咬死在森林裡，所以，直到確定自己能夠百分之百安全離開，她絕對不再逃跑，除非受不了他的虐待。

「哈理德，請問，你是從哪邊過來的，我一路上都沒見到你，但你就突然出現了。」

他冷笑著，頭也不回地答道：

「我一看到啞仔一個人過來，就知道這絕對是妳的花招，想支開他逃跑。我立刻抄捷徑上來，去小屋沒見到妳，一下來找，就發現妳愣在那隻邦藍前面了。」

「邦藍？」

「喔，就是眼鏡蛇，不過趕得上救妳一命，倒也不是什麼天大的福氣。」

「我知道！我又沒拜託你救我！」

「那我能怎樣，我也是千百個不願意啊！難道要我一個男子漢袖手旁觀喔？」他戲謔地回答。

「男子漢？少在那邊自誇！」蘇拉雅提高聲音又尖又氣，「男子漢才不會做像你這樣沒人性的事。」

「我知道啦，妳沙姍妮所謂男子漢是那些拜倒在妳石榴裙下，隨時聽妳差遣，心甘情願任妳擺佈，讓妳呼來喚去的人嘛！」

蘇拉雅咬緊嘴，決定不再與這個男人作無謂的口舌之爭，說了也是白說，反而給了他諷刺羞辱自己的機會。她靜靜跟在他後面，而當她先沉默，哈理德也就不主動說那些難聽的話了。他往前一直走著，什麼都不說。當他跨過路中央的樹枝時，還會回頭移開那些障礙物，方便蘇拉雅走過。當蘇拉雅想開口說聲謝謝時，他反而搶先一步：

「不用謝我，我是不想聽到妳開口抱怨，會讓我覺得不舒服，僅此而已。」

「以後用不著你幫，不勞您費心。」蘇拉雅氣不過又頂了回去，「你放心，我會照顧好自己，如果真的有什麼差錯，我也保證絕不叫出來騷擾您高貴的耳朵。」

哈理德默不作聲，還是在她前面繼續走上山坡，兩個人又再次回到高腳屋下，哈理德還是紳士地先讓她上樓去，接著他就跟了上去，然後交代著說：

「妳現在的任務除了清潔打掃、洗衣服之外，每天三餐還要自己做來吃。」

蘇拉雅靠在用竹子編的牆壁上，抬起頭問哈理德：

「咦，還要洗誰的衣服嗎？」

「難道妳會那麼大方要幫我洗？」他嘲諷地笑，「不敢辛苦妳了，要是可以做好妳自己的就超乎我預料了。話說從出生到現在，妳的纖纖玉手曾做過什麼家務嗎，應該是養尊處優，茶來伸手的人吧？」

說話的同時，還刻意瞄了一眼她纖細的手指。

「你休想我幫你做什麼！我是隨口問的，這是想告訴你，就算逼著我做，我打死也絕對不會做，絕對！絕對！聽到了沒？」蘇拉雅狠狠地說，「別以為隨便就能要脅女人。」

哈理德瞪了她一眼，他的眼神那麼強硬，讓蘇拉雅情不自禁地想轉開頭，無法抗拒那深邃的目光，接著他冷冷回答：

「我不讓妳洗我的衣服，是因為我不需要，不是怕妳不做。還有，我不想穿那種洗得不乾淨、隨便熨一熨、滿是縐褶的衣服。更何況我有傭人，做得一定比妳好很多。」他停下話，當看到從後面緩緩升起來的煙時，「啞仔生了火，妳快去幫他煮飯。」

蘇拉雅鬱悶地走到後面廚房，看到啞仔正用扇子在火爐前搧風。他回過頭來笑嘻嘻地，又露出一口白牙，看著蘇拉雅走進去。

「今天要煮什麼呢？啞仔。」雖然明知道他不能開口回答，蘇拉雅還是親切地問著。

啞仔推了個藤籃過來，蘇拉雅瞧了瞧裡面的東西，有鮮魷魚、干貝和大草蝦，還有兩三種蔬菜。

「怎麼買這麼多東西啊，吃得完嗎？」

他依然憨憨地笑了笑，拿過飯鍋洗米，開始切魷魚。

「好，那麼今天中午，我們就來做個簡單的魷魚粥好了！」蘇拉雅一邊說，一邊準備煮粥的調味料。她走過去打開食物櫃，掀開幾個小碗，分別裝著大蒜、豬油、蝦米等等。從這些東西來看，她注意到這間廚房應該經常開伙，飯鍋、木板、石臼以及有著使用痕跡的刀子，說明這間房子不是廢棄的，而是有人住的，不過會是誰呢？這家的主人。哈理德？不可能。沒有看見一件他所用的衣服和用品留著，太疑惑了，受不了好奇心，最後決定還是問啞仔：

「啞仔啊，這個房子是誰的？」

啞仔回頭看看她，不知道怎麼回答，她再問得更清楚：

「是誰的？我來之前，是誰住在這裡？」

他用手指很用力指著自己，笑著點頭。

「哦？原來是你住的啊，啊，那我不是來搶你的房間啦，你的主人呢，住哪兒？」

啞仔走到門口，然後，用手指指下面。

「在哪兒？山下嗎？在礦場是嗎？」

他點點頭，蘇拉雅還想繼續問，但又覺得有點自討沒趣，一直都是她在唱獨腳戲，蘇拉雅決定不要再問個不停，轉過身來繼續做眼前的事情。她把啞仔已經洗乾淨的魷魚切好放在碗裡，同時，心裡也惦念起在家裡的姊姊。

「看到新鮮魷魚就想起沙姊，這她最愛吃了。」蘇拉雅眼圈一紅，「她應該不知道我被騙到這兒來，所以才到現在都沒來找我，或許大家都以為我不知道野到哪裡去了。從前那種平靜的生活，就這樣結束了。看來我再也回不了家了，哈理德不可能放過我的。」

在啞仔看到之前，蘇拉雅趕緊擦乾眼淚，忙著去炒熟大蒜和魷魚。

「蔥也沒有，香菜也沒有，現在要用什麼灑在粥上啊？」蘇拉雅埋怨道，「用生菜絲好了，啞仔你幫我切吧！這樣比較快。」

啞仔停止拿取勺子和碗盤，轉身過來幫她切菜。

蘇拉雅又繼續叨叨念念：「這裡沒有乾香菇，也沒有味精，唉！這下子一定不好吃。」

「不過我相信身為貴族階級的沙姍妮的手藝一定很好，不用那些也煮得出好菜啊！」那個低沉討厭的聲音突然從背後響起，蘇拉雅嚇了一跳，回頭看到哈理德正站在門口，蘇拉雅沒注意到他站了多久。蘇拉雅不答腔，拿起旁邊的魚露往鍋裡重重倒了大半瓶，當聽到後面那傢伙被嗆到咳嗽時，心裡暗暗笑得很過癮。一股濃重的鹹味從鍋裡飄起，讓旁邊正在低頭切菜的啞仔抬起頭來一臉不解，蘇拉雅覺得可憐的啞仔好無辜啊！

「讓啞仔也受到牽連了，算了，誰讓你沒腦子，這麼呆，自己的主人下流又無恥，還對他忠心耿耿。」

飯菜做好了，啞仔在主人面前放好碟、盤、勺子和玻璃杯，餐具都乾乾淨淨的。

蘇拉雅盛上滿滿的魷魚，在上面蓋了一點粥。

「魷魚越多就越鹹，鹹死你，看你還敢不敢得意！」

蘇拉雅點頭示意讓啞仔端去給主人，雖然沒回頭看門口，但她知道哈理德還站在那兒。蘇拉雅又另外準備了一碗，交給走回來的啞仔。

「這碗是你的。」

啞仔搖頭笑著，指了指她。

「啊？為什麼不拿呢，很好吃喔，我保證。」蘇拉雅著重強調「好吃」，是故意講給站在門口的人聽。

「啞仔從來不跟主人一起吃飯。」低沉的聲音再次從門口響起，「所以那碗應該是妳自己的，而且如果妳從廚房出來，啞仔可以自己去盛。」

蘇拉雅不得不聽他的話，拿起碗走出門去。哈理德讓路給她，也跟著走到陽台來。啞仔連忙跟出來拿凳子給主人，但他卻示意要啞仔拿到蘇那邊去，自己就坐在樓梯上雙腳懸空，低頭認真吃起粥來。

蘇拉雅坐著啞仔拿過來的凳子，覺得有點失望，怎麼沒聽到他開口抱怨很鹹，她試著吃自己那碗，然後，馬上閉上眼睛心想：

「我的媽呀！這也太鹹了，我只惡搞了魷魚，還是把整鍋都弄得這麼鹹。為什麼哈理德這個神經病一句話都沒說啊？難道他不動聲色在想什麼整我的陰謀，慘了，他等一下會怎麼報復我。」

過了一會兒，哈理德將空碗放下，拿起啞仔給他的杯子喝水。蘇拉雅偷看碗一眼，立刻就滿臉通紅，因為碗裡的東西竟然都被吃光了。天啊！連一粒米都不剩，哈理德看了她一眼，不知道是不是諷刺，淡淡地說：

「妳的手藝真好。沙姍妮，謝謝妳，我要去工作了。對了，妳需要的東西放在廚房桌上，妳可能沒注意吧，叫啞仔拿給妳也行。」說完了就走下樓梯。

蘇拉雅放好飯碗，走過來靠著欄杆看著哈理德，有種難以置信的感覺。他走了三、四步又停下來，轉過頭來說：

「幫我轉告啞仔，今晚我要在家裡吃飯，叫他不用等我了。」

10 意外的女人

蘇拉雅看著哈理德高大的身影越走越遠，消失在森林中。

「今晚我要在家裡吃飯！」他的聲音又在耳邊響起，蘇拉雅真想大聲地、爽快地哈哈大笑，野蠻的哈理德一定是受到教訓，他害怕了，太好了！那麼，今晚我要盡力做許多好吃的菜補償啞仔，這麼鹹的東西他一定都快吞不下去了。

「我應該多多關心啞仔啊！」蘇拉雅告訴自己，「萬一他哪天心軟了，願意帶我逃跑……如果哪一天我能逃走的話。哼！哈理德你一定會措手不及，等著從天堂掉到監獄，哈哈哈。」

啞仔走過來收拾碗和杯子，蘇拉雅暫時打住美好的幻想：

「啞仔，你的主人說，今天不回來吃晚飯了。」

啞仔抬起頭來看著蘇拉雅，一副不可思議的眼神。蘇拉雅一笑，溫柔地說：

「真抱歉，今天的魷魚粥太鹹了，你應該吃不下吧！是不是硬吞的啊！我保證今晚會做一頓豐盛的大餐當作補償，到時你可要多煮點白飯啊！」

他又露出燦爛的笑容，收拾好碗就走到屋後消失了。蘇拉雅這才慢慢地走回早上的房間。映入眼簾的是門口兩三個大大的紙箱，是早上沒看見的。

「可能是哈理德說要拿來給我穿的衣服吧？」蘇拉雅鬱悶地想，「倒要看一下是什麼樣子，如果不是大嬸穿的衣服，應該就是古裝吧！」

但是當蘇拉雅打開第一個箱子，她就愣住了，睜大眼睛不敢相信。裡面有著各式各樣絲綢、尼龍等料子的女裝，蘇拉雅仔細端詳，萬萬沒想到。太不可思議了，質料舒適的睡衣、繡花長裙、綁腰帶的長大衣、長短不一的絲質上衣，每件都是要價不斐的樣子，蘇拉雅這輩子大概都買不起這些衣服吧！她有一兩件像這樣的好東西，不過都是沙姍妮高興時送她的。

興奮的蘇拉雅又打開另一個紙箱，裡面有色彩繽紛的長裙跟褲子，都是質料舒適、做工精緻的時髦款式，她真是糊塗了。

這到底是怎麼回事？蘇拉雅看著那些衣服呆愣了一陣子，這麼短的時間裡，哈理德是怎麼弄到這些東西過來的？他能去哪買呢？這裡這麼偏僻，離城裡又遠，最重要的問題是，為什麼哈理德捨得花錢，買這麼貴的衣服和用品給自己，如果是要送給他這輩子最憎恨的女人，那也太浪費了吧！

蘇拉雅坐著抱住膝蓋，迷茫地看著那些漂亮衣服，好像作夢一樣。哈理德是魔術師，能隨手變出任何東西。不管怎樣，這件事最好笑的地方就是，他竟要讓她穿著這一身漂亮衣裳，住在這間簡陋小屋裡。

「穿真絲睡衣睡在硬竹板上，連件破床單都沒有，也太妙了。」原本鬱悶的心情因為自嘲又開朗起來，轉頭去看早上睡著的床板，沒想到那裡竟整齊地鋪著一床棉被，這真是太讓人傻眼了。蘇拉雅立刻走過去掀開棉被，發現它的大小與竹板床剛好合適，雖然床鋪不是新的，但是床單洗得乾乾淨淨還熨好了，看起來很是舒適。

「這個神經病哈理德是腦袋進水嗎？」蘇拉雅用手揉揉太陽穴，「他一定是在打什麼鬼主意，要不然幹嘛突然對我這麼好，買一大堆東西給我。難道他怕我逃出去叫警察來抓他，想拿這些漂亮衣服收買我？拜託，以為我是三歲小孩啊！想都別想。」蘇拉雅心裡湧上一股反感，走到門邊踢開那些紙箱。

「叫啞仔過來搬走好了，讓他知道，我才不會貪他這些東西呢！就算你堆了跟自己一樣高的金銀珠寶，我也不稀罕留在這。走著瞧，一有機會我就立刻逃跑。」

「可是，我幹嘛這樣想？」蘇拉雅改變心意，停在門口，「人家又沒說這些東西是用來拉攏我的，搞不好是我自己想太多。而且不管送來的目的是什麼，我都不會打消逃跑回家的念頭啊！」

她轉過來再看那些衣服。

「哇，灰色那條褲子好像很好穿。」蘇拉雅的眼神明亮起來，就像每個看到漂亮衣服的普通女孩，「跟那件紫色的絲質上衣一定很搭。我把這套女工服的衣服換下來好了，太大件連行動都不方便了。」

不一會兒，蘇拉雅就換好一身新衣，雖然衣服尺寸還是大了點，但長褲和絲綢衣服還是凸顯出她苗條的好身材。她編好頭髮，露出一張白淨清秀的素顏。

打扮妥當後，蘇拉雅把所有衣服收進衣櫃，空箱子擺回原位，摺好換下來的衣服，「如果明天還是逃不出去再洗吧，接下來我要做什麼呢？」她想著，「去找啞仔，求他帶我離開這裡吧？但是今天太累了，現在我哪來的力氣走出這片森林，對了！剛剛哈理德說這裡有捷徑，但重點不是路途遠近，而是啞仔願不願意帶我逃跑，無論如何我都要努力一試，誰願意一輩子被鎖在這裡當奴隸？」

打定主意，蘇拉雅就往廚房走過去，但啞仔不在那兒。

「啞仔……你在哪兒啊？」蘇拉雅一邊小小聲地叫，一邊張望著高腳屋周邊，想到自己住在這麼一大片到處是野獸的森林裡，心裡就十分恐懼。今早遇到的眼鏡蛇已經擊潰了她的勇氣，而且蘇拉雅總算認清，即使哈理德准她回家，她一個人也無法安全離開這裡。

啞仔還是不知道去了哪裡，蘇拉雅頂著刺眼的陽光往樹上望去，那是啞仔說他要睡的乾草棚，但沒人在那。蘇拉雅望向四周叢林，左手是兩片相連的竹林，後方的矮灌木林裡好像有什麼東西在移動。

「是啞仔，他去那兒做什麼？」蘇拉雅踮起腳尖從竹梯爬下來，遠遠看到一個人影，當她就要靠近那個身影時，卻馬上躲到竹林後面，因為她看到除了啞仔，還有另一個人在那裡！是個女的，穿著短袖上衣和工人的藍短裙，她的上半身躺在啞仔的大腿上。大概二十五歲，身材比蘇拉雅豐滿，膚色黝黑卻很明亮。她正抬頭笑著跟靠在樹上的啞仔說悄悄話。

蘇拉雅覺得好奇，她的語調很甜軟，是中部人的口音：

「今天你怎麼了，啞仔？無精打采，被主人罵了呀！」

啞仔不自然地搔頭，好像十分焦躁不安，連蘇拉雅都看得出來他有點不對勁。

「到底有什麼事啊？告訴我吧！我都偷偷來看你了，你也應該哄我開心啊！竟然這樣傻傻坐著。」她的口氣帶點撒嬌，看對方好像沒有反應，就挪動身體，拉著啞仔讓他躺在自己身上。

蘇拉雅的臉馬上顯得尷尬起來，她轉過身，很快回到屋裡走進臥室。陌生女子那張臉和曖昧的態度，不時浮現在她的眼前。

「她是誰？真想知道。如果說是啞仔的老婆也不對，因為如果真的是他老婆，幹嘛還偷偷見面？更何況她的態度，好像是從哪偷跑來的，啞仔長得那麼難看又嚇人，她竟然還……」

「啞仔什麼時候才上來，我想求他帶我出去，多拜託幾次，他應該會心軟吧？」眼淚再度不聽使喚，蘇拉雅又想起讓她失去自由的罪魁禍首，哈林．郎西門。

「他已經死了。」她在心裡想著，「他居然因為失戀而自殺了，哈林，不應該是這樣的……如果你能拒絕沙姊的誘惑，就不會發生這種事了。如果你當時對蘇拉雅專一，就不會……」

蘇拉雅的思緒突然中斷，後面有腳步聲靠近，她立刻轉頭望向門口。

出現在門口前的不是啞仔，而是剛在樹林中看見的那個女人，她衣服的縐褶和汙垢讓蘇拉雅替她感到很尷尬，低著頭避開她的眼神。

「妳是誰？怎麼可以住在這兒？」對方先開了口，語氣非常不友善，眼睛還緊盯著蘇拉雅。

「我叫蘇……哦！沙姍妮，曼谷人，我是被騙到這裡來的。」蘇拉雅馬上堆起笑容回答，「妳……可以幫我跟啞仔說，請他帶我逃出去好嗎？」

「啞仔？」

「是的，啞仔在監視我，他的主人叫哈理德，就是他騙我到這兒來的。」

「哈理德？」對方重複這個名字，眼神突然出現恐懼。

「妳認識他！那個哈理德？」

她點頭，塗著口紅的嘴角出現一抹詭異的微笑，蘇拉雅這才注意到陌生女子的化妝和髮型與身上工人服裝似乎有點矛盾。

除了淡紫色的嘴唇，她的臉頰還有著稍濃的粉色腮紅，彎曲的眉毛修得恰到好處，還頂著一頭俐落的短髮，雖然是略顯凌亂了些。

「認識，怎麼能不認識呢？」她大笑著回答，不知道那笑聲是嘲諷還是什麼，

「這個城市無人不知，無人不曉他的名字，哈理德。」

「哦？！」蘇拉雅吃驚地愣了一會兒。

對方將蘇拉雅從頭到腳仔細打量了一遍，環顧房間後對蘇拉雅生氣地大吼：

「妳說是被騙過來的，根本就是在說謊，事先不知道的人怎麼會帶這些漂亮的衣服穿。給我說實話，妳到底是來做什麼的？趕快告訴我，否則……」

「我跟妳說的都是事實，如果妳不相信，我也不知道該怎麼解釋。這些衣服不是我的，我的衣服晾在那邊，我只穿了身上那套過來，沒得替換，他……哈理德就拿了這些給我。」

「哈理德先生給妳的？」陌生女子臉上充滿懷疑。

「對，是真的，如果妳不信，妳看這些衣服都是比我穿的大一號。」蘇拉雅拉拉上衣，「看到了嗎，肩膀都垂下來，褲子也太鬆，但我還是得穿，因為我沒有其他衣物可換。」

「哈理德先生送這些給妳？」她喃喃自語著，皺著眉頭恨恨地盯著蘇拉雅，「妳是他的女人，對不對？」

蘇拉雅臉色一變，這女人怎麼這麼沒有教養，她覺得好生氣。

「不是，我跟他沒任何關係。」雖然氣得發抖，但她還是平靜地應答，「我說了，是他騙我

來這兒的，因為……嗯……原因我也不知道。他可能是看到我沒衣服換，就送這些過來。」

對方依舊皺著眉頭，對蘇拉雅的話不甚相信，但看到蘇拉雅神態自若，也不逃避她質疑的眼神後，就輕輕地笑了出來。

「好吧！我信了，如果妳不是他的女人就好，妳千萬別想當他的女人啊，會倒楣的，這可是肺腑之言。」

蘇拉雅咬緊牙，儘量控制自己保持冷靜。陌生女子伸手拉起蘇拉雅寬大的上衣，然後笑著說：

「妳知道為什麼這些衣服妳穿都太大嗎？哈！我告訴妳，因為那些不是買給妳的啊！」女子非常驕傲地雙手扠腰，一臉欣喜，「如果讓我穿的話，就會剛好合身了。」

蘇拉雅心想，真的呢！在她面前打轉的女子，穿這些衣服剛好適合，她寬寬的肩膀、豐滿的胸部和渾圓的臀部，證明了蘇拉雅先前的猜測。不過她還沒來得及再往下想，對方就繼續開心地說：「我知道，妳開始相信我了吧？對不對？妳實在不能否認，這些衣服我穿一定比妳穿更好看。」

「我也很樂意看妳穿。」蘇拉雅仍舊一臉平靜地回答，「如果妳幫我，跟啞仔求情讓他帶我逃跑，妳何止可以穿我身上這套，那裡面的每件衣服都是妳的了。」蘇拉雅手指向衣櫃。

陌生女子跑去打開衣櫃，翻開那些衣服，但蘇拉雅覺得好奇怪，她為什麼突然又哭又笑？每件衣服她都往身上比一比，還一直說些蘇拉雅聽不懂的話：

「哎呀！睡衣！上面的圖案繡得這麼漂亮，這件！跟我以前拜託他買的款式一模一樣。親愛的哈理德，你太好了，誰都比不上你，哈理德，哦！哈理德……」她抱緊那些衣服，轉過身來惡狠狠地看著蘇拉雅，「妳這個賤人，妳竟敢來搶，搶我心愛的東西，全部的衣服都是我的！包括妳身上這套。」

蘇拉雅不由得深吸一口氣，往後退幾步，對方衝到她面前來。

「別過來！」蘇拉雅厲聲喝斥。

看她停下腳步，蘇拉雅才平靜地說：

「我什麼都沒搶走，我是被騙過來的，我不知道這些衣服是誰的，或是買來要送給誰的，而且我也不想知道。我唯一想的就是離開這裡。如果妳能幫我逃出去，我把所有衣服都給妳，好不好？」

「我幹嘛跟妳交換這個？它們本來就是我的啊！」她看著蘇拉雅身上的衣服，明顯充滿熊熊妒火。

蘇拉雅覺得古怪，抬頭反問對方：

「哦？這些都應該是妳的？那妳告訴我，妳跟哈理德是什麼關係？」

「我和他是什麼關係？」她淡淡地重複著蘇拉雅的問題，突然，又尖聲地笑起來。「我是他老婆！」

11 與陌生女子交換條件

蘇拉雅的心一下子像被電擊到，當她聽到那充滿自豪的宣告時，啊！這真的是她親口說的啊，呵！到底是怎麼回事……

「我是他老婆！！」

剛才一對男女在樹影下親熱的畫面，依然清清楚楚在她眼裡浮現。哈理德的老婆和那個殘廢男人，如果她說的不假，對蘇拉雅來講，實在是值得好好取笑一番的好玩事情，活該！哈理德·郎西門這個目中無人的傢伙，自己老婆都偷吃，還好意思去修理其他女人，連太太都管不好，憑什麼來教訓她。

但轉念一想，蘇拉雅心裡反而有一種難以平復的激動，不知道要可憐還是同情這個男人，因為不管怎麼樣，他都是哈林·郎西門的親哥哥啊！雖然哈林不幸的人生已經結束了，但是蘇拉雅的眷戀沒有隨著他過世而消失，反而更緊密。這才是她無法狠狠地看哈理德笑話的重要原因。

當蘇拉雅正在發愣的時候，聲稱是哈理德·郎西門老婆的她，把緊抱著的那些衣服放在竹板上，她自己也在那兒一屁股坐下。

「怎麼樣？聽到真相的感覺如何？失望還是可惜？」她笑問著，眼神充滿侮辱地盯著她。

蘇拉雅眉毛微挑，明亮的黑眼珠躲開對方的視線，往後走幾步靠在窗戶邊，盡力轉移自己的注意力，她在心裡從一默數到十，控制自己的情緒，所以當她回答的時候語氣出奇平靜。

「別這樣全憑主觀判斷別人，妳懂我的意思嗎？妳不要以為每個人都像妳想的這樣，以小人之心度君子之腹……」

對方的表情表示無法理解。

「難道說，妳不在乎哈理德嗎？」聲音裡流露出不可置信，讓蘇拉雅覺得很好笑。

「妳應該明白了吧！與妳觀念、做事風格甚至人格特質完全不一樣的人，這個世界上還有很多……不過看起來妳應該是曼谷人吧！口音聽起來真像曼谷本地人。」

「也可以這麼說吧！雖然我父母是這兒的人，但是我從小就去曼谷讀書了，高三畢業後才回來這兒，我叫普苔。」她忽然很親切地回答，剛才那種歇斯底里的狀況立刻消失，恢復正常人，或許蘇拉雅的態度也讓她心情緩和。

蘇拉雅提醒自己，如果她能夠忍住這個女人的脾氣越久，對她自己贏得安全的機會越多，於是接著誇獎她：

「是吧！怪不得，第一眼看見妳，就知道妳一定不是這山上的人。更何況，知道妳是……哈理德的太太，更高興。因為妳也許能幫我勸勸他，請他放我回家。我跟妳保證，如果現在他肯送我回家，我不會跟他計較的，妳能否幫幫我這個忙呢？」

「他帶妳來這兒幹什麼？」

「就，他……呃……他沒跟妳說嗎？」蘇拉雅儘量避免提到會使她傷心的字眼。

「沒，沒說。」普苔吞吞吐吐地回答，盯著竹板上的漂亮衣服，轉過來嫉妒地看著蘇拉雅一身的打扮。「我管他呢！明明是我叫她買的衣服，偏偏都不給我。」

「如果妳想要就拿去啊！我不需要，等我衣服乾了，就換回原來的衣服穿，可是妳還沒答應要幫我的事呢！」

「我還不能答應妳，因為我還不知道他為何帶妳過來？」

蘇拉雅鬱悶地嘆了口氣，長話短說。

「他覺得我是讓他弟弟失戀自殺的罪魁禍首，為了報仇，才帶我來這裡。」

「報仇！」普苔臉色一沉，「當然啦，哈理德從來不讓人家白白欺負的。哦！就妳啊，是哈林的心上人？」

蘇拉雅馬上往竹板走去，因興奮而緊緊抓住普苔的手臂。

「妳認識哈林？啊，對呀，妳是他的嫂子，妳能不能告訴我，他什麼時候走的？為什麼大家會讓他自殺，沒有人照顧他嗎？他又是剛失戀，心情那麼不好。」

「誰管得了，他又不是小孩子。哈理德的工作那麼繁忙，哈林失戀了從曼谷回來，一到這兒就大病一場，我還偷偷去看過他一次，人都那麼頹廢，簡直認不出是他，人不像人鬼不像鬼的。」

「啊！」蘇拉雅不自覺地嘆了氣，覺得呼吸困難又紅了眼眶。

「他什麼時候死的？」

「一個月了吧，哦！我想起來了，哈理德叫工人來蓋廁所原來是因為妳啊，要帶妳來他應該計畫了很久，我就奇怪，他怎麼會幫啞仔蓋浴室。」

「以前啞仔沒有浴室用嗎？」

蘇拉雅的問題讓普苔覺得好笑。

「山地人哪裡需要，馬桶就是草叢，洗澡就在溪河邊，浴室廁所對他們來講都不是必需品。不過哈理德一定是想，如果硬要妳去森林洗澡或上廁所，妳一定會難受到上吊自殺。他那麼精，如果想要折磨誰，就不會太嚴重太痛苦到讓對方想尋死，才可以繼續忍受他的折磨，我了解這種慢慢的煎熬可是比一時的痛苦折磨長久多了。」

「妳說得好像也曾經被折磨過。」

普苔苦笑著，

「不是有過！老實跟妳說，現在我就正被他折磨，他是我遇過的男人中最凶狠的，他殺了我的愛人，也為了報仇在折磨我。」

蘇拉雅不寒而慄。

「那麼，他告訴過我的都是真的，他殺過人，這不是要嚇唬我而已。啊！如果我真能逃出去，然後他追上的話，他會不會一氣之下拿槍來殺我？但如果是那樣就太過分了，這太目無王法了。」

「他殺了妳的愛人……唔……然後就強迫妳來當他老婆嗎？」蘇拉雅謹慎地發問。

普苔愣了一會兒，好像在猶豫要不要告訴她真相，最後就回答：

「嗯，我對他又恨又怕，但是有時候他也像天使一樣貼心對待我這個『老婆』，就看看這些衣服吧！」她再點頭去看那一堆衣服，「妳也看到了，每件都不便宜，他出國出差，我要他買漂亮的衣服回來，他也真的買回來，可是他一氣起我來，就不給我了，他拿去送妳，應該是喜歡上……」

「為什麼他要這樣對妳呢？」蘇拉雅立刻打斷她的話，因為剛才她的話已經讓自己覺得臉頰開始滾燙。

普苔眉頭緊鎖，想了想：

「我也不知道，也可能他喜歡上了比我好的新對象了吧！因為自從他出國回來以後，他就一直欺負我，甚至把我趕出家門，心裡明明清楚我無路可走……我的父母都去世了。」她邊說邊哭，一副楚楚可憐的樣子。

「真是太凶狠了。」蘇拉雅自言自語，「可是剛才妳說，他殺了妳的愛人，警察怎麼不抓他？」

「這……就……警察也怕他，他有錢有勢，警察也讓他三分。在這一區他想做什麼都行，所以我可以確定，妳是跑不掉的，大家都很怕他，沒有人敢出手幫妳。」

「也包括妳嗎？」

「當然，如果他知道是我救妳逃跑的，他一定會殺了我。」普苔縮縮肩膀發抖，瞄了門口一眼，然後站起來，低頭看著自己，「妳看，我要穿成這樣，是因為他不給我錢。」

蘇拉雅立刻拿她疊好的一堆衣服送給她：

「好，那妳就拿這些去用吧，它們對我也沒什麼意思。」

「不要，我不敢。」普苔不住地搖頭，「我怕被扭斷脖子，我得走了，時間不早了。對了，如果他知道我上來跟妳說了這些話，我就慘了，可是我不得不說，如果妳不想像我這樣慘遭折磨，妳就要多多小心，別當他老婆呀！妳也很漂亮，他可能忍不住有這種念頭。」

蘇拉雅的臉又因激怒又變紅：

「如果他真是男子漢就不會強迫我，萬一有意外，我寧願去死。」

「至於願意死啊？」普苔回過頭來看看，眼神有著不可思議的感覺。「只怕不像妳說的，因為如果哈理德愛上妳，妳一定也會無法抗拒地愛上他。」她一講完這句絕對肯定的話，就馬上轉身走了出去。

普苔在高腳屋下消失，接著，蘇拉雅就聽到她好像跟某人說話，等了一會兒還是沒出來，蘇拉雅覺得十分悲傷，又摻雜著難以想像的害怕，萬一凶狠的哈理德偶然出來看見他的太太與殘廢的工人親熱，那會發生什麼事呢？

哈理德·郎西門平時住在礦井邊，辦公室在工人宿舍後面。小屋位於斜斜的河口，底下是咖納斯贏礦井地區，一邊是各種機械，有用水力旋流器和用來開礦現代化的工廠，有發電廠、採礦廠和處理廠，另一邊是保存礦井砂土的堤壩，停著各種車的車庫，有一部分是青青的草地，電線桿整齊地通往工人村裡小馬路兩邊。

快到晚上的時候，電線桿上的大燈亮起，哈理德開著心愛的吉普車停在房子旁邊的車庫，從車上跳下來，然後走進屋內，聽到有人正開心地唱歌，歌聲飄到外面。

「花花公子……塑膠女郎……一起跳舞，啦啦啦……」當聽到主人腳步聲，歌聲立刻停了下來，一個小男孩從屋內迎出來，熱情地過來接過主人的帽子，開始報告：

「老大！阿東上山去找柴火又看見女主人了，原來以為是個工人，因為她穿得像女工人，竟然是女主人……」他停了停，扮了個鬼臉，主人揮揮手阻止。

「我說過了，隨她去吧！阿倫，你是又皮癢想被我踢！從今天起不用再提任何跟她有關的事！」哈理德沉穩地說。接著，就在陽台的椅子上默默坐下。

「我是擔心損害您的名譽嘛！」阿倫輕輕地說，跪下來為主人穿拖鞋。

哈理德大聲地笑，拳頭輕輕地打在阿倫的頭上：

「這是警告！謝謝你們的好意，可是不必，因為我這種人本來就沒什麼名譽。去告訴珍阿姨拿小瓶止咳糖漿送到濃家去，牛仔感冒了好幾天都沒人告訴我。你們只關心誰的老婆在跟誰搞外遇的八卦問題，人的生死反而都不在乎，該打吧！哼！」

阿倫低下頭，臉色蒼白。哈理德不僅是老大，還是礦井所有人又怕又尊敬的經理，他的每個下屬都受到平等的照顧，沒有偏心，就像他的家人一樣照顧。他們生病也會得到像親人一樣的關懷。哈理德從沒亂罵過誰，所以當他發脾氣的時候，身邊的人都很緊張，驚慌失措。

阿倫等主人罵完了，才拿著鞋低頭走進裡面。

「對了，跟濃家大叔說一聲，如果明天還沒退燒，叫他一大早來告訴我，我會親自帶他去看醫生。」

「是。」阿倫猶豫了一下子，然後輕聲地問，「您要先吃飯還是先洗澡？」

「先洗澡，告訴阿東，我今晚要出去，準備衣服給我。還有，不要忘記檢查手槍，我用了三發子彈。」

「是。」

哈理德走過一樓辦公室，上樓梯進了房間，這是他的私人空間。洗澡的時候，他不自覺回想起剛才阿倫報告的消息。

「女主人又上山去了！」

哈理德與家人知道的都差不多，曾是他老婆的普苔單獨上山做什麼，所以哈理德都對這個傭人報來的消息不作任何反應。心裡清楚他們不會到處宣揚，至於山上的人，即使多麼想去跟別人分享八卦，也無法開口跟任何人提起。

但，天哪！為什麼他沒想到這件事，現在山上不是只有一個殘廢男子，還有另一個女孩在上面。如果普苔要趁這個機會報復他，或是想幫某個人逃跑那還好，因為他肯定自己沒幾個小時就能追上她。但是普苔的疏忽或愚昧，可能讓那個人面臨生命的危險……想到這裡，讓哈理德的心跳快得要命，而他又不斷告訴自己，自己之所以這麼擔心，只是不想讓她太快解脫。

12 心中湧起一股奇異的感覺

哈理德洗完澡，換上深藍色長褲，將傭人裝好子彈的手槍放進褲子口袋才下樓。他走進已經備好一桌菜的餐廳，一個大約四十幾歲的婦人靠在後院門框正在削水果，他開口說：

「拿藥給濃大叔了嗎？珍阿姨。」

珍阿姨抬頭看，停下手中在忙的工作，朝主人溫柔、崇拜地微笑了一下。

「已經給了……今天主人回來得很晚，飯菜都快涼了。」一邊說著，一邊站起來打開電鍋看看，可是被哈理德打斷。

「今天我不吃晚飯了，剛好有急事，叫他們來吃飯吧！不知道都跑哪去了。」他出了陽台準備穿鞋。

珍阿姨也跟著走出來，不說任何反對的話，因為太了解她主人，如果他說「急事」，表示他不想浪費時間，連兩三分鐘的時間都不會。她走過去拿阿倫或阿東早就準備好放在樓梯旁邊的鞋子遞給主人，然後回答他最後的問話。

「阿倫、阿東跟其他工人們要一起去棕沙旺礦井。」

哈理德抬起頭，不高興地皺起眉。

「又過去看幹嘛？搶水的事情已經結束了，主管機關礦業局也都判決，我不喜歡有完沒完的。」

「我們都知道，可是他們呀就不知道，他們說這樣不公平，你是走後門，所以判決才偏向您。」珍阿姨埋怨，「我們有人在市場裡聽到他們胡說八道，說他們一定要把我們那條溪搶回去，還說是您自私，霸佔用水權，一個人使用，他要密謀炸我們的堤壩。」

「混帳！」哈理德馬上站起來，眼神怒火燃起，「咱們的堤壩是自從他們移到泰國之前早就修好的，什麼時候變成剝奪他們，礦業局分給他們的小溪水域還比我們的大，其實他就是故意跟我作對，故意跟我過不去。」

「您要跟他們談談嗎？」

「不了。如果我去，他就會認為我們好欺負，會讓步。他們想要來硬的，我們也硬回去，以牙還牙！真是不知好歹。」

「去找警察來保護我們不好嗎？」

「呵呵！如果那麼做，這整區的人都會取笑我們。他還沒用什麼手段，我們就大驚小怪，只是多讓他們笑話。既然知道這樣，我會安排保全每晚監視，如果他們哪天下手，就能馬上有個了結。」說完，哈理德便直接上吉普車開下山坡，準備繞到礦井後的山上。

車子開在越來越陡的山坡上，下弦月掛在枝頭，圓圓的路燈照射冰冷的淺藍色燈光，穿過葉子間的空隙灑在地上，成了飄搖的影子。綠草頂上滾動的露珠在月光的照耀下燦爛閃爍。風吹樹葉發出了窸窸窣窣的聲音，是熱鬧有趣的大自然。

哈理德停好車，然後，往小屋走上去。如果他的俘虜不在小屋裡該怎麼辦？當然他一定會出發去找她回來，可是都這個時候了，她應該跑得很遠了。她可能在礦井工人家躲著，或者直接到市區。從下午到晚上的這三個小時，足夠讓她走到市中心了。可是這些都不是哈理德最煩惱的，他擔心的是這條捷徑非常陡，到處是陡峭的岩壁，如果是不熟悉地形的人，有可能要摔斷骨頭的。

越想越著急，哈理德幾乎已是跑著前進，不到五分鐘，他就出現在小屋附近的山頂，不自覺抬頭看看屋前的小院子，才終於放慢腳步，鬆了一口很長的氣。

但是自己不正常的心跳，卻出現在看見小院子中景象的那一刻。

柔和的月光灑在一個女孩單薄的身影上，她一動不動地靠著欄杆，弱不禁風的樣子就像雕像，淺色絲綢的衣服在月光照耀下反射成白色，裙襬正隨風飄曳。

於是哈理德走近，那個身影慢慢移動，表示已經發現他，但還是猶豫不定是不是該回房間去，哈理德邊走上樓梯邊打招呼。

「為什麼不點燈呢？沙姍妮小姐，我已囑咐啞仔了，天黑了點燈，黑漆漆的一不小心可能會掉下去。」

「啞仔點了，是我阻止他，因為我覺得我不會摔下去。」蘇拉雅反擊地回答，從她的語氣中，哈理德注意到有一種不對勁，只不過他還沒發現不對勁的原因是什麼。

「奇怪，」他微挑眉毛，「誰都喜歡亮，亮晃晃的才能讓妳看到哪兒有危險。妳想想看，假如有條蛇進來躲在房間，如果沒有燈妳要怎麼發現。」

蘇拉雅勉強一笑，眼神看著前面的漆黑。

「那又何必，如果看到，我自己也無法反抗，如果真的有蛇進來躲著，我也願意被它咬死，

越快越好，就可以早點解脫了。」越說她的聲音越尖銳，心裡充滿著仇恨。

蘇拉雅的答案讓哈理德一愣，這是第一次他不為自己的成就感到開心，還有一絲的心疼。

「那……如果不需要燈，為什麼妳寫紙條給啞仔要我拿來？」

蘇拉雅轉過來與他眼神對視，在黑暗中，哈理德還是看見她的眼睛閃爍著嘲笑。

「那是我想讓啞仔走遠點方便逃跑，真沒想到你人這麼笨，這麼簡單都看不穿。告訴你我為什麼不想點燈，因為這會讓我看到不想看的，黑暗裡讓我覺得很舒適，因為不用看見任何人做的壞事。」

「說得好像妳從來沒做過壞事似地。」聽到這樣挖苦的話，哈理德立刻反擊，剛才那點不舒服的尷尬感覺已經全都消失了，「記得每次發言之前，都要先反省自己。」

「我做過什麼壞事？」她不自覺提高聲調提問，但想起自己的角色又停頓了下來，一句話卡在喉嚨說不出。

「還要再講一次嗎？！」他放聲冷笑，「妳不應該這麼容易忘記啊！好，我再強調一次，妳做過的壞事就是……」

「夠了！」蘇拉雅無力地輕聲打斷，「我想起來了，請別再提了，我……我受不了。」蘇拉雅舉起雙手捂住臉龐，已經淚流滿面。

哈理德雙手插在褲子口袋，微聳肩膀，也開始鬱悶起來。

「女人！動不動就哭，高興也哭，傷心也哭，愛哭鬼的眼淚一點意義都沒有，不過算了，我不會跟妳計較，但不是幸災樂禍，我答應妳儘量不提這件事了，如果妳發誓之後不再逃跑，好嗎？」

蘇拉雅還是抽抽噎噎地哭著。

「妳不說，那我當是默認了，希望妳不會這麼輕易失言。咦，啞仔去哪了？」

「走了。」她嗚咽著回答。

「那，妳也應該睡了，比較安全。剛才我說可能有什麼動物進來躲在房裡的事不太可能發生，因為啞仔住了好幾年都沒有發生什麼危險的事。我們經常砍周圍的草，如果萬一發生什麼，就大聲叫一下吧！」

她轉身按照他的警告要回房間，哈理德又問：

「燈在哪兒？」

「在廚房裡。我自己點也行，你下去吧！我怕你家人會擔心。」她勉強禮貌性地回答他，算是感謝他答應不再提那件傷心事。

「誰說我要點給妳，是我自己要用的。」他冷靜地說，「我還沒吃晚飯，想去看看廚房有什麼吃的，還有剩飯剩菜嗎？」

「有，海鮮酸辣湯和炸蝦。」

「就這樣啊，好，謝謝！去休息吧！我吃完晚飯就回去。」說完他就在黑暗中進了廚房，一會兒燈光就從背後點亮，碗盤的聲音響起……。然後又安靜了下來。

「他可能在吃飯。」蘇拉雅想著，心裡有種從未意識到的新感覺。「啊，不知道他要過來吃飯，要不然……就把魚露都倒進去，順便念經送哈理德上西天，真想知道他的胃是用什麼做的，才能忍著吃那麼鹹的東西，竟然還敢來吃晚飯，真是不知死活。」

眼淚不知道什麼時候已經乾掉，此時她竟然差點不自覺一個人笑出來，意識到外面還有一個人，寂寞、孤單及傷心的感覺漸漸消失。突然心中生出一絲安全感，然後蔓延全身，臉頰又熱起來。但為何會有這種感覺呢，這種感覺在與啞仔單獨在一起時不曾出現。

蘇拉雅還是站在原地，直到聽到廚房門又打開的聲音，才輕手輕腳地走進房間鎖好門，靠在門邊等著來到屋前的腳步聲，眼看晃動的燈光越來越近，停在房間門口發出輕輕的呼喚。

「沙姍妮，妳睡了嗎？」

蘇拉雅屏住呼吸，因為他說話的聲音離耳朵很近，他也可能像自己一樣站在門口貼在門上，如果沒有這道門，等於他正在蘇拉雅耳邊低語。

沒有聽到回音，他再說一次，聲音冷淡。

「我知道妳還沒睡，在這麼不安全的地方沒那麼容易睡著，不管為何妳不回答，我只是想警告妳，如果沒必要就千萬別出來。有什麼事就大叫，不用掙扎或逃跑，馬上會有人來救你，我要走了。」

閃爍的燈光熄滅，腳步聲越來越遠，蘇拉雅依然安靜，但是心裡十分空虛。

「他已經走了，留下我一個人，要我跟那麼可怕的啞巴在一起，好無情。」蘇拉雅嗚咽地靠著門扇，突然好像有大壁虎的叫聲在房間某個角落響起，安靜的森林裡突然響起如此大的聲音。蘇拉雅嚇了一大跳，恐懼地看看整個房間，沒看到黑暗中有什麼東西，只看見從黃昏時就放在竹板上的白色蚊帳釘在那裡，隨著從窗戶吹進來的風飄動……

「嘎嘎！嘎嘎！」那叫聲還在房裡迴蕩著，蘇拉雅從小對這種動物又恨又怕，她曾經被騙過，說如果被壁虎咬到了，她要連吃三碗香灰再喝三缸水才能保住性命。等到長大後雖然已經明白那些不過是為了怕小孩去捉大壁虎玩而嚇他們的故事，但是對這種動物的恐懼感，依然深埋在潛意識裡揮之不去。她才不可能在這個又黑又小的房裡與它共度整個晚上，不管外面有多麼危險，管它呢，我要能跑多遠就有多遠……蘇拉雅拉開門鎖往外衝，但馬上重重地撞上了房外的人。

「砰！」

他強壯的手臂即時拉住了差點跌倒的蘇拉雅。

「啊！你，哈理德……」蘇拉雅輕聲叫出來，身體忽然滾燙起來，好像他是一股強大的火，有讓女孩體溫升高的力量。

「發生什麼事了？沙姍妮，妳跑出來幹嘛？！」他緊張地問，手也還沒鬆開，還是抓著她的手臂，沒注意到現在蘇拉雅其實早已可以站穩了。

「大壁虎，有隻大壁虎在房裡，剛才它叫，我害怕……」蘇拉雅斷斷續續地說，差點認不出自己的聲音。

「呵！連大壁虎也害怕？」他無可奈何地說，放開抓她的手臂，蘇拉雅的體溫驟然恢復正常。他用拇指和食指搓滅了菸頭的火，順手扔到屋外，蘇拉雅看得目瞪口呆，他第一次發出親切的聲音微笑道：

「很奇怪為什麼我不怕燙？妳知道礦工可得具備超強的忍耐力，不怕冷熱睏餓的。我來吃飯不是因為肚子餓，而是對妳的手藝上癮，只可惜晚飯不如午飯好吃，是不是因為沒料到我不會上來吃，就沒用心準備？」

「不要諷刺我。」蘇拉雅將臉撇到一邊，希望月光就此熄滅，免得對方看到自己這近乎撒嬌的樣子。她不想讓他知道，她對他的感覺居然這麼親密。「剛才你離開了不是嗎？又回來幹嘛？」

「口氣怎麼變得好不溫柔啊？」他故意說得好像情侶埋怨似地，眼睛在黑暗模糊中發出光，「妳知道嗎？妳剛才說話的口氣讓我心軟了，差點決定放妳回家，可是聽到妳現在又嘴硬，我又要狠下心了。」

「少開玩笑！」蘇拉雅的聲音更強硬，「趕快離開這裡，我不想再看到你的臉。」

「我也是，一點都不想見到妳，但因為我有同情心，先給妳個警告。現在我有一群敵人，正計畫要炸掉我的蓄水堤壩，如果他們經過這兒可能會看見妳。提醒妳要多多小心，沒必要不要到外面。」

「看見更好，我就叫他們帶我下山進城去，然後叫警察來抓你。」

哈理德抬頭大笑。

「我也希望事情如妳所願，但是妳想想看，他們都是男人，很少有機會遇到漂亮女人的礦井工人喔！如果他們看到妳一個人晚上在森林中，妳知不知道會發生什麼事？」

13 前妻的阻撓

哈理德的警告再次讓蘇拉雅心底發毛，感到恐怖，她恐慌地閉上眼睛。真的，如果他提到的那幫人走過來看見自己一個人在小屋裡，會發生什麼事情？報紙上看過很多類似的案子出現在她的腦海中……在偏僻山區幾個男人輪姦一個女人，然後，女方的屍體過了很久才被發現……

「好可怕。」她在心裡默念著，握緊手，這時哈理德的聲音再次響起來。

「如果妳了解情況，就仔細想想吧，哪個才恐怖？一隻大壁虎和好幾個男人。」

哈理德為了等到他想要的答案就停頓了一會兒，不過蘇拉雅反而低頭靜靜地走進房間，在她要關上門之前，哈理德跟了進來靠在門邊。

「現在妳知道了是吧！幾百隻大壁虎都比不上一個野男人，所以我希望，妳能好好聽我的話，晚上別跑出來。」

「那……白天呢？白天就確定沒事嗎？」蘇拉雅抬頭輕聲問，溫柔的聲音擊中了眼前年輕男人的心底，哈理德一時好像徹底忘了自己為什麼帶她過來這裡，他輕輕地抓住她的手臂，以同樣的溫柔語調安慰她。

「白天妳都安全，因為啞仔會過來陪妳，更何況他們都是膽小之徒，光天化日之下肯定不敢來騷擾妳的，放心。」

「但……假如我在房間裡，萬一他們知道有個女人在這個房子裡，他們不會上來傷害我嗎？」蘇拉雅發出楚楚可憐的聲音，年輕男人溫柔的聲調和柔和的目光，使她有一種奇怪的感激之情，她抬頭看他，眼淚又在眼角打轉。

「我保證，絕對不會有其他人知道妳在這裡，除非啞仔，可是他又不能講話。」

「可是……」蘇拉雅幾乎要說出「普苔」這名字了，那個自稱是哈理德．郎西門的太太的人。但是某種念頭又阻止了她，可能是因為她不想讓哈理德誤以為她對他的私事感興趣，或者她不想當對哈理德告狀的人，這也許會給大家惹麻煩——普苔、啞仔和最後可能是哈理德自己。她接著說；「可是……嗯，啞仔啊，有多可信？」

哈理德誤會了這個問題背後的含意，所以他鬆開她的手臂，強硬的反問和凶猛的眼神再次流露。

「『有多可信？』我不明白，妳是想要說啞仔不可信？妳也要告訴我現在他已經背叛我？正在取笑我？妳是不是看見了……」

「你誤會了！」蘇拉雅趕快打斷他，「我的意思是你確定啞仔不會……對我構成那種危險，畢竟他與別人一樣，也是個男人啊！」

「哦！」他鬆了口氣道，笑聲洪亮帶著嘲諷，「那就要看妳自己的態度了啊，啞仔在我身邊很久了，我很了解他的本性，如果不被女人勾引忍不住，啞仔絕對不會背叛他的主人。」

蘇拉雅滿臉通紅，那番話又一次讓她憶起普苔和啞仔親密的畫面，連蘇拉雅也不得不承認，那樣的情況確實是女方半勾引半強迫才發生的。

「好啦，已經很晚了，妳應該休息了，我再強調一次，妳按照我說的做，就會很安全了。」

「等等，哈理德，」在門關上之前，「我有一件事想求你。」

「幾件都行，除了那一件，放妳回家，因為不管怎麼樣我都無法做到，我不是心軟的人。」

「哦！那件不用說，我也不指望你會改變主意。」蘇拉雅的聲音馬上硬了起來，「你的心比石頭還硬，怎麼可能奢望得到你的同情。」

「如果不是放妳回家，我很樂意幫妳實現每個要求，請說吧！」

「我……呃……想要一把槍保護自己，萬一發生危險，來不及求救，就可以用它。」

哈理德微挑眉毛，在月光模糊中真心地看那張漂亮臉龐表示懷疑。

「妳會開槍？」

「只是動彈手指而已，應該不難吧？」

「噢，看來不行呀！我怕妳自殺，誰敢保證妳是不是想要用自殺的方法逃離俘虜生活。」

「我看你是不信任我，怕我向你開槍就直接說吧！」蘇的聲音很不高興。

「當然了，誰不怕？」哈理德笑了笑，「既然妳知道哈林的死因，想要用殺了他的方式來殺我？休想！不可能，更何況這次妳扣扳機就能殺人，還比妳最熟練的方式簡單多了。」

「哈理德！」蘇拉雅尖叫，「你……剛剛答應我不再提那件事的！好！我告訴你，我會很快找到逃跑的方法，不信就等著瞧！」蘇拉雅猛地關上門，拉上門閂，在眼淚湧出來之前及時忍耐，心裡又憤怒又傷心。

「我不是故意的，沙姍妮，很抱歉，我不打算再提起，不知道中了什麼邪讓我那樣講，沙姍妮……」他用力敲門，「有沒有聽到我說話？」

蘇拉雅站住不動，他的聲音又傳進來：

「唉，不管妳原不原諒我，我在此強調我真的覺得抱歉，如果妳還是想再逃跑，別忘了，妳儘量找比早上更安全的方法好嗎？因為這次我不知道來不來得及救妳。這附近的眼鏡蛇很多。」他等了一會兒，發現裡面沒了聲音，只好慢慢走遠，然後腳步聲消失在安靜的黑暗之中。

蘇拉雅咬緊顫抖的嘴唇。

「就只會說抱歉，哼！如果我逃出去，你就等著瞧！」她恨恨地告訴自己，把竹板的小床鋪好就躺下，又解開蚊帳胡亂地罩住自己，「被蚊子咬是小事，問題是我怎麼從山上逃跑出去？跟啞仔商量也一定不行，看來要利用那個女人的幫助，」蘇拉雅擔心著，「可是我要怎麼做呢，關鍵是安全第一。即使用點心機也可以，從明天開始我要計畫好。」一整天身心俱疲的蘇拉雅很快就睡著了。

到樹屋囑咐啞仔不要失職以後，哈理德就開車回家了。家前面的燈還亮著，珍阿姨跪在樓梯旁急站起來抓住欄杆舉頭看看主人，當看見車子前面的燈亮著開進來，立刻與年輕男人打招呼。

「主人，這麼晚回來，我以為被他們暗算了，正在擔心，差點叫小弟們去看看。」

「竟然在想這些呀！珍阿姨，」哈理德笑了笑回答，「我好得很啊！」說明他的心情比出門之前好多了，原本在眼裡的焦慮也消失了，使珍阿姨產生強烈的好奇，他這幾個小時上哪兒去了？去幹什麼了？可是她最多敢問的就只是：

「您吃飯了嗎？我準備好了，熱一熱就可以吃。」

「哎呀！真可惜呀！我已經吃得飽飽的了，謝謝珍阿姨！不過……他們都回來了嗎？有什麼消息嗎？」

「沒什麼消息，他們只是虛張聲勢，沒有什麼動靜。」珍突然一轉話題，「可是……主人……傍晚時候女主人來找過您，在您剛出門時她來過了。」

「是嗎？」哈理德抬起頭來，臉色立刻黯淡下來，「她有什麼事情，知道嗎？」

「不知道，她本來說要坐著等，可是當我去屋後弄飯菜給孩子們吃回來就不見人了，也不知道她到底有什麼事。」

哈理德點點頭走上二樓，一走到房間，就聞到一股熟悉的香水味，眉頭皺得更緊了，他打開燈，凶狠地問：「普苔嗎？妳又到這來幹嘛？」

燈亮後他看到一個女人正面躺在床上，胸部到膝蓋中間蓋著玫瑰色的薄被子，很明顯的女人是裸體。

看見這幅畫面使哈理德愣住了，倒不是像普通男人那樣有什麼性衝動的感覺，薄薄絲綢之下閃耀、豐滿的身子已經不再具有吸引力，也不再能夠讓自己像以前那樣情緒激動，全身滾燙了。

哈理德愣住，是對自己感到羞恥鄙視，當回想這個身體曾經也躺在自己面前邀請他、勾引他，讓他有過失控的性衝動，又曾經讓他心底幻想愛情。但不久之後，竟也是同一個人讓他徹底失望，充滿了憤怒。經過時間的洗滌和冷卻，過去的那些感覺都已經慢慢消失，就好像熄滅的火爐，他現在能夠正大光明地看著對方的身體，卻好像只是在賣舊貨店看的二手家具似地。

哈理德發愣的時候，普苔突然笑出聲來：

「嚇到你了啊，哈理德，你的臉色好像見到鬼似地。」

「當然，因為這一年以來我都當作妳已經死了，而且每個月都捐一筆錢做善事超渡妳。」他立刻不帶情緒地回嘴。

普苔抿嘴一笑，隱瞞自己蒼白的臉色。

「怎麼會有像我這麼漂亮的鬼。」

「多得是，不過要找像妳這樣無恥的，也許確實不好找。」哈理德乾脆地回答，轉身拿桌上的菸點起來，一副不在乎的態度。「妳為什麼又來搗亂，想要錢嗎？」

「沒有啊，你給我的錢太多了，用不完，房子也是，對我一個人來講太大了。」

「那為什麼不找人去住啊？」他立刻反問，蔑視地。

「誰敢去住啊！」她平靜地回答，好像不明白裡面的真實含意。「你也知道，大家都害怕你的子彈。」

哈理德強硬地笑了。

「也不一定每個人都怕，沉迷於妳的魅力連子彈都不怕的也有，難道不是嗎？」他停頓了一會兒，斜視她蒼白的臉一眼，就接著說，「可是算了，妳告訴我，來這兒幹什麼？為何要在我床

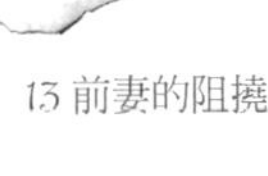

上搞這造型躺著？」

「我來叫你回家。」普苔完全不在意他後面的問題，「我好寂寞，忍耐了快一年，不想再忍下去了。」

她淒涼的聲音，讓哈理德眉毛再次挑起，鄙視地看她。

「不想再忍下去？」他重複著，「誰還能阻止妳呢？隨便妳要跟誰在一起都可以啊，我們已經斷絕關係了不是嗎？自從……」

「親愛的！哈理德，不要再提了可以嗎？我已經告訴過你好幾遍，那件事的發生不是我心甘情願，是他逼我吃藥才……」

「夠了，夠了。」哈理德不耐煩地抬手打斷，「我聽夠了那些鬼扯，起來穿好衣服，然後立刻給我出去。」

「我不去，我要睡在這兒，誰又能把我怎麼樣？」普苔固執地回答，雙手捂著臉，「我知道，你對我這麼無情，是因為你已經有了新歡，你以為我這麼蠢？你把那小情人藏在哪兒我都知道。你現在是想跟她結婚、帶她去住城裡的房子，然後把我趕走？我都看穿了！你才不會輕鬆如願呢，她一定很討厭你，才不會喜歡你，因為我告訴她……」

「普苔，妳說了什麼？」哈理德大怒，一下子把菸摔到菸灰缸，「我的情人是誰？自己不知羞恥，還亂冤枉別人。」

「就是她啊，那個漂亮的曼谷人。別以為你把她藏在山上我就不知道，雖然我記不得她的名字。你把她騙來當押寨夫人吧？我告訴她千萬別答應，你這個人最野蠻凶狠，而且曾經殺過人。

她也相信我的話，跟我發誓絕對不會跟你在一起，即使你強迫她，她也寧願去死，哈哈，這可是她親口說的，我發誓！怎麼樣，你的美夢不會成真囉！」普苔嘴都停不下來，完全忘了自己剛才哭哭啼啼地在假扮棄婦。

哈理德握緊了拳頭，氣得耳鳴，他衝過去抓住普苔的手腕，硬是拉她下床拖出房間，不在乎全身赤裸的她還想抓住被子遮掩裸體。

「立刻從我家滾出去，否則我從窗戶把妳丟出去。」他凶狠地咆哮。

「我的衣服還在裡面。」普苔在房間地上哀嚎，哈理德轉身進房拿了她掛在床尾的衣服，用力丟在她身上，然後砰一聲把門關上。

外面傳來普苔歇斯底里的喊叫：

「給我等著，哈理德！我一定會討回來！我要報復你今天所做的一切，我一定會讓你痛不欲生，我要去告訴警察，你綁架她，你就等著坐牢吧，哈哈！我等著大聲笑你！」

「隨妳的便，」哈理德強硬地回答，「我也等著聽妳能笑多大聲，如果我跟會計說以後都不必再給妳錢了。」

哈理德的回答，讓她突然安靜下來，一會兒就聽到她咕噥咕噥地不知道說什麼的聲音，漸漸外面就安靜下來。哈理德拿起菸，思緒慢慢浮起飄遠……

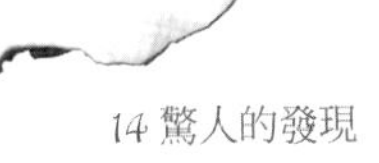

14 驚人的發現

哈理德．郎西門一路走到俱樂部，經過大廳時，就聽到從包廂裡面傳來叫喚他的聲音。

「哈理德，請過來一下。」

房間裡的沙發，一個比他年長也稍矮的男士正坐著。哈理德進了包廂，以合十禮拜見年紀比他大的長輩。

「你好！長官，好久不見，最近怎麼樣？」

「我每天有空就過來這兒坐坐，反而是你呀！大忙人整天不見蹤影，兄弟們都念著你，你肚子都不痛嗎？」頭髮有點禿的長官笑著回答，又拍了拍坐在他旁邊的年輕男子。「來！我來介紹一下我的侄子，他剛從曼谷來……叫拓瓦猜，這位是哈理德，是這個地區最大鎢礦井的老闆。」

哈理德低頭先伸出手來，高高的年輕男子才趕忙站起來和他握手。

「很高興認識您！請坐！」說完他就坐回原位，同時也搬來一把椅子給哈理德坐好，年紀大的長官接著說下去。

「拓瓦猜是礦業局部門的工程師，這次出差為的是我們政府礦業局的未來發展，所以我才叫你來，想讓你們倆認識，未來可能有什麼能互相幫忙。」

哈理德微笑著與剛被提到的年輕人對視，明顯表示對他非常感興趣。

「請問，您是在哪個部門？」

「技術部門，研究檢查礦井部門。」拓瓦猜回答，「希望以後我有榮幸去參觀您的礦石廠。」

「非常歡迎你啊！不過我醜話說在前頭，我的咖納斯贏礦井可沒有像長官吹得那麼大，哈哈。」哈理德親切爽朗的態度，好像是認識了好幾年的朋友一般熟悉，讓拓瓦猜馬上感受到這個男士的魅力不僅只是因為身材高大，五官英俊，還有他熱情爽朗的個性，讓剛認識的人也能很快對他產生好感。

拓瓦猜回報以微笑回答道：

「不管大的還是小的我都很想去，因為重點不是礦井的大小規模。」他故意不說下半句，淡淡地笑一笑，長官接著問：

「哦，重點是在哪兒啊？拓瓦猜？」

「重點是如果礦井的主人是哈理德先生，不管是大還是小，我都很想去見識見識。」他誠心地回答，大家都笑出來。

「唉啊！」哈理德笑了笑，「你應該更適合當糖廠的老闆，嘴這麼甜，我開始懷疑，認識你的女孩們都應該為你著迷吧！」

拓瓦猜笑了笑，剛要回答，正好年輕服務生就端上威士忌酒、蘇打和小菜，他接著說：

「哈！叔叔又要請我啊！這次讓我做東吧！也順便請哈理德先生。」

「哪，我沒有點。」長官表示莫名其妙，轉過頭去看了看哈理德問：「你點的？」

哈理德笑了笑，親手為長官和拓瓦猜倒威士忌。

「我也沒有點啊！」他笑笑地說，「只要我一坐下，服務生自然就知道該端什麼上來。」

「這，就變成你請我了呀！」拓瓦猜看著哈理德正勤快地為大家倒酒。「嗯，你可真會調酒，我就不行了，要再加點蘇打水，否則會醉倒在這兒。」

哈理德按照拓瓦猜的要求，也順便為長官加蘇打水，

「謝謝哈理德！我正要說呢，你能讓老人變成年輕人，容光煥發啊！」

「哈！長官覺得自己老了啊！生活才要開始而已。」哈理德挾了些炸腰果給長輩和新朋友，「試試這個吧！拓瓦猜，趁熱，等下就不脆了。」

拓瓦猜舉起酒杯喝了一口，再吃了兩三顆腰果，接著問：

「現在怎麼樣？鎢的價錢好嗎？」

「到頂了，」哈理德搖頭，「去年也降價了，還不如一九六〇年的價呢，都降到十美金了，今年就還沒有要漲價的趨勢。」

「為什麼不想做鐵礦井呢？」拓瓦猜提了個意見，「現在我們部門給要開鐵礦井的特殊專利權，有好幾家南部礦井公司已經與礦業局簽合約了，你對鐵礦井不感興趣嗎？」

「也挺感興趣，現在鎢的價錢降太多，我也開始覺得做鐵礦不錯。」哈理德回答，「可是剛好有別的事插進來，轉移了我的注意力。」

拓瓦猜放下黃色飲料杯子擱在桌上，認真地詢問：

「是什麼事？噢，對不起，我好像多問，太失禮了。」

「maipa（沒關係）。」哈理德用南方方言親切回答，依舊微笑讓人能看到白白淨淨的牙齒，

「你太客氣了，其實我也想講給你聽。是這樣的，這兩三年來我發現在我的礦井有一種礦與一種黑色結晶岩混合在一起，仔細觀察類似我們叫黑隕石（Tektite，學名是似曜岩）的東西。剛開始沒有人注意，採到多少就丟去與砂土混合在一起。後來大概二月時，占星家預測因為八、九顆星聚集在同一個星座，即將發生世界末日。我聽說印尼當地信仰裡，有一種神聖物叫作『五郎咖馬妮』，印尼人將它奉為保護神，另外，還代表仁慈神聖。這個五郎咖馬妮不是別的，英語則叫作Tektite。」

「對，這件事我聽說過，好像在泰國也很熱門。」長官答腔著，拿起威士忌酒瓶倒在自己的杯子裡，哈理德順手幫他倒蘇打水，接著說：

「是，我也聽礦業局部門說泰國人對五郎咖馬妮非常感興趣，越快到世界末日那五天就越緊張。」

「不過那天很快就過去了，什麼都沒有發生。」拓瓦猜反對道，「到時候大家可能就不會那麼緊張了吧！」

「雖然不緊張了，可是它畢竟是一件神聖之物，因為正好發現它的另一個好處。」哈理德笑了笑。

「啊！是什麼好處？」

「就是它的美，你見過嗎？」

「經常見，但又不怎麼漂亮，就只是黑黑、粗糙的玻璃，如果掉在地上還以為是泥土呢，叔叔見過嗎？」

長官搖頭。

「沒有，不知道是什麼樣子，何況還有那麼個怪怪的名字五郎咖馬妮、黑隕石或Tektite，聽都沒聽過。」

「改天我帶給你看看。」哈理德說，「不過我要告訴你，它確實很漂亮，這是事實，但一定要經過雕琢才能顯露它的美。即使是玉石，但是如果沒有經過悉心雕琢，也就是一塊白色普通石頭而已。所以經過精心雕琢的五郎咖馬妮，跟市場上熱門的碧玉、水晶幾乎一樣漂亮。」

「你確定嗎？你在礦井裡發現的那些真的是五郎咖馬妮？」長官疑問。

「我確定，我已經寄給礦業局檢驗了，檢驗結果是正品，然後不久就有好幾家曼谷珠寶工廠來跟我談價錢要買，說曼谷人非常喜歡雕琢過的五郎咖馬妮作為裝飾品，有一些喜歡作為墜飾。到現在想建別墅，我安排工人們去堤壩篩找這種水晶，越想找越找不到大的，只能找到像拇指一樣大小的，也有各式各樣的形狀，長的、圓的、橢圓形的……基本上是黑色的，而棕色、黃色、綠色的就很稀少了。我把這批玻璃隕石寄到曼谷去賣，比價格越來越低的鎢礦好多了。另外，綠色的寶石雖然都特別小顆，但是質地光澤非常純淨美麗，發現多少都可以馬上賣光。」

「哎呀！這樣一來你發大財了啊！」拓瓦猜興奮地說。

「也不是，賺的錢我幾乎都用來蓋育幼院了。」

拓瓦猜接著問：

「現在還有發現嗎？綠寶石啊！」

「還是有的。」哈理德回答，不過他的語氣突然轉變為傷心，「因為這個原因我才會投入所有的時間，東奔西跑申請開發專利權，白白累壞身體不說，連僅有的這麼一個弟弟都因為疏於照顧而死了，所以現在也不知道到底要為誰奮鬥，打拚得來的又是為了什麼……」

哈理德唯一親弟弟的死去，跟那殘忍的死因可謂無人不曉，所以長官伸出手輕輕地拍拍他的肩膀，雖不開口說話卻表示安慰。

「對了！哈理德，你知道嗎？我這個侄子從城裡用什麼方式一路過來的？」

「哦！沒有坐車過來嗎？」哈理德眉毛一挑，「這個時候坐車也不太辛苦啊！」

「礦業局說，如果走陸路就勢必要在路上過夜，我懶得跟不認識的人問住宿的地方，就決定走水路。可是哪兒知道，船剛出港一會兒就下起大雨，狂風咆哮，波濤洶湧，完全看不見港岸邊。我的媽呀！我在心裡不知道念了多少遍經，求佛祖保佑平安渡過。」他嘆氣時還能看出臉上心有餘悸的恐懼，長官和哈理德都忍不住笑了出來。

「拓瓦猜先生應該不會游泳吧！」哈理德笑著問。

「怎麼不會呢，可是就是會也沒用啊，那可是茫茫大海啊！不是小溪、小河、小池塘，海裡還有鯊魚呢，我這輩子打死都不敢再試了，回去時我一定坐車，再慢也願意。」

「那你幾點靠岸？」

「大約上午九點吧！那艘船偏偏載了那麼多乘客，我想等別的船又怕耽誤時間，但遇到暴風雨真的讓我後悔不已，怪自己不該太心急，何況船頂又漏水，水流下來打濕乘客，大家也都受了好大的驚嚇，一片混亂。船身一度失去平衡，偏斜到一邊，浪差點打進來。我真是嚇了一大跳，心都快跳出來了。還好我福大命大，雖然浪打到船但還沒翻過來，人就是賤啊！不死到臨頭不會知道危險的可怕。」

「這個時候你才開始念經嗎？不覺得晚了點嗎？」哈理德開玩笑。

「唉啊，我從下第一滴雨就開始念經了，不管有沒有用，我也顧不了那麼多，只能臨時抱佛腳，但我也得硬著頭皮試一試，不然等我跳進海游泳時再來個浪，我可是叫天天不靈叫地地不應了。」

「還好現在能全身而退，平安抵達，還埋怨什麼啊……」叔叔打斷了他，「等下哈理德會覺得不耐煩了，你膽子這麼小，早知道就不該生出來當男人呀！」

「你什麼時候從曼谷來的？」哈理德馬上轉移話題。

「昨天，我住在城裡，很想念叔叔，好幾年沒見面了就過來看看，差點要送命了。」

「打算待多久？」

「就大約一個星期吧！最多不超過兩個星期，然後就去南部看看，也可能順便去檳榔嶼玩玩，散散心。」

「下星期剛好有場鬥牛比賽，我想請你一起去看，長官也是，我來幫你們買票。」哈理德問，當看見拓瓦猜的臉色就笑道：「拓瓦猜一臉茫然的樣子，看樣子是沒看過鬥牛是嗎？」

「呃，呃，一次都沒有。」拓瓦猜乾笑了幾聲，「別說鬥牛，鬥雞、鬥魚都沒看過，只看過鬥牛的照片。」

「他不算泰國人，是留學生。」長官故意拖著腔笑他，接著舉杯一飲而盡，「這是今天……最後一杯。」

「喔，拓瓦猜先生還喝過洋墨水呢，去歐洲還是美國留學呢？」

「去了趟美國。」拓瓦猜一臉驕傲自豪的神情，但簡單地回答，轉過話題來問，「等一下，我對鬥牛有點感興趣，為什麼你說是重要比賽，說得好像拳擊那種似地。其實牛不就都長得一樣嘛！」

「哈哈！才沒有。」哈理德聽他說的，不禁爽朗地笑了起來，「你這麼說看來好像真的沒看過。你不知道，我之所以說是重要比賽，因為那是決賽。現在冠軍牛強仔是大熱門，可是他宋卡府的牛威仔下星期要來挑戰，勝負難說，所以很有看頭啊！」

長官坐直身子，拍著胸脯自信滿滿地說：

「不可能。我說，宋卡牛一定死在強仔的角下，被拉回去做湯給喝了。」

「長官要跟我賭一把嗎？」哈理德笑了笑，「我看過宋卡牛的比賽，牠的戰鬥力和耐力都不錯，實力很強。」

「哈！竟敢跟長官打賭！」對方語調凶狠，臉上卻堆滿了笑。

「等一下，叔叔。」拓瓦猜打斷，「我想知道為什麼宋卡牛要被吃掉，他們不是養來鬥鬥玩玩而已？」

「唉，這你就有所不知了。有的牛主人心狠，當牛鬥輸了，讓他賠了幾十幾百萬的錢就會惱羞成怒，把牠吃掉消氣。」哈理德耐心解釋，「他們這些人利慾薰心，都不想當牠們鬥贏了替自己賺錢的時候。真是沒有人性。」

「啊！太殘忍了吧！如果是我，不管怎麼說都吞不下去，畢竟自己養的

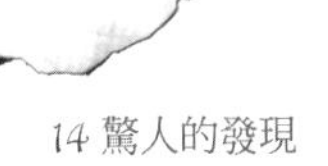

肉，連要賣給別人拿去吃都捨不得呢！」拓瓦猜臉黑了下來，「打死也不。」

「你這麼心軟，這樣看得了鬥牛嗎？有時候牠鬥得很激烈死在現場也可能哦！」

「可以可以，我想看。」拓瓦猜一臉興奮轉而沉重地回答，「只要不是我的牛，可以的。拳擊我也看過，刺激的多多少少也會有，但我不認識拳擊手，與他沒有什麼直接關係。當看見他受傷時，同情是同情，但是也不太會怎樣，可是如果換作是朋友或親戚，我肯定看不下去。不是心軟，而是因為……反正我也不知道怎麼說啦！」

哈理德和善地笑著，盯著新朋友真誠的臉，很是欣慰。

「你人真好，真替你家人感到自豪。」

「呵呵！我還沒成家呢！」拓瓦猜有點尷尬地笑了笑。

長官卻和藹地看著他。

「不過很快了，不是嗎？」

「哦！那麼，我要提前恭喜你啊！什麼時候送喜帖別忘了我哦，給長官也行，我保證一定抽空去參加你的婚禮。雖然我們剛認識，但我非常喜歡你的性格，很欣賞你。」哈理德真心地說，同時伸手用力地握住拓瓦猜的手。

「謝謝你！」拓瓦猜笑著答，不過臉上還是掛著不好意思。

「挑到好日子了嗎？拓瓦猜？」

「訂婚的日子有了，叔叔，是下個月十八號，結婚日子到時再看看，她說還沒做好準備要結婚。」

「你的新娘叫什麼名字？我忘了，名字很難記，都不像我們這邊的名字。」後面長官回頭跟哈理德點頭，「拓瓦猜吹牛，說她是曼谷的名媛。」

拓瓦猜轉過來看著哈理德，自豪地回答：

「哈理德先生也可能聽過她的名字，或在社會新聞看過她的照片。」

「叫什麼名字啊？我很少看曼谷的新聞。」

哈理德邊說邊舉起杯子到嘴邊，可是當他聽到拓瓦猜的回答，動作剎時卡住定格，

「她叫沙姍妮．蘇帕安德，你聽過她的名字嗎？」

15 會是同一個人嗎？

「沙姍妮．蘇帕安德！」哈理德無意識地嘴裡喃喃自語，如同夢話一樣脫口而出，「沙姍妮小姐？」

「是的，她叫沙姍妮。」拓瓦猜無限陶醉且自豪地說，「這是我聽過最好聽的名字。我跟你說啊，沙姍妮小姐很紅啊，至少大半曼谷市的人沒有不認識她的，話說回來，你聽過她嗎？見過她嗎？」

「聽過，但沒見過」哈理德嘴答得不是很完全，同時心裡念道，「世界怎麼這麼小啊？沙珊妮、沙珊妮……」

「但是還沒看過她本人對吧？」拓瓦猜接著問。不過在哈理德要回答之前，長官突然打斷，「怎麼會看過呢，拓瓦猜。哈理德先生不是你們交際圈的人啊！」

「哦，對了！剛才你說，是昨天剛從曼谷過來是吧！」哈理德儘量一臉平靜地問，眼神卻陷入沉思，「她也來送你嗎？」

「哦！沒有，我最近因為接到這個任務特別忙，兩三天沒有見到她了，快出發之前去她家想看看她，不過……」

哈理德屏住呼吸。

「不過什麼？」他馬上問。

「不過她不在家，老實說這讓我心神不安，不知道她是真的不在家，還是正在生我氣，因為我最近工作比較忙所以沒時間去探望她，所以她也故意不下來見我，以前我每天去看她的呀。」

「總之你沒見到她？」

「是啊，我硬要等著見面也不行，趕不上飛機，所以無奈只能先過來，日期又不能推，因為命令下得很急。」

「哦！你是從曼谷坐飛機到宋卡府的？」哈理德無意間問了一句。

「是。呵呵！當我坐在飛機上的時候，實在很擔心，不知道沙姍妮是否生我氣，離開她都不告別就走了。不過等到了我就給她發電報，叫她一起去檳榔嶼玩，我相信她收到電報應該就會消氣了。」

哈理德吞了吞口水，有點坐立不安，轉移眼神離開說話的人，拓瓦猜的話還迴響在他耳朵裡「沒去看她兩天了」，和另一句「出發前去她家看看，但她不在」。

「她怎麼可能在家，她已經在這裡三天了。」哈理德在心裡自言自語，「自從那天我也沒去見她了，真討厭，我最厭惡這種狡詐的女人了，我真不想再看到她了，讓她跟啞仔永遠在一起好了。如果她願意答應我第二項要求，萬一受不了寂寞可以找個伴……哈哈！活該，可是……如果真的是那樣，拓瓦猜就實在太可憐了。看他的樣子非常愛她，甚至死心塌地，其實，這麼漂亮的女人誰能忍得住不去……」一想到就思維停頓，腦袋麻木，很不想承認，這種與自己心底的感覺實在太像了！

長官和拓瓦猜先離開後，哈理德這會兒還在糾結於胡思亂想，直到入夜服務生點起大燈，忽然一個熟悉的聲音就在俱樂部門口響起。

「嗨！邦藍仔（哈理德的綽號，南部方言眼鏡蛇王的意思）。靠，你這傢伙好久都不見，以為你死在礦井裡了。」

「你倒是露露臉啊！哎呀！到底躲去哪兒了，我快一個月沒人請喝酒了耶！」

「唉啊，沒有邦藍仔，打牌都不過癮。」

好幾個聲音接連打招呼，讓哈理德不得不轉頭去招呼應付，硬扯出一絲微笑，薄薄的嘴唇咬緊了他的忍耐和驕傲，馬上收回自己的思緒，

「那天我可是見到了你的皇后啊！她在鋸木廠那邊扭來扭去，我故意裝作什麼都不知道，向她問起你的情況，她都不回答，就那樣不理不睬地跑掉。」

「喂！」幾個聲音同時大吼，其中有一個聲音說：

「欠打啊！」

「走走走，別大呼小叫了，去打牌吧！」

然後，全部年輕人簇擁著哈理德往大廳走去，當大家都在圓桌坐好，大家興頭一來聚精會神地，遊戲就開始了。

「好，今天邦藍仔是莊家……快！洗牌，哎呦！今天你怎麼了？心不在焉，都要大家一直推著你。」

哈理德微笑接受但卻不回答，他洗牌後讓給一個朋友切牌，然後發牌給大家。當輪到第二遍

發牌要翻開，中間就開始有討價還價的聲音。

「喲！大K，要多少？」

「我說五十，再給我一張，哥們。」

「好！五十就五十吧！」

「快發牌，哎呀！不是K。」

「哎呦！這是大A，說說多少？」

「五十。」

「繼續發牌啊！」

「呀呀！我是雙A，我說一百。」

「我放棄，我的牌好爛……」

「我堅持，發過來呀！還有希望贏得，J都還沒出。」

「嘿！別大意，哥兒，誰都有可能是裝的。」

「哎，我有一雙能看見牌的眼睛啊！」

「喂！快點發，我正在興頭上呢！」

「好啦，你要兩對？」

「兩百！」

「不行了！我放棄。」

「兩百，不怕你，反正我會跟著。」

「好，我開三百。」

「我也要，跟上三百，就要看誰更大。」

「哎呦！那我就要好好看看，我說你一定是假裝的。」

「你看……睜好你的眼睛，我叫得很大吧！來，我收錢。」

最後贏家的聲音很開心，接著手就把中間的錢撥到自己面前，笑得很得意。哈理德不太關心地打開自己第一張牌，然後扔牌給贏家，嘆了嘆氣，笑了笑。

「喂！邦藍仔睡著了嗎？看看這副牌，明明最大卻不跟，結果變成我賺到囉！」贏家打趣道，滿臉愉悅。

「是呀！」另一個聲音表示同意，「太可惜了！心不在焉飛到哪兒也不知道？看來很遠呢，是吧，邦藍仔！」

哈理德低頭看看自己的牌，笑了笑，隨口認輸。

「我忘了看。」

「喂！沒有這樣的呀！哪有這樣忘不忘的，就能真的忘了這個。我看等會兒你就等著輸得只剩一條內褲回家吧！」莊家說，「這次邦藍仔要被拔牙囉！」

雖然收到大家的警告，但哈理德打牌的成績顯然沒啥改善，他依然一副心不在焉的樣子。因為眼睛正看著自己的牌，有時候看看朋友的同時，他的心卻遠遠飛去，腦海正應付潛意識冒出來的一堆問題，都來不及準備。

「現在拓瓦猜還不知道他女朋友被帶來這兒？或者已經知道了，但假裝不知，是想要證明我有罪？」

「拓瓦猜真的是來出差還是來找她？」

「如果拓瓦猜確定女朋友在哪兒？他會過去救她嗎？如果救出來了，他會不會嫌棄她，還是願意跟她結婚呢？到底會怎麼樣？」

「我應該放她回去，看在拓瓦猜這個善良的新朋友份上……？如果她發誓再也不會背叛另一半讓拓瓦猜傷心，她願意嗎？不過即使發誓了，又有什麼能證明她不會食言呢……這虛偽的女人怎能輕易地相信？」

這些問題一股腦地灌進哈理德的腦海裡，一個接著一個，但都是很難得到解答的問題，他不禁頭痛了起來。

「我要儘早決定，快點做些什麼。」他命令自己，在腦海更混亂之前，「做些什麼。」但那到底是什麼呢？

這是蘇拉雅從曼谷被帶到這裡來的第四天，抱著晒好的衣服，在院子用爐熨斗熨衣服，這是啞仔按照他主人的命令拿來的。蘇拉雅在上面一個人坐著忙，但她心裡清楚啞仔不會離開她太遠，他還是在下面或某個樹影附近，如果聽到她叫就能馬上過來。

一邊工作，一邊想著逃跑計畫，靠拍啞仔馬屁讓他心軟帶她逃走這招看來是失敗了。雖然有好幾次啞仔也很吃蘇拉雅溫柔這套，但這還不夠蘇拉雅去做些什麼，畢竟他還是對主人忠心耿耿。第一天，他一時疏忽，讓蘇拉雅有機會逃跑，還差點害她因為眼鏡蛇送命，讓主人對他很不滿意，所以啞仔決定以後一定全心全意，視線不會再離開蘇拉雅一秒。早上當她起床走出房間，啞仔就立刻上來，準備好一籃新鮮食物，那是足夠一整天的豐盛食材。雖然蘇拉雅儘量起得更早，想趁啞仔早上去拿那些東西時下山，可是願望每次都落空。每天早上只要她從房間打開門出來，就能馬上看到啞仔從他的樹頂棚屋下來，跑到她面前拿東西給她。無論她起得多早，啞仔就好像有魔法一樣。

可是……世界上還是沒有祕密，蘇拉雅臉上露出了一絲笑容，她今早終於知道那些新鮮事物是從哪兒來交到啞仔手上的。今早天還沒亮，蘇拉雅就起床，打開門出了房間，然後立刻躲進牆邊陰影處。因為月光黑暗中，某個人正站在啞仔的棚屋前，高壯的身材跟背影，他的樣子已經凝固在蘇拉雅的腦海裡，同時心底不自覺地湧上一種奇怪複雜的情緒。

整整兩天，他都沒上來讓蘇拉雅看見，好像在故意躲她，好像哈理德．郎西門根本不存在似地。他是不是故意要讓她忘記自己為什麼身陷險境，他是出於什麼目的才躲著不露面？至少他應該天天來氣氣她，實現報復計畫的滿足成就感不是嗎？

蘇拉雅看見他送東西給啞仔，是食物籃，跟啞仔說了兩句，就轉頭望向蘇拉雅正盯著他的方向。蘇拉雅手腳冰冷，又害怕，卻又期待，如果他現在走過來，上來這兒，會發生什麼事？她完全不敢再進一步想。

可是他只是看了這裡一眼就轉過身去，往森林黑暗中消失了。

回想起這件事，蘇拉雅鬆了口氣，無力的感覺，擦擦前額的汗，繼續拿熨斗在布墊上熨那條淺灰色褲子，左手扯開有皺褶的地方，接著右手拿起熨斗十分小心地來回熨。用爐熨斗比她在阿姨家用電熨斗辛苦很多，剛開始的一兩件她還不習慣花了不少時間，但現在慢慢就熟練多了，動作更快了。

腳步聲正靠近小屋，蘇拉雅低頭認真地做著手邊工作，但還是熟悉親切地打著招呼。

「去哪兒了這麼久？啞仔，放我一個人無聊死了，快點火吧！我很快就好了，再兩件而已……說到點火，肚子開始咕嚕咕嚕叫了，你快點吧！」

當然沒有回音，只有往廚房過去的腳步聲，可是蘇拉雅已經習慣一個人講話了，反正只要有人聽就可以了，可愛的聲音繼續響起。

「啞仔拿來的木炭好好用耶！都不會裂開，以前我在家的時候，天天聽到廚師埋怨木炭不好用，不知道你是在哪兒買這麼好的。」

「點了火就先煮飯吧！啞仔，我等一下過去幫你。今天知道我要做什麼好料理嗎？保證好吃，說到都流口水了。」

廚房傳來正在搧火的聲音。

「好！賣力搧吧！等下會給你獎勵，是蘇……嗯，沙姍妮小姐的烤雞，用你帶來的桶子烤的，啞仔別忘了去找椰子皮來啊！以後如果他送雞上來，我們就可以再吃了。」

「對了！啞仔，今早我偷偷看到你的主人送食物過來，好好笑，哪有這樣的啊！怕我知道他走的路線，還躲著我偷偷來，他很怕我逃跑吧！我很想告訴他，就算我知道怎麼下去，也不敢再一個人跑了，除非你帶我下去。」

「你這個主人很奇怪，對我這麼壞又送漂亮的衣服給我穿，不知道他心裡到底是怎麼想的。其實我不想穿他的，因為我知道他不是要買給我，而是給他太太……討厭她就拿來給我，好像我是……」

她停頓了一下，把手上最後一件衣服折好，然後放在熨好了的衣服堆裡：

「我呀！臉皮真厚，明明知道還好意思穿，可是要我怎麼辦，誰能忍受穿那些土氣又不舒服的衣服。如果你的主人知道，他一定會取笑我，真害羞，明明知道這些衣服他是給別人，我還硬要穿。」

「妳誤會了，沙姍妮。」低沉的聲音在身後響起，蘇拉雅嚇了一大跳，轉頭一看，哈理德靠著欄杆，正一派輕鬆的樣子。

「哈理德！」她尖聲叫，臉瞬間通紅，「你，你什麼時候上來的，為什麼我沒聽到聲音？」

「怎麼沒聽到？」他一邊無辜一邊笑著，「當妳一聽到我走上來，妳就馬上跟我打招呼了，還叫我點火煮飯，說要給我獎勵沙姍妮小姐的烤雞。剛才在廚房，我看到妳的烤雞了，一看就知道一定是『好吃極了』。」

「喂！喂！」蘇拉雅大聲叫著，捂著通紅的臉，「那是因為我以為你是啞仔啊！」

「對呀！正因為妳以為我是啞仔，所以我才有機會知道妳我有不少誤會。」

「比如？」蘇拉雅反問。

「就衣服的事，妳認為我是買給老婆的，但不愛她了就拿來給妳，是嗎？」

「難道不是嗎？」

「當然不是！完全相反。」

「難道妳是要買給我的？哼！真可笑！」蘇拉雅冷笑，完全不相信。

哈理德搖頭，眼睛明亮地回答：

「我的確是要買給妳的，但誤會的是妳以為我不愛我的老婆，其實，我還愛著她，而且很愛！」

「哈理德！」

16 針鋒相對

蘇拉雅忘情地脫口而出，然後意識到自己失態了，連忙用偽裝的笑來掩蓋自己的態度，但還是可以明顯感覺到她的臉色蒼白。不過，此時的哈理德可能也沒心思注意這些，因為他的腦海裡想起的，是身為沙姍妮．蘇帕安德未婚夫的拓瓦猜。哈理德想偏了，認為蘇拉雅是在故意取笑他，因為雖然自己宣稱很愛老婆，但這對於被留學歸國的青年才俊捧在手掌心上的她來說，根本不算什麼，更何況普苔的種種行為令人難以啟齒。哈理德的態度馬上嚴肅起來。

「妳取笑我？那說明妳夠了解普苔吧！」他明顯強調「夠了解」。

蘇拉雅並未回答，轉身拿起熨斗走去廚房，一聲不吭。她將熨斗裡沒燒完的木炭倒在桶子裡蓋好，哈理德跟著她走進廚房來。

「妳還沒回答我的問題，沙姍妮。」

「我是認識了那個叫普苔的女人，但不確定夠不夠了解她。」蘇拉雅儘量保持平靜地回答，儘量從腦袋中努力忘記那幅普苔和啞仔在一起親熱的畫面。她的惻隱之心再次發作，這位哈理德．郎西門男士的命運夠苦了，有個像普苔這樣的女人當太太，所以我不應該再幸災樂禍或諷刺羞辱他了，這對他來說實在太殘忍。

「她來這兒做什麼？」

這是第一次蘇拉雅不知道該如何是好，不知道該怎麼回答，是要頂嘴，還是說實話……她在隔熱墊上放好熨斗，低頭回答，不敢直視他。

「我……沒看到她來做什麼，就只是她進屋裡，看見我就說，她是你的太太，然後問我怎麼來這兒，我只是實話實說而已。」

「而已？」他重重地反問，「不可能，我知道妳有什麼事情瞞著我。」

蘇拉雅咬緊嘴唇，轉頭來與他對視，故意嘲笑，反問：

「我幹嘛要瞞你什麼？難道你覺得自己親愛的太太還有什麼不可告人的事嗎？」話音剛落，她差點就要大叫出來，因為那雙如鋼鐵般堅硬的雙手像鉗子一樣緊緊抓住她的手臂，讓她動彈不得。

「對，妳說得對，關於普苔的事就是不能公開。」他一邊咆哮一邊用力抓緊了蘇拉雅的手臂，讓她忍不住發出疼痛的叫喚，「就像沙姍妮．蘇帕安德所做的事一樣，妳應該永遠都拒絕不了這個事實。」

飯鍋正開著，湧出來的水淋到滾燙的木炭上，發出滋滋的聲音，及時打斷了這一緊張氣氛，哈理德這才鬆開她的手臂，但蘇拉雅還站著那兒發愣，直到他厲聲說：

「先去忙妳的吧！等等我們還有很多事情要談。」

蘇拉雅走到爐上的飯鍋邊，趕緊料理起來。她打開蓋子，倒掉泡沫，接著用長柄勺調味攪拌。男人看著白皙纖長的手熟練地忙碌著，又產生了不少吃驚懷疑的感覺，魅力四射的社交名媛沙姍妮．蘇帕安德居然會做這些家庭主婦才熟練的家務。不僅僅手藝嫻熟，她還會熨衣服，甚至與洗衣店做的沒有差別，明明他故意給她那種用生鐵材質得燒炭發熱的熨斗，真不敢相信她竟拿得起來，可是她又沒表示任何讓人覺得做不來或反抗的態度，她熟練地拿起熨斗，著實令人不可思議，一頭霧水。

蘇拉雅正要倒掉飯鍋裡的水。

「我想要一個倒水的鍋，如果這樣直接倒在地上，淋到下面的人頭上就不好了。」

「就先用別的鍋不行嗎？」他隨口回答，漫不經心，眼睛依然盯著她白嫩的細手動來動去。

「我就只有煮湯的這一個鍋子。算了，如果你覺得無所謂，什麼都可以隨便倒在下面，我還省事些。」

「除了烤雞，妳還會做別的拿手菜嗎？」

「今天本來還想做兩樣，但……你送來的材料不齊，有的也不能混一起，不管做哪種都差一點。」蘇拉雅淡淡說，手也忙著拿起飯鍋放在爐上。

哈理德看著變成粉紅色的瓜子臉，由於受到爐火熱氣的影響，他看見小小的汗滴湧出她高挺的鼻子，甚至注意到她耳邊的鬢角被汗水浸濕。

「妳走開，我自己溫米。」他突然來了一句強硬的命令。

(泰國以前煮飯的方式，用爐子煮飯時，先多放點水，等米飯煮熟了，再把多餘的湯湯水水倒掉。但裡面還是要留些水分，等要吃時再開小火回溫。)

蘇拉雅被他嚇到，不解地睜大眼睛看著他。但當看見他那一如平常的肅穆臉色，也只好趕緊走開，哈理德就搶了飯鍋去溫米。

「我拜託妳。」他接著用更加冷酷的口吻，「以後不要用剛才的眼神看著我。」

「啊！為什麼……我只是……」

「我討厭妳。」他短短幾個字的回答，從爐火中拿起飯鍋猛地放在蘇拉雅鋪好餐巾的桌上，一語不發出去了。

蘇拉雅雙手抱胸，迷糊地搖搖頭。

「哪有人這麼古怪啊，我實在懷疑，如果我真的讓警察來抓他，他應該不是會被送去監獄，是要關在醫院吧！神經病！」

啞仔這時進來了，蘇拉雅朝他甜甜地微笑了一下，但一看到後面跟進來的人，嘴角又立刻僵住了。

「還真是陰魂不散。」蘇拉雅默念在心裡，不過差點就要脫口而出，但哈理德先開口了：

「我叫啞仔來接手，要讓他做什麼就直說，然後妳出來外面一下，我有話跟妳說。」

「湯鍋攪拌一下，等滾了我再調味。」蘇拉雅吩咐了幾句，用手背擦了擦臉頰的汗，跟著走出去。

一出陽台，哈理德就直接了當地問：

「我想知道妳為何不直接告訴我，妳背叛我的弟弟哈林是因為妳已經有了新的目標，喜歡上其他男人了。」

「新目標？」蘇拉雅生氣著，「你在說什麼？」

「我說什麼？哈哈！妳可真夠會裝，難道妳要拒絕承認，從哈林之後就沒有新的對象？」

「新對象？」蘇拉雅又重複，「我當然確定我沒有，至於哈林……他……」

「對於哈林妳不用說，因為如果妳有半點愛他，他就用不著死了。但是哈林的事已經結束，現在我要講妳的新對象。」

蘇拉雅眉頭緊皺，開始憤怒了：

「這話是什麼意思？就說沒有！沒有！你是不是瘋了啊！」

「那就是說現在妳還單身，而且還沒有愛上任何一個男人，是嗎？」他繼續問，好像完全不在乎對方生氣。

「對！」

「沙姍妮小姐！」哈理德冰冷的聲音冷酷的眼神讓她發毛。「妳可能不知道，妳不用幾句話就可以改變自己的命運，而且妳也可能會對自己的答案十分後悔。」

「為什麼我要後悔？我說的都是事實。」蘇拉雅不讓步地反對，「我沒有後悔過，不管結果是什麼。」

「好吧！那就別怪我，我告訴你，昨天我認識了一個年輕男人，雖然才剛認識，但是我非常欣賞他的性格和為人，我覺得他是一個善良、真誠和仁慈的人。他告訴我關於他女朋友的事，而且還告訴我，他們很快就要訂婚，是在下個月十八號。」哈理德停頓了一下，從口袋裡拿出打火機點菸。

「誰？」

「拓瓦猜，妳該不會告訴我妳不認識他吧！」他令人無法反抗的聲音，讓蘇拉雅愣了一會兒，才回答：

「我……我認識他，但我沒辦法承認訂婚的事，可能是他自己的計畫，因為他還沒讓長輩來……跟……嗯……我的家長見面……」她吞吞吐吐地回答，因為蘇拉雅心裡清楚，她的答案只是在為自己推拖責任。其實蘇拉雅非常清楚姊姊的計畫，因為就在幾天前，沙姍妮又自豪又可笑地跟她說：

「妳知道嗎？蘇，拓瓦猜偷偷地去看了我和他的訂婚日耶！」

「真的！哎！太心急了吧，都還沒來提親，可是也能理解嘛，姊這麼漂亮，像仙女一樣，如果是我，我也等不及。」蘇拉雅開玩笑地說。

「妳呀，又開我玩笑了，拓瓦猜要他媽媽來提親，但他媽是很傳統的人，擔心我不是適合他兒子的對象。她拿了我的星座生日和拓瓦猜的給算命先生看是否適合？能不能白頭到老什麼的……」她臉色鬱悶。

「結果怎麼樣？」

「不知道，他看了就告訴拓瓦猜媽媽，我啊，是拓瓦猜的真命天女，可是一定要在下個月十八號訂婚，如果錯過了，可能會出現一些阻礙最後結不成婚。拓瓦猜說等他媽身體好點就要讓她來提親，但是其實她根本也沒什麼不舒服的啊！就只是老人病，這兒痛那兒痛，我不懂為什麼她不快點過來，難道她還不滿意我這個媳婦，誰知道。」

蘇拉雅的回憶被打斷，哈理德繼續說：

「可是拓瓦猜告訴我，妳是他最愛的人，男人和女人論及婚嫁，如果不相愛怎麼可能，別再否認了。」

蘇拉雅無奈地嘆氣。

「哎！我真不明白，你硬要讓我承認這件那件事情幹嘛？有什麼目的？至於我要承認還是拒絕你的問題，對你有什麼好處？」

「我沒有，我只能吃虧，而妳會是獲利的一方。如果，妳說實話的話。」他嚴肅地回答，原來凶悍的眼神突然帶點傷心，這讓蘇拉雅不得不注意他的表情，同時感覺更奇怪了，腦中浮出一些疑問。

「我從頭到尾都是說實話，但都沒有得到什麼好處啊！因為你死都不肯相信我，可是……先讓我問一個問題，我想知道你是在哪兒遇見拓瓦猜？」

「就在這裡市區的俱樂部。」

「啊！他來做什麼？」

「他跟我說，他來找沙姍妮．蘇帕安德。」他平靜地回答

「什麼！！」蘇拉雅不敢相信地叫，「絕對不可能的，為什麼拓瓦猜要來找？因為姊……」

她停頓了一下接著發愣，年輕人立刻繼續說：

「因為妳與他沒有什麼關係，是嗎？太可笑了，拓瓦猜那麼辛苦來找妳，但妳竟然和他沒什麼關係，那可能哈林自殺，也跟妳沒什麼關係吧！」

蘇拉雅咬緊嘴唇開始顫抖。

「你答應不再提這件事了，但現在你又食言，所以很抱歉，我不要再跟你說話了，我要去做

我的事。」蘇拉雅氣憤地轉身想走，哈理德卻立刻抓住她的手臂，不讓她離開，並且解釋道：

「我很抱歉，沙姍妮，我只答應妳，我會儘量不提起，但有時候總是事與願違。妳或許不知道，妳的行為不僅殺了哈林這個人，也同時害死了他的哥哥。」

「可……我承認了，是我的錯，我真不知道要怎麼辦才能補償。」蘇拉雅聲音變小，臉色很傷心，當想起自己心愛的那個人的命運。

「本來我也想好要向妳報仇了，可是我一想到拓瓦猜這個我很欣賞的好人，本想如果妳承認妳很愛拓瓦猜，能誠心地懺悔，發誓一輩子忠誠對待這段感情，二話不說我就立刻送妳回家去，絕對不再為難你。」

「你相信我這種女人的承諾嗎？」

「嗯……我想要賭一把，因為我覺得拓瓦猜的魅力也許可能讓妳遵守諾言，雖然……我不太甘心。」他勉強地笑了笑。

「好，那，我願意，願意發誓，只要你放我回家。」蘇拉雅回答，並沒在乎他略帶諷刺的話，明亮、黑黑的大眼睛懇求地看著他。

哈理德馬上轉頭離開。

「哼！太遲了，沙姍妮。」他平靜地回答，「我本來以為妳不會否認拓瓦猜是妳新的目標，但沒想到妳竟然拒絕承認，這就說明妳根本不尊重和拓瓦猜的這段感情，我才不會相信妳給的承諾。」

「騙子，出爾反爾，你不是君子！」蘇拉雅聲音發抖，感到傷心又失望，甩掉他的手，重重地踏進廚房。

哈理德跟著她進去，好像剛剛的事不曾發生過一樣地開口：

「雅南和可郎（方言），能用來做什麼？」

蘇拉雅不明究理地看著他，哈理德立刻換了用語：

「鳳梨和番茄，我拿過來代替蔬菜，蔬菜一早拿來放到晚上就爛了，天氣那麼熱，新鮮蔬菜放了會壞。」

「鳳梨可以用來做菜，而番茄做湯。」蘇拉雅面無表情地回答哈理德，「你以後不用買那麼多東西，兩三樣食材就非常足夠了，買越多就得煮越多，吃不完又得扔掉，還得浪費時間做菜。」

「買少一點不行，我吃不飽。」

「啊？」

「妳啊什麼啊！只是要來吃吃飯，一天一頓不行嗎？」

蘇拉雅一臉慍色，不肯正眼看著對方。

「那你要提前告訴我什麼時候要來。」

「是妳要認真做給我吃嗎？謝謝妳的心意！」他嬉皮笑臉。

「我沒那個意思。」蘇拉雅忍不住瞪了他一眼。

「啊！那為什麼要提前通知呢？難道要多煮飯給我？看來我要再感謝妳一次。」

「我憑什麼對你這麼好？」

「哦！那麼妳為什麼要知道時間啊？」

「這樣我就可以多準備三、四瓶魚露在旁邊，全部倒進去鹹死你。」

「哇！妳太善良了！」

17 精彩刺激的鬥牛開賽

勝利亭的鬥牛場，熙熙攘攘的畫面跟曼谷倫皮尼廣場（泰國有名的拳擊場）有拳擊賽時差不多。因為今天是南部決賽的日子，是目前排名冠軍，來自洛坤府的強仔要對決挑戰者宋卡府的威仔。

附近人們都興奮地跑來看這對鬥牛，周邊有許許多多正在下注賭博的人。很快他們就要讓這些牲畜來決定自己的命運，可能壓幾千、幾萬甚至是幾十萬，變成富翁還是窮光蛋，就要看待會的比賽決定了。

看台上，哈理德正和新朋友拓瓦猜坐在那裡，密密麻麻的人從四面八方進場，拓瓦猜抬頭去看竹籬笆圈起來的比賽區，然後心急地問起：

「什麼時候才開始啊，哈理德，現在都快下午兩點了，我好想快點看威仔的威風樣，牠怎麼能取了個那麼時髦的外號？」

哈理德笑了笑。

「牠的樣子也像普通的牛啦！連強仔也不是長得有什麼特別，但是牠比別的牛厲害很多，還掛了冠軍腰帶呢！」

「什麼腰帶？牛也穿衣服嗎？」

「有啊！告訴你，強仔曾經拿到三條冠軍腰帶呢！」哈理德大笑著回答。

「難怪這麼多人都跑過來看！」拓瓦猜興奮地說，「這樣賭博的人不就都手癢了！」

「的確是，賭鬥牛也是我們南部人的一種工作。」

「你說我們南部人，也包括你自己嗎？」

哈理德開心地笑了：

「哦！對我來說只是業餘愛好，好像養漂亮的鳥聽它們叫，不過賭鬥牛比養鳥刺激多了。」

「那當然啊！這可是現金的輸贏。」拓瓦猜同意，「這種賭博也很奇怪，賭注太大了。如果誰贏了，不就表示有人輸嗎，就像格林童話裡漢塞爾把所有東西都輸光了。」

「但也還好不是嗎？別拿自己的老婆打賭就好。」

「是呀！」拓瓦猜趕緊接話，放心多了，「但是可能因為老婆太漂亮，捨不得拿來打賭，就像我的沙姍妮，我也捨不得拿她去打賭，我寧可用自己的命來交換。」

「沒錯沒錯……」哈理德不自覺脫口表示贊成，卻立刻停止，感到不太好意思。現在他確定了拓瓦猜還不知道女朋友被帶過來這裡的事，但為何沙姍妮的家人要隱瞞這件事，而且是隱瞞跟她有深刻關係的拓瓦猜？這看起來不可能啊！

「哦！你這次有沒有下注呢？」拓瓦猜又問。

「本來也不想，但為了一口氣，因為找我對賭的人，就是棕沙旺礦井的老闆。」雖然哈理德說得輕鬆，但眼神中熊熊燃燒著光亮。

「哦！我認識那個人，兩三天前剛參觀了棕沙旺礦井，礦井老闆叫作溫森，是嗎？為什麼他會變成你的敵人？」

「說來話長，以後有機會再告訴你，不過現在你要幫我為威仔加油，我投了二十萬。」哈理德淡淡地說出來，好像不是什麼重要的事。

「天哪！多少錢？我的耳朵沒有問題吧？」礦業局的年輕男人睜大眼睛。

「你的耳朵還是很好啦！」哈理德笑了笑，「我真的下威仔二十萬，如果牠贏了，我就可以拿八十萬囉！」

「哎呀！我的媽，我出生到現在也沒見過這麼多錢啊！我還以為只是兩、三萬呢！你不覺得可惜嗎？二十萬耶！就算我這種高階公務員也得做個幾年才能存到二十萬。」

「幹嘛總想到自己會輸呢？賭博的人要想的是自己贏，就不要灰心。」哈理德笑著告訴他，「其實我不常這樣賭博。但我想打敗他，是他先來挑戰的，賭上百萬也要下啊！」

「但……我想，他要贏的機會比我們更大不是嗎？否則他怎麼願意訂四比一的賠率呢？」拓瓦猜委婉地說，

「哦！是呀！他贏的機會比我們多四倍，就像你說的，否則他怎麼願意讓步四比一呢？」鼓聲響起，中斷了她們的談話，拓瓦猜抬起頭，看見兩隻牛被拉出場來站在中間，就問起：

「哪個是強仔，哪個是威仔啊？」

「還沒到最後，我們會先看到其他牛，就像看拳擊一樣，不過其實今天每對牛都很厲害，因為是特殊場。」哈理德回答，也認真盯著前面的鬥爭。

拓瓦猜看了看比自己年紀稍長的新朋友，心裡有種很難描述的感覺。他神奇平靜的臉色，

好像即使是正冒著生命危險也能面不改色。他提到二十萬，口氣是那麼平靜，就好像只是兩、三千。看吧！他大喊大笑正為了處於劣勢的牛加油，看得這麼開心，難道他都不為了賭上的二十萬擔心嗎？

「這又不是我的錢，我幹嘛管那麼多呢？」拓瓦猜在心裡嘀咕，「這個傢伙看來非常有錢，可是不管多有錢，如果我有妹妹或女兒，也絕不會選這種人做女婿，誰知道他那天會搞到公司倒閉，一次賭二十萬！明知道會輸，真是瘋了。」

「哈理德，」拓瓦猜笑著問，「你做好打算了嗎？如果贏了，要拿八十萬去做什麼？」

「哦！花錢我很拿手啊，我想了很久很久，想要蓋一棟青少年的育幼院。」

「要用掉全部八十萬嗎？」

「八十萬算少的。」哈理德平靜地解釋，「因為它不只是要蓋大樓，還有裡面的櫃子、桌子、椅子等家具和日常用品的準備。我都懷疑，即使賭贏了，可能還要再付二十萬補貼，否則應該不夠。」

「總之都是要付。」拓瓦猜笑著說，其實他不太相信對方的話。他認為，哈理德只是吹牛，而且即使他真的贏了，拓瓦猜也沒有住在這裡的機會，很難證明他是不是會說到做到：

「你要在哪兒蓋育幼院呢？城內還是城外？」

「我在海邊有一塊土地，曾想捐給公共福利部，但我們先不要討論這件事。你好好準備看決賽吧！這對結束之後下一對就是了。」

「是嗎？」拓瓦猜低頭看手錶，「我顧著聊天都沒看前面的啊，現在才三點多，說起來鬥牛時間也不長啊！一張門票竟然要好幾百元。不過總冠軍賽應該比一般的久一點吧？」

「也不一定，有的就幾分鐘，有的要到一個多小時。」

「原來我以為決定輸贏是要看牠們死了或者動不了，但也有牛是直接就逃走了，真是丟臉啊！」

哈理德笑了笑，好像要諷刺些什麼：

「牛是動物呀！牠怎麼知道丟臉？就算是人類，也有些人不知道什麼是丟臉呢！」

拓瓦猜雖然覺得這話很古怪，但也不明原因，沉默了一會兒，直到整個現場的人都開始大喊，有兩隻牛就這樣被拉進場子裡，一隻有著金紅色刺繡的衣服蓋在身上，看起來十分氣派，另一隻雖然沒有披掛衣服，但牠看起來十分壯碩，毛色健康發亮，不愧是敢來挑戰第一名的鬥牛。

「有蓋頭那隻是強仔，另一隻是威仔，看起來也不錯啊……」哈理德轉過頭來指給他看。

「是，看起來很壯，啊！不過強仔看來也很厲害，我開始替你擔心了。」

「哈！別開玩笑嚇我啊！」哈理德假裝埋怨，但聲音和臉色沒有任何像他說的「嚇」。他的反應在在都顯示出一個真正奮鬥、忍耐、敢作敢當的男子漢形象，即使輸也準備開心地輸，拓瓦猜心裡忍不住對他激賞起來。

場邊人聲鼎沸，兩隻牛的主人各自派人去檢查對方的牛是不是偷用不正當的手段，例如偷偷地削尖牛角，或者把毒藥塗在角上，拓瓦猜看著哈理德：

「哈理德，溫森先生來了嗎？你看見他了嗎？」

「沒有，人這麼擠，有時候他可能為了避免跟人家擠，不來了。他派下屬來看，也有很多鬥牛賭博者喜歡在場外賭，他們懶得看過程，因為重點只是贏還是輸，並不是鬥牛。」

鼓聲又再次響起，比賽馬上就要開始，看到兩隻牛凶狠地互相攻擊，讓拓瓦猜心跳加快，雙方都用自己的角推對手，突然更有力的強仔把威仔推倒在地上，把握機會拚命用角頂著失足的威仔，場內所有人都在為強仔加油。

拓瓦猜轉頭躲開，不忍心去看威仔被攻擊的畫面，他不想見到肚破腸流的場面，同時他也替賭上二十萬的哈理德感到擔心，但觀眾卻突然大喊威仔的名字，讓他好奇轉過頭去。

原來威仔並沒有肚破腸流，不過的確受了傷，長長的傷口不停流著血，哈理德轉頭過來對自己的朋友說：

「剛才我以為威仔就要這樣被搞定了，還好牠躲得夠快。」

「對呀！」拓瓦猜贊成，「嚇了我一跳，以為威仔的肚子一定要被刺破了。不過那麼大一道傷口，會被扣分嗎？」

「不會，如果牠還能鬥，還是會讓牠鬥到底的。」哈理德目不轉睛地回答。

雖然威仔被對手撞破了兩三道傷口，但是牠的鬥志還是相當高昂，即使身上已經傷痕累累，血流不止，但完全沒有要認輸跑走的樣子。反而強仔漸漸鬆懈起來，沒有一開始那麼凶狠，就在那一瞬間，威仔突然發瘋似地拚命頂，推壓到了強仔，緊接著還將牛角刺入強仔的肚子裡，全場觀眾都叫了起來，不可思議的一幕發生了，為威仔加油的人都大聲呼喊著，高興地跳起來，因為此時強仔已經躺在血泊中無力再鬥了。

哈理德一臉平靜，緩緩地站起來，眼神透過一絲喜悅，回過頭來跟拓瓦猜說：

「我們走吧！我不想讓你看見那麼血腥的畫面，怕你受不了。」

拓瓦猜站起來，乖乖地跟他走出觀眾席，剛才的大逆轉讓他一時間說不出話，直到出了場邊才忍不住問：

「哈理德，為什麼你不趕緊去拿錢呢？」

「我派小弟去處理就好，不用擔心。如果你還會去參觀礦井，很快就能見到青少年福利院了。現在我們好好吃一頓吧！」

在前往餐廳的路上，身為司機的哈理德沒頭沒尾地開了口：

「嗯……拓瓦猜先生，假設你有一個你很疼愛的心上人……」

「哦！這就不用假設了，哈理德，算是事實也行，因為我真的有心愛的人，而且我非常愛她。」拓瓦猜反對地微笑了一下，但哈理德還是保持嚴肅，謹慎地說：

「等一下，你還沒明白，這件事是我假設的，是想讓你幫我解決，不是事實。」

「哦！好，請說吧！我很樂意能幫你解決問題，至少回報你請客吃飯啊！」

哈理德接著說了下去。

「我是假設，如果你偶然聽到一件事，不管是怎麼聽到，就是你的愛人曾經被一個男人強擄了過去，離家好幾天的時間，後來她僥倖能逃出來，你還願意跟她結婚嗎？」

「啊！那個男人為何強迫她？」

「假如她不願意告訴你，她強調自己依然……純潔。你認為你會相信她的話嗎？」

「嗯……」拓瓦猜愁眉，「這就要看她是什麼樣的人，是吧？如果她是一個保守、忠誠、勇敢面對事實的人，我覺得應該相信她，嗯……你的那個她是不是我說的這個樣子呢？」

「但我問的是你的那個她，而不是我的。」哈理德好像開玩笑一樣地說，「假設那個她是你的沙姍妮呢？你會相信她的純潔嗎？」

「哦！如果是我的沙姍妮，我一定相信她啊！如果連自己愛的人都不相信，這個世上還能相信誰？」拓瓦猜強調，哈理德看了一眼他旁邊的朋友，眼睛發出一絲明亮：

「我很高興你這麼回答！」

18 惡意的提議

那天晚上遭前夫無情地拒絕還被攆出去之後，普苔心裡確信這一定是因為哈理德已經有了新的目標——那個比她更年輕漂亮的曼谷俘虜。

普苔絕對不希望丈夫另結新歡，哪個當老婆的會答應老公付生活費給前妻？而且他們分手的原因還是自己給丈夫戴了綠帽……當時哈理德一氣之下開槍殺了普苔的情人，雖然他因為在地方上的權勢而逃過法律制裁，但哈理德也因此離開城裡。為了懲罰自己，把那棟舒服的別墅留給前妻，一個人住在礦井的辦公室裡。

普苔心裡很清楚，他之所以沒控告或拋棄自己，並不是他還眷戀這段感情，而是哈理德要折磨她，讓她孤獨終老。只要普苔還有著哈理德老婆的身分，她就無法跟別人結婚。城裡的人都很清楚，也不會忘記普苔的情人就是因為他老公哈理德的子彈丟了小命。現在這件事雖然已經過去快一年了，依然沒有任何男人再敢冒險到這裡，至今無人敢跟她發生任何關係，不論她是多麼年輕多麼漂亮，直到遇到啞仔，這個唯一不會拒絕她的男人。他的殘疾讓他變成了傻瓜，從來都不懷疑這個漂亮女孩的背景，對她的說法也輕易相信。啞仔只知道她曾是主人的太太，可是現在哈理德因為另結新歡已經拋棄她。兩個寂寞的人，雖有不同的原因，卻有著共同的目的。

怕自己可能沒有收入而擔心，怕丈夫已經愛上別的女人而妒忌，普苔思來想去要怎麼阻止不讓哈理德和新歡有更進一步的發展，好幾次普苔都想幫蘇拉雅逃走，可是還是無法鼓起勇氣，要是哈理德發火，那會是最可怕的事情。

普苔永遠無法忘記那天晚上——強壯的哈理德衝進房間來，手上拿著一把槍，不停地扣扳機，接著她的情人就躺在床上深紅的血泊裡……然後是她自己跪在他腳邊，低頭哭泣求他饒命的畫面。那些場景依然像刀子一樣深深地刻在她的心裡，打上了永久不能磨滅的烙印。它一直提醒她要小心別再冒險，如果她再做出一點背叛他的事情——即使最輕的懲罰只是不給她錢，但普苔還是不敢輕易冒險，所以普苔覺得自己唯一的方法就是利用啞仔。

一天下午，普苔估算著丈夫去礦井的時刻，穿著女工人的衣服，偷上山去老地方見啞仔。雙方廝磨了一會兒，普苔就對啞仔說：

「啞，主人經常上來看屋裡那個曼谷人嗎？」

啞仔搖頭，把稍分開的身體又抱得緊緊的，還忍不住要去親普苔的臉。

「等一下嘛，你猴急什麼……好像是餓了多久一樣，你還沒告訴我呢！」普苔口氣凶了起來，「怎麼樣？哈理德每天來看那個臭女人嗎？」

啞仔又搖頭。

「哦！沒有天天來，那兩三天來一次吧！對嗎？啞。」

「不是天天來，就表示他不怎麼迷戀她，否則男人忍得住嗎？」她默想，「可是不行，如果那個賤女人主動勾引他，他可能會被她迷惑，到時候我就完蛋了，一點錢也拿不到，她一定會霸佔所有財產，不可以！我不甘心。」普苔眼裡頓時燒起嫉妒的火焰，但轉瞬又微弱下來，「但可能不會，她自己告訴我，死都不願意當哈理德的老婆，如果他欺負她，她寧可自殺……但，她可能只是說說而已。誰不想要有錢、俊俏又強壯的男人，有可能是她自願跟他來的，所以哈理德才送她漂亮衣服。」一想到這裡，普苔的眼睛再次爆發仇恨。「這個賤女人，我一定要好好對付妳！」

「啞仔，」普苔甜蜜地叫了一聲，然後低頭靠在對方滿是粗毛的胸部上，「幫我做一件事可以嗎？」

啞仔笑著點點頭。

「就是……我……非常恨那個曼谷賤女人，我聽說就是她教唆你的主人拋棄我。我想讓你騙她出去，到哪裡都行，看是要帶去城裡或丟進森林，不要讓哈理德發現她，你做得到嗎？」

啞仔的眼神馬上充滿懷疑和驚恐。他盯著普苔，於是她又問了一次，這次啞仔臉色蒼白地搖頭拒絕。

「不行？為什麼啊？啞仔，難道怕她不肯跟你去？哦！對呀！啞仔不能說話，怎麼才能騙她出去……」普苔憂愁地說著，「啞仔，我一定不能讓他們倆在一起，你一定得幫幫我。」

啞仔無奈地點頭，這讓普苔差點笑出來，抓住情人的手高興地搖。

「謝謝你願意幫我，哦！我知道怎麼報復他們了，還有一個方法，就是你去上了那賤女人，讓她做你老婆！這樣哈理德心裡一定很痛苦，那賤女人也會很傷心。我知道哈理德很在意這件事，反正他最不願意吃別人吃過的，他可能會生氣得快發瘋，到時我就要等著嘲笑他過癮。」

她說得很得意，可是回頭卻看見啞仔蒼白恐懼的臉色。

「你幹嘛啊，膽子這麼小！我跟你說，她也許知道我們偷偷見面的事，看她眼睛那麼好奇，你不怕她告訴哈理德嗎？我都已經告訴她我跟哈理德是什麼關係了。」如同普苔預料的，啞仔的臉色再次變得慘白，她又笑：「不要大驚小怪了，如果你相信我，就照我說的去做，這樣可以封她的口。如果她也跟我們一樣亂的話，就不會去告狀啦！」

啞仔低著頭，雖然普苔百般威逼利誘，但他哪有做這些壞事的勇氣。沒有人敢冒險惹哈理德生氣，況且啞仔對主人那般忠心，怎麼做得出這些事情。

「喂！怎麼樣，啞？行不行？」普苔繼續撒嬌地問，「你相信我，你照我說的做絕對沒有問題。哈理德如果知道，也不太會處罰你，而且也是他自己太大意，要年輕男人日夜監視個漂亮女人。你是被這個女人勾引了，這種事誰忍得住，又不是沒有感覺，對吧！啞仔？」

啞仔睜大眼睛猶豫地看著普苔，腦中浮現的卻是蘇拉雅剛洗好澡走出浴室的畫面，白嫩的皮膚，卡在胸口上的水珠，一下子進入了自己的想像裡。這時他張開手去拉住對方的身體，畫面充滿歡樂和開心。

聽到腳步聲靠近，蘇拉雅轉頭望向窗戶，

「哦！是妳，找我有什麼事？」

普苔走進去，環顧蘇拉雅房間四周。

「沒什麼事，只是可憐妳就來看看，哦！妳叫什麼名字？記不得了。」

「我叫……沙姍妮。」

「哦！沙姍妮。」普苔重複，「我記得了，欸，妳真厲害，明明是城市人，沒想到能受得了在森林待這麼久，也有兩個星期了吧？」

「受不了也得忍，要我怎麼辦？自殺還是冒險出門挑戰眼鏡蛇？就算想跑，啞仔也會看著我。」

「啞仔啊，很傻的。」普苔說，「只要妳對他溫柔點，撒個嬌就搞定了，真的沒騙妳！男人嘛，漂亮女人溫柔說幾句話就著迷了，不信妳試試看。我保證他馬上就帶妳逃走。」

「妳可能不知道，這招在我來的第一天就已經試過了，但根本沒效果，我不管多溫柔地跟他說話，或者煮多少好吃的對他都沒意義，他還是嚴格監視我，寸步不離，我真是沒辦法。」

「那是因為妳只是輕聲細語，當然沒用，妳要願意吃點虧才行。」

「吃點虧？」

「對，」普苔認真地點頭，「我直接告訴妳，不要說我壞，他到現在都沒老婆也沒談過戀愛，如果妳能給他，他怎麼可能不迷上妳呢？想想看一個男人都為妳神魂顛倒了，怎麼可能不聽妳的話……」

「夠了！」蘇拉雅打斷她，為說出這番話的人感到尷尬，「謝謝妳的意見！但我沒辦法做到那種地步，我寧可在這裡受罪，或是等有一天妳丈夫願意放我回家。」

「妳聽我說嘛！我又沒叫妳做多少，只要願意跟他親親抱抱，勾引勾引他就好了。他要是多做要求，妳拒絕就好。」

蘇拉雅撇過頭去，避開對方狡詐的臉。

「我做不到，」她堅決地拒絕，「我從來沒這樣過。」

「拜託，又沒怎樣。略施小惠就能回家，不用在森林裡生活，不好嗎？」

「不好。」蘇拉雅還是不願意直視對方的眼睛。「我覺得，妳應該回去了，我自己會想辦法。如果真的沒辦法，我也願意在這兒，謝謝妳的好意！」

這樣堅決的回答，讓普苔生氣了一會，但為了達成目的她忍住怒氣，故意放聲大笑。

「哈哈，我知道為什麼，妳拒絕我的好意是因為妳根本就不想離開這裡吧？妳希望哈理德愛上妳，替我霸佔他所有的財產，難怪妳都不想逃跑。妳根本就是想留下來勾引他吧！好精明啊，沙姍妮！」

蘇拉雅回視著普苔，氣到嘴唇發抖，不過她還是平靜地笑了笑，用了解的口氣說：

「一開始我不明白為什麼哈理德要像對待野狗那樣對妳，但現在我懂了，妳的想法這麼卑鄙，他哪受得了。」

普苔咬牙切齒，握緊了拳頭。

「自作聰明的賤女人，真該抓住她的頭髮，重重在臉上打幾巴掌。」雖然心裡忿恨著，而且對方身形又比自己瘦小，但因為不確定對方是不是會反抗，讓普苔不敢輕舉妄動（雖然她一向都是毫無教養地動手動腳），裝作友善地說：

「唉啊，妳報答我的好意就是這樣汙辱我嗎？」

「我沒有，我只是想告訴妳，有腦袋的人都不會覺得在這樣破爛的小屋裡受苦，就可以抓住一個陰晴不定的人。」

「為什麼妳不按照我的建議去做呢？妳要這樣忍受下去是為了什麼？」

「因為我做不到啊，難道妳沒有其他辦法嗎？」

普苔故意皺起眉頭，假裝動腦思考，突然高興地站起來，好像想起了什麼好主意。

「要不這樣，我帶妳逃，好不好？」

蘇拉雅沒有立刻答應，因為還是半信半疑。

「妳不是說不敢幫我，為什麼現在就願意了？」

「不要讓他知道是我帶妳跑的啊！我就推給啞仔，說是他幫妳不就好了！」

「妳要讓啞仔替妳受罪？」蘇拉雅試問，「他可能會被妳丈夫殺了，妳不擔心他嗎？」

普苔聳聳肩，不在乎的樣子。

「管他呢，又不是我自己，不過妳還問這麼多幹嘛，難道不想回去了？」

「我想啊？可是……」蘇拉雅猶豫，但還是直接說出來，「老實說我不相信妳，帶我逃跑對妳有什麼好處？」

「好處？」普苔發出了怪異的笑聲，「我只是希望哈理德再回到我身邊啊！要是讓妳留在這兒，就讓他離我更遠了。」

蘇拉雅的聲音變得堅決起來：

「我不知道是什麼讓妳胡思亂想，但我保證……」

「不用保證，」普苔揮手，「沒有什麼原因讓我這樣想，可能是快要被背叛的預感吧！我敢跟妳保證，如果他對妳展開攻勢，妳就會馬上忘記妳現在講的這些話。」

「請不要侮辱我。」蘇拉雅堅決地說，「我會證明給妳看，這些都是不可能的。」

「不需要什麼證明啦！沙姍妮，因為如果妳真的想在今晚逃去城裡，妳現在就得出發了。」

普苔冷淡地說。

19 前妻的無理取鬧

「現在？」蘇拉雅愣住了，重複了一句，產生一種又突然又不可思議的感覺，「我現在要去哪？」

「回家啊，還猶豫什麼？快點去收拾東西。」普苔催她，同時走到窗口張望，「妳動作這麼慢，等一下哈理德過來就完了，我一定會死在他手裡。」

「要收什麼？我什麼都沒帶來。」

「哦！那不是更好，我們走吧！哦！等等。」普苔突然轉過身來，狡猾地看了蘇拉雅一眼，「我們不能就這樣去，啞仔會懷疑，不然我騙他說帶妳去玩水，妳現在去換一件露肩低胸連身長裙。」

「可是我們怎麼能穿長裙去礦場？」蘇拉雅不願意，「這樣不行。」

「笨，我們就帶衣服去換啊！到溪邊再把衣服換了，然後想辦法出去。」

「那……好吧！」蘇拉雅無奈點頭，接著回頭去看衣櫃裡那兩件長裙，交給普苔一件，「這件給妳。」

「不用，我穿身上這件也行。」蘇拉雅轉身換上長裙，雖然她充滿困惑，覺得普苔的計畫好像完全不能保障自己的安全，但是現在也別無他法。如果她拒絕了普苔這次的幫助，說不定真的要永遠留在這裡了。

「就讓命運決定吧！」蘇拉雅決定勇敢面對冒險的後果，「如果真的被蛇咬死也是心甘情願，看別人在這裡出出入入都沒事。」

換好衣服後，蘇拉雅帶著第一天穿來的衣服和鞋子準備出發，普苔好心地接過袋子後開始催促她。

「我們快走吧！就快要天黑了。」她伸手去拉蘇拉雅。

「等等，我先拿毛巾。」蘇拉雅轉身打算回房間去，但普苔不願意，她拉著蘇拉雅往外走。

「這麼慢，等一下我老公出現就完蛋了，又不是真的要去玩水，拿什麼毛巾？」

「得蓋肩膀啊，要這樣下去嗎？」蘇拉雅轉動白嫩的雙肩，又想往屋裡走去。普苔強拉著她的衣服說道：

「還在意服裝，這會耽誤時機的。妳看，啞仔站在樹屋看著我們，妳不要慌啊，不然會引起懷疑。」

蘇拉雅假笑一下，有點心虛的感覺。啞仔眼神困惑地看著她們，當他走過來，普苔用不像請求而是命令的口氣說：

「我們要去溪邊洗洗澡，你不用跟來也行，很快就回來。」她轉過頭來跟蘇拉雅點頭示意：

「我們走吧！」

蘇拉雅緊跟著普苔，穿過窄窄的小徑到山後的樹林裡，未知的狀況讓她內心既緊張又恐懼。普苔等等可能會停下來讓兩個人換衣服，最後她就可以下山，或許在工人家休息一會兒，可能借輛車開到城裡……總算能離開狠毒的哈理德．郎西門，回到自己家了。蘇拉雅真想知道如果他到小屋發現她已經逃跑了，他要怎麼辦？他會有什麼表情，如果在小屋裡看不見她的話……一想到這兒，蘇拉雅突然覺得心虛，手腳無力，連自己也搞不清楚到底是怎麼一回事……只能跟著普苔不停地往前走。

走了一段路，蘇拉雅聽見水聲：

「啊！這兒也有瀑布？」

「有啊！」普苔點頭，「妳喜歡嗎？如果妳喜歡玩一會兒也行，但這裡的瀑布不漂亮，小小一個，水很少，洛坤府這裡有兩個瀑布比較美，梵天世界瀑布和新羅馬瀑布。」

「我沒聽過。」蘇拉雅搖頭，「不過我們什麼時候要換衣服？我們已經走很遠了啊！」蘇拉雅看著普苔空空如也的手，「妳把我們的衣服丟哪去了？」

「哎呀！」普苔大聲叫起來，臉色非常吃驚。「我怎麼這麼糊塗啊，衣服掉在哪我都不知道，糟了，怎麼辦？」

「那麼趕快回去找啊，總不能穿這身長裙進城吧！」蘇拉雅緊張地說，「早知道我自己拿就好了。」

「好啦，不要嘮叨了，我弄丟的我自己找，妳去溪邊那等著好了。」

「沒關係，我們一起去也行，互相幫忙找，如果真的找不到就再回小屋拿。」

「要是剛好遇見哈理德不就完了。」普苔不高興地皺眉頭，「我叫妳在這裡等就等吧！我一個人如果遇到人很容易躲起來，妳對這裡不熟，一起去一定會被發現，到時後想逃都逃不了，這就慘了！而且一個人走比兩個人還快，妳就安心地在這裡等吧！如果哈理德或啞仔發現妳，妳就說出來玩水。」

蘇拉雅無奈地點頭，聽起來是沒有更好的辦法了。普苔嚴肅的臉色隱藏著得意的微笑，她指向溪邊的小路。當蘇拉雅按照指示轉身走過去時，普苔就循著原路，撿回丟掉的衣服，跑到小屋找啞仔。

啞仔正在樓梯口砍木炭，普苔匆匆跑向他：

「我把她騙到溪邊了，你可以去處理她了，快點！保證哈理德不會有打斷的機會。」

啞仔放下刀，但不肯站起來，臉上盡是恐懼的樣子。普苔站著手扠腰部，怒氣沖沖地催促著：

「去啊！啞，快點，你怎麼說不聽？如果你能搞到她，我們就安全了，這樣她肯定不敢洩露我們的祕密。我們偷偷見面那麼多次了，你以為她不會懷疑嗎？萬一她向哈理德報告，我們必死無疑！怎麼樣？啞仔！你到底要不要去？」

啞仔還是猶豫，他轉身看著往溪邊的路，也望向主人哈理德常常出現的路口。有點進退不得，不知該怎麼做才好。

「還看什麼看？」普苔埋怨，彎腰拉起情人的手，「趕緊去，要是她懶得等又走回來就完了。幹什麼？怕哈理德呀，我都把她騙去那邊了，哈理德不會經過小溪那裡啦！對了，我告訴你，我剛才也跟沙姍妮說了，她心裡也是願意的，看樣子她也對你有感覺，誰能忍得住一個人孤單寂寞呢！如果你現在就去，我想，一定成的。頂多開始可能有點抗拒，但後來也一定會願意的。」她邊說邊笑，當看見啞仔被說服而出發時，表情更是高興。

一確定啞仔消失在林子裡，普苔就趕緊跑進小屋，換上衣櫃裡漂亮的絲綢衣，出發到礦井去，恨不得立刻飛奔到哈理德面前。

一看到普苔，哈理德既疑惑又不高興：

「找我有什麼事？不是說過請妳別來這裡騷擾我。」

「我也不想過來呀！」普苔抬頭嬌聲回答，「但過來是有重要的事要告訴你，看在你也曾是我老公的份上，不忍心看你戴綠帽嘛！」

哈理德鄙視地斜視前妻：

「妳不忍心看我戴綠帽？那妳自己為什麼給我戴上了？好了，不要纏著我，我很忙，妳趕快離開吧。」

「哈理德，求你先聽我說，我真的有重要的事。」普苔懇求地說，抓住眼前這個年輕男人的手臂，「過來一下，不想讓那些工人聽到。」

「好！有什麼事就說吧！」哈理德不耐煩地催，同時甩開她的手，「要錢是嗎？」

「哼！動不動就是錢，你的錢對我根本沒什麼意義，我說過好幾遍我不是需要錢，而是需要你啊！」

「哦！讓我浪費時間，是要說這些嗎？」哈理德的眼裡充滿鄙視。

「不是啦，我是要告訴你，我剛才上山，剛好看見你心愛的沙姍妮正在跟啞仔親熱呢！呵呵，她嚇了一大跳，深怕我來告訴你，還給我這套衣服當封口費，求我不要告訴你呢！」普苔知道，哈理德的眼睛此時正盯著她身上那件淺色的絲綢褲子。

「為什麼她要阻止妳來告訴我？」哈理德平靜的聲音，好像沒有任何情緒。

「她就怕你生氣啊！」

「為什麼我要生氣？」哈理德又問，跟剛才的聲音一樣。普苔偷看了老公的眼睛，隨即躲開那雙強硬凶狠的眼神。

「你問得好奇怪。」她壓下尷尬的臉色，撒嬌地說，「講得好像你不愛她似地，問你，你不吃醋嗎？」

「為什麼要吃醋？」哈理德真心疑惑起來，「她又不是我的什麼人，我有何資格吃她的醋，不管她要跟啞仔或其他男人談戀愛都與我無關。」

普苔突然高興起來，

「你是說她對你沒有任何意義，是嗎？哈理德？你不愛她呀？你不要她做你老婆？那你樂意把她讓給啞仔了嗎？」

「我沒有把她送給誰的權利，如果她自己不願意。」

「為什麼沒有？」普苔放聲大笑，「她現在在你手裡，你要把她送給誰都行。不過我覺得，送給啞仔最合適，反正他不能說話，也不能把這件事告訴別人，比較安全，對吧？」普苔掩不住得意洋洋。

「真奇怪，妳一開始是說不忍心我被戴綠帽，現在又硬要我把她送給啞仔，根本就是自相矛盾。」

「就……嗯……」普苔吞吞吐吐，「我原本以為她已經是你老婆了，看見她跟啞仔談戀愛，就要先讓你知道嘛！可是如果你跟她沒什麼關係，我就想拜託你把她送給啞仔。她一個人被抓來，應該很寂寞。」

「如果妳說的是事實，就說明她已經把自己給了啞仔，也沒必要我做主。」

「但……說不定她是怕你知道，你應該正式讓他們在一起，這樣他們就不要偷偷摸摸、鬼鬼祟祟的，好可憐嘛！」

哈理德兇狠的眼睛閃過一絲異樣，

「這樣啊！妳說偷偷摸摸，很可憐很賤，我也想了很久，應該讓他們公開一起生活才對。」

「咦？難道我來告訴你之前，你就已經知道這件事？」普苔傻傻地問。

哈理德臉上微笑，用肯定的口氣回答：

「當然，不管是這件事還是其他事，在妳告訴我之前我都已經知道了。」

哈理德的聲調、臉色和語氣，讓普苔臉色一變，她不確定對方是否話中有話。

「等等，不用說別的，我想知道，你什麼時候要跟他們倆宣布這件事？」

「我幹嘛說，等我真的看到妳說的那種親熱畫面不就知道該怎麼做。現在我不想管這件事。」

「唉呀！啞仔對這種事很拿手。」普苔撒嬌地說，「你不相信我的話，現在就自己上去看，一定會看見好戲的，但你不要對啞仔發脾氣喔！這次我怕你會逃不過牢獄之災，上次你是為了保護自己的名譽，這次可不見得還能這樣講呢！」

哈理德僵硬地笑了笑，眼睛閃爍，

「謝謝妳的警告，哦！順便替沙姍妮感謝妳，雖然妳收了人家的賄賂還來告密。」

「哼！這些東西不是你本來要送給我的嗎？」普苔顯得很傷心，「你捨得把我的東西送給她，怎能不讓我誤會你就是喜歡她呢？」

他不回答那個問題，立刻結束話題，

「妳要說的事就是這些嗎？我要去忙了。」

「啊！不是要上山去看嗎？我想讓你親眼看見，否則你會說我是騙子。」

「我有空就去，但我要讓妳知道我不是去看誰和誰談戀愛，而是要把我的犯人給安排妥當。」

哈理德平靜地答。

20 遭到羞辱的懷疑

太陽慢慢垂下來，快要躲到山後去了，粉紅色和橘色陽光照上瀑布小溪，閃閃彩色的光亮，把後面的竹林晒得色彩輝煌。隨著時間過去，面前青色的樹林群暗下來變成灰色，周邊氣氛也漸漸落寞起來。蘇拉雅嘆了一口氣，從剛剛到現在，連普苔的影子都沒看見。

「難道她遇到了哈理德？」蘇拉雅心裡恐懼想著，「天哪！那個神經病要是對她做出什麼怎麼辦？如果知道是她帶我逃跑的，說不定他一氣之下會殺了她，我就變成害死她的罪魁禍首了。」蘇拉雅恐懼地閉上眼睛，又被幻想的場景嚇醒，「如果普苔出事了，我怎能逃得過他的手掌心？他一定會跑來找我。慘了！他會怎麼懲罰我啊？其實看起來也不是那麼狠。可能會因為傷心過度，讓他變成了野蠻人。如果能有個人好好安慰，關心他，或許他也會從惡魔變成天使，但那個人會是誰呢……」想到這裡，蘇拉雅的臉突然滾燙起來，莫名地覺得害羞。

「其實他也很可憐，弟弟過世，老婆又跟別人亂來，但他又說自己很愛普苔！」蘇拉雅打抱不平，「但普苔卻整天嚷嚷說老公拋棄了她……這到底是怎麼回事？算了，也跟我無關……」

靠近水邊的蘇拉雅突然想伸出腳玩玩水，低頭一看水面，映照出一個年輕可愛女孩的小臉，可愛的圓下巴跟甜甜的嘴唇，笑起來露出潔白般的牙齒，排列得就跟珍珠一樣漂亮。

「不要以為自己很漂亮。」心裡突然湧上一股憂鬱，蘇拉雅責罵著自己，「別忘記，妳長得一點都不好看，跟沙姊一比，還有人會覺得妳漂亮嗎？連原本對妳也有好感的哈林，見到姊姊都馬上變了心。」

想起這件事，蘇拉雅又忍不住掉下淚滴。她細長真誠的眼睛，怎麼比得上那雙閃爍著甜蜜的魅惑雙眸？

聽見腳步聲靠近，讓蘇拉雅轉身開心迎接，正打算叫普苔的名字，卻倏地叫不出聲音，因為從灌木叢走過來的人不是普苔，而是那個可怕醜陋的啞仔！

「啞仔，」蘇拉雅乾喊著，她心跳加速，膽戰心驚，覺得啞仔的眼神像盯著獵物般看著自己的身體，讓她有些發抖，下意識交叉著雙手，蓋住光溜溜的肩膀，避免與那雙飢餓的眼睛對望：「啞仔……你……來……這兒幹什麼？」她吞吞吐吐地問，「普苔去哪兒了？我們一起來玩水，她不小心弄掉了衣服回去找，你沒有跟她擦肩而過嗎？」

啞仔搖頭，依然慢慢走過來。蘇拉雅後退，不小心跌到淺水區旁邊。她手裡抓著一大塊石頭，用堅決洪亮的聲音，要對方退後。

「停！啞仔，別過來，如果要我回去，我會跟著你走，你不用過來拉我。」

啞仔猶豫地停了一下，充滿慾望的眼珠興奮地盯著只穿露肩長裙的身體，深黑色的長裙大片露出胸部上方白白嫩嫩的皮膚，裙襬只到膝蓋下一點，露出美麗的小腿跟可愛的腳踝。啞仔無法克制自己的感覺，就像跟著餌一樣拚命往前走。

「我說別過來！沒聽到嗎？如果你再往前走一步，我一定會朝你扔石頭！」蘇拉雅大聲地說，舉起石頭準備扔，強硬的聲調和認真的態度使啞仔停下腳步。

「今天沒機會逃了，」她失望地告訴自己，「普苔可能找不到衣服，又回小屋去了。啞仔沒看到我回去，感到懷疑就走過來找。算了，反正回小屋那裡比較安全，有什麼事我躲進房間就好。」

但蘇拉雅沒想到她才走過去兩三步，啞仔就走過來擋住自己。他的呼吸沉重又急促，紅色眼睛像動物般搜索著自己的身體，好像怕嘴邊的美食就要被搶走了。

蘇抓緊手裡的石頭，驚恐地看著啞仔，他的眼神跟平常不一樣，他已經不是對蘇拉雅忠誠和尊重的朋友，在那一秒裡，蘇拉雅想著為什麼啞仔的態度會有這樣的改變。

於是哈理德．郎西門的一番話在耳邊響起：

「我囑咐啞仔了，在這兒照顧妳，如果妳硬要下去，我就允許他隨意處置妳。」

啞仔看穿了她要逃跑，他就趁主人的允許要來「處理」她？平時對他的好一點意義都沒有。如果今天有人強迫自己，那她寧願死，也不會隨便任人欺負。

「就算哈理德也在這裡，」她心裡記恨，「我一定也會砸中一個人，一定！」

啞仔正準備靠近，看到他粗壯的手臂，蘇拉雅心想如果被抓住，一定跑不掉了，但剛剛一路走下來，腳底已經磨破皮，如果要跑恐怕也跑不贏，只能拿石頭砸昏啞仔才行。

「別過來！停！要不然我真的要扔了！」

蘇拉雅的嚇唬一點用都沒有，啞仔沒有停下腳步，只是走得慢了點。

鏗！！蘇拉雅不偏不倚地砸中啞仔的前額，再壯碩的人也沒辦法禁得起這等的頭部重擊。啞仔有點站不直，用手摸了前額的傷口。當他把手移開，深紅色的血就順著眉毛流下來。蘇拉雅臉色蒼白，內疚自己做得太過分了。

「對不起，啞仔，我不是故意讓你那麼痛，如果你聽我的話就不會這樣了，我們回去吧！啞仔，現在很晚了，我會乖乖地跟你回去，只要你別靠近我就好。我老實告訴你，我再也不會信任你了。」

啞仔看了看手指上的血後抬起頭來，他看蘇拉雅的眼神不是生氣，而是被嚇到的感覺，似乎沒料到會遇到那麼頑強的抵抗。看見啞仔又要靠近自己，蘇拉雅認真地說：

「走吧！啞仔，相信我。」她假裝好心騙他，邊往後退邊說，「我不想傷害你，但如果你還是欺負我，我會想辦法殺了你。」說完她立刻低頭拿起一塊石頭在手裡準備。

啞仔看了看，當然，它比剛才的大上兩倍。他舉手摸摸前額的傷口，血已經止了，但他的臉上髒髒的，讓他本來又可怕又噁心且滿是鬍子的臉顯得更可怕。不過蘇拉雅控制自己不要顯現出害怕，她相信冷淡、平靜的態度能夠控制啞仔。

「怎麼樣？啞仔，聽到沒？我們一起回去，我會自己走回去，剛剛的事保證不會告訴你主人，好嗎？」

蘇拉雅的條件讓啞仔愣了好一會兒，有點不知該如何是好。他回想普苔叫他過來時所說的那些話，她說已經都講好了，只是女生有時會害羞，半推半就，這就是女人的害羞嗎？啞仔忍不住又摸摸傷口，現在它開始痛起來了，傷口裂開了真是難受。為什麼蘇拉雅不像普苔一樣，願意讓自己為所欲為呢？啞仔想都想不通，看看她手裡還拿著一大塊石塊當武器，看來是隨時準備再攻擊他一次。如果他再走過去，說不定她就要打裂他的腦袋了。啞仔真心覺得女人的害羞，應該不是像普苔說的那樣。

看見啞仔轉身走向回家的路，蘇拉雅安心地笑了。啞仔走在前面，她便保持距離跟在後面，腳底越來越痛了，蘇拉雅好幾次得停下來休息一下，尤其是又不小心踩到碎石或是荊棘那類的東西。

太陽已經下山，樹林染上紫紅色，天氣開始轉冷，蘇拉雅甚至因為冷風而忍不住縮了肩膀，她濕透的長裙早就因為風吹而乾，但蘇拉雅覺得路好像越走越遠，因為腳痛不斷需要休息，但她又不能停太久，因為啞仔一路急急地走著沒回頭，蘇拉雅不敢讓他離開視線，怕自己會迷路。她忍著痛楚，一瘸一拐跟著他。終於小屋又出現在她眼裡，啞仔走進了他的樹屋，完全沒有回頭看她一眼，看見目標後的蘇拉雅覺得自己再也走不動，在地上癱軟地坐了下來。

「有那麼累嗎？沙姍妮，怎麼樣？啞仔的表現和我弟比起來，妳覺得誰更厲害更過癮啊？」哈理德粗魯的聲音在身邊響起，回頭一望，他正靠在樹上抽著菸。蘇拉雅滿心憤慨，忘了自己只穿著一件長裙。她揚起手臂，想要給面前的男人一巴掌，但對方先一步抓住了她的兩隻手臂：「哦！才剛開心完怎麼這麼容易生氣？我好好問了，嗯……難道妳判斷不出誰比較好？」

蘇拉雅真想在森林裡吼出來，但她現在能做的，頂多是站著瞪他。雖然她的眼神裡有著憤怒、生氣、仇恨等情緒混雜在一起，但此時卻什麼都說不出來，也無力做任何抵抗。

男人不知不覺鬆開手，聲音變得平靜，直率地說：

「很生我的氣嗎？沙姍妮，從妳的眼神我看得出來，妳恨不得我馬上被雷劈死。」

「被劈死還不夠。」蘇拉雅冰冷地回答，眼神都不離開他的臉，「我真希望你被活活燒死，或是有人把你身上的肉一片片割下來。」

「這麼恨我？」他的聲音更輕，眼神就望著遠方，「是因為我帶妳過來這裡，還是我偶然知道了妳的祕密？」

「都不是。」她依然冷冰冰的，「是因為你說的話太惡毒，我恨那些不知道真相卻嘴賤的人。如果我可以，我一定會剪掉你的舌頭。」

「不知道真相？」哈理德自語，微挑眉毛，「妳的意思是妳很無辜？誰會相信？妳和啞仔兩個人在這麼一片森林裡不見了，從下午到現在才衣衫不整地回來，而且兩個人看起來都這麼累，怎麼讓人相信你們倆什麼都沒有？」

充滿懷疑的眼神斜眼瞄著蘇拉雅全身，她覺得有種被羞辱的感覺，眼淚奪眶而出，蘇拉雅突然忘了腳底的傷口，拖著疲憊的身體跑進屋內，因為耳鳴，她聽不見後頭哈理德叫喚的聲音。他的手又抓住她的手臂，在蘇拉雅快要摔倒的這一瞬間，她的身體恰巧跌進他溫暖、強壯的手臂。

「沙姍妮，妳怎麼了？」哈理德一邊問，一邊輕輕地搖著她的肩膀，但蘇拉雅沒有回答，只是任由哈理德搖著自己的身體，就這樣昏倒在他的懷裡。

21 突如其來的告白

哈理德低著頭，思緒混亂地看著懷裡脆弱的女孩，臉頰蒼白沒了血色，長長的睫毛跟可愛的臉頰都佈滿了未乾的淚痕，深黑色頭髮碰到哈理德的手臂，卻好像天使的親吻般柔軟又美麗。

他不禁擔心她冰冷的身體，於是，哈理德趕緊抱起她回到小屋，進屋前他望了一眼啞仔的樹棚屋，心裡有說不出的複雜感覺。進屋後，他把蘇拉雅輕輕放在床板上，突然很擔心。

「她死了嗎！」哈理德心底嚇了一大跳，很快把手指放在蘇的鼻子前，暖暖的呼吸碰觸到他的手指，輕到幾乎沒有感覺。「幸好，她還沒死。」他這樣告訴自己，心裡變得踏實許多。他迅速替她蓋上被子。現在他唯一的願望，就是她能快點好起來，他很樂意聽她說任何難聽的話來臭罵自己，這比擔心她的身體輕鬆許多。

心想一方面想叫啞仔那傢伙來問個清楚，到底他不在的時候發生了什麼事，但他還是姑且作罷，反正知道了也只是發發脾氣，更何況如果啞仔說不清楚，自己可能還會氣到想掐死這傢伙。

就這樣胡思亂想地想了很久，面前女孩好像甦醒過來，哈理德緊張地問：

「沙姍妮！沙姍妮！妳還好嗎？」他輕握住那雙滾燙的小手，又摸摸她的額頭，「發燒了。」

哈理德馬上站起來去拿退燒藥，但女孩的叫聲讓他停下腳步。

「走開！啞仔，別過來，別……別過來……！」

哈理德看著蘇拉雅的臉，呆若木雞。她的臉頰與嘴唇都因為發燒變得紅通通，也不停說著夢話：「別過來，啞仔！要不然我要……要扔……」她雙手揮舞著，身上的被子滑落下來，哈理德突然明白，自己誤會她了，此刻感到非常不好意思。

「沙姍妮不可能像普苔說的那樣喜歡啞仔，可能是啞仔想吃她豆腐，剛好被普苔看見……」這想法令哈理德忍不住責怪自己，他不應該太信任啞仔，蘇拉雅也跟他提過一樣的想法，但他置之不理，如果……如果……萬一她被啞仔欺負了，那該怎麼辦？

不知道什麼時候哈理德的心已經融化，他握著蘇拉雅的手，叫著她的名字：

「沙姍妮，沙姍妮，不用怕，我在這。」

「啞仔……啞仔……相信我，你走開，別過來，我會殺你的。」

她又微微睜開眼睛，甩掉哈理德的手，喃喃自語起來：

「沙姍妮，沙姍妮小姐，是我，哈理德，不是啞仔，告訴我他對妳做了什麼？」

「哈理德，哈理德，我告訴你……我寧願死，你……你也不能欺負我，我要殺他，我……血！」她的話斷斷續續，哈理德猜不出所以然來。

「沙姍妮，」他又問，「妳怕什麼？」

這次蘇拉雅突然清醒了，她輕輕地說：

「是啞仔，他要欺負我，救救我……」

「別怕，別怕，沙姍妮，啞仔走了，他不會再來欺負妳，現在有我。」

「我扔……了他，他會死嗎？」

「不會，不會死，妳別擔心。」他立刻回答，「等等，我去拿藥，妳得先吃退燒藥。」

「不要走。」

「為什麼？」

「啞仔，他會進來欺負我，我害怕，你要幫我。」

「相信我，啞仔絕對不會欺負妳，如果他已經做了……我負責，我……」

「他什麼都沒做。」她虛弱但強硬地回答，心裡的恐懼稍微減少了，「他想靠近我，我怎麼說他都不聽，我就拿石頭扔他，他……怎麼樣了？」

哈理德心裡鬆了一口氣，內疚難受的情緒平復許多。他鬆開她的手，平靜地回答：

「不嚴重……活該！跟他做的壞事相比，我覺得太輕了！現在妳醒了，那我出去拿藥好嗎？」

蘇拉雅十分疲憊地閉上眼睛，想不通為何對這個男人憎恨的感覺，這麼輕易就從心底消失了。它們原本是累積在心底很深很深的啊！甚至她覺得自己已經恨透了這個傢伙，但……這感覺就這樣突然徹底消失了？在對方真誠地表現出對自己那樣的擔心跟關懷時，她甚至有種溫暖的感覺。

哈理德又回到房間來，手上拿著退燒藥和水，他扶著蘇拉雅坐起來，餵她吃了藥：

「如果妳還有力氣，要不要換套衣服？妳穿這粗粗的布料，看起來不太舒服。」

他的話讓蘇拉雅突然覺得尷尬，低頭看自己，天啊！她還是只穿著僅蓋到胸口的長裙，蘇拉雅拉上被子抱住，低頭回答：

「那，你可不可以先出去一下？」

「哦！對，對不起。」他低下頭，轉身走出去，還不忘關好門。

蘇拉雅拖著身子走向衣櫃，換上乾淨的尼龍衣服和紫色長褲，又套上厚布外套，接著再躺回床板上，望著門口，好像期待著誰會進來。

睡了一會，蘇拉雅覺得自己流了一身汗，燒也退了。她聽見廚房傳來聲音，哈理德在幹什麼？過了一陣子，他開門走進來，手裡拿著托盤，托盤上放著熱粥和兩三道小菜，蘇拉雅起身準備下床，卻被阻止了。

「妳躺好，發燒不該踏在冷冰冰的地板上。」哈理德把餐點放在蘇拉雅腿上，十分親切地與她說話，「廚房的飯都涼了，我就重新煮，這些菜應該能配粥吧？妳做的涼拌豬肉看起來好好吃喔！」

蘇拉雅輕輕地說了聲謝謝，對這個曾經恨過的男人突然充滿感謝。她乖乖地吃了幾口飯，突然開口：

「哦！你呢？吃了嗎？」

「還沒，」他邊回答邊坐在一旁的凳子上，蘇拉雅從未看見的微笑，竟出現在一向凶狠的臉龐上，「但不用擔心我，我還不餓。」

「怎麼會，都這麼晚了，我們一起吃吧！」

「沙姍妮！」他突然柔聲喊了自己，讓蘇拉雅覺得難為情，無法抬頭正視眼前的男人。她呆呆地看著大腿上的盤子，拿著勺子的手微微發抖，只好裝作是要攪拌粥的樣子。

「沙姍妮，妳不恨我了嗎？」

蘇拉雅沒有馬上回答，她動了嘴唇好像要說些什麼，但又不知道該怎麼說。

「請告訴我。」他的聲音好著急，強壯的手伸向自己，好像要擁抱她。但看到她抬頭向著自己說話，又收了回去。

「你一直不怕讓我知道，你非常非常恨我，好像如果再有幾百個沙姍妮在這裡道歉，也沒辦法贖罪。那，為什麼你還要擔心我的感覺呢？」

蘇拉雅的話讓他愣了一下，他不知道怎麼回答，但她也沒再追問。吃完飯，哈理德把碗筷拿走放回廚房，又折回她房裡。

「你為什麼不吃飯啊？」蘇拉雅不解，「不用擔心我，我覺得好多了，但你現在不吃東西，回到家一定會餓壞的。」

他走過來，握住蘇拉雅的雙手，認真地說：

「我不餓，妳這份心意就讓我飽了。」

「怎麼回事，吃錯藥？」蘇拉雅假裝開玩笑，但她的臉頰緋紅，眼神也無法直視面前的男人，「你服侍我，還說這樣就飽了，太好笑了吧！」

「妳還擔心我會餓……雖然我對妳那麼狠，我跑到妳家把妳給騙過來，故意讓妳做粗活，還說了那麼多傷妳心、瞧不起妳的話，不過妳還是願意擔心我，妳是第一個讓我學會原諒的人。」

他低低說著好像在告白一般的話，蘇拉雅含淚而笑，溫柔地回答他：

「我能理解你為什麼會那樣，其實我很同情你，你根本就不是壞人啊！只是因為心愛的人遇到這種事，才會變成這個樣子。」

「對啊！我愛的人總是遇到壞事，我真的受不了。沙姍妮，不管我愛誰，那個人都是要倒楣的。」他的聲音嘶啞，痛苦寂寞的眼神在蘇拉雅面前展露無疑。

「但是事情都已經過去了。」蘇拉雅輕輕地說，「你弟弟過世，我真的很抱歉，而且為了賠罪，我願意接受任何懲罰。」

哈理德慢慢地搖頭，又坐回凳子上。

「妳不是我第一個恨的女人。」

「我明白，你是說普苔？」蘇拉雅平靜地說，男人沒有表示反對。

「但你明明知道她，為什麼讓事情惡化成這樣，為什麼不想辦法解決？」

哈理德皺了皺濃眉，不明白蘇拉雅所說的話，但他一下子就懂了：

「哦！我們說的是兩回事，妳是說普苔和啞仔？」

「啊！」蘇拉雅狐疑，「你不是說啞仔？」

「我知道他們的關係，但啞仔不是讓我心生怨恨的人，因為普苔糾纏啞仔之前，她已經有了別的男人。」

蘇拉雅睜大眼睛，

「你是說……」

「嗯！」哈理德嚴肅地低頭承認，「妳知道嗎？當我看見自己老婆跟情人正在床上親熱，我會怎麼辦？」

「我不敢猜。」蘇拉雅輕聲地說。

「我朝那個王八蛋開了好幾槍。至於普苔，我沒打死她，不是因為她拉著我的腿求我饒命，而是我不希望她太快解脫。她應該好好被折磨，我有多愛她就有多恨她。我讓她住在別墅裡，還給她很多錢隨便花。因為我知道，她需要的不是金錢或別墅，而是另一種東西……」

蘇拉雅不解：「她還需要什麼？」

「性伴侶。抱歉我必須這麼說。」他接著講，「我不用『丈夫』這個詞，因為如果普苔要的是丈夫，她就不會背叛我了，我這樣講妳明白嗎？普苔需要的對象，只是要滿足自己的需求，但那件事發生後，就沒有人敢碰她了，畢竟大家都不想為了這種事賠上性命……」

「可是啞仔……」

「啞仔不知道這些事，才會被她的花言巧語欺騙。有時我想起普苔永遠也聽不到她渴望的甜言蜜語，或是跟任何人維持情侶關係，我就覺得好過多了。」

「不過……你想讓這樣的事情繼續發生下去嗎？時間越久，知道的人越多，我不想讓你……嗯……其實這也不關我的事。」蘇拉雅客氣地問，「我想求你一件事，關於啞仔……」

「等一下，我想先知道，這個下午妳跟啞仔去哪兒了，為什麼這麼晚回來？」

他的聲音很平靜，不像傍晚那麼讓人生氣，看她的眼神也充滿真誠跟關心，完全沒有惡意，蘇拉雅決定說出關於普苔的實情。

「假如我告訴你真相，你會相信我的話嗎？」

「我會。」他認真回答。

笑意。

「為什麼？之前不管我說什麼，在你眼裡都是謊話。」蘇拉雅雖然偏著頭懷疑，但眼裡卻是

哈理德又握著她的手，很認真地說：

「我本來也不明白為什麼會相信妳的話，但現在我知道原因了。」

「為什麼？我要先知道原因才告訴你。」蘇拉雅捉狹地談著條件，好像她根本忘了自己剛退燒，也忘了自己的手已經被對方握在手裡。

「因為，我愛妳。」哈理德微笑回答著。

22 怦然心動的吻

這真是獨一無二的告白。蘇拉雅突然渾身僵硬，除了還能感覺自己雙頰發熱，全身好像都麻木了一樣失去知覺，一個字也說不出來。她的手還被他握在掌心，連收回都無力。

「沙姍妮，聽到了嗎？因為我愛妳。」他穩重地說著，「所以妳講的我都相信。」

「你這是在向我求愛？」蘇拉雅害羞又懷疑，慢慢抬起頭看著對方的眼睛。

「不是求愛，是告白。」他回答的聲音突然變得好輕，「因為我雖然有愛妳的權利，但是毫無讓妳愛我的資格。」

「啊？什麼意思？」蘇拉雅撒嬌地把手收回，掩飾自己的害羞。

「妳先告訴我下午的事好嗎？我好心急。」

「那你要先答應我，不會對普苔做任何懲罰，」蘇拉雅開出條件，「因為我不想給她添麻煩。」

「啊？普苔跟這件事也有關係？」男人語帶不解，「不過好吧！我答應妳，反正她那個人怎麼懲罰都一樣。」

「可是，你口口聲聲說很愛她，幾天後又向另一個女人告白說愛她，這教人怎能相信。」

哈理德笑了笑，看著蘇拉雅的臉回答：

「這也沒關係，我說什麼都不擔心別人信不信，因為我覺得事實就是事實。」

「事實？」蘇拉雅充滿疑問，「事實就是你同時愛上了兩個女人？」

「有什麼奇怪的？」哈理德挑起眉毛，「是不同的愛，一點都不一樣。」

「是嗎？解釋一下有什麼不同？」

「對於普苔的愛，是那種我想親手毀掉的愛。我第一次遇到她時，是我在十幾二十歲的時候，我剛開始工作，她剛從曼谷的學校畢業回來，她的名字當時深深烙印在我們這群年輕男人心中，可是她運氣不好，偏偏選了我……」

「不過那個時候，你應該不覺得自己運氣不好吧！」

「那當然！那時候我覺得自己根本是中了大獎。」哈理德平靜地繼續說下去，「我當時幾乎要為她瘋狂了。不管她想要什麼，我一定盡全力弄來給她。我覺得自己夠資格讓她對我忠心耿耿，但誰知道，在我拚命工作的時候，她狠狠地給我戴了綠帽。從那刻起，我無法不恨這個女人，後來又加上哈林的事，我……」哈理德突然中斷了敘述，因為他感到蘇拉雅的眼神變得哀傷起來。

「你繼續講吧！我可以忍受，如果能讓你心裡踏實。」

「我真的很抱歉，沙姍妮，我真的決定不再提這件事，但還是很難避免。」

「沒關係，這種事沒人能忘掉，我了解。」蘇拉雅低著頭，「如果說了能夠讓你好過一點，沒什麼理由不讓你說。」

「但我說這些不是為了消除仇恨，是要說我為什麼愛妳。」年輕人搖頭，目光閃爍著，「我儘量控制自己的心，告訴自己不能愛上妳，可是我被自己打敗了。」

「對了！剛才你問我去森林裡的事，不是嗎？」蘇拉雅害羞地打斷哈理德，臉頰又變成了粉紅色，「我都要開始說了，你還一直講別的。」

男人點點頭微笑，知道她打斷自己，是羞於傾聽他的真心話。

「是呀！因為妳提到普苔，所以我們就離了題。我只是想告訴妳，我對妳的愛跟普苔的有所分別……」

「這之後再說吧！」蘇拉雅的臉頰更紅了。「我現在先告訴你普苔的事，今天下午她到這來，說她願意帶我逃跑，她打算騙啞仔說要帶我去玩水，要我換上那身長裙，沒想到她把我們要換的衣服弄丟了，叫我在瀑布那裡等。啞仔可能懷疑我去了太久跑來找我。那時我好害怕，因為他的態度跟平時完全不一樣，我叫他不要靠近我，但他根本不聽，還是往我這裡走過來，我只好扔石頭過去。他的前額流了很多血，我好擔心啊！」

哈理德一臉嚴肅地聽蘇拉雅說著，

「然後呢？他有沒有傷害妳？」

「沒有，我告訴他如果再靠近我，就要再朝他扔石頭。不知道他是怎麼想的，就突然轉身要走回來，於是我跟著他回到這裡，就像你看見的那樣。」

「我好高興妳沒事，沙姍妮。」他認真地說，「都是我的錯，讓普苔上來這兒搗亂，一定是她的陰謀，只憑啞仔一個人不可能想得出這種主意。」

「你的意思是普苔在教唆啞仔嗎？」

「我確定是那樣。」

「啊？」蘇拉雅表示不明白，「為什麼？欺負我幹嘛？我跟她又沒有仇？啊！我想起來了，普苔可能是怕我橫刀奪愛吧！她曾經說過，為了讓你們重修舊好，她希望我快點離開這兒。」

哈理德冷笑著：

「普苔一直認為我會再度跟她和好。但雖然她這樣希望，可是她也不想白白等我，還是要趁這個時候跟其他男人玩玩，好滿足自己的慾望。」

蘇拉雅低頭，一語不發，看起來她對自己的心事應該更感興趣吧！哈理德站起來說：

「很晚了，妳應該早點睡，妳的身體需要多休息，明天見，我有件事要告訴妳，保證妳一定高興。」

蘇拉雅馬上抬頭，焦慮顯現在那雙眼睛上，

「你要回去了？如果……啞仔……再上來，我要怎麼辦？」

「我不會下山。」哈理德笑著答，「我在房間前面陽台陪陪妳，需要什麼就叫我一聲吧！別忘了妳還生病……睡覺吧，我幫妳掛蚊帳。」

「等一下，哈理德，你總不能每晚都在陽台被蚊子咬吧？」

哈理德停下來，鬆開拿著蚊帳的手，走到窗邊對著窗外說話，

「我不是那個意思，明天如果妳的身體康復，能自己走路了，我打算立刻送妳回曼谷。」

「哈理德！」蘇拉雅尖聲叫道，「真的假的？要讓我回曼谷，怎麼可能？」

「當然可能，」他轉身回來，凶狠的眼神頓時化為傷心。「妳很高興吧！我真希望拓瓦猜不會知道這件事。」

「啊？你不是說他曾來找過我？」

「那是我試探妳的，」他承認，「其實我認為拓瓦猜對這件事完全沒起疑，等他南部出差行程結束，應該馬上就會去曼谷找妳了。我確定，妳和他一定會完全信任對方，我提前祝賀你們。」

蘇拉雅立刻顫抖地咬著嘴唇，眼睛熱淚盈眶。

「如果我要跟拓瓦猜結婚，那麼，剛才你說愛我的話，都是謊話，可是我……」

哈理德在竹板床旁坐下，將她的雙手緊緊握著，蘇拉雅從來沒見過他那麼溫柔的眼神。

「親愛的沙姍妮，聽我說，我愛妳，是從來沒有那樣愛過誰的愛，而且我相信沒有哪個男人能像我付出這樣深刻且厚實的愛。我曾經多麼懷恨妳，我想過，在短短不到一個月的時間，如果有什麼東西能讓我心裡的恨意徹底消失到一丁點都不剩，那一定就是愛情。」

「可是你還是希望我跟別人結婚？」

「我無可奈何。」他小聲回答，話裡充滿著痛苦，「因為這輩子我是無法與妳結婚的。」

「哦！我明白了，因為你已經有太太了。」蘇拉雅低聲說，眼神望向窗外的樹影。

「不，妳誤會了，普苔對我來說完全沒意義，就算我馬上跟她離婚，也沒人會批評我，整個城裡都清楚她是什麼樣的人。我會說我們沒有結婚的機會，是因為我不可能跟殺我弟弟的女人結婚，請妳原諒我要不斷提到這段讓妳傷心的話。可是我想告訴妳，雖然我無法控制不愛妳，但是我一定得阻止自己跟妳在一起。誰知道，哪天我要是突然發脾氣，想到哈林的時候，會忍不住殺了妳？妳明白嗎？親愛的。」

「如果我不是沙姍妮．蘇帕安德呢？如果我是與你弟弟……沒有任何關係的另一個女人呢？」蘇拉雅沒把握地發問。

「如果是這樣，那就是我時時刻刻盼望的奇蹟了。我好想突然忘記這件事，或是眼前的女孩是跟哈林的死完全無關的人……」

「假如是的話，你會怎樣？」

「我會怎樣？」他一邊說著，一邊將蘇拉雅整個人抱在懷裡，堅定地回答：

「我就要這樣做，我要這樣抱緊妳，親吻妳。」說完他就真的這樣做了。他滾燙的嘴唇印在蘇拉雅薄薄的俏唇上，讓蘇拉雅全身發抖，無力抗拒她的攻擊。她心跳加速，甚至讓對方也感覺到這不正常的震動。他在蘇拉雅的耳邊悄聲說：

「妳的心跳得好快，沙姍妮，很害怕嗎？妳的心跳得這麼快是因為不高興我這樣欺負妳？」

蘇拉雅慢慢睜開眼睛，深黑色眼睛像美麗的黑珍珠，反射出她心裡的感覺。但對方這樣逼問她心裡的想法，她卻說不出真心話。

「我覺得好像發燒了，想再吃一顆藥。」她的聲音雖然在輕微顫抖，但她明朗的氣色讓人無法相信這是事實，他輕輕地笑。

「妳這丫頭！」

「真的啊，你不覺得我的身體好燙嗎？」雖然她假裝頂嘴……但她心虛害羞的眼神，還是無法與哈理德對望。

「因為我摟著妳，所以妳才渾身發燙吧，妳這明明是裝病。」

「唉呀！」

「別生氣，告訴我，妳也愛我，懂我的想法。妳說了我就不再打擾妳。」他低聲要求，同時也鬆開雙手。

「你這分明是命令！」蘇拉雅撒嬌，「如果我想說別的呢？」

「說吧，只要是妳的真心話。」他的聲音太溫柔，讓蘇拉雅無法裝作不知道。

「我明白的。但雖然你愛我，又願意原諒我，可是你無法忘掉哈林的事。」

「另一個呢？妳還沒回答我，妳愛不愛我？」

「回答這又有什麼意義，總之我們不能在一起。」蘇拉雅輕輕回答，心裡恨不得能告訴他真相。

但蘇拉雅不敢開口，她擔心哈理德要是知道真相，後果將不堪設想，他可能又要大發脾氣，又或許如果他見到沙姊，說不定也會愛上她而忘了復仇吧！沒有任何男人能不為姊姊著迷。

「對我來說很有意義。」哈理德回答，「妳或許不知道，我對妳的感覺有多深刻。我花了許多力氣控制自己不去愛妳，甚至想恨妳，但是一點用都沒有。妳的答案會是我的解藥。當有一天妳結了婚，有心愛的人在身邊，也請妳能偶爾想起我，就算是像想起一個好朋友那樣也可以。」

「那你呢？你也可能再婚，總不能這樣一直跟普苔耗下去。」蘇拉雅聽到他的告白，眼淚忍不住又要奪眶而出。

「我會跟普苔離婚的，隨便她想公開跟啞仔或是任何她喜歡的對象在一起。至於我，不會再結婚了，如果我需要……一個女人，我用錢也能解決這問題，妳明白我的意思嗎？」

蘇拉雅低頭不語，哈理德捧起她的臉，看著她的眼睛。

「親愛的，不必回答我了，我了解妳的心，我知道妳對我也有同樣的感覺。」

「確定嗎？你怎麼知道？你可能誤會了，我曾經有很多情人，說不定現在我也只是假裝愛上你。」

「不管妳有過多少情人，都不會像愛我一樣愛著他們。」

「你怎麼知道？你，你有什麼證明？」蘇拉雅發問的聲音好吸引人，讓哈理德忍不住用雙手抱緊她的身體，親吻那張微微抬起的可愛臉龐。

「妳的反應就是我的證明。」

就在他們交換彼此真心的同時，忽然窗外傳來砰然巨響，是離小屋不遠的爆炸聲。

23 變成了「女主人」

兩個人都嚇了一跳，蘇拉雅躲在哈理德的懷裡害怕地發抖。

「是什麼聲音？好恐怖。」

「不確定，好像什麼東西爆炸的聲音……」哈理德沉思，突然腦筋靈光一閃，「是堤防？」

「堤防怎麼了？」

「一定是那些王八蛋炸了我的堤防。」哈理德咬牙切齒地說，「我要去跟他們拚了……妳在這兒自己小心，別出房間去……」他的話才說到這裡，同時另一個聲音從遠方響起，好像是下大雨的聲音。

「啊！那是什麼？」

「水！」哈理德只吐出這一個字，隨即起身牽著蘇拉雅。

「要去哪裡？」

「上車離開這裡。這小屋可能頂不住洩洪的衝擊。」他邊回答邊扶著她下樓梯，一到下面他就拉著蘇拉雅的手跑到車子旁邊。哈理德抱她上了車，很快發動車子，蘇拉雅聽見，好像有流水聲緊跟在後面。

蘇拉雅回頭往後看，她看見湍急的水朝這邊狂奔下來，小屋被沖得搖搖晃晃，他突然想到啞仔：

「糟了，啞仔還在樹屋那裡！我們不帶他一起走嗎？」

「沒必要，水不算很大，啞仔住在大樹上是安全的。不過那間破爛小屋就有點靠不住了。」

他平靜地回答，加速離開現場，車子開得很快，一路往礦井前去。

「你要帶我去哪兒？」蘇拉雅輕輕地問，「我只穿了睡衣和這件外套啊！」

「我要帶妳去我家，妳介意嗎？」

蘇拉雅偷瞄了他一眼，害羞得不敢發言。

「嚇到了？妳擔心嗎，沙姍妮。」

「不會，我信任你。」蘇拉雅低頭溫柔地回答。

「謝謝妳，我要妳相信我絕對不會傷害自己心愛的人。」說這話的同時，他伸手去摟女孩可愛的臂膀。蘇拉雅想躲開，但一個轉彎卻讓她倒在他懷裡。

「你還說不傷害我？」甜蜜的聲音批評著，「還沒說完就動手了。」

「這叫傷害嗎？這是表現我的愛，難道妳這麼不喜歡？」

蘇拉雅無法抗拒，只能呆呆看著他的表情。蘇拉雅回想當天從家裡被騙過來這裡，也是搭這部車，但現在是完全不同的心情。

「在想什麼？」

「想起你帶我過來那個時候，那天你好可怕，與今天完全不一樣。」

「表示我今天很可愛。」雖然車裡比較暗，但是哈理德感覺到蘇拉雅翻白眼了。

「誰說的？」

「啊？可怕不是可愛的相反嗎？」

「哪有，醜八怪才是可愛的相反。我說你那天好可怕，表示現在不可怕了。」蘇拉雅跟他頂嘴的聲音，倒是顯得愉快。

「冷嗎？今天風大。」

「在這裡不冷。」

「這樣子？在我的懷裡不冷吧？那很好啊，我保證妳今天晚上一定不會冷。」

「哦！我開玩笑的，」蘇拉雅睜大眼睛，後悔自己一時失言了，「哈理德，你應該……不會……」

「我開玩笑而已，不用擔心。我說過了，如果我有需要，多的是辦法能解決。但妳對我來說，是更珍貴的！」他認真回答，輕輕地拍拍她的肩膀。

車子停在哈理德的房子前，玄關的燈還亮著，當車子一停好，就看見有個女孩跑過來，原來是普苔，她的聲音、表情都顯得好開心，甚至還帶點興奮，還沒看見她的人，就先聽見了那尖銳的聲音。

「哈理德你去哪兒了？這麼晚回來，我等你等得……」看見哈理德扶著蘇拉雅下車，普苔的動作跟聲音都變了，「沙姍妮？你帶她來這裡幹嘛？」

「讓她住這裡啊！」哈理德淡淡地回答，「妳又來這兒搗亂，我說過好幾遍了，這裡不歡迎妳。」

「妳！」普苔氣得直跺腳，瞪著正在上樓的蘇拉雅，「看見了吧，沙姍妮！看見我老公的厲害了沒？當他愛妳的時候就好得不得了，等他不愛妳了，就甩了妳要妳滾出去，妳要小心！我看你們能好多久！」

「住口，普苔。」哈理德吼著，同時摟住蘇拉雅的肩膀，「不准妳冒犯沙姍妮小姐。妳現在馬上離開我家，否則我會把妳從這裡丟下去。」

普苔一聽立刻往後退，抓緊了樓梯欄杆，但還是不願意離開這裡。她咬牙切齒，大聲地說：「哦！現在我才知道，你連啞仔吃剩的都要啊！你今天晚上到山上去應該看見不少精彩畫面吧！你還真是不嫌棄喔！」普苔一看哈理德要往她那邊走過去，她立刻轉身跑下樓，在門口放聲喊叫著：「我要跟大家說你連啞仔的女人都吃，咖納斯贏礦井的老闆，竟然給自己工人戴綠帽。」

哈理德靠近欄杆，凶狠地回答普苔：

「隨便妳，可是如果有人問我這件事，我會告訴他們啞仔才是給我戴綠帽子的人，他跟我前妻感情可是非常之好呢！」

哈理德的說法讓普苔一愣。

「你知道了？」

「當然，我都知道，包括妳算計沙姍妮的陰謀。」他凶狠地答，「我最後一次警告妳，千萬不要再騷擾我，如果妳討厭現在的啞巴老公，就找別的去，這世界上隨便一個男人都可以，但妳記得要是死性不改，新老公不見得會放過妳。如果，他也看見我看的那齣戲的話。」

普苔聽完這番話，情緒十分激動，大喊大叫地咒罵哈理德，轉身跑進工人宿舍。哈理德大笑，走過來輕輕抓住蘇拉雅的手。

「不必跟普苔計較，別在乎她那些下流的話，不值得。」

「我不在乎的，只是可憐她。」

珍阿姨從屋裡走出來，看見男主人跟一位女孩站在一起，有點不明究理。

「這是我的朋友。珍阿姨，沙姍妮小姐要在這住一晚，麻煩妳替她安排睡的地方。」

「啊！這……新被單只有一件，主人讓啞仔帶去了。」女僕人偷偷看著蘇拉雅傷心的臉，有點懷疑。

「哦！對呀，那讓沙姍妮睡我的房間，把我的雜物都搬去書房吧！叫兩個人來幫忙！他們都睡了嗎？」

「都睡了，連剛才吵雜的聲音他們都沒醒，您聽到了嗎？是剛才的，聽女主人說，可能是機械爆炸，所以主人去處理了還沒回來。」

珍阿姨用「女主人」的稱呼讓哈理德覺得心裡不踏實，他偷看站在旁邊的女孩臉龐，但沒有看見什麼異狀。

「提防被炸開了，我明明囑咐他們要注意警戒的，可能在哪兒醉倒了吧，明天我自己處理，今晚先替沙姍妮小姐安排休息，她太疲倦了。」

「沒關係，」蘇拉雅立刻回答，回過頭來給珍阿姨一個溫柔的微笑，「不用著急，我也能幫忙。」

珍阿姨也送個微笑回去，對她溫柔的態度感到很開心。

「不用幫了，女主人，我一個人很快就好。」

哈理德注意到蘇拉雅臉紅了，當聽到珍阿姨稱呼她是「女主人」的時候。所以他明白，她其實已經聽到珍阿姨對普苔的稱呼，只不過假裝不在乎。哈理德笑了笑，點頭讓珍去忙她的。珍阿姨走出去之後，他就搬一把椅子過來，拉著蘇拉雅的手請她坐下，而他蹲坐在地上，抓住她的腳翻看腳底。

「啊！不要，」蘇拉雅拚命躲開，「你幹嘛看我腳底啊！」

「等一下，別動，我要看妳的腳傷，看見妳走路搖搖晃晃的樣子，哎呀！妳看看，傷口都流血了，妳真會忍耐，連開口叫一聲都沒有。我自己習慣赤腳走路都沒注意別人。」

「啊！我都沒注意你赤腳。」

「我剛在廚房脫的。等一下，妳應該先洗腳再擦藥，要不然會發炎，來！我抱妳去上面的浴室。」他邊說邊伸手出來要抱，但是蘇拉雅馬上躲開了。

「不用啦，哎，走那麼點路還可以，等一下珍阿姨覺得我裝可憐，你帶路吧！」

哈理德走在前面為蘇拉雅帶路，上了二樓。

「浴室在這邊，妳想擦個澡嗎？我去拿熱水壺還有毛巾過來，等我一會兒。」

走出去之前，蘇拉雅抓住他的手，好像請求似地說：

「哈理德，不要這麼麻煩，從我出生以來都沒有人這樣關心照顧我，請不要把我寵壞了。」

「妳不喜歡我照顧妳？」他感到奇怪，疑雲重重地深鎖他的眉梢，但蘇拉雅沒有注意到，她點點頭說：

「喜歡，但我不想你這麼麻煩，只是要洗個腳，也不必特別拿熱水。」

「妳不喜歡我照顧妳？」他又再問了一次，臉色已經變得異常嚴肅，可是蘇拉雅還是沒感覺到，她甜甜地笑：

「怎麼會不喜歡，只不過不想讓你太辛苦。」

哈理德的眼神透露出失望，他退後了一步，

「哦！我懂了，妳其實根本就不喜歡我，才不需要我關心。如果是妳喜歡的人，妳應該會很開心他那麼殷勤地照顧妳不是嗎？」

「怎麼會？我愛你，我才不希望你這麼麻煩，是因為我看你今天太累了，一路開車過來，應該多休息，但你反而又為我做這麼多。」蘇拉雅趕緊溫柔地回答，並伸手過去抓住他的手，但哈理德卻無情地甩開她的手。

「不要再騙我了，沙姍妮小姐，這是沒有用的，何必假裝愛我，想讓我心軟放妳回曼谷而已。但我告訴妳我不會改變主意，明天妳一定能回曼谷，不管發生什麼事，我說話算話。」

「哈理德！」蘇拉雅哀聲道歉，眼淚在眼眶裡打轉著，「你這是怎麼了？為什麼你認為我是假裝喜歡你，你憑什麼這樣講？」

「憑什麼？」他笑得很痛苦，「我很了解妳啊！妳可能不知道，哈林跟我講了一堆沙姍妮的事，我知道她身邊永遠有人伺候，成長過程一路嬌生慣養，有很疼她的父母，旁邊還有一堆僕人恭恭敬敬地隨侍在側，沙姍妮小姐只要想做什麼，連穿鞋子或倒水喝，都幾乎不必自己動手，這就是我對沙姍妮·蘇帕安德的了解。」

「可是……哈理德，你沒有懷疑嗎？哈林可能說得有點誇張，與事實差很多。如果我真是他說的那樣，為什麼我會默默做家事，你也都看見了，雖然……嗯，飯菜是有點……太鹹。我也承認，我故意加了一堆魚露……因為那時候我……嗯……還沒愛上你。」

「沒錯，那時候妳不愛我。」他點頭，「我剛覺得很奇怪，我有什麼特別，有什麼比哈林好，才不到一個月的時間就能讓妳愛上我。妳當初連哈林都不愛了，而且你們甚至已經認識好幾年。告訴我，沙姍妮小姐，我們有什麼分別？我是他的親哥哥，如果因為他是個鄉下人所以妳沒辦法接受他，那為什麼妳能愛我？」

蘇拉雅靜靜地，嘴唇顫抖著，無法言喻。

「回答我啊，沙姍妮，我跟我弟有什麼不一樣？」

蘇拉雅搖頭。

「沒有？意思是，我沒什麼比我弟弟特別？如果是那樣，為什麼妳不愛他，卻聲稱愛著我。」

他強勢地逼問。

「我怎麼會不愛哈林？」蘇拉雅終於忍不下這口氣爆發出來，眼淚奪眶而出，滿佈整個臉頰，「怎麼會？我很愛他，非常非常，一個女人能有多愛一個男人，我就是那樣愛著他，到現在我還是沒有改變，明明知道他已經不在這個世界上了，但我也沒辦法停下來。我會永遠愛他，我愛你是因為你好像哈林的影子，你有許多想法跟行為，時時刻刻讓我想起他。我既然曾經那麼愛著哈林，為何我不能再愛你一個，現在你懂了嗎？」她話一說完，就立刻進了浴室，用力把門鎖上。

24 分離的時刻總要到來

蘇拉雅心如刀割，此刻這裡就只有她一個人，她無需忍住悲傷，舉起手來掩面哭泣了好一會兒。想到她與哈理德就要這樣在誤解中永遠分別，不禁更加悲傷。他不可能相信她對他弟弟確實有過好感，因為如果真是那樣，為何哈林要自殺？蘇拉雅對親人的報恩之情，對她來說比什麼都重要，所以如果不能確定沙姍妮・蘇帕安德的安全，她絕對不會開口說出真相。

咚咚咚！傳來了敲門聲，接著哈理德輕輕說道：

「沙姍妮，妳還好吧？妳在裡面好久了。」

「我還好。」蘇拉雅壓抑住自己的聲音，假裝沒事，不過對方還是注意到她的聲音帶著啜泣。

「可是妳哭了啊！」他接著說，「我剛剛不應該對妳發脾氣，抱歉。」

「又是抱歉！」蘇拉雅撇著嘴，「你是不是不知道對不起怎麼講啊，一直說抱歉！哼！」蘇拉雅還是不肯開口講話。

「沙姍妮，求求妳，妳那麼安靜，讓我心裡好難受。妳才剛退燒，不應該在那麼冷的地方待太久。」

蘇拉雅無奈地開門出來，因為她知道自己再沉默下去，哈理德就有可能破門而入了。

「好了。」她看了哈理德一下，就轉臉讓男人看不到自己傷心的面容，「我在洗傷口上的灰塵，所以慢了點。」

「哎！真是的，等一下走去房間就又髒了。」他好像在說一件多嚴重的事，輕輕觸摸她的手臂，溫柔地催促：「走吧！去臥室裡，我準備好溫水，洗好腳之後擦藥再包紮，傷口就不會沾到髒東西了。」

蘇拉雅輕輕推開他的手，往亮著燈的房間走去。沒看見珍阿姨的蹤影，哈理德貼心地說：「我讓珍阿姨去休息了，她坐著睡，等了妳好久，如果妳有什麼要她幫忙，可不可以讓我做？」

「我什麼都不需要。」蘇拉雅平靜地回答，同時環顧這小小的房間，單人床擺在門口對面的窗戶前，床單和枕頭套都乾乾淨淨、整整齊齊，上面還掛著蚊帳。床邊有張小桌子，放著鹽水盆、棉花、繃帶和藥瓶等包紮用品。床的另一邊，有張陳年老舊的化妝桌，化妝桌上的簡單物品也都井然有序。

「坐在床邊吧！我幫妳洗傷口。」

蘇拉雅無法拒絕，因為怕他又不開心發脾氣，她乖乖走到床邊，哈理德也坐在小椅子上，捧起她的腳，用鹽水幫蘇拉雅清洗傷口。

「痛嗎？腳底都裂開了，明天也許回不去了。」

「我想可以的。」蘇拉雅馬上回答，「不是太痛，但重點是我沒有衣服和鞋子穿怎麼回去才好？」

「哦！那都是小事，如果妳不在乎腳痛，那麼急著回家的話，只是幾件衣服很好解決啊！我怎麼可能不幫妳處理好？如果山上的小屋還沒垮，我就叫人去拿衣服過來；如果垮了，我就買新的給妳，就這麼簡單。」

蘇拉雅微挑起眉毛，真不明白他為何要這樣酸言酸語，不過她不敢問，只能靜靜地坐著看他洗好傷口，然後舉起自己的腳放在床上。

「我要擦藥了。」他口氣冷淡，用棉塊沾了白色藥粉，均勻地抹遍傷口，然後用繃帶非常熟練地包好傷口，抬頭說：

「妳應該休息了，我幫妳弄蚊帳。」

「等等，哈理德，我想知道明天是幾點的火車？」蘇拉雅怯怯地問。

哈理德的表情變得咬牙切齒，使蘇拉雅不敢直視。

「下午四點。」他凶狠地回答，「不用擔心，我保證來得及上車，幸好明天是週六，有直達曼谷的車，所以今晚妳想夢見曼谷的誰都行，因為後天下午就能見面了。」

「應該不是開心的見面，回家會怎樣，我想都不敢想。我失蹤了一個月，現在突然又出現了。」蘇拉雅傷心地說。

哈理德看到她傷心，眼神轉而溫柔，緊握她的手：

「我……很抱歉給妳添這麼大的麻煩，沙姍妮，我很樂意送妳回家，向妳父母認罪，我要向他們保證，妳在這裡一根汗毛都沒少，妳還是原來……的沙姍妮……」

「謝謝你。」蘇拉雅打斷他的話，「謝謝你的好意，可是不要這樣，因為我的父母一定不會放過你，還有我不希望哈林的事再被提起，所以我要一個人回去，至少這樣，可以讓你原諒我所有的罪。」

「我已經原諒妳了，自從妳親口說出愛他，我就能夠理解了，妳願意讓他對妳做……那些事情，就是因為妳愛他。而且我明白，對女人來說，愛情和婚姻是兩回事，妳可能非常愛哈林，但是妳的家庭背景和地位與他差很多，所以妳無法與他結婚。我剛剛真的懂了，這就是為什麼我很後悔自己太衝動了把你騙了來。親愛的沙姍妮，我誠心地祈求妳原諒我。」哈理德停止自己的話，他舉起蘇拉雅的小手，輕輕親吻她。蘇拉雅看著眼前的男人，唇邊爬滿了鬍鬚，總讓她覺得怪怪的。

「在想什麼，親愛的？看著我，看妳的表情就知道妳心裡有事，快點告訴我妳在心裡笑我什麼。」

「就是笑你不懂啊！不只是女人把愛情和婚姻當兩回事，男人也一樣。」

「男人？誰？你是在說我？」他的臉出現了嚴肅和傷心的表情，「唉，我都告訴過妳了。如果妳沒間接害死我弟弟，不管妳是窮苦人家，還是來自多奇怪的背景，我都會毫不猶豫地要定妳，把妳娶回家。」

蘇拉雅轉頭忍住眼淚，輕輕說：

「我要睡了。」

「對呀，妳要多多休息，因為明晚在火車上很不好睡。」看到蘇拉雅文風不動，他吩咐道，「早點睡吧，親愛的，如果妳會夢見誰的話，我希望那會是我。」

蘇拉雅斜躺下來，撒嬌地回答：

「我才不要夢見你，壞蛋。如果真的要夢見誰，不如夢見拓瓦猜好了，心裡將踏實許多。」

「哎，沙姍妮，」他在蚊帳外面輕輕嘆道，但轉眼就很快釋懷，「其實妳說的一點也沒錯，女人不該夢見別人，除非夢見她要結婚的男人。可是沒關係，我倒是很樂意只有自己一個人每晚夢見妳。我就要跟妳道別了，今後也只會在夢裡相見。」說完話，蘇拉雅聽見他走到門口關燈的腳步聲，燈暗了，她轉過身朝向門口，心裡很害怕。她看見模糊的黑影走出門外，最後慢慢地把門關上。

蘇拉雅把臉埋在枕頭裡，輕聲哭泣，不讓外面聽到，「他一定會討厭我動不動就哭，可是真的沒辦法啊！哪個女人遇到這種情況，什麼都不能說還能忍住不哭？哎，哈理德，如果你不是這麼偏激，我好想告訴你真相，我們倆就都不必這麼難受，或許你能原諒沙姍妮，我也會忘掉哈林，我們就一起過下去。不過……明天，我們就要分開，就算我們的心這麼靠近，難道老天爺真的不給我們機會嗎？我好傷心……」

蘇拉雅在心裡翻來覆去，最後還是因為身心俱疲睡去了。

隔日的洛坤府（泰國南部）火車站，人潮熙熙攘攘，比平時更擁擠，耳邊傳來的都是南部的方言，因為今天有到曼谷的直達車，不用浪費時間換車。

「今天人好多！」哈理德帶著蘇拉雅來到車站，幫她找位子坐。蘇拉雅穿著絲綢的衣服和綠色裙子，跟她當初來這裡時是同一套。幸好山上小屋並沒有垮下來，只是搖晃了一下而已，因為她堅持穿原本的衣服回去，哈理德還特別叫工人把她的衣服和鞋子拿回來。她腳底的傷口還沒好，但她裝作若無其事般走向座位，哈理德讓她坐在靠窗位置自己才坐下來。

蘇拉雅嘆了一口長長的氣，用傷心的眼神看著旁邊正在收拾行李的人們。

「我沒什麼行李，這麼長的旅行卻毫無準備真是奇怪！」蘇拉雅想著，「如果我到家了，阿姨會怎麼罵還不知道呢！她應該不至於趕我出來吧，嗯……如果她問我去哪兒，我該怎麼回答呢？」這就是蘇拉雅一直感到焦慮的問題。當越接近重獲自由的時間，心裡也越擔心這個即將面臨的問題，憂愁明顯出現在她明亮的眼睛。

「確定一個人能走嗎？」哈理德輕輕地問，「我真的很擔心妳，如果不是堤防爆炸了，我一定親自送妳到家門。」

「不用擔心，我經常一個人到那空沙旺那邊去探望我的……嗯，總之，他們都習慣了，哈理德，你不用擔心我。」

「為什麼妳父母讓妳一個人走呢，至少有個僕人跟著會好點吧！」他皺著眉頭，「那空沙旺離妳家又不是很近。」

蘇拉雅冷笑，既然騙了他，就繼續騙下去好了，

「呵呵，你忘了，我曾經出過國耶，都一個人旅行，比那空沙旺更遠，更何況又不是不熟的地方，我才不怕。」

「即使如此，一個人旅行一點都不好玩，怎麼能喜歡呢？我說叫珍阿姨陪妳回家妳也不要。」

他接著嘮叨，「況且妳的身子剛恢復，萬一今晚又發燒怎麼辦？腳也還痛著，妳實在很固執。」

蘇拉雅看著手上的黑色手提包，是她唯一一件讓哈理德買給她的東西，裡面有些生活用品，乳液、梳子、毛巾和牙刷等等。

「應該不會了，我的病又不是那麼嚴重，昨晚可能是因為嚇到，所以有點恍神，今天不會再那樣啦！就算有我也會很鎮定，因為我就快要回家去了。」

「抱歉讓妳痛苦這麼久，我這輩子都不可能忘記自己曾對不起妳，沙姍妮，能原諒我嗎？」他輕聲說著，眼睛透露出懇求對方原諒的神情。

蘇拉雅溫柔地微笑，深黑色大眼睛閃爍著：

「我早就原諒你了，哈理德，你忘了這件事吧！如果你想記得些什麼，就只要記得……我是真心地愛你就夠了。」因為怕旁邊的人聽到，最後一句話她說得十分小聲，幾乎只有貼近耳朵才聽得見。可是嘈雜的環境中完全沒有人在乎這對男女，所有乘客都與自己的同伴大聲聊天，根本沒人在乎身邊的人。

「這麼說我更捨不得妳走了。」哈理德用同樣溫柔的聲音回答，眷戀與不捨摻雜在他的心中，「親愛的沙姍妮，到了曼谷，妳會跟我聯絡嗎？」

蘇拉雅猶豫了好一會兒。

「我會的，是咖納斯贏礦井是吧？」

「是的！」他輕輕地說，「妳應該不介意我跟妳聯絡吧！」

「啊！」蘇拉雅嚇得嘆道，「不要，不要寫信給我。」

「為什麼？妳想忘記我？」哈理德委屈地說。

「唉啊，你相信我吧！我只是不想給你添麻煩。如果你寄信給我，家人一定會懷疑，因為……嗯……從來沒有人寫信給我啊！這樣家人就會找到你，事情就變得更複雜了，蘇拉雅一臉為難。」

「可是這件事妳能隱瞞多久？相信我，妳去告訴妳的父母真相，不管他們怎麼懲罰我，我都承認。」

蘇拉雅堅持搖頭。

「但是我不願意，因為至少我一直明瞭，我是這個錯誤的主因。如果我還這樣給你二次傷害，哈林的靈魂一定會不開心。」

「那要怎麼樣我才能聯絡上妳？妳不怕我想妳想到難以忍受，去敲妳家大門？」

「啊！千萬不要那麼做！我一定慘了，如果我家人知道這件事，我做這些就白費了。如果你想寫信，那寫給我姊姊，我跟她講好，請她幫我們保密。」

「我不想讓別人看我的信。」他不高興地皺眉頭。

「怎麼會，你封好信封，裡面寫給我，外面寫給我姊姊，這樣就不會有人懷疑了，因為我姊姊有很多好朋友。」

「好，那我同意，不過妳姊姊叫什麼名字？」

「姓娜帕蓬，名字是蘇拉雅。」

「哦！我想起來了，我見過妳姊姊。」

「哪？你在哪見過她？」

「就在妳家，我看過客廳裡的照片。」

蘇拉雅偷偷地嘆氣：

「怎麼樣？我姊姊，她很漂亮吧？」

「漂亮，」他低頭竊竊地笑著，「但比起我心愛的沙姍妮，一半還不到。」

「不要亂講啦！」釉黑的眼睛帶著甜蜜的眼神，「我猜，現在你的心裡一定在想，為何哈林會看走眼愛上我。」

「怎麼會，我正在佩服弟弟眼光真好。」但當他倆有說有笑，忘記所有不愉快時，火車的鳴笛聲突然響起，那尖銳聲彷彿要將他們割劃而分開，讓他們彼此傷心地看著對方。哈理德從襯衫口袋掏出一個紅色小皮袋，

「請妳收下，在路上用的。」

蘇拉雅接過後打開來，高興地睜大眼睛，那是條心型的白金項鍊，墜子是用拇指大小的寶石製作而成，深黑色像珍貴的碧玉。她抬頭雙手合十感謝哈理德，深深感動，內心實則說不出的雀躍。

「謝謝你，這是我這輩子看見最美的碧玉。」

「不是碧玉，他們叫五郎咖馬妮，希望妳能一直戴著，這能驅魔避邪保護妳。」

「我會的，但不是為了保護我，而是因為它讓我覺得你在我身邊。」蘇拉雅笑著回答。

「妳這樣說，真的會讓我沒辦法離開妳，知道嗎？」

火車慢慢啟動，哈理德嘆了一口長長的氣，離開車廂前，他緊握蘇拉雅的雙手，然後慢慢放

開告別：
「再見，親愛的，我真的希望我們會再見面！」

25 重回溫暖的家

「天哪！蘇！是蘇！這一個月妳上哪兒去了？」沙姍妮．蘇帕安德興奮地大聲說道。

蘇拉雅嚇了一跳，趕緊做合掌問候禮。當她抬起頭，沙姍妮就清楚地看著妹妹又蒼白又憔悴的臉，她立刻衝進來握著蘇拉雅的手，擔心地問：

「妳的臉色很蒼白，蘇，哪兒不舒服嗎？身體也沒發燒啊！」一邊說話，一邊拉著妹妹進客廳，「來，快坐，快坐，妳休息夠了就慢慢告訴我，這到底是怎麼回事，怎麼突然不見了？大家都很擔心妳知道嗎，找了好多地方。」

當兩個人並肩走進客廳時，阿德就走了出來。

「哎呀！蘇小姐……」她驚嘆地站著發愣，太興奮不知道該說什麼好。

「妳愣在那邊幹嘛啊！」沙姍妮皺起眉頭，「趕快去告訴我爸媽，蘇拉雅已經回來了，哎，還要我說嗎？妳……」

「等等，阿德，」蘇拉雅看著姊姊的臉，用虛弱的聲音開了口，「我應該自己去見他們才對，姊姊。」

「哎，沒什麼大不了，妳現在臉色這麼蒼白，應該好好休息才對。阿德，妳再告訴我爸媽，蘇不舒服。」沙姍妮拉著妹妹去坐她自己最愛的彩色躺椅，壓住妹妹的肩膀強迫她躺下來，「先躺一會兒，餓不餓？吃午飯了嗎？」

「還沒。」蘇拉雅淡笑著，她差點就忘記了，因為能夠回家，實在太興奮了，讓她從昨天到現在都吃不下飯。「可是姊不用擔心我，等一下我自己來。」

「又在那邊自以為是了。」姊姊忍不住批評，「妳知道自己的臉像紙一樣白嗎？萬一暈倒怎麼辦，我去看看中午的烤鴨麵還有嗎？如果沒有就叫僕人做別的。」

蘇拉雅看著姊姊，心裡十分感動，眼前對她非常關心的沙姍妮，讓她更堅持要對所有事保密。蘇拉雅認為，她只要對這件事絕口不提，就能讓她愛的兩個人免於困擾，一個不用被父母批評，另一個能夠免受責罰。

僕人房的方向，傳來幾個人悄悄說話的聲音。當蘇拉雅看過去，看見兩、三個人的臉，他們看見沙姍妮來了。

「啊！你們看什麼，沒見過蘇拉雅嗎？去！去！都下去，怪不得剛才我下去都不見人影，我要告訴媽媽，扣你們薪水。」

「哎啊，小姐，阿德說蘇小姐回來了，我們都很高興……」阿金正要解釋，不過還沒講完，沙姍妮又罵。

「高興就高興，為什麼都要來這裡？蘇剛回來那麼累，一個一個讓你們見她不就都暈倒了。回去！下去廚房幫安阿姨的忙，蘇肚子餓，還有，快點幫她把房間收拾乾淨。」一說完，沙姍妮又走進大廳，「為什麼爸媽還沒過來？哦！來了，來了，爸，媽，蘇回來了！」她說著，跑過去拉著爸媽的手，帶她們去看蘇拉雅。

蘇帕安德女士推了推眼鏡，不敢相信地看著外甥女，面容嚴肅地問：

「妳去哪兒了？蘇！」

「好好說話，慢慢講嘛！老婆，事情都這樣了，妳越急著問，孩子越無地自容啊！」

「老爸說得沒錯，老媽啊！過來坐坐吧！小心暈倒啊哈哈哈！」沙姍妮馬上答應後，立刻扶著媽媽去坐妹妹剛才坐的躺椅，「老爸也過來坐！不然我懶得理你，我自己也太興奮，不曉得該說什麼好。」

昭坤按照女兒的話去坐在老婆旁邊，不是因為自己想休息，而是怕女兒嘮叨，坐好了就點頭叫外甥女過來。

「好孩子，過來。」

蘇拉雅也過去，坐在他們腳邊，沙姍妮也在妹妹旁邊坐下。

「來，說來聽聽。」昭坤堅決的聲音，「一個月不見，怎麼現在才回來？」

「怎麼現在才回來？」女士打斷他，同時拿掉眼鏡擦著淚。「是被對方甩掉才回來了吧！妳呀妳，可惜我這麼疼妳，反而……」

「不要這樣，老婆。」丈夫開始生氣，「妳怎麼廢話這麼多，什麼時候才讓蘇講清楚？」

沙姍妮心裡非常著急，才拍拍妹妹的手臂，說悄悄話：

「蘇，快點說啊，向他們認罪，老爸不會殺妳啦，畢竟妳是他女兒。」

蘇拉雅的眼淚奪眶而出，感到抑鬱寡歡而沉默不語。她行了跪拜禮，低頭彎腰在兩位長輩的腳下，默默地哭著：

「阿姨，求求您原諒，我……」說到這兒，依舊哽咽著，眼淚不斷湧出來，好像沒關緊的水龍頭似地。

「哎！蘇，不要一直哭，暈倒怎麼辦，妳連飯都還沒吃。」沙姍妮一邊埋怨，一邊可憐地摸摸妹妹的背後。「老爸，讓蘇休息一下，等她沒那麼傷心了再審問可以吧！」

「這種事情拖久了更麻煩。」父親輕聲回答，「反正蘇妳一定要告訴我們那個……那個男人到底是誰？妳該不會說跟男人無關吧！」為了等外甥女回應，就停頓了一會兒，但看見她依然低頭哭泣，不說任何話，就嘆了好長一口氣，「蘇，妳真是讓我不明究裡。嗯！如果妳本來就善於交際，我才不會這麼傷心，但妳一直都……」

「他是誰？蘇，妳一定要告訴我。」阿姨提起，蘇拉雅眼淚撲簌簌地流個不停，「妳什麼時候認識他的？在哪兒？告訴我。」

「求求您不要讓蘇再提他的名字了，我想徹底忘記他，請可憐可憐我吧！」蘇拉雅懇求，「阿姨要怎麼打、怎麼罵我都願意，但這件事我不想再說起……」

「他真的甩了妳，不要妳了是吧？看見了吧！自己這麼隨便的後果是什麼！」阿姨擦了眼淚，「蘇！我這麼疼愛妳，照顧得像自己的心肝寶貝，妳就這樣對待自己？」

「他是誰？在哪兒？我只是想知道這些。」昭坤凶狠地提問，「我要去跟他談談，如果他是因為誤以為妳什麼都沒有，不知道妳是我們蘇帕安德家的外甥女，一定很有可能回心轉意，我要讓他心甘情願娶妳。」

「爸！你要用錢買女婿嗎？我反對，不是我反對你分財產給蘇，而是我不同意買一個壞男人與蘇結婚，這種感情能撐多久，將來一定會離婚，不如不結得好，還有希望遇到真正愛蘇的好男人……」

「妳不要胡說八道了，沙姍妮。」母親皺起眉頭，「爸爸正想解決快要發生的問題，就……因為……妳沒想過嗎？如果蘇的小孩沒有爸爸……」

沙姍妮睜大眼睛，看著妹妹的臉。

「怎麼可能？老媽，才沒幾天，我覺得蘇不會那麼倒楣。」

「如果她不倒楣，事情就不會變成這樣了啊！沙姍妮。」昭坤提起，「蘇太苦命了！瞎了眼睛，不知好歹，才跟著那個壞蛋私奔。沒想到那個壞蛋不僅不珍惜妳妹妹，還趕她回來，哼！」他強硬地笑，「都這樣了，妳覺得還會沒有更倒楣的事情發生嗎？」

「阿蘇！」女士打斷，「妳一定要現在告訴我，那個人是誰？叫什麼名字？他是那天來見妳的那個人嗎？叫什麼名字？」母親回頭去問沙姍妮，讓她覺得非常尷尬。

「爸媽懷疑妳可能跟哈林的哥哥，我說不是，他們都不相信，妳自己說吧！」

「不是哈理德先生，阿姨。」這是她第一次勉強向恩人說謊話，全出自於強烈想保護愛人的心，「哈理德只是來一會兒就走，然後蘇就出門去……後來出去的。」

「是嗎？後來出去，跟誰？去哪兒？」阿姨不放棄地追問著。

蘇拉雅又跪拜在她的腳前。

「我求求妳，阿姨，請不要讓我再提他的名字吧！」

蘇帕安德女士與丈夫對看，同時無奈地嘆氣，昭坤只能發愁地又拿起浴巾左右甩了起來，而沙姍妮的態度有點不安，但明顯看得出來，她不安的態度與正在談的內容毫無關係，好像她在等要見誰的時間，不時盯著手上的鉑金手錶。

有輛汽車開進來停在大樓前，發出了聲響，沙姍妮興奮地站起來。

「拓瓦猜來了，爸媽你們先陪客人，我帶蘇上二樓，走吧！蘇。」邊說邊牽著妹妹的手臂飛快走上樓去。

一到蘇的房間，沙姍妮就著急地問起：

「蘇，說清楚一點。」

蘇拉雅精神恍惚地走過去坐在床上，沙姍妮輕輕地推她躺下來，而她自己就坐在旁邊。

「躺著說也行。蘇，真是太棒了，拓瓦猜來得正好，打斷我們的話題，我緊張到心臟快跳出來了，妳啊，真守得住祕密，如果是我早就說出來了，根本沒什麼不好，說出來事情反而有轉圜的餘地啊！老爸也許會幫妳，他可能會去男方家好好談談你們的婚事，妳不喜歡嗎？蘇。」

「可是我不希望跟他結婚，他也……不想跟我結婚。」蘇拉雅輕聲回答。

「傻瓜，不想跟妳說了，妳太固執，我看妳可憐想幫幫妳，看妳說出來的話都讓我生氣，好啦！不說就不說，那我就猜是哈林囉！因為沒見過妳跟哪個男人那麼熟。」沙姍妮煩悶地亂猜，蘇拉雅立刻起身坐起，失控地大聲尖叫：

「怎麼可能是哈林啊！姊，他已經死了！」

「天啊？什麼？妳怎麼知道？！」沙姍妮睜大眼睛嚇了一大跳。

「就他哥告訴我的。」

「哦！哈林……」沙姍妮驚訝著，面容帶著些許悲傷，「他怎麼死的？妳知道嗎？」眼淚又在蘇拉雅的眼眶裡打轉。

「怎麼死的？」她重複那句話，聲音顫抖，「我怕說了會嚇到妳，他……他用槍自殺，哈理德先生傷心極了，他甚至……」蘇拉雅的話還沒說完，但沙姍妮一知道答案就失去耐心，後面完全沒聽進去。所以當妹妹停了話，她才回過神來問：

「為什麼用槍自殺？為什麼？」

「這件事如果姊姊不知情，我也不知道怎麼說。」蘇拉雅抿著嘴，轉過頭去。

「啊！」沙姍妮好像想起什麼，發愣了一會兒，「喂……妳的意思是哈林是因為失戀而自殺？也就是說，是我殺了他嗎？這……」

蘇拉雅看著窗外遠方的風景。

「妳沒有殺哈林，是他想不開傷害了自己。」

「但我也算是害了他。」沙姍妮露出傷心的臉，「身為漂亮的女生，這就是原罪啊！一直受很多人歡迎，但我也不可能接受每個人，一定會有不少人傷心失望，我也沒辦法啊，對不對？」

「對，沒辦法。」蘇拉雅回答，不過心裡明明反抗著，「怎麼可能沒辦法？只不過沙姊姊不希望與擁有『魅力』的他結婚，也不希望跟著沒有未來而自殺的男人。」

阿德在門口張望，沙姍妮一看見就不高興：

「還上來幹什麼？阿德大美女，我不是囑咐妳了嗎？如果妳……」

「我是來問，蘇小姐的飯菜弄好了，要讓我拿上來，還是下去吃？」

「等一會兒我自己下去吃好了，謝謝妳！阿德。」

「還下去幹嘛，浪費體力。」姊姊說完，轉頭看著女僕人，「妳現在拿上來好了，快點啊！如果拖到跟晚餐一起端來，我一定海扁妳。」

阿德一離開，沙姍妮就站起來說：

「我要下去了，讓拓瓦猜等太久他會傷心的。哦！對了，告訴妳，妳不在的時候，拓瓦猜去南部出差一個月，昨天剛回來，買了一大堆紀念品。」她十分興奮地講，「我待會兒分一些給妳。」

「謝謝，」蘇拉雅低低地說，「可是……姊，我想知道，拓瓦猜知不知道我……不在家的事？」

「不知道，我們都對外隱瞞了。我跟他說，妳去那空沙旺看媽媽，要幾天才回來，他們都信啦！其實妳今天回來真是太棒了，我剛好需要妳的幫忙。」

「姊要我幫什麼？」

「就幫我明天的大忙，怎麼忘了？」

「明天？」蘇拉雅滿臉困惑。

沙姍妮馬上接著說；

「明天幾號妳知道嗎？是十八號，我的訂婚日啊！有晚宴耶，所以才需要妳幫我監督安阿姨做飯，清楚了吧！」

26 姊妹重逢

「哦！是呀！我都忘了！」蘇拉雅想起來就嘆道，傷心和痛苦的眼神馬上轉變為閃爍高興的眼神，對於姊姊的訂婚感到十分高興。「這至少說明，沙姊有一位對她忠心耿耿的保鑣，拓瓦猜先生也許能夠給姊姊安全感。如果哈理德知道真相後還不放棄，為了弟弟而向沙姍妮．蘇帕安德報仇。」蘇在心裡低低默念，問道：「決定了沒？什麼時候舉辦宴會？中午還是晚上？邀請了多少客人？」

「時間是上午十一點，所以請吃午餐，客人沒幾個，有男方家的長輩，其他的就是親戚和我跟拓瓦猜的朋友們，不超過五十個人吧！等結婚那天再邀請大家，婚禮一定會來七、八百個人囉！我這麼長舌，拓瓦猜等太久了，我先走，待會兒再聊。」沙姍妮說著走出門，突然在門口聽見有人叫了一聲「哎！」接著，又是沙姍妮埋怨：「你不懂交通規則啊？到路口要按個喇叭啊，一聲不吭的，還好我來得及煞車，否則蘇就沒得吃了。」

僕人笑著走進來，手裡拿著吃的，食物和蘇拉雅的黑色手提包一同放在旁邊的托盤，她在化妝桌前的小小椅子上放著托盤，然後將椅子移過來，靠近女主人，拿起黑色包包放在床上，接著問：「這個包包是您新買的嗎？好好看，好精緻。」

蘇拉雅苦笑，微微點頭回答，然後問道：「有什麼吃的？阿德，我餓了。」

「通心粉湯，是您愛吃的。」阿德熱情地為女主人打開蓋子，蘇拉雅拿起湯匙，靜靜地喝湯。

「怎麼樣？小姐，不好吃嗎？」她問道。

「好吃，阿德，但我飽了。」蘇拉雅假裝微笑，回答擔心她的女僕人。

「您吃這麼少，難怪瘦了好多，不知為何，臉色有點不愉快，可是您變漂亮了。」

「好了，輪到我被妳誇讚了。」蘇拉雅忍不住笑了笑，當看見阿德皺著眉頭，說自己的臉色。

「如果要哄我吃飯，就不要說什麼瘦或漂亮，要不然我更吃不下。」

「但我沒有誇您，您真的更漂亮了。」阿德歪著頭，仔細看著她，「我想起來了，現在您的眼睛不像以前那麼乾燥了，您哭了，是吧！昭坤很生氣嗎？好可憐！」

「謝謝妳，阿德。」蘇悲傷地笑著，瞄了門口一眼，才輕聲對女僕人說，「如果妳真的可憐我，能否幫我一個忙？」

「沒問題，能幫您是我的福氣，我什麼都能做，請說！」

「我……嗯……想麻煩妳以後每天幫我檢查一下郵箱的信封，如果看見有我的信的話，就請麻煩直接拿來給我，不過要比別人早點去拿，否則就會被拿去放在托盤上了，我不想讓別人看見。」

「我明白了。」阿德再點頭，「撒贏大叔經常在晚上才看郵箱，要先給主人和沙小姐打好蚊帳，才去拿信封。我要在他上去弄的時候才看，才不會在路上碰到他，但是我只是拿妳的信而已。」

「那當然，如果妳拿別人的信件，撒贏就會懷疑阿德為什麼要搶他的工作了。」蘇拉雅邊說

邊將手提包打開，哈理德給她的小錢包依然乖乖地躺在裡面。蘇拉雅打開它，裡頭有很多紅色（泰國的紅色鈔票是一百泰銖）鈔票，它們整整齊齊疊在一起，她剛用了一張在路上購買食物，以及從哈理德家坐計程車到火車站的車資，蘇拉雅拿起綠色鈔票，給了阿德一張說道：「妳留著買點心吧！」

「不用了，妳不用給我。」

「拿去吧！阿德。」蘇拉雅將錢塞在女僕手裡，阿德雙手合十向女主人致謝，以表示她的心意。

「那麼，當妳要回信的時候，叫我過去也行。」

「不用了，謝謝！如果要回信，我自己去寄就好了，不要再麻煩妳。」蘇拉雅邊回答，邊甜蜜地笑，「我先洗個澡，我全身都黏黏的，妳收拾這些東西之後就下去吧！不要忘記我拜託的事情！」

「我不會忘記的，我會從明天開始看。」阿德回答，並且非常自豪能夠比其他人贏得女主人的信任，「我打賭明天一定有妳的信。」

有如粉紅玫瑰開在蘇拉雅的臉頰一般，自從她回到家，她便控制臉色和態度，平靜地回答：「應該沒那麼快。阿德，我想……嗯……或許……可能沒有我的信，我想做的只是預備動作。」

「這是我應該要做的，妳的人這麼好。」阿德以清亮的聲音回答，她天真地表示肯定，說話的表情使蘇拉雅心底突然一閃，無理的懷疑漸漸消失。阿德拿起托盤，而後接著說：「接下來，讓我問問妳，妳……嗯………去哪兒了？去那麼久，昭坤和阿姨一直找您，妳的母親和哥哥也來住兩三天，一起過來找您。」

「報紙上有報導我的新聞嗎？德。」蘇拉雅擔心地詢問。

「沒有，昭坤沒有報警，因為沙小姐不願意，她說好丟臉。所以就只是去您的朋友們家找找，但都沒有人知道。您……您能告訴我嗎？您……去哪兒了？」

蘇拉雅搖頭，為了安慰天真女僕，她笑了笑。

「不能說，我不能告訴妳。」

當阿德走出房間，蘇拉雅便起身，換下充滿灰塵的衣服。接著，她從白皙的脖子上，輕輕解開掛著心型黑隕石的的項鍊，謹慎地放在手掌心，然後走近窗戶，仔細看著項鍊。當下午的陽光一點一滴映照在深黑色珠寶上時，它顯得更加閃亮。越仔細看，蘇拉雅越覺得很有安全感，好像這條項鍊的主人就站在自己身邊，耳朵彷彿聽到他既低沉又洪亮的聲音。

「戴在身邊，這是可以驅魔避邪的平安符。」

蘇拉雅舉起心型珠寶，輕輕地碰觸嘴唇，然後，慢慢地放在梳妝台上，以深刻而溫柔的眼神看著它。

「要分開一會兒，親愛的，怕妳的心滴到沐浴露就不亮了。我想珍惜它，讓它永遠發亮，直到生命的最後一天。」

「再見，親愛的，我希望我們以後能再見！」好像那個聲音輕輕地像風一般，吹進窗戶。蘇拉雅立刻擦掉眼淚，安慰自己沒必要這樣，往後她還得面對許多悲傷的事情，為了能夠過好日子，她要更堅強，直到她等待的那天，枯萎的心能夠燦爛盛開的那天，好像天邊風雨過後，晴朗天空綻放的光亮。

轉開蓮蓬頭開始淋浴，當水柱沖洗自己的身體時，蘇拉雅不自覺地回想起山上那間小小的浴室。那時她每天都必須使用，前後將近一個月的時間。那個地方根本比不上現在這間浴室。不過，此刻她身上從頭到腳，都沒有比用小溪和小土缸的水沖洗來得涼快。

洗完澡、洗完頭髮之後，回到房間，蘇拉雅突然在門口停下腳步，因為看見她的姊姊正站在梳妝台前，認真專注地端詳一件物品。

「拓瓦猜先生回去了嗎？姊。」蘇拉雅打招呼的目的，是想轉移她對那個東西的注意力。

沙姗妮回過頭去，給了妹妹一抹甜蜜的微笑。

「是的，回去了，怎麼樣？蘇洗完澡看起來更有精神，與剛才一比，好像另一個人。」說話的時候，沙姍妮的手一直安靜不下來，拿起項鍊搖動，小小黑色心型的項鍊搖來搖去，差一點碰到梳妝台那片大鏡子。蘇拉雅嚇了一大跳，擔心它受損，趕緊滑過去接住它。

「不要，姊，怕碰到鏡子的邊緣，它會壞掉。」

沙姍妮挑高眉毛，從妹妹手裡將它抓回來，同時開玩笑地說：「哈哈！有這麼珍貴嗎？這顆像眼屎一般，小小顆的珠寶，如果壞掉了，姊保證賠給妳一個新的，就算要比這個大兩三倍都行。」

「可是就不是同一個呀！」蘇拉雅說著，一邊顫抖地回答，「求求妳還給我吧！沙姊，它的鍊子不好，怕掉下來。」

「啊！」姊姊歪著頭看，故意把拿那件東西的手藏在背後，這不是記恨的欺負，而是像在逗她，之後才開玩笑地說：「妳越寶貝這個東西我就越不還給妳，要先告訴我是誰送的？真想認識那位像烏鴉一般黑的男人。我的妹妹這麼可愛，還是千金小姐，居然這麼狠心拋棄妳。如果是我的話……」

「姊姊！」蘇拉雅叫著，很久沒掉的眼淚又在眼眶中打轉，「求求妳不要再提那件事了，這條項鍊是我自己買的，不是任何人送給我的。」

「我不信，不准騙我，否則我會欺負妳，我要故意扔掉它。」沙姍妮眼神凶狠了起來，舉高拿著項鍊的手，「一定要告訴我，那個男人到底是誰？叫什麼名字？要不然我要甩掉妳的這條心型項鍊！」

蘇拉雅緊緊抿著嘴，轉過身去，看看衣櫃，將衣服和裙子拿了出來整齊地排好，不再與姊姊頂嘴掙扎。

「蘇！」沙姍妮的聲音從化妝台叫了起來，可是蘇拉雅毫無反應，她依然轉身看著衣服，直到嫩嫩的手抓著蘇拉雅肩膀和柔軟的手臂，並且從她後面抱住，接著甜蜜的聲音就響起：

「親愛的蘇，姊只是開開玩笑，這樣就生氣了？妳認為我真的敢扔掉妳心愛的東西嗎？蘇。」

蘇拉雅的嘴唇顫抖，眼淚盈眶，感覺手掌因恨意而握得緊緊的，手掌突然被姊姊用手扳開，而且那條項鍊就落在蘇拉雅的手掌中。

「好了，好了，姊姊還妳，不要再哭了，從此姊不會再問到他了。姊知道妳不愛姊，所以才不信任我。」

「姊姊。」蘇拉雅轉過身來抱住姊姊，抑鬱的眼淚奪眶而出，盈滿臉頰，「我恨不得告訴妳，但是……不知道該怎麼說，我不想給他……添麻煩，如果我說出真相，姨丈一定不會放過他，我……我可憐他。」

沙姍妮搖搖頭，拉著妹妹的手坐在床邊，溫柔地環抱她的肩膀。

「妳可能很愛他吧！才願意一個人承擔，不讓他承擔他自己的錯。」

蘇拉雅低頭擦淚好一會兒，都沒說話，沙姍妮才托起妹妹的下巴，重複問著：

「妳很愛他嗎？蘇。」

蘇拉雅的臉頰突然變成深紅色，她的眼睛看著下面，不敢直視姊姊，吞吞吐吐一會兒之後，才輕輕地說，聲音細微到幾乎聽不見：「是的，姊。」

「那為什麼妳……離開他，妳回來是因為他不愛妳了，是嗎？」

蘇拉雅低著頭，靜靜地不說一句話。

「告訴姊姊吧！親愛的妹妹，我保證絕對不會告訴爸媽，我站在妳這邊，我們只有姊妹兩個人，不管快樂還是悲傷都一起分享，如果不跟我商量，妳要跟誰說呢？一個人憋著很痛苦，怎麼樣？蘇，告訴我，妳為何不要他而回來了？」

「我們……之間有一些誤會。」

「妳偷跑回來？」

「沒有，他很願意讓我回來。」

沙姍妮嘆了很長一口氣。

「我根本不相信，哪個男人願意讓妳在這樣的情況下回家來？我一直認為，如果誰能跟妳結婚，就等於這輩子上了天堂。我的蘇這麼可愛，比我好上千萬倍，不應該……妳的事情讓我害怕結婚，我怕突然有一天，拓瓦猜會跟我說：『妳什麼時候才會回娘家去？我討厭妳！』如果我真的遇到那樣的事，也不知道該怎麼辦！哎！」她講完話，又長長地嘆了一口氣。

「不過，姊姊不可能像我這樣。」蘇拉雅傷心地說，「姊姊很有福氣，而我只會遇到倒楣事，我很肯定，拓瓦猜先生一定永遠只愛妳一個，我看人很準。」

「哼！才怪，」姊姊冷冷地哼著，「自己為什麼看錯人，現在知道了吧！太樂觀的結果就是這樣。」

蘇拉雅低頭看著自己手裡的小東西而嘆道，沙姍妮和妹妹一起看著它。

「戴著這條項鍊，其實也很不錯，滿時髦的。妳看看它，項鍊如此纖細，像頭髮一樣，雕琢珠寶的手藝非常講究，哎呀，我也想要一個，可以與我的黑白長裙搭配，快告訴我妳在哪兒買的？蘇。」

「其實……其實不是我買的，嗯……是他送的。」

「是呀！嗯，我知道，因為妳哪來的錢買，那天妳沒帶錢包去，他才帶妳一起去買。可能是妳剛剛跟他在一起吧！相愛的人開始相戀時，彼此關心，但討厭了就甩掉，這也還好，分手時悲慘到得把東西歸還了才能回家。」沙姍妮替妹妹發脾氣。

蘇拉雅又臉紅了，拿起項鍊戴上脖子，趁這個機會轉移話題：

「姊姊喝過下午茶了嗎？」

「喝過了，妳餓了嗎？我看妳才吃過午餐，所以沒讓女傭來叫妳。」

「沒有，我不餓。」蘇拉雅趕緊拒絕，「很快就吃晚餐了。」

「我呀！滿心期待著明天的晚會，不停想著要準備什麼東西，簡直累垮了！沒胃口吃不下，況且，妳回來了，我實在太高興了！嘻嘻，真的啊，蘇，好像是天意，我真沒想到妳及時回來。」

「哦！真的哦？」蘇拉雅急忙去梳妝台，拿著梳子梳頭髮，「我們聊這麼久，我該下去廚房看看今天是否要準備什麼。」

沙姍妮搖頭，走過去拉妹妹的手回原位坐下。

「不要現在下去，蘇，那些小鬼他們會……妳明天再下去幫忙好了。明天辦宴席，大家應該都很忙，應該沒有人在乎妳失蹤的事，妳才不會那麼尷尬。」

「姊說得也對，我沒想到。」蘇拉雅感激道，「不過……阿姨不知道怎麼說，我今天沒下去幫忙。」

「她還能說什麼？她以為妳不舒服，因為妳本來就不是偷懶不顧家務的人，我們還是說說妳的項鍊，妳沒問他在哪兒買的嗎？」

「沒有，因為項鏈是掛著心型的黑隕石，而不是珠寶，我想大概是訂做的吧！給我當平安符用的。」

「他們叫它黑隕石，是吧！我知道那是一種深黑色的玻璃隕石，我更喜歡它了。我想拿去給商店仿做一個，可以嗎？一定要一模一樣，如果找不到黑隕石，用其他珠寶也行，反正外觀都一樣，但我可不當成平安符。」

「也沒必要，對姊姊來說，畢竟已經有了拓瓦猜這個可以保護的保鑣了。」

「哪會？拓瓦猜怎麼能夠時時刻刻保護我呢？」姊姊搖頭，「對了，忘了告訴妳，後天拓瓦猜要和我一起去檳榔嶼旅遊，想要我買什麼，就直接告訴我吧！」

「就兩個人去而已，為什麼不叫幾個朋友一起？人多熱鬧。」

「他們都要工作，大家都沒空，聽拓瓦猜說，他要叫一個南部哥兒們一起去，那個人可以當我們的導遊。」

27 即將到來的訂婚宴

那天夜晚，是蘇拉雅第一晚回到她曾經過著好日子的大別墅，睡沒幾分鐘就被嚇醒。躺在又厚又軟的床墊，讓她驚訝地睜大眼睛。

「我現在躺在哪兒呢？」她心中默念，眼睛看著模模糊糊的白色蚊帳：「不是山上的小屋，對吧！看！我伸出雙手都碰不到蚊帳，想起來了！我回來躺在房間的床上了，真的耶！翻來覆去時，都不像在小屋的竹板上有『咔咔』的聲音。真像作夢一樣，誰能想到我還能回家，連我自己都沒想到。這如果不是……他，而是壞蛋、不尊敬女人的男人，我會變成怎麼樣呢？不過，雖然我還是純潔的女子，但是別人可沒這麼想，還是會往那裡去想。隨便他們怎麼說，這也難免，誰會相信？如果我說，我進了老虎的山洞，卻還能安全逃出來，連一點傷口都沒有。當然，會相信這件事的就只有兩個人，一個是我自己，另一個就是『他』——那隻老虎。」

蘇拉雅嘆一口長長的氣，往窗戶看出去，月亮垂了下來，月光透過簾子空隙，透進房間來。

昨天我還在他家的床上躺著，今晚反而回來這兒，離他千里之遠。真想知道他也像我一樣正在看月亮嗎？還是正睡得香甜，夢到沙姍妮．蘇帕安德，他的愛人和敵人呢？

晚上的冷風，一陣陣吹進窗戶，蘇拉雅全身和心裡都冰冷。想到自己的一生就要這樣一個人活下去。既然「他」不希望與她結婚，明明不能拒絕自己的心，而且明明很清楚他誤會自己，但蘇拉雅還是堅持下去，決定不再開口談論這個祕密，就算要與自己這輩子的幸福交換也願意。

兩位長輩——昭坤和阿姨對她不理不睬，蘇拉雅堅決拒絕提起讓她失蹤的罪魁禍首的名字，當天晚餐餐桌的氣氛十分緊張，使蘇拉雅無法忍住眼淚，只有沙姍妮一個人開開心心與妹妹聊天。明天即將來臨的喜事，讓她十分興奮，完全不把別人的事情放在眼裡，包括她唯一的妹妹蘇拉雅的事情。

每個僕人都充滿好奇的眼神，經常不請自來地在樓上走來走去，而蘇拉雅自己下午則聽從姊姊的話不進廚房。因為她很確定，她很難避免討厭的事情，就像要被問起她無法回答或很難解釋的事情。

她的心底突然感到空虛，回想起所有麻煩事與罪魁禍首，回想起當火車臨行時，「他」站起來與她告別的畫面。蘇拉雅很確定，她看見了他的眼睛閃爍著淚光，而那個時候她的眼睛也正要湧出眼淚。

「他應該不知道，當他走下火車的時候，他不是空手而去，他已經帶了蘇拉雅的心一起去。哼！如果他知道也沒關係，反正是事實，我回來的只有身體，要不然我為什麼覺得自己很輕、空虛，裡面好像空空的。」

無可奈何地嘆了一口氣，在一個月內，蘇拉雅要面對許許多多不可思議的情況，仔細想想，在家裡無憂無慮地生活，卻因遭拐騙離開愉快的家庭，了解大森林生活的辛苦，卻無法逃跑，真是嚇壞了！再加上對她忠心的保鑣啞仔的擅入與侵犯。當她能夠逃過野蠻的手掌，拚命逃出來，反而被那位已經抓住她的心的男人批評與諷刺，於是……剛開始和好了，曾經乾涸、痛苦的兩顆心因為愛情變得燦爛活躍，她卻得無奈離開他，連品嚐一點愉快的時光都沒有，天哪！

「都不是誰的錯。」蘇拉雅自我安慰，「反正哈理德也無法與害死他弟弟的元凶結婚，才會送我回家。如果我留在那兒，有一天他可能會不自覺地瓦解自己堅定的心，可是這算沙姊的錯嗎？讓我遇到這種倒楣事。絕對不會，沙姊哪知道哈理德會到家裡來欺負她，如果知道，應該沒那麼狠心讓我替她受罪吧！總而言之，就是我的錯，都是我不盡力解釋其中的誤會，讓他認為我是沙姍妮，真是自作自受。如果我早就告訴他真相，他也沒有害沙姊的機會。因為他一直對她忠心耿耿，可是如果他一定要帶她過去也不是不可能。依照沙姊的魅力，不出幾天一定就能抓住他的心，重要的是，也許她的美麗可能打敗蘇拉雅，反正哈理德也無法與害死他弟弟的元凶結婚！」

「可是如果我寫信給他，告訴他所有的真相，看在他說很愛我的份上，求他原諒沙姊，他會不會因為愛我而相信我呢？這是不是再次給他心底點起結怨火焰的火種？誰敢冒險？他可能因為生氣上當而不愛我了！尤其，如果他因為我欺騙他而變成怨恨我，他那種硬拚強勢的性格，也可能抓我去割肉撒鹽消消氣，看來很慘！」

在床上翻來覆去和胡思亂想了好久，直到從遠方傳來的雞叫，窗戶透出黃白色光亮，漸漸地，從黯淡變成藍色，然後，淺紅色光線閃爍在東方天空，透過天空中浮著藍色畫面，純潔的白色雲塊變成燦爛的粉紅色。一對小鳥飛來，站在蘇拉雅房間窗戶旁邊的樹枝，接著開始談戀愛。

受不了再躺下去，蘇拉雅站起來，走到窗戶那頭，探頭看看黑色和白色的鳥兒，好可愛啊！一隻鳥兒站在盛開的橘色花兒上，與另一隻站在綠色葉子上的鳥兒聊天，兩隻正開開心心地甜言蜜語。後來，牠們一起飛了出去。蘇拉雅嘆了很長一口氣，忍不住羨慕起那兩隻小鳥的自由，牠

能飛到自己想去的地方。如果蘇拉雅像小鳥能飛，至少能夠自由地飛來飛去，她第一個要飛去哪兒呢？

「鈴！！！」沙姍妮的鬧鐘響了起來，蘇拉雅從幻想中醒來，而後轉過身，回到床上，將蚊帳拉過床頭，並且用絲帶綁好。然後，她趕緊整理床鋪，接著順手拿起一件外套穿上，跑出臥室，來到姊姊的房間，沙姍妮的房門還關著，蘇拉雅輕輕敲門：

「姊……姊，幫我開門。」

「我還懶得起來。」沙姍妮睏倦地回答。

「姊姊不用起來了，等會兒我去畫廊。」蘇拉雅說著，跑回自己的房間，打開畫廊的後門，接著走過畫廊，到姊姊房間的後面，門還是關著，但是門旁的兩邊窗戶開著。蘇拉雅爬過低低的窗口走進房間，走過去看見正在床上閉著眼睛的姊姊。

沙姍妮睜開眼睛，看見妹妹站在床邊笑著，立刻彈起身子坐著，在床上拍拍手點頭叫：

「坐，蘇，怎麼樣？昨晚睡不著嗎？臉色看起來好像整晚沒睡，看起來都沒睡吧！應該整晚都在哭吧！」沙姍妮抬起妹妹的下巴仔細看，蘇拉雅轉頭離開，輕笑著說：

「姊，妳真會猜測，真的！有哪個女人像我一樣，回到家之後，第一晚不會哭？不過妳應該覺得很奇怪！如果我說，昨晚我連一滴眼淚都沒掉呢？」

「真的嗎？」沙姍妮歪著頭，看著妹妹，「如果要我相信，妳拿枕頭過來給我看看，說不定可以扭出一大桶水，別嘴硬了，如果昨晚妳沒哭就太狠心了！」

「哈哈！狠心？」這次蘇拉雅自然地笑出來，因為嘲笑姊姊的話，「如果知道這樣，我要努力逼自己掉一兩滴眼淚，看來是不可能了！」

沙姍妮雙手環抱胸部，嚴肅地看著妹妹的臉。

「哪有那麼好笑？蘇，我真不明白，妳的事情比我想像中更神奇。剛才我故意說妳，那是因為我猜想，妳應該哭得很慘，眼睛腫起來。真的，遇到這種事情，有哪個女人的心那麼狠，會哭不出來呢？所以，如果妳肯定沒有哭，就說明妳的事一定與別人不一樣，真的沒錯！」她嘆道，「當清楚看見妹妹的臉，「妳的眼睛都不腫，至少妳要告訴我一下，為什麼這種情況妳不哭出來，是什麼原因讓妳如此心狠？說吧！不用說妳男友的名字也行。如果妳真的想瞞我，我也不想認識，只想知道他對妳有多壞，妳才會變成像石頭一樣鐵石心腸，完全不哭泣。」

蘇拉雅用微笑掩飾：

「他……也沒那麼壞，我沒哭是因為之前哭太多，淚水都乾了，哪來那麼多眼淚？姊姊沒看見我離開他的時候，我的枕頭就像妳說的那樣，可以扭出一大桶水。」

「真的嗎？蘇。」沙姍妮覺得可憐，緊緊抱著妹妹，「他都不懂得可憐，還欺負我的蘇，我真想知道是哪個……對不起蘇，姊很容易生氣，他如果對妳不客氣，我一定罵他一兩句。」

「不要生他的氣了，姊姊，這是我的命。是他才讓我回來，幸好兩位長輩不趕我出去，大家這麼歡迎我回來，比我想像中好很多。」蘇拉雅心裡感動，顫抖地說。

沙姍妮再抬起妹妹的下巴，仔仔細細端詳，然後搖頭：

「真奇怪，妳的眼睛告訴我，有些心事在妳心裡，那個不是壞事，我覺得很奇怪。它好像告訴我，妳正處於半愉快、半傷心，知道嗎？蘇，妳的眼睛與妳的表情相當矛盾，妳的表情好傷心、好痛苦，可是妳的眼睛閃爍著甜蜜，好像找到愛人一般。」

「呵呵！姊！」蘇拉雅笑了笑，嘆道，「會有人在妳旁邊傷心痛苦嗎？妳這麼幽默，說我正罹患愛情病，我不拒絕，哪有人會在妳旁邊卻不愛上妳呢？」

「少來，我妹妹的嘴怎麼放這麼多糖，什麼時候變得這麼甜了？」沙姍妮說，「啊！啊！看來師傅的嘴夠厲害，才學了一個月，如果待久了，應該會有螞蟻爬上嘴巴了吧！」

蘇拉雅笑得好開心，她站了起來，同時也拉著姊姊起來。

「去上洗手間吧！姊，一會兒我再上，還要趕快下去幫忙廚房的工作，現在應該很忙了。」

「妳還沒上就先上吧！妳要開始忙了，我沒什麼事要忙，還是慢點再下去，反正都一樣。」姊姊一邊說，一邊滑動身子去打開衣櫃，「對了，妳還沒看我今天要穿的衣服吧！」

「還沒呢！但我先上洗手間吧！否則更晚，阿姨會說我耽誤姊姊，害妳遲到。」蘇拉雅一邊說話，一邊跑進洗手間，又探出頭來說，「本來想第一個祝福妳，但聊到其他事都忘了。」

「還要什麼祝福？又不是結婚。」沙姍妮抬高眉毛，從衣櫃裡挑了一件灰色裙子，轉過頭來揮手叫妹妹，「過來，過來看一下，既然來了，就幫我評一下這件衣服，花不了幾秒鐘。」

蘇拉雅再走回房間。當沙姍妮拿出那件衣服，掛在窗戶旁，讓妹妹看清楚點，她就輕輕地叫：

「好漂亮，這整件衣服的花邊真的好時尚，很符合它的價值。」

沙姍妮點頭承認，自豪地看著那件服裝，那是白天穿的，用硬挺的花邊布，綴以樸素的花兒而不刺眼。整件衣服有著襯裡，搭配俐落的剪裁，呈現出高貴布料的價值。此外領子寬，但不深，也不像其他晚禮服般。短袖只蓋上肩膀，這件衣服集合了高質感的布料、樸素的設計，加上講究的服裝設計師、國際經驗的師傅等優點。

「看起來真的很漂亮，當我穿上這件，就會覺得自己讓衣服變得廉價了。」沙姍妮謙虛地說。

「才不會，姊姊這麼可愛漂亮，怎麼會使衣服變得廉價？姊姊這樣的長相，就算穿著破爛衣服還是很漂亮，我可不是拍馬屁，我說的全都是事實呀！」

「謝謝妳！妳說了這些話，好像讓我吃了仙丹，心裡舒服許多。」姊姊說著，突然睜大眼睛，想起一件事，「對了，妳今天有衣服穿嗎？」

「不要緊，我穿什麼都行，在廚房裡應該沒人看見。」

「什麼？怎麼能整天待在廚房？等上午廚房的工作不忙了，妳就出去見見我的朋友們，我的老朋友妳都認識了，有幾個新朋友我介紹給妳。」

「不要啦！我不想出去，我哪有漂亮的衣服穿？反而讓姊姊丟臉罷了！」

「才不會，相信我。妳要是沒有就穿我的也行呀！我帶了好幾件準備去檳榔嶼旅遊，妳看！」沙姍妮指著衣櫃裡一整排的衣服，「自己選吧！喜歡哪件？妳的雙腿比我細一點而已，其他部分我們差不多。」

「沒有必要，姊姊。不要讓我出去，我不好意思見他們，姊姊有些朋友應該已經知道我的事了，他們一定傳出去了，我怕，不知道怎麼說。」

「我不認為會有人知道，我都沒說，不管誰來家裡，問起妳，我都要引用撒昂阿姨的名字（蘇拉雅的媽媽）。沒事啦！相信我吧！不要固執，陪我出去一下，等一下又要手忙腳亂。」

蘇拉雅笑咪咪：

「妳呀！怎麼會手忙腳亂呢！拓瓦猜才會吧！他的臉皮薄，好害羞，在女人面前常常臉紅，我懷疑姊姊還要幫他說話呢！」

「是呀！我擔心拓瓦猜的就是這一點，他太害羞了，只敢和我一個人而已。我經常說他不夠男子氣概，想懲罰他一下。」沙姍妮說，「就這件，我的黑白長裙，一半黑色一半白色好像拿錯了布，我覺得要與妳那條黑色心型項鍊配戴，妳看看適合嗎？」

「也不錯。」

「可是明天就要出發了，哪來得及訂做？」沙姍妮說，「看來我要先借借妳的項鍊戴，妳介意嗎？」

蘇拉雅愣了一會兒，才平靜地回答：

「我不會介意的。」

28 等到期待中的信件

那天中午，沙姍妮和拓瓦猜的訂婚喜宴熱熱鬧鬧結束，雙方親友慢慢散去。當最後一位客人也離開，沙姍妮就叫未婚夫陪她去買第二天要前往檳榔嶼旅遊的必備品。昭坤夫妻也獲邀參加朋友孩子的婚禮。家裡只有蘇拉雅一個人看著僕人們打掃、清洗今天要用的碗盤，然後放回原處，易碎和比較高價的用品必須小心輕放，比如：陶瓷和玻璃用品，蘇拉雅就負責洗擦這些用品，而且親手放回原處，都不讓僕人做。整天有這麼忙碌的工作，讓蘇拉雅心裡踏實不少。因為工作轉移了她的注意力，不用時時刻刻覺得灰心和孤單，況且還轉移僕人們的注意力，不再關心她的事，她非常希望如此。

蘇拉雅忙著忙著，直到晚上才忙完，各式各樣的用品都乾乾淨淨，整整齊齊地放在原位，上頭沒有任何人碰過的痕跡，然後蘇拉雅才回到自己的房間休息。

她走過房間，走到花園畫廊的陽台，躺在椅子上，這是沙姍妮早上推出來晒晒太陽的椅子。她嘆一口氣，回想起愛情的傷心與無法描述的滋味的經歷，她的未來這麼黑暗，蘇拉雅還沒看見能帶她的生命邁向光亮的康莊大道，連一點影子也沒有。

「小姐。」阿德笑笑地叫著，然後跪在背後，一張漂亮卻顯得冷淡、沒有精神的臉龐慢慢轉過來，「妳的信來了。」阿德接著講，將淺灰色信封交到女主人手上，也替主人感到高興：「看吧！我猜得沒錯，一定會有您的信。」

紅暈爬上蘇拉雅的臉頰，她的眼睛閃爍，伸出發抖的手接過僕人的信。

「謝謝妳，阿德！」她輕輕地說，懷疑地盯著信封，因為沒看見上面的郵票，筆跡與姊姊曾經見過的男人──哈理德．西門的名片一致。她的心跳加快，又清楚又粗獷的筆跡使她的心無法平靜，全身開始麻木，特別是心裡。

「是妳的信？是妳的愛人？」阿德探頭來問，蘇拉雅心想：「唉呀！問我這幹嘛呢！」不過，傻傻的臉龐透露出她的興奮，她卻不願正面回答：

「還不知道，我要先打開看看。阿德，妳可以出去了，謝謝妳呀！」

阿德走出房間後，蘇拉雅趕緊關門，拿出抽屜裡的小刀，慢慢地、謹慎地剪開信封，果然是！裡面有著同樣的信封，但比外面的小一點，蘇拉雅趕快把它拿出來，上面有一句話說：

「請交給沙姍妮．蘇帕安德，謝謝！」

蘇拉雅抬高嘴角，對自己微笑，很確定那是他寄來的信。

「如果他知道自己上這麼大的當，他會生氣嗎？」她自言自語，微笑著、擔心著，打開信封，拿出裡面的信紙，然後走到床上坐著看。

親愛的：

我好想妳，等不了妳的電報了，剛好我有個朋友要飛到曼谷，我趁這個機會麻煩他幫我交一封信給妳。我相信妳安全到家了，可是因為太擔心，睡不著吃不下，因為想不到妳會要承受多少的苦。當然，父母一定會責罵妳。親愛的沙姍妮，每次我想到這件事，都會呼吸不順，有什麼方法能夠向妳救贖自己的罪呢？請妳告訴我，我非常樂意去做……

「幫你贖罪的方法？」蘇拉雅心裡回答，「只有一個方法，就是讓長輩來提親，娶我作你的新娘啊！可是既然我還不敢告訴任何人真相，這件事怎麼可能成真？」她嘆了一口很長的氣，想起心裡十分重要的問題，低頭接著看信，信上又一段內容講著：

……那天晚上堤防爆炸的事，大家都認為它不該發生，特別是我們更清楚一定是棕沙旺礦井的人搞的鬼，因為棕沙旺的老闆溫森向來跟我作對，爭專利權、搶水用，最後溫森更是恨我入骨，於是派人來跟我打鬥牛的賭，賭博的金額很高，我沒辦法只好同意了。本來也沒想過要贏，不過，可能是老天爺不挺壞人，溫森賭的鬥牛被我打敗了，他差點就瘋了。可能是不甘心吧！因為得輸好幾十萬給我，想不到其他方法報仇，就故意炸破我的堤防。妳知道嗎？我怎麼在背後教訓他們？我不報警，如果報警，警察抓了他手下的小弟也沒用。我要使用絕招，就是光明正大地去見溫森，而且我放話如果他三天之內不派人去修理我的堤防，那最好待在家裡都別露臉。如果哪天出來，我就要讓他吃夠我的子彈，不信就試試看。其實我只是嚇唬他，因為我知道這種在背後攻擊別人的人，都是膽子小的人，更何況溫森聽過我現場開槍殺死老婆情人的消息，就更怕我了。那一天他趕快派人來修理堤防，可能是因為不會修理，還試了很久，我快笑死了……

正在看信的蘇拉雅抬起頭來，眼睛往前面窗戶的遠方看去，嘆了一口長氣。哈理德就是那樣，大喊大叫，誰都不怕，很多人可能以為他是個內心狠毒的男人，凶狠到誰都能殺掉，並且不懼犯罪。不過短短時間，蘇拉雅與他相處沒幾天，她就知道那顆石頭心也有與普通人心一樣溫軟、敏感的地方！

「蘇，蘇，在忙什麼呢？快點開門！」沙姍妮的聲音在門口響起，蘇拉雅趕緊站起來，將信收在抽屜裡後，才走過去開門，看見姊姊疲倦地站在門口，就打了聲招呼：

「到哪兒大採購了？姊，腳應該很瘦了吧！」

「別提了，腳都快斷成一截一截了。」

蘇拉雅笑了笑，拉著姊姊的手走進房間來。

「來，先休息一下吧！姊姊，我幫妳按摩腳。」

「謝謝妳！蘇。」沙姍妮抬頭微笑，乖乖地跟著妹妹進來，「妳這麼溫柔體貼，對我這麼好，而……妳的男主角，會有多麼好呢？讓我想像一下……」她看見粉紅色的紅暈出現在蘇拉雅的臉上，「對不起，蘇！我的嘴太快，壞習慣改不了，不要生姊的氣啊……」

沙姍妮正要過來坐在床上，突然停下腳步，睜大眼睛。

「妳看！我怎麼這麼糊塗，我上來是要叫妳下去吃點心，知道嗎？這麼著迷於妳的魅力，都忘了這件事，拓瓦猜還在下面等著，應該快餓死了吧！」

「為什麼妳要辛苦來叫我，僕人都去哪兒了？」

「他們都在忙，不過我想上來洗個臉，換件衣服再下去。麻煩妳下去陪他聊天吧！我馬上就好。」沙姍妮說著，急忙拉著妹妹的手走出房間，催促她下樓。

「去吧！親愛的，先下去吧！然後跟他邊吃邊聊，不用等我。」

蘇拉雅無奈地走下樓梯，左轉進餐廳，拓瓦猜在飯桌旁吸著菸，看著報紙，聽見腳步聲就抬起頭來，看看走進門來的是誰，然後開心地打招呼。

「我以為妳睡著了，怎麼樣？很累吧！」

「還好！」蘇拉雅笑笑地說著，走過來坐在男子對面，然後為他泡茶，「先吃點吧！沙姊擔心你餓壞，就讓我來招待你。」

拓瓦猜看著她那雙白淨的手，伸出去挾第二塊糖放在他的杯子裡。說起話來：

「他們說女人都會照顧心愛的男人，是真的嗎？」

「應該是吧！」蘇拉雅不肯定也不絕對地回答。

「我覺得不是。」

「啊！」

「為什麼？蘇，妳沒注意到嗎？沙姍妮根本就不會照顧人啊！每次喝茶，她都讓我為她服務。」拓瓦猜平靜說著，不帶批評的口氣。

蘇拉雅輕輕地笑，移動裝著小點心的大盤子，靠近年輕男子的手。

「沙姊習慣了有人伺候她，一起吃飯的時候，我看見你常常為她挾菜倒茶，這樣她怎能搶了你的工作呢？」

「不是這樣。」拓瓦猜開心地笑，「有時候我試試讓她為我服務，比如：幫我泡茶，她也不拒絕。可是每次泡完茶，她就要問我放幾塊糖，說明她根本都不注意我曾經放過幾塊，喜歡甜的還是苦的，總讓我懷疑，她可能不像我一樣愛她，才會不關心我的事。」

「你不應該想太多，其實她也很愛你呀！你看看，她不忍心讓你等她吃點心，就派我來陪你先吃。如果不愛，就不會這麼關心了。」

「正在聊什麼？聽到什麼愛？什麼關心？」沙姍妮的聲音響起來，隨即豐滿的身材出現在兩人面前，她穿著白色短褲和紅色襯衫。

「我們正在聊沙都不關心我的事，都不記得我喜歡喝加了幾塊糖的茶，可是蘇偶爾才見面，卻還記得我的習慣。」拓瓦猜笑咪咪回答。

「唉！」沙姍妮哼著氣開玩笑地說，「如果那樣，你幹嘛不跟蘇拉雅訂婚好了，她的記性很好，但我好笨，都記不起來。」

「姊，妳在說什麼啊！」蘇拉雅臉紅起來，聲音變小，拓瓦猜趕緊幫她說話。

「我只是開個玩笑罷了，不要生氣，來！喝茶吧！這點心好好吃……沙，如果我們結婚了……每天都做給我吃，好嗎？」

沙姍妮發愁地微笑，在未婚夫旁邊坐下，伸手拿妹妹遞過來的茶杯道謝，才笑著回答他的問題，聽不出來是對誰說出真心話。

29 真相即將曝光

隔天早上，沙姍妮與未婚夫一起去檳榔嶼。自從訂婚以來，整個家看起來好安靜，因為少了這個樂觀女孩的笑聲。對蘇拉雅來說，她感覺比平時姊姊不在家時還寂寞，因為最近只有沙姍妮仍然會與她說笑，昭坤和阿姨都對這個親愛的外甥女很冷淡。因此，直到現在蘇拉雅還沒讓長輩知道，騙她出去的人到底是誰。昭坤以冷漠、不打招呼作為懲罰外甥女的方式，不像以前那麼關心她；阿姨經常對她說出諷刺的話語作為懲罰，不時觀察有沒有諷刺的機會。可是這兩種懲罰的方式還是無效，蘇拉雅還是堅持不提罪魁禍首的名字。

哈理德只寫了一封信給她，然後就沒消息。雖然，蘇拉雅收到信後，隔一天馬上回信給他，但是他毫無消息的情況使她非常擔心。他是不是生病了，還是……他可能忘了她了！

「不可能！」蘇拉雅反駁自己的想法，「才不到兩個星期的時間，誰會那麼輕易忘記自己。在第一封信上，他也確定要給我每個星期寫一封信，可是突然沒有消息，說話不算話！」

「不過……」另一個聲音也反對，「他可能真的生病了，哼！不過生病也該說幾句，讓我知道一下，而不是消失，哪有這樣讓人睡不著覺，一直盼著等著。」

「難道他生氣了，我可能回了不夠甜蜜的話語？我在信件開頭說的不是『親愛的』，而是『哈理德』，不像他用的。誰能寫得出什麼『親愛的』，我多不好意思，信上也寫了我非常想你，還要說多少甜言蜜語呢？」

「小姐，」阿德小聲地說，在蘇拉雅到畫廊房間後，坐在長椅子上，給兩位長輩準備好點心之後，她將信交到女主人手裡，「您有信件。」

蘇拉雅嚇了一跳，立刻抬起頭。不過，當看見僕人手裡的信後，眼神又立刻充滿希望，她卻不確定自己的盼望是不是如自己所願。她拿來看到信上的筆跡，剛才泛紅的臉頰馬上又變得蒼白如紙。

「是沙姊的。」她默念，對阿德微笑著說道：「謝謝妳，阿德。」

阿德下去了，蘇拉雅嘆了一口很長的氣，最後她還是失望了。是什麼原因讓他沒消息？難道他出了什麼意外，才無法寫信給她？蘇拉雅要阻止自己的想法，因為感覺心就快要碎了，只想到他可能受傷。萬一他真的遇到什麼事受到重傷，蘇拉雅怎能再活下去？

一滴眼淚流在那封藍色的信上。蘇拉雅擦掉後，站起身來，拿出房裡剪信封的小刀，打開信。沙姍妮寫給妹妹的信上說：

蘇：

姊已經到了宋卡府（泰國南部），一開始我們先在洛坤府玩（泰國南部人口最多的府），拓瓦猜的朋友帶我們去玩。蘇，妳知道嗎？在松田等著接拓瓦猜的朋友，到底是誰？讓妳猜幾百次也猜不到。可是我現在還不打算告訴妳，否則妳就不會有驚喜了，要先釣妳的胃口才好玩。

我們星期三早上大概八點到松田站，拓瓦猜說，他洛坤府的朋友要開車來這兒接我們，我們就不用浪費時間等火車，因為車停在松田很久。我很懷疑會有誰一大早起來，還要開那麼遠的車程帶我們去旅遊。我們又不是什麼高官。還有拓瓦猜辦事都不小心，哪有這樣，請了朋友來松田接，人家都還沒答應要來，就讓我出來了。幸虧他的朋友接到電報了，而且運氣很好，他是個很善良的人，願意挪出時間來接我們，要不然，哼！妳姊姊早就打死拓瓦猜了。

想知道嗎？拓瓦猜的這個朋友是誰？其實妳也認識，他曾經來過我們家，猜到是誰了嗎？如果還不知道就給妳一個提示吧！這個人身材高壯，比拓瓦猜還要有男子氣概，深色皮膚，黑色頭髮，黑黑的眼珠，看起來挺帥的。不過，不是像拓瓦猜那種帥。我認為，是比較像真正男人的帥，其他地方都不起眼。但是，他的鬍子使他的臉看起來超帥，比他弟弟哈林帥好多！不自覺說出來了！算了，反正妳也知道了，我要直接說了，拓瓦猜的朋友就是曾經要見我的哈理德，妳還記得嗎？蘇。

蘇拉雅的心裡被電到了，感覺全身充滿電流，讓她坐也不是，站也不是。

「天啊！這說明他已經知道我一直在欺騙他了，怪不得他生我的氣不回信，哎……該怎麼辦呢？」

她憂愁地嘆道，眼睛繼續看著那些小小的字。

妳知道嗎？當我挽著拓瓦猜的手走下火車，哈理德的表情怎麼樣？他好像白天見到了鬼，好好笑。真沒想到拓瓦猜這個朋友如此有趣，他的五官有點像哈林，我就隨口問問，哈哈，沒想到真的是耶！

好奇怪！哈理德都沒說關於當天讓妳作我替身與他談論的事，只是發愣了一會兒，就露出正常的表情，絕口不提去過我家要見我的事。當拓瓦猜介紹我是他的未婚妻時，哈理德就笑了笑，走過來握手。向我恭喜之後，我不經意與他對視，妳知道嗎？我覺得心中開始感到不安，他的眼睛有著怪怪的眼神，好像在生氣，仇恨的、失望的或高興的許多情緒交錯混雜在一起，不知道該怎麼形容，也完全無法形容，看來他是一個很難看透的男人，如果與一張白紙般的哈林比較，就像紀錄片書籍和小說！

妳見過對飾品感興趣的男人嗎？我才剛見過，哈理德就是第一個。當我們打招呼時，他一直盯著妳借我的項鍊，眼睛幾乎離不開它，讓我感到很好笑。本來以為他可能有愛人，可能喜歡上妳那條項鍊，想買回去送給愛人罷了！可是哪知道，他已經有老婆了……

蘇拉雅停止閱讀，雙手抓著胸前，閉上眼睛，心裡嚇了一跳，想起自己心愛男人的感受。當他看見那條項鍊出現在另一個不是他認識的沙姍妮・蘇帕安德的脖子上！

「親愛的，請不要生蘇拉雅的氣，我真的不知道該怎麼拒絕沙姊。她對我有恩，不僅是借項鍊，蘇都無法拒絕。」蘇在心裡默念。

沙姍妮在信上還說：

打完招呼後，哈理德帶我們上他的車，是紅色賓士，太華麗了。我真沒想到哈林會有這麼時尚的哥哥，原來以為哈理德是鄉下人，說話南腔北調，穿土土的衣服。早知道我就不會斷絕跟哈林的關係，因為至少我可以早點認識哈理德！

我們大概在上午十點到達洛坤府，去住城裡哈理德家。哇！蘇，哈理德的家很大很豪華，人家說礦井老闆很有錢，今天我才見識到。我謹慎地問問他，建這麼大的別墅一個人住不寂寞嗎？哈理德說，他有過一個弟弟和老婆，但是，他的弟弟已經去世了，老婆也有新老公了，他傷心地說，好可憐啊！蘇，我想來想去也知道，當他去家裡見妳那天，他會罵我什麼？我偏偏有這麼大的魅力，讓他弟弟失戀而自殺，可是我最後還是不敢問他，不想翻舊帳。他沒在拓瓦猜面前揭發我以前的事，讓我不得不感謝他。

哈理德請我們吃午餐，然後帶我們觀看大成、拜拜佛主骨灰的寶塔，再觀賞帕巴龍碼塔寺，比較好看的是顆因佛堂（顆因＝寫的意思），現在改成博物館了，裡面藏著金錢、磚石、珠寶等貴重財產，全都是我們佛教徒奉獻出來的。還有很多古怪的東西，不過擺得有點亂，不怎麼整齊。在佛堂周邊也有各式各樣的佛像。講解時哈理德講得非常流利，但我不太認真地聽，因為一直擔心著為什麼他還沒提到我們騙他的事，要說他不想讓拓瓦猜知道也不是，好幾次我們單獨在一起，可是他都沒提到那件事，使我感到不安，不知道他對我怎麼想，自我安慰他可能忘了去見我一事，但應該不可能，蘇呢？妳怎麼想？

然後，我們去市政廳聖地拜帕普他斯贏佛像，他們說是真的，於西元１５７年左右建立。其實我對佛像一點興趣都沒有，可是拓瓦猜太討厭了，一直很認真而且不停提問，要逗留很長的時間才能離開，讓我悶死了。

婆羅門教堂就那樣，沒什麼好看，有益松佛像、納萊佛像的佛堂、帕僧蒙亭、帕勇基地還有秋千柱，不過這裡的秋千柱沒曼谷素攤寺突出。

拓瓦猜一直纏著哈理德，還讓他帶我們進廟裡看，因為知道他認識裡面的婆羅門，還說既然來了就進去看看吧！哈理德轉過頭來笑著跟我說：

「沙姍妮應該很無聊吧！我說，女人更喜歡去逛街。」

我有點不快，他總是扮笑臉，有點像奸笑。每次叫我名字的聲音，都有點諷刺，「沙姍妮小姐。」我也諷刺回去說：「哪有，才不會呢！哈理德講解得超厲害，如果你不介意整天講，我也不介意整天聽。」諷刺夠了，就覺得好後悔，因為拓瓦猜高興得很，馬上讓他再帶我們去看別的地方。哎！我們想對別人報仇，就等於在對自己報仇。

有兩座益松佛堂，一座是新的，一座是舊的，舊的裡面有兩、三片木頭和雕刻的木板。哈理德說，它們是象徵濕婆（佛教）的男性生殖器石和天使。新的裡面有四尊偶像，有一個是天鵝，還有一堆皮鼓。懷疑皮鼓是幹什麼用的，心中的疑問一出現，馬上問了導遊，他笑著說：

「在底央巴儀式上用的（Thiruppavai 是婆羅門教的一種儀式）。」

不知道底央巴儀式是什麼儀式，想問卻怕他瞧不起曼谷人，瞄看拓瓦猜，差不多，他也表現得不知所措。

從益松佛堂出來後，親愛的拓瓦猜還想再進去看納萊佛像的佛堂，我得拒絕才能打消他的念頭。他還想走過看看帕僧蒙亭，樣子就只是座普通的亭，沒什麼好看。

我最喜歡的就是哈理德帶我們去看他朋友工廠的金銀器具（英語叫 Niello Wares），我早就想看它們是怎麼做的，常常在電視上看，可是都不清楚。這次到了它的地盤來，就一定要看個夠。可是真的進去的時候，我就又變成女人，誰想看師傅正在刻各式各樣的花樣，然後慢慢講究地作畫，反而更想看它們都做好擺在店裡的成品。總之，我們分開走，拓瓦猜對它的過程感到興趣，因為想知道他們製作的過程，哈理德朋友的工廠老闆就帶他去看，這樣可以解釋得更清楚，而我比較想看已經完成的產品，哈理德就陪我過來看。蘇啊！越看越可惜，我們不應該只有一雙眼睛，因為漂漂亮亮的東西太多了，不知道要先看哪個，都眼花了。

這個哈理德，除了很有錢、帥氣以外，還有很豐富的知識（我懷疑他是那種知識很豐富卻不懂得生活的人，要不然他的老婆為什麼有新老公？妳覺得呢？）不管什麼事他都知道。我們一邊逛，一邊看著擺在櫥窗裡的金銀器具時，他說，洛坤府人得到葡萄牙人做金銀器具的技術，而泰國金銀器具就在洛坤府開始，自從泰國大城王國第二個拉瑪鐵菩提王，哎呀！我以為他只是隨便吹牛，就打斷他說，應該不是你說的那樣，如果做金銀器具真是歐洲的技術，為什麼它的花紋根本就是泰國花紋的樣子。他對我的反對不感到生氣，反而自豪地笑著說：

「就是這個讓我們洛坤府到如今都感覺非常驕傲，因為這意味著我們也有自己的藝術天分，而不是傻傻地作弊，我們還懂得怎麼與泰國藝術理想融合。」

看吧！他的嘴真夠厲害，我都說不過他，我有點兒討厭和佩服，這個人的口條比哈林厲害多了。我微動嘴唇要向他道歉那天讓妳當替身與他見面的事，但是，一直都不敢開口，很害怕他的回應！因為我還沒說什麼，他的眼睛便一直諷刺我，如果被他的話諷刺，我一定受不了。

我買了幾件小用品給妳，有耳環、鍊子、小木盒，我的是化妝套，有梳子、鏡子、刷子，框子是銀器，給媽媽的是金器通鼻藥盒，還有金器菸盒和火柴盒是給爸爸的。哈理德好好笑，看見我買那麼多東西，就試問我：「妳有好多弟弟嗎？」我故意對他說，家裡只有一個可愛的妹妹，想看他有什麼反應，會不會問我和妳一起騙他的事情。不過，他只問妹妹叫什麼名字，當我提起妳的姓名，他又笑了笑，不知道有什麼好笑。難道妳都跟他說實話了嗎？我也忘了問妳，當天妳出來見哈理德的時候，是以我的名字還是妳的名字？

那天晚上，哈理德可能忍不住，不自覺地誇了我脖子戴的似曜岩項鏈，問我是在曼谷買的嗎？我直接回答：「是向妹妹借來的。」他對項鍊非常感興趣，還問妹妹是訂做還是買的，他也想要一個。我就開玩笑地說：「如果真的很想要，就拿我戴的這條好不好？」他微笑著說，要開多少錢他都接受。我真討厭炫耀自己財富的人，才諷刺地對他說：「如果要一萬泰銖，你能接受嗎？」我以為他一定愣住了，因為妳的項鍊我說最貴就四、五百泰銖，我故意提高價格玩玩而已，沒想到，妳知道他怎麼說嗎？哈理德馬上同意，還說一拿到項鍊就要開支票給我。我認為他一定是瘋了，我也問他：「為什麼願意花那麼多錢買這條項鍊？打算送給誰？」他以尖銳的語氣回答：「我想送給真正愛我的女人！」

我剛才說他是用「尖銳的語氣」回答，就因為我感覺到他的眼神和語氣比剃刀還恐怖鋒利，不過最後我還是不知道他想宰了誰！

30 失望地回老家去

蘇拉雅從閱讀姊姊的信中又抬起頭來，感覺忽冷忽熱，好像又將發燒，她躺著閉上眼睛一會兒，心裡很難過，難過到不行。

「哈理德，不要生我的氣，我一點都不認為你是喜劇演員，連想都沒有想過要在背後嘲笑你，請你了解我！只要你原諒我，要怎麼懲罰我都願意！」她只能在心底默念，眼淚奪眶而出，仍低頭繼續讀信，因為很想知道他的消息。

晚上吃完飯，大家都散去，好好休息，準備明天的旅行。蘇，他為我準備的臥室真是前所未見的超級豪華，好像國外的五星級酒店。中午我趕去換衣服，只去房間待了一下而已，沒來得及看臥室，晚上才看，天啊！我愣了一會兒，它比我想像中還要奢華，好像要接待一位公主來住宿，房間的形狀呈三角形，尖尖的那邊往花園伸去，有十六扇法式亮晶晶玻璃的窗戶，還有時尚灰色環狀領的窗簾，每件家具都是與牆上相搭的灰藍色。不過，那些寢具，如：床罩、枕套，連放在梳妝台上的香水瓶和其他小物品，都與窗簾的顏色一樣，件件都沒有使用過的痕跡，說明這都是新的。這是為了特別接待我的到來。我真的有點懷疑，哈理德都是這樣招待朋友嗎？於是，我偷偷問哈理德的僕人珍阿姨，結果只有這次是她的主人親自裝飾我的房間。以前如果哥兒們來，若是提前知道就只是讓他們打掃，換個枕頭、蚊帳等，再不然缺什麼就給她錢去買，可是，這次看起來是她的主人特別興奮，梳妝台放香水的架子或在洗手間的肥皂都是他親自挑選，怪不得件件都是如此豪華。女傭還講個笑話給我聽，就是當哈理德要去松田接我們時，還親自擦拭車上座位，因為怕工人擦不乾淨。他從來不會這麼關心，而且有一件更貼心的事，他還準備了一條讓我保暖的披肩，這些細節，他從來沒為誰做過，妳也覺得好奇怪吧！蘇。我真的猜不出原因，不過哈理德對我有什麼「特別」，讓我開始懷疑，他可能對我與拓瓦猜已經訂婚感到些許失望了！

蘇拉雅不自覺地對信封冷哼一聲，才接著讀：

我們一大早就起來，準備繼續出發。我偷偷去看拓瓦猜的房間，因為好奇他的房間是否像我的一樣豪華？其實拓瓦猜的房間也不錯，但沒比其他的房間好多少，所以說明他是特別為我準備的。因為我不是沙姍妮．叉仍婉他納（拓瓦猜的姓氏），而是沙姍妮．蘇帕安德的身分！妳同意嗎？

蘇拉雅對信件更冷漠地哼了一聲，這次不是不自覺，而是故意的，她不想再看下去，不過想知道愛人消息的欲望太過強烈，才無奈地讀下去：

我們早上七點左右從洛坤府出發，去考春統站搭火車到合艾，十二點多到合艾，去哈理德宋卡府最大橡膠園的朋友家吃午飯。請注意，這個人的朋友們都是很有錢的大老闆。雖然我們不是什麼大人物，但是獲得這麼好的招待，覺得很不好意思，讓我明白為什麼拓瓦猜會這麼喜愛這位剛認識不久的朋友，其實是因為他的心像大海一般大方。

下午，我們上了車去看海，哈理德租了濱海別墅，是粉紅色和白色的，有兩間臥室，三面都有陽台，而且通風涼爽，看起來好舒服啊！哈理德住一間，大家休息夠了，就走出去到海灘坐坐玩玩。蘇，一排整整齊齊的松樹，真是好看的風景。我覺得好愜意，就唱了一首歌「宋卡海灘」，兩個年輕男子放鬆坐著聽，我覺得有點尷尬。當唱到「松樹站在海邊兒白白的沙子」，我突然停下來。哈理德要求我繼續唱，還讚美我唱得好聽。我回答，哪有這樣讓我一個人唱，我才不要。如果要唱就得有個人陪我一起唱。拓瓦猜主動要陪我唱，從頭到尾只有我們倆唱完，哈理德平靜地坐著聽。也不一定平靜，因為我注意到他的臉上透露出傷心，還一直嘆氣，好像有什麼心事。我們唱完歌，我要求哈理德也唱一首，剛開始他不願意，說不會唱，推託了一會兒之後，就說只會唱幾首南方方言歌曲，我說方言更好！我很想聽呢！其實我非常喜歡他的聲音，唱得好好聽，很洪亮，具有一股獨特的男性魅力。對了！知道他唱的是哪首歌嗎？歌名是節理草，我覺得好好笑，我記下歌詞了，給妳看看。

節理草歌詞「要接近你卻無路可去，令人傷心。他們是死別，我們卻生離。」

我問哈理德，這首歌是否表示他心裡有什麼心事？哈理德半開玩笑說：

「如果不悲哀，幹嘛偏要選這首歌唱呢？其他的也有幾百首。」

聽他的答案，真的覺得好難過喔！好可憐！蘇，真不敢相信，又有錢又帥氣又聰明的男人竟然會失戀，擁有他作為丈夫的女人應該是這輩子最驕傲的事情了。我想了想，也真想看看使他心碎的那個女人，想看看她是哪來的仙女才能夠給哈理德心上創出這麼大的一道疤痕，一直到現在。如果我還沒與拓瓦猜訂婚，我怎麼忍心不幫他治好他心上的傷呢！

先這樣吧，如果再向妳報告下去，信紙可能會太厚，塞不進信封了。改天如果有空，我再給妳寫信聊聊，如果太懶了，就等我親口講給妳聽，替我向爸媽問好，告訴他們，這個女兒表現良好，請不要擔心。

永遠愛著妳

沙姍妮

那天晚上在飯桌上，蘇拉雅吃得更少了，只吃兩、三口飯，使昭坤不自覺地提醒。雖然他曾在心裡暗暗決定不再關心他這個固執的外甥女。

「吃啊！蘇，怎麼不吃飯？菜不好吃嗎？」

「好吃，不過我……」她吞吞吐吐，阿姨馬上打斷，好像等了很久，等老公先打招呼的這個機會：

「飯菜怎麼不好吃，她親自下廚去做，燉牛舌，不是一向都愛吃嗎？今天怎麼不動它？」她邊說邊滑動燉牛舌盤到她的前面。

蘇拉雅馬上雙手合十，表示感謝，感激兩位恩人。不管怎麼樣，他們還是在乎自己這個無可

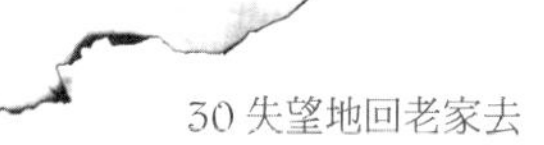

救藥的孩子。

「看妳覺得不好吃的樣子，臉色很差，頭痛，肚子痛，還有其他症狀嗎？」

「我……嗯……頭有點暈，姨丈。」蘇拉雅希望他不要再問，可是他的答案反而讓阿姨用手移動眼鏡，著急地盯著她。

「頭暈啊，蘇，這下糟了，有吐嗎？」

阿姨的問題馬上讓蘇拉雅兩邊的臉頰整個泛紅。她低頭看著菜盤，呼吸不順和眼眶馬上發熱。不過，兩位長輩似乎已經想偏了方向，所以昭坤才接著強勢地問：

「怎麼樣？蘇，阿姨問了怎麼不回答？我們真的很關心妳呀！妳現在情況如何？就直接說出來吧！我們不會生氣的。」

「我……沒……沒有。」蘇拉雅回答後，眼淚就從臉頰落了下來，發抖的聲音也說明了，「阿姨誤會了，我……不是像……您想……的那樣。」

阿姨皺了皺眉頭。

「妳怎麼知道不是那樣？妳用什麼證明跟他在一起一個月什麼都沒有發生，我懷疑。妳應該有什麼的，他才趕妳回來，是吧！」

蘇拉雅只能嗚咽，不願意回話。

「我們上樓去談吧，老婆，小孩的事情我們直接討論。」昭坤擺出臉色，提出建議。

「可是您還沒吃甜點。」太太擔心地反對，使喚餐廳裡往廚房那邊門口蹲下的女僕，「叫她端甜點來吧！」

「不用，馬上上樓，不用吃甜點，我現在吃不下也沒胃口。」昭坤說，從椅子上站起來，走向前面的樓梯，阿姨才點頭叫外甥女跟上。昭坤走到書房打開燈，直接走到沙發上坐下，阿姨走過去坐在丈夫旁邊，蘇拉雅一屁股坐在兩位長輩的前面。

「好了，蘇。」昭坤先提起，「跟我說實話，妳的狀況怎麼樣？要實話實說，我們就會幫妳找到解決的方法。」

「解決？」阿姨不敢相信自己的耳朵，不自覺默念，瞄看丈夫的臉要批評，「你的意思是要讓蘇去做流產手術嗎？我真沒想到妳會這麼……」

她的丈夫皺著眉發愁，強硬地拒絕。

「我沒那麼下流，這麼說是先讓她實話實說，就一起幫幫忙，想出辦法，大事化小，小事化無而已。」於是他轉過來看外甥女，「喂，蘇，妳應該乖乖認罪吧？告訴我那個男人叫什麼名字，我要去跟他談話，讓他跟妳結婚。」

蘇拉雅低頭沒反應，眼淚掉了下來，淚珠落在擺在大腿上的手，不知道該不該說出真相，因為她沉默的態度，使得兩位恩人的心更加著急，她這樣就是為了保護一個自己愛的人而背叛他們。蘇想了想，決定說出真相時，阿姨又諷刺道：

「妳不要太自私，蘇，妳一個人可能不會丟臉，但妳要考慮我們家的名聲啊！妳跟男人跑時，妳姊有多著急，她都要訂婚了，得擔心另一半的家族親戚會怎麼想，妳呀妳！總不能只顧自己，都不考慮別人的感受，如果我早知道妳是一個這樣會在外面水性楊花的女生，我才不會跟姊姊說要幫忙撫養妳。」

蘇拉雅的眼淚奪眶而出，感覺非常委屈。阿姨嚴厲且刺傷人的話，讓她本來想說出所有真相的念頭完全消失，她知道原來自己是不被尊重跟信任的。既然如此那還有什麼好說的呢？阿姨根本不會相信自己的清白，只覺得是她在狡辯，現在唯有哈理德能證明她說的是真的。但是，他會願意當她的證人嗎？因為他其實也被蘇拉雅蒙在鼓裡，這時他應該正恨著她，對他很生氣吧？所以連信都不願意回了。難過的蘇拉雅嗚咽著，低頭彎腰合起十指跪在地上，儘量控制聲音不發抖地回答：

「阿姨，蘇向您道歉，讓您和沙姊為我的事情擔心。可是蘇真的不知道該怎麼解決這件事，也不知道要如何說明，所以我要暫時告別，先回老家去一段時間，等事情漸漸平復了，再回來服務兩位。」

她的話讓昭坤和阿姨愣了一會兒，對外甥女的愛和仁慈，曾經從小到大的照顧，使他們心裡難以釋懷又捨不得。但是她犯的錯太嚴重而無法原諒，而且又不配合他們解決整件事。每當想起最心愛的女兒也要受到這個妹妹的連累，更讓他們贊成蘇的想法，應該去別的地方躲一段時間，阿姨才憂鬱地問起：

「如果這樣也不錯……嗯……妳覺得如何？」

「隨便。」她的丈夫強硬地說，「但小心她老媽來找麻煩，說我們沒教好她的孩子，就只關心自己的孩子。」

「她不敢那樣想的。」阿姨反駁，「她會承認自己的孩子不好，如果人好怎麼教育都是好的，像阿沙她，我們也沒怎麼管，還是找到好對象。」

蘇拉雅低頭又拜謝兩位，那些瞧不起自己的話聽了實在太難受：

「我告別了，先去收拾東西，明天一大早就離開。」

31 真相大白

在遙遠的彼端，四個人走上來的嶙峋巨石前方是一大片靛青色海面，與淺藍色天空相連接，而白色帆船在遠方的地平線航行。午後炙熱的陽光照射著一塊巨大且位於山岩邊緣、宛若人腦的石頭，使石頭更顯突出。由於與山岩接觸的面積相當小，即便是微弱的風吹過，都差點要滾入大海裡。

沙姍妮張開雙手，開心地轉身來去，她的樣子像是隨風跳舞的鳥兒，富有光澤感的臉頰被太陽光熱晒而如同粉紅色的蘋果，眼睛閃爍明亮，光滑的頭髮隱藏在用秸稈編織、顯得相當有質感且講究的帽子邊緣。她穿著直領綠寶石顏色的長袖襯衫，脖頸上戴著似曜岩的心型項鍊，淺黃色的合身長褲，顯出具有誘惑力的苗條身材。因此，一點都不意外她的身材使這三位男士目不轉睛！

哈理德將視線從這幅深深吸引他的畫面轉移開來，看向嚮導卡濃，卻發現他的年輕朋友仍緊盯著女孩在面前不斷轉身來去的豐滿身材而發愣，還透出萬分讚賞的眼神。哈理德的唇邊及深色眼睛透出一絲又同情又嘲笑的笑意。沒有人猜到那應該受到同情的到底是誰？是卡濃，還是沙姍妮，還是他自己，哈理德．郎西門！

「喂！卡濃，去看別的地方，想跟拓瓦猜決鬥嗎？」他用從喉間發出的低音說，同時用手肘重重地撞了朋友的手臂。

卡濃像是被打擾了般不太高興地轉過臉來，臉色發青，惱怒但以只有兩人聽得見的音量輕聲不滿回答：

「哼！我說兄弟，如果有希望得到這樣尊貴的女人，也值得冒個險不是嗎？真羨慕拓瓦猜！怎麼這麼有福氣……看看她跑來跑去的樣子，天啊……我出生後還沒遇到哪個女人這麼漂亮，你說呢？邦藍仔。」

「怎麼沒有？」哈理德簡短地回答，深色眼珠閃爍著嘲笑。

「啊！真的假的？」卡濃齜牙咧嘴，睜著大又黑又大的眼睛，不可思議地盯著朋友的臉，「你確定見過這麼漂亮、可愛的女孩嗎？」

「說到漂亮，也許比不上，可是若提到可愛，我心中的她確實比這位可愛許多。」這是個肯定的答案。

「哈！」原本就大的眼睛更加睜大了。「叫什麼名字？告訴我一下，真的嗎？我長這麼大，再過幾天要活第三輪了（36歲），都還沒見過像沙姍妮小姐這麼可愛的女孩。雖然我老婆年輕時也是明星，但還是比不上……」

他還沒講完，便被沙姍妮突然尖叫的聲音打斷了。

「嗨！兩位男士，在偷偷討論我們什麼？告訴我啊，否則我可不讓步。」

兩個年輕男人循著聲音的方向轉頭，沙姍妮正倚靠著一塊大石頭，她的未婚夫笑著站在旁邊，兩人的眼神正盯著兩個男人。由於這個問題來得太突然，卡濃吞吞吐吐，想不出答案，哈理德才替他回答。

「沒說什麼，只是我們正在羨慕拓瓦猜，不知道他是上輩子做了什麼善事，還是燒了什麼好香，這輩子才會這麼有福氣。」話語的後半段就留著讓大家自己想了，但是含義並不深，很容易理解。看拓瓦猜面露光彩，嘴角裂開自豪的大笑就知道，而沙姍妮撒嬌得恰到好處，用甜蜜的眼神看著說話的年輕男人。

「哎！！哈理德，一點都沒有解釋清楚呀！再解釋一下拓瓦猜為什麼有福氣？因為說到職位他不如兩位，就只有外貌帥一些，但還是哈理德比較帥。」

哈理德真心大聲地笑，但看見拓瓦猜的臉色不好，立刻避免提到職位一事，以免讓新朋友和他之間產生嫌隙。

「不會吧！我這樣叫帥？從小到大第一次聽到有人這樣誇我，妳是第一個，真是承受不起啊！今晚我還想好好吃飯，別讓我覺得太飽了。」

「咦！我說真的。」沙姍妮甜蜜地強調，完全不注意自己所說的話，「連哈林都比不上你，哈林一副憨憨傻傻的樣子，而你更厲害。我真的好佩服，我喜歡你有型的鬍子，讓臉顯得更帥氣。」

「哦！卡濃，是這裡嗎？他們叫作告僧（地名）？」拓瓦猜表情正常，但用比平常更大的音量說，恨不得換話題的哈理德便搶著回答：

「是呀！是呀！它叫作告僧或告桑（九十萬的意思）。」

「啊？為什麼叫告桑？什麼告桑？」

沙姍妮突然問起，完全忘記剛才正在說的話。

「來，輪到你講了，卡濃，你是本地人啊！」哈理德把責任丟給了個子小、皮膚黑，正在一旁抱著膝蓋坐著的朋友。

卡濃笑了笑，讚美地看著女孩，往她靠著的大石頭指過去。

「首先，妳必須認識一下郎先生，他是這部小說的男主角。」

「哪？郎先生？」沙姍妮和拓瓦猜都回頭看。

卡濃開心地笑。

「就是妳正靠著的啊，他叫郎先生的頭，認得嗎？」

「啊！」沙姍妮往後歪頭仔細看它，才回答，「說了之後再看確實有點像，怎麼了？郎先生跟告僧或告桑有什麼關係？」

「哦！就是他，以前是泰國首富，聽到洛坤府要建帕塔寺（有佛主骨灰的寺廟）便湧起強烈的敬仰之心，費了一番工夫好不容易用中國式帆船裝了九十萬過來補助。然而當帆船抵達，才知道帕塔寺已經建好了。他非常傷心，不願意把錢帶回去，便把所有的錢搬過來埋在這塊石頭下面。」

「哎呀！九十萬都埋在這兒嗎？」沙姍妮笑著問。

「傳說是這麼說的。」

「哎！太可惜了，那有沒有人來偷錢呢？」

「哈哈，當然有，怎麼會沒有人來偷呢？來的人還真的不少呢！」卡濃笑著回答，接著說，

「不過這些錢啊，聽說郎先生設計了一道謎語，解開謎語的人就可以拿到藏在石頭下面洞裡的錢。」

拓瓦猜馬上低頭尋找石頭下面的洞穴。

「哦！還有個洞嗎？」

「以前據說是有的，錢很多，不過後來發現前來的人們都只是來拿錢，不解開謎語，所以主人就封閉了這個洞。」

「哎！太可惜了。」沙姍妮埋怨，斜眼看著哈理德，「如果現在還開著，讓哈理德解開謎語，我們也許就發大財了。」

「啊！為什麼是我？」被提到名字的年輕男人感到奇怪而挑眉。

「因為不管說到什麼事，我從來都沒見過你認輸，每次都能成功，所以我想你應該能解開謎語。」沙姍妮回答，大大的棕色眼睛透露出欣賞與挑戰的眼神，句末又補上一句，「不管是什麼困難的謎語……」

哈理德靜靜地盯著那雙眼睛一會兒，他的視線太強烈，使沙姍妮忍不住移開了視線，不敢繼續與他對望。

「在沙姍妮小姐的眼裡，我哈理德可能是很狡猾的人吧！」他以平靜的聲音說，那一瞬間沙姍妮對於面前這個帶給自己心底挑戰感的年輕男人產生非常強烈的渴求，卻仍轉身去跟未婚夫說話。

「我的口很渴，拓瓦猜，去買椰子汁來喝喝吧！」

「好的，親愛的。」拓瓦猜很樂意地站起來，哈理德也跟著起身。

「我陪你去，他們說方言，你一個人去應該聽不懂。」

「我去好了，邦藍仔，你在這裡陪陪沙姍妮。」卡濃說，而拓瓦猜也表同意。

「是呀！哈理德跟沙談得來，我啊，聊得太多不知道要聊什麼話題了。」

沙姍妮轉頭去跟未婚夫大笑，揮手催促他們趕緊離去。哈理德站著，看著兩個年輕男子走往椰子園，眼神嚴肅，似乎正在考慮什麼。

「坐吧，哈理德，」沙珊妮說著，同時拍拍她旁邊的石頭板，「難道你要站著等兩個人回來嗎？」

哈理德離她不遠也不近地坐下，望著大海而不注視她的臉，沙姍妮歪頭嘲笑地看著他。

「正在想那道謎語的事嗎？」

「什麼謎語？」他濃濃的眉毛微挑，「郎先生的謎語？」

「啊！」沙姍妮笑著嘆道，「不是郎先生的謎語，而是沙姍妮小姐的謎語。」

哈理德馬上轉過頭來，神色變得嚴肅，明亮的眼睛懷疑地盯著眼前美麗女孩的臉龐，絲毫不眨眼。

「我不明白妳的話，請解釋一下。」

沙姍妮甜蜜地笑，歪頭嘲笑。

「是真的不明白，還是假裝不明白呢？沙姍妮的謎語一點都不難。」

「也許可能像妳所說的並不難，可是我應該先知道那道題目是什麼才能猜猜看呀，不是嗎？」

「啊！我以為你知道。算了，我告訴你，就是……其實也不是我自己想的謎語。」

「啊？」

「等等。」看見他要講話，沙珊妮立刻舉起手來阻止，「我正要解釋，我只是給你一個產生謎語的原因，對吧？」

哈理德將視線從她柔嫩的臉移開，連陽光和海風都無法打敗那張明亮的臉。

「如果我回答，不對呢？」

「意思是說，對於遇見一個叫作沙姍妮，但是長相卻是這個模樣的女人，你一點都不感到奇怪。」

他沒有反應，凝視著遠方的群鳥，牠們的翅膀在金紅色陽光照射下，看起來像是星星在天空閃爍。

「啊？哈理德，為什麼不回答？」她糾纏。

「如果我回答，我一點都不覺得奇怪呢？」

「如果那樣回答，我就會認為，我的妹妹蘇拉雅失職，違反我的命令。」

哈理德鋒利的眼神立刻轉過來。

「請解釋一下好嗎？」他簡短地說，但聲調太強硬，使女孩有些嚇到。

「哎！嚇到了吧，先不要生氣，我會告訴你是怎麼回事。但是你得先告訴我，那天你來見我，我讓蘇出來見你，她跟你說，她叫什麼名字？」

「為什麼還要問這個，妳明知故問。」

「哦！這麼不高興的語氣就表示，蘇說她叫沙姍妮·蘇帕安德，哈林的愛人是嗎？」女孩尖聲問。

哈理德發出喉音濃厚的笑聲。

「真奇怪，妳還滿口說沙姍妮·蘇帕安德是哈林的愛人，不怕拓瓦猜生氣嗎？」

「不怕，一點都不怕。」她以堅定、強調的口吻，驕傲地回答，「因為拓瓦猜心裡很清楚，在我們訂婚之前，早有許多男人愛上我，他反而很高興我選擇了他。」

「哦！我了解了。」哈理德低頭，臉上浮出微笑。「可是我還是不明白，妳為什麼要讓……妳妹妹假扮妳？到底是什麼原因？」

「這就是我想向你賠罪的理由，只要說出來就不用再焦慮和擔心了，我不想一直因為這件事而煩惱，影響我旅遊的興致，我們還要在一起玩好幾天呢！不是嗎？」沙珊妮輕聲說，像是小孩在認罪。

「說吧！我正在聽。」

「我讓蘇跟你談那天，是因為我認為，你可能會試著讓我跟你弟弟復合，而我絕對不能出現，因為……」

「因為他是鄉下人，家庭地位低，我了解。」哈理德平靜地回答。

「哎！不是那樣。哎，蘇多嘴跟你胡說八道些什麼了。」她面色蒼白地否認，「我只是認為，哈林比我小快一歲，更適合我妹妹。其實哈林和蘇早就互相喜歡，從我在國外的時候開始吧，但

當我回來，哈林就忘了蘇，反而愛上了我，這也沒辦法，不是我能控制的是吧？」語末她尖聲地說，肩膀抽搐著。

「哦！我想請問，妳的妹妹，蘇小姐……嗯……愛哈林嗎？」

「我想應該是的。因為自從哈林愛上我，我就覺得蘇不太開心。因為這樣，我決定不跟哈林結婚，妹妹太可憐了。」

哈理德微笑。

「妳真是個很好的姊姊，嗯……蘇小姐好像不是妳的親妹妹吧，長相不太像，哦！對了，姓氏也不同。」

「不是親妹妹，她是我姨媽的孩子，家裡很窮，養不起這麼多孩子，我媽媽可憐她們，便決定撫養蘇，她從小就過來我們家了，算是我個人的女傭。其實養蘇一個人比養五個僕人還好，她很忠心，要她做什麼她都會做，從不埋怨。」

哈理德溫柔的眼睛裡似乎突然明白了什麼事。

「哦！難怪，當妳要蘇小姐做妳的替身，她就乖乖地做。」

「哎，乖什麼乖，」沙姍妮嗤之以鼻說道，「好像要去見閻羅王似地，逼了她很久才願意……哎，說到這裡就覺得好可惜，如果我知道哈林的哥哥哈理德是現在坐在我旁邊的哈理德，我可能就不讓蘇去見你了，我自己親自見你。而且如果事情真是那樣，我相信我們的關係可能不是現在才開始，是吧？」

「是的。」他微笑地回答，「如果那天妳沒讓蘇小姐以妳的身分出來見我，我確定我們的關係可能早就更深刻、更親密。」哈理德說完，整張臉、眼睛和唇畔都充滿著笑意，最後一句的暗示，使沙姍妮的臉龐立刻滾燙起來，有些尷尬卻又相當高興！

32 重回母親的懷抱

看見年紀大的母親提著菜籃走進門口，蘇拉雅便匆匆出來，搶過母親手中的菜籃說道：

「哎呀！為什麼媽媽今天買這麼多菜，好重啊！媽媽從市場提這麼重的東西回來一定很累吧！」

「不會、不會，來！讓媽提就好了，妳提太重的東西不好啊！」搶回女兒手中的籃子，用既擔憂又憐愛的眼神上下打量女兒一遍，接著說：「下午你二哥可能會從曼谷回來，大概待兩三天，媽要多做幾道菜給他吃；我剛才在市場也遇見了妳大嫂，請她轉告你大哥今晚過來一起吃飯，這樣妳就不會寂寞了。」

蘇拉雅再搶回菜籃，埋怨說：

「媽媽提那麼遠都可以，我只是提去廚房，怎麼可能不行。媽媽都不准我自己去市場了，還不讓我幫您的忙。」她一邊說著，一邊提著籃子走到後面的廚房。

看著女兒纖細苗條的身材迅速走遠，她不禁長嘆一口氣，提醒女兒前方有一片佈滿綠色青苔的水泥地。

「走路小心啊！蘇，那邊地很滑。」

蘇拉雅笑咪咪地轉過身，她甜蜜的黑眼珠閃爍著明亮的光芒。

「哎，媽太擔心了，要是我長這麼大了還不懂小心，走路還會跌倒，您不就白白撫養我了嗎？」

蘇拉雅的母親並不贊成女兒的玩笑，加快了腳步前來抓住女兒的手臂，扶她走到廚房，嚴肅地叮囑：「別這麼自以為是，如果真的跌倒就麻煩了，最近妳的動作不像平常那麼靈活，別太大意。」

發覺到母親異常擔心的原因，一股熱血不禁竄上，使蘇拉雅的臉頰立刻變得通紅，連白皙的耳朵也變成了粉紅色。雖然母親始終沒有開口詢問女兒失蹤的始末，但蘇拉雅相當清楚母親和哥哥們都清楚自己的事，她也大概猜得出來阿姨那封託她轉交給母親的信件是什麼內容。

一見到女兒臉色不對勁，母親便立刻轉移話題。

「今天媽要做豬內臟咖哩（用豬肝、心、脾、腸、胃做成。目前這道菜很少人做，因做法很麻煩，古代只在吉祥儀式做。）這是妳最喜歡吃的，其實昨天就想做了，但在市場找不到豬內臟。」

「昨天是佛日（泰國佛教節日，每個月有四天），不是嗎？」蘇拉雅一邊回應，一邊伸手將籃子裡的東西拿出來。

「平時佛日也有賣，都放在冰箱，不過量很少，一下子就賣光了，如果不早點去根本買不到，昨天媽走遍市場都沒有找到。」

「哎，媽媽，」女兒看著母親，無法用言語形容心中滿溢的感激，「以後媽媽不要為我這麼辛苦了。我回到家裡，應該幫助您，而不是讓媽媽更加擔心操勞。」

停下整理從市場買回食材的動作，她望著女兒，心裡因女兒名聲的毀敗而感到萬分痛苦，深沉鬱悶的雙眼與女兒溫柔宛若絲絨的眼瞳對視，顫抖著聲音回答蘇拉雅：

「只是擔心而已，媽媽怎麼可能承受不住？更嚴重的事媽媽都能忍受，這都是媽的命。」

「哎，媽媽！」話還沒說完，一陣鼻酸便使得蘇拉雅哽咽而說不出話，溫熱的淚水盈眶而出，沾濕了臉頰。

「不要哭，女兒。」母親馬上轉變語氣，「快上樓休息吧！不用幫媽媽的忙了，只是三、四道菜，媽一下子就能做完。妳在這裡太辛苦了，等一下要是聞到食物的味道，孕吐會更嚴重。」

蘇拉雅低下頭，用手背擦乾眼淚。

「媽、媽誤會了，其實不是您認為的那樣。」

「不是媽認為的？」灑昂搖頭，「別瞞著我了，親愛的。如果妳沒有懷孕，阿姨怎麼會說那些話呢？除了懷孕，還有什麼原因會讓男人輕易拋下妳？如果男人沒有認真面對這段感情，當我們開始變成他的責任，他就會想盡辦法甩掉我們。媽媽想，如果不是妳懷孕了，他可能也覺得有點可惜吧，畢竟媽的女兒又不是醜八怪。」

「相信女兒吧，媽。」蘇拉雅懇求，「我並不是阿姨所想的那樣。對，我真的跟他去了，但是我們什麼都沒發生，他沒有像大家認為地欺負我，您女兒還是和從前一樣純潔的小女孩。」

她依舊搖頭，舉起托盤放進食物櫃，才轉過身來牽住女兒的手，一同走出廚房。

「走，到樓上聊吧！等會兒下來做菜還來得及，現在才下午兩點。」

蘇拉雅乖巧地跟在母親身後，心中暗自決定要向母親坦白一切，希望能夠減少母親的痛苦。

儘管母親並不相信她的話，總是以為全都是她在狡辯，但是蘇拉雅仍舊希望母親能夠相信自己。

母女倆並肩坐在樓上的院子裡，蘇拉雅開口：「媽相信我嗎，剛才我所說的？」

蘇拉雅的母親無可奈何地搖搖頭：「怎麼可能相信，親愛的。沒有懷孕也許還能相信，可是要證明自己還是純潔的，實在太不可思議了，哪有男人拐跑了女人，能夠完全不侵犯她的呢？」

「是真的，蘇也不知道應該怎麼說才能讓您相信，但蘇會把所有的真相告訴您，由您自己決定要不要相信蘇說的話吧！」

「也好。」灑昂點頭同意，「好，說說看吧？那個男人是誰？聽阿姨說妳嘴硬，死都不肯說出那男人的名字。」

「他的名字叫哈理德，媽，是哈林的哥哥，我的朋友。」

「哈林的哥哥？」蘇拉雅的母親喃喃自語。「是以前常常跟妳來看媽媽的哈林嗎？媽還懷疑跟妳私奔的應該是哈林，怎麼竟是他的哥哥呢？好像沒聽過妳提到哈理德啊，為什麼妳不帶他過來見見媽呢？難道他不願意來？」

「我才剛認識他。會認識他，是因為他來家裡通知哈林去世的消息。」蘇拉雅的聲音顫抖著。

「什麼？」母親尖聲嘆道，「哈林死了？天哪，那麼年輕就走了？」

「因為被沙姊拒絕，他就開槍自殺了。」蘇拉雅避重就輕地回答，不希望姊姊因此受到批評，「他深愛著沙姊，沒有辦法承受被沙姊拒絕的打擊。」

「哎，命真苦啊！」母親悲傷地用手輕輕拍著胸口，「現在的年輕人到底在想些什麼？發生一點小事就想自殺，完全不考慮拉拔自己長大成人的父母。哎……」母親深深地嘆了一口氣，接著說：「不過媽媽鬆了一口氣，我的寶貝女兒雖然讓阿姨丟臉了，也沒有尋短見，而是跑回來和媽待在一起。也是，媽又不是什麼大人物，名譽也沒什麼好在乎的，女兒啊！就待在媽媽這裡吧，不用再為了他們的名譽回去。」

「兩位長輩都誤會了，本來蘇想告訴他們真相，但怕他們不相信。他們應該不會像您一樣耐心地聽我解釋事情發生的始末。」

「就告訴我吧，到底是怎麼回事？媽只聽到妳一直說誤會、誤會，還是不知道真相。」

「事情是這樣的，哈理德到阿姨家通知哈林病重的消息，沙姊剛好不在家，我擔心……以後他會再回來騷擾沙姊，於是就假裝是沙姊本人。」

「啊！為什麼這麼做？如果她知道一定會生氣的，罵妳自不量力、自以為是。」母親愁眉苦臉地看著女兒。

「沙姊不會說什麼，反而會慶幸自己不用見到不想見的人。」蘇拉雅鬱悶地反駁，緊接著又說：「哈理德知道沙姊是哈林自殺的原因，又以為我就是沙姊，於是騙了我，說要帶我去他位於城外的家裡，探望病重的哈林。可是他沒帶我去他城外的家，反而帶我去了洛坤府！」

「哦！為什麼妳願意跟他去呢？為什麼不告訴他真相，說妳其實不是沙姍妮呢？」

「我不敢，那時他非常生氣，我怕如果他知道真相，發現自己帶錯人，便不肯放我回來，怕我回來提醒沙姊。我怕，如果他知道真相，沙姊也會陷入險境，我寧願一個人受罪……」

灑昂女士還是搖頭。

「真是的！不應該這麼做啊！女兒，再怎麼說，這一切都不關妳的事。那個哈理德帶妳去幹什麼？哈林為什麼不告訴他不能這樣做？」

「哈林早就死了，哈理德說哈林病重，其實只是騙我去看哈林的陰謀。這樣一來，他就能帶我出去啊！」

「他到底對妳做了什麼？」這是母親最緊張、也最關心的問題。

蘇拉雅再次臉紅，回想起在小屋裡發生的一切，那是她這輩子絕對不會忘記的一晚。回想起他強壯的手臂和溫柔的懷抱，回想起滾燙而充滿熱情的唇瓣輕輕觸及她顫抖的嘴唇，回想起他的鬍子掃過她細緻的臉頰……只是那樣，沒有發生除此之外的任何事，但蘇拉雅怎麼可能告訴母親真相！

「哦，沒有，媽媽，他沒有做什麼，他只是……把我押在山上的小屋，然後讓我做些簡單的工作，例如洗衣服、煮飯和做菜。他只是想稍微教訓一下讓他弟弟失戀的女人，一點也沒有想要佔我便宜。」

「嗯。」母親發出微小的喉音，仔細盯著女兒泛著粉紅色澤的臉龐，彷彿明白了些什麼。「妳和他待在一起幾天？」

「差不多一個月，二十七天。如果哈理德是別的男人，我可能早就被欺負了。」蘇拉雅堅定地回答，單純而誠懇地與母親對視。

母親終於鬆了一口氣，緊抱住親愛的女兒，心中無限歡欣。

「媽的乖女兒，其實妳能活著回來，媽媽就已經很欣慰了。媽什麼也不擔心，只是因為可憐妳、擔心妳的未來，媽媽什麼都不在意，哥哥們也和媽一樣。」

「我好高興媽媽願意相信我的話。請媽放心，我絕對不會讓您失望。我會加倍小心照顧自己，也永遠陪伴在您身旁照顧您。」蘇拉雅在母親的懷裡默念，喜悅與悲傷的淚水在眼眶打轉。

「不過……妳愛那個人嗎？那個哈理德……」母親的問題一針見血，如同鋒利的箭射向胸膛，蘇拉雅無法偽裝出平靜的神色，只好低著頭輕輕回答：

「媽媽不會說我太容易動心吧？如果我說我愛他……雖然才認識沒幾天，但是我們的關係緊密，我同情他，哈理德是個好人……」

「好什麼好，好人就不會隨便帶走別人的女兒。」母親平靜地提出質疑。「真正的好人要懂得終結仇恨，不論做什麼都該考慮清楚，而不是讓憤怒操控自己的行為。哈理德不是好人！」

「可是他愛我。」蘇拉雅小聲地反對，然而對於這個答案，她心裡也感到一絲懷疑。

「這能證明他是好人嗎？」

「沒有，我不是那個意思。不過我……」

母親舉起手阻止蘇拉雅繼續說下去：

「算了，算了，女兒的愛人究竟是好是壞，待會回頭再說。現在媽只想知道他為什麼讓妳回來？難道是妳逃跑？」

「沒有逃跑，是他放我回來。」

「妳應該告訴他真相了吧！他知道妳不是他要找的人，所以才放妳走？」

「也不是，他讓我回來，其實是因為他同情我。他說他很愛我，但是他絕對不能與害死他弟弟的罪魁禍首結婚。我猜，也許他很怕自己不能遵守對弟弟的承諾吧！他怕自己最終心軟求我和他結婚。」蘇拉雅害羞地回答。

「真奇怪，為什麼妳這麼堅持，不告訴他真相？現在他應該還是誤以為妳是沙姍妮吧！」

「他已經知道真相了。姊姊寫信跟我說，她在南部遇到哈理德，她的未婚夫碰巧認識他，哈理德現在已經知道真相了。」

「好了，現在我們就知道，女兒的愛人到底是好人還是壞人？」

蘇拉雅皺眉表示不明白。

「怎麼知道？」

「很簡單，如果哈理德真是好人，又深愛著妳，當他知道真相，明白妳不是害了他弟弟的人，他應該會非常高興而趕緊過來看妳，也替妳挽回顏面。」

「啊，媽媽，」女孩突然臉色蒼白，「他可能不會來了。沙姊在信上說，哈理德非常生氣我欺騙了他，他認為我在取笑他，所以可能不會來找我了，不論如何都不會回來。都是蘇的錯，始終不願意在他發現之前告訴他真相。」語音剛落，蘇拉雅的眼淚又再次奪眶而出。

33 再次聽到情人的消息

那天晚上，當蘇拉雅的二哥英卡波從曼谷回到家，他帶了一封要轉交給妹妹的信。

「昨天我去了阿姨家一趟，她要我順便把沙小姐的信交給妳，沙小姐可能還不知道蘇已經回我們家了吧，所以才寄到那邊去。」他將淺藍色信封遞給蘇拉雅。

「嗯，沙姊還不知道，因為她去南部好幾天，蘇最近才回家，其實蘇也想回信給她，但不知道要寄到哪裡才好，畢竟沙姊去了南部許多地方，我也不知道她到底在哪裡。」蘇拉雅回答哥哥之後，便拿著信走回臥室，興奮且迫切渴望知道心愛之人的消息。可以肯定的是「他」的名字一定會被沙姊一再提起，因為看來她對那個男人也很有興趣。當然啦！如果哪個女人也認識像哈理德．郎西門一樣的男人，怎麼可能會對他沒興趣？！

「女兒，女兒！」母親的聲音從院子裡傳來，蘇拉雅惋惜地放下正準備打開的信。一走出房間，就看見正在院子裡與母親聊天的大哥和大嫂拉盟，蘇拉雅合起雙手向兩個人打招呼。

「怎麼不帶孩子們來玩玩呢？拉盟姊，好想小鄧和小冬！好久沒見到他們了。」

大嫂冷冷地從頭到腳打量了蘇拉雅一遍，眼神既鄙視又飽含嘲笑，蘇拉雅立刻噤聲，一想到大嫂這樣對待她的原因，臉頰也不禁滾燙起來。

「小鄧不肯來，正照顧著剛出生的小狗呢！剛剛睜開眼睛，可愛極了。小冬中午沒睡，我媽怕他晚上哭鬧，今天打算晚點回去。」阿力急忙替太太回答，關切又擔憂地望著妹妹。

蘇拉雅避開大哥的眼神，垂首看著地面，繼續若無其事地與兄嫂交談，刻意忽略尷尬的氣氛。

「小鄧應該會走了吧！我上次來的時候，他才剛學會走路呢！」

「跑得很快了，比囊冬還快。」拉盟驕傲地回答，她稱呼孩子為「囊冬」，讓蘇拉雅有點不愉快（囊的發音，擺在名字前面相當不禮貌，不能隨便叫別人）。這並不是蘇拉雅第一次聽到嫂子以自己習慣的「粗話」稱呼自己的兒女，而且大嫂始終無法更改自己的說話習慣。

蘇拉雅非常佩服她的大哥，竟然能夠對太太絲毫沒有教養的言談舉止如此有耐心。雖然蘇拉雅的兩個哥哥多半在那空沙旺府母親老家的小村子裡生活，不像蘇拉雅在曼谷生活，但是守寡的母親始終盡心盡力地撫養兩個兒子成長，也都完成了高中學業，他們不僅從學校教育，也從家庭教育中孕育出良好的氣質。因此，當蘇拉雅聽到在市政廳工作的大哥竟然娶了一個以擺地攤維生的女子為妻，且這一切連雙方家長都一無所知，蘇拉雅不禁感到十分懊惱與悲痛。只是那名女子已經懷孕，除了結婚之外別無其他解決方法，母親和弟妹只能歡迎新媳婦的到來。

阿力主動選擇搬去妻子家住，較少回來探望母親。拉盟生了第一個女兒之後，他才順便帶妻子和孩子回家來看母親和弟妹。或許是希望藉由嬰孩的單純、天真、可愛，作為彌補自己家人和太太之間的嫌隙吧！

蘇拉雅也沒有太多與大嫂和其親戚培養感情的機會，只在回家探望母親時偶爾見面而已。也正是因此，蘇拉雅對於大嫂的家庭更加不諒解，之前拉盟的母親曾經跟蘇拉雅的母親討論過她與拉盟弟弟——普龍的婚事，在那次談話中，拉盟家說了一句相當無禮的話，英卡波非常生氣地轉告妹妹：「當哥哥與姊姊結婚，弟弟就應該與妹妹結婚！」

蘇拉雅完全不加考慮便給予了否定的答案，這樣的舉動讓普龍家顏面掃地，或許也是因此，拉盟才會將近一年未曾前來探望婆婆。此外，在這段時間中，蘇拉雅的家人經常耳聞普龍家人輕蔑的議論，諸如「蘇拉雅是曼谷的貴人」、「追求奢侈生活」，或者「要等著瞧能找到多麼厲害的！」這類的話語。

蘇拉雅並未對這些無聊的議論感到憤怒。她不是因為普龍只是哥哥的文書而拒絕成婚，也不是因為蘇拉雅認為自己不該像哥哥一樣加入比較低級的家庭一起生活，而是因為蘇拉雅根本不愛普龍！不過話說回來，也好，他們那些羞辱的話語，反而成為提醒蘇拉雅要多加警惕自己行為和堅持保有自我的動力。

那一晚，蘇拉雅待在獨屬自己的空間；哥哥和大嫂都回去了，英卡波歷經一整天的舟車勞頓，早早休息去了。她躲進臥室，打開藍色的信封。

蘇拉雅：

姊姊有件好消息要告訴妳，想知道嗎？可是我左思右想，不太確定我所做的妳是否高興，不過妳應該能理解我對妳的真心誠意。其實我也非常猶豫，但是如果等到蘇的答案，就怕耽誤了，機不可失啊！現在蘇應該很好奇吧，到底是什麼事情？直接說還是不太好，我必須儘量解釋自己的好意和初衷，否則蘇要是生姊姊的氣，我會很傷心的，一片好心竟然被妳誤會。

事情是這樣的，上次的信中我跟妳提過，拓瓦猜的朋友——哈理德，對似曜岩非常感興趣，也想要一個，都怪我說話太不加思考，就逗逗他說要把妳的賣給他，賣一萬元如何？誰知道這個世上竟然有這麼神經病的人，是吧？結果，哈理德竟然說要買，他一拿到項鍊就開了支票。我一直嘲笑他，沒想到他真的要，一直糾纏我，說我開價了就一定要賣給他。我這個人喜歡開玩笑，就故意整他，說可能不行，一萬元太便宜了，怕妹妹不高興，不過如果價格再高一些，妹妹還有可能接受。哈理德聽完便主動說，如果是三萬元呢？我還擔心妳生氣嗎？我聽完之後笑個不停，哈理德就以為我默認而成交了，馬上寫支票給我，我也愣住了。但事情已經走到這個地步，也就順水推舟把項鍊給他了，妳生我的氣嗎？

蘇拉雅停止閱讀，感到萬分震驚，手忍不住扼住自己的脖頸。沙姍妮賣了那條項鍊，三萬的價錢！天哪！蘇拉雅恨不得馬上停止呼吸！

那封信下一段的內容是：

拓瓦猜一知道我把妳的項鍊賣給哈理德，就非常生氣，責罵我不應該任性妄為，說我自作主張。我也很生氣，說得好像我賣了項鍊之後就拿妳的錢來揮霍。我告訴他，如果蘇覺得那條項鍊比三萬元更值錢就太愚蠢了，不是嗎？我不是故意這麼說，但我想妳應該認同，這輩子妳可能再也拿不到三萬元，而那條項鍊隨便再做幾百條都行。拓瓦猜說，我一點也不明白「價值」和「價錢」。我怎麼不明白呢？我非常清楚，蘇很愛那條鍊子，因為是妳的愛人送給妳的，但我認為它沒有價值，畢竟他不愛妳了，我一點也找不到妳繼續保存它的理由，留下來也只是折磨罷了，為什麼還要惦記著他呢？賣掉不是比較好嗎？拿錢來買以前想要的漂亮東西，或者留下來作為資本，如果妳變心願意跟曾經要娶妳的那個男人結婚也不錯。我想，灑昂阿姨應該不會公告妳的事情吧！

哈理德的記性非常好，認識的第一天，我只說過一次妳的姓而已，之後再也沒提起，但是寫支票時他卻流利地寫下「蘇拉雅．娜帕蓬」，一點都不猶豫。我不記得之前在哪裡看過，如果一個人非常關心某個人，也會同樣關心她的每個細節。那麼，如果我認為，他也許很關心我，應該不是自欺欺人！對吧？蘇拉雅？

哈理德什麼都好，只有聽力不太靈光，不論我說什麼，他總是聽成別的。那天我碰巧與他單獨聊天，因為拓瓦猜早就睡著了，東拉西扯的，我就隨意提起，他的鬍子讓他的臉更添帥氣，我很喜歡，然後又聊到一看見哈理德的鬍子就想起蘇拉雅，因為蘇很討厭有鬍子的男人，還說看起來像流浪漢。可是我卻覺得有鬍子的男人非常有男人味，沒有鬍子反而顯得稚氣，看看拓瓦猜。蘇拉雅，看吧，我都講得清清楚楚，哈理德偏偏誤解得南轅北轍，認為我討厭有鬍子的人，但蘇卻喜歡。蘇拉雅，你知道嗎？哈理德聽錯了我的話之後，後來發生了什麼事？隔天早上，一見到哈理德，我錯愕地張大嘴巴，因為哈理德把鬍子刮得乾乾淨淨，顯得年輕了好幾歲，但不像我先前所想像的平板五官，可能是因為他深邃的眼睛和濃濃的眉毛，使得五官依舊突出吧！拓瓦猜也覺得很奇怪，糾纏他許久，想要問出突然刮掉鬍子的理由，逼到最後，哈理德笑嘻嘻的，像他一貫的風格，邊回答、邊看著我。

「我剛得知，某個人很討厭有鬍子的男人。」

聽了他的答案，我差點忍不住笑意，可以肯定的是，他一定是聽錯了我的話！他可能認為我討厭有鬍子的男人，於是馬上刮掉鬍子。哎，如果他知道自己聽錯了，可能會為鬍子感到萬分可惜吧！我也不想告訴他真相害他傷心，其實我也沒料到，哈理德竟然敢在未婚夫面前這般大膽追求我。上次在告僧的時候，他也像這樣開我的玩笑，但那時是在拓瓦猜不在場的時候，這次他竟大膽在拓瓦猜面前說這種話，讓我也有點尷尬……

蘇拉雅抬起頭來，臉頰通紅，深深感到喜悅。

「他還愛我。」她告訴自己，眼睛望向窗外月亮照射的樹影。

「他可能並沒有生我的氣吧！否則為什麼他一聽到我不喜歡就刮掉鬍子呢？」

「啊！難道他像沙姊想的一樣，是真的誤會了？」強烈的懷疑在心底突然閃爍起來，頰上的紅暈立刻褪去。「有可能嗎？……怎麼不可能，」蘇拉雅傷心地喃喃自語，「畢竟大家都知道沙姊這麼有魅力，人見人愛，哪個男人見到她會不愛上她呢？」

沙姍妮信中下一段內容是：

哦，對了，我忘了跟妳提到哈理德的朋友，是我們在宋卡府時的嚮導，他為人非常好，我們才停留沒幾天，卻帶我們去了很多旅遊景點。他叫卡濃，信仰伊斯蘭教，和哈理德兩人都很富有，可是如果要比較外貌，當然比不上哈理德。他邀請我們參加女兒的婚禮，新娘好年輕啊！他說，他們的風俗習慣是早婚，萬一沒在適婚年齡結婚可就糟糕了！我問，為什麼糟呢？他笑了笑，卻沒回答。我想到我們倆，如果按照他們的風俗，現在蘇拉雅和我可能都有好幾個孩子了，很恐怖吧！爸媽可不知道要昏倒多少次呢！

卡濃先生好像挺喜歡我，每當他看著我，眼神總是異常明亮，我問過拓瓦猜有沒有注意到，他只說沒什麼好奇怪的，看來他不太在乎卡濃對我有什麼樣的感覺。我又故意問，那哈理德呢？是否注意到哈理德對我的態度也怪怪的？這個問題一針見血，拓瓦猜愣了一會兒。我很清楚，現在拓瓦猜對於哈理德對我的追求相當忌妒，卻又不知道怎麼辦，因為他對拓瓦猜也十分關心，想要大吵大鬧也不行，而哈理德根本就不知道自己讓拓瓦猜吃醋了，依然對我那麼關心。當卡濃黏著我，他經常扮演我的保鑣，看起來像是替拓瓦猜著想，不過我比誰都清楚，他阻擋卡濃其實是為了他自己！

去黨關山（宋卡府的旅遊景點，很高的山）玩的那天，是我最開心的一天，真希望妳也能來。當我們走上參拜商定的寶塔的階梯，我不小心扭傷腳，便裝出走不動的樣子，要拓瓦猜抱我上去，好可笑，雖然是平坦的道路，但我實在懷疑拓瓦猜那麼瘦，能抱得動我嗎？最後是哈理德抱我上去，一直抱到路上的小涼亭，拓瓦猜卻咬緊牙關，可是對哈理德來說，妳知道嗎？當我在他懷裡的時候，一路上他都不看我的臉，可是他的心跳得好快，我感覺得到，而我的心也跳得奇快無比，宛若森林中的鼓聲！

在涼亭中休息一會兒，我的腳似乎好些了，便讓拓瓦猜扶我走到頂端，哈理德和卡濃則先走上去。拓瓦猜的臉色很差，但我才不認錯呢！世界上可不只一個男人，萬一他生氣而責罵我更好，我就可以利用這個機會和他分手。別嚇到，蘇拉雅，我只是開玩笑而已。

黨關山上的風景很壯觀，如同身處夢中，我很愉快，甚至忘了腳扭傷的疼痛，心裡、腦海裡，都被周邊的美景佔據，拓瓦猜向我撒嬌，可是我故意走到哈理德旁邊，啊！那時我真覺得自己有如站在天堂，前方是碧綠的大海，旁邊是沿著河口並排站立的高聳松樹，遠方有零星的小島和船隻，哦！忘了說，有幾座島有燕窩，卡濃先生還帶我去看他們收燕窩，真是有趣極了。

右手邊也是大海，一片深藍色綿延至天邊，我們的正後方是寶塔，哈理德說，那座塔叫作最高頂的塔，旁邊也有燈塔。他說，到了晚上，燈塔便會亮起，指引船隻，否則船隻可能在黑暗中撞上暗礁。我們還去了白白佛像、寶塔和佛主腳印模擬。有一次我問哈理德，宋卡府比洛坤府的山壯觀好多，心裡的感受如何？他笑了笑，卻固執地回答我，他一點都不覺得，因為他愛洛坤府的山遠比宋卡府的多。我笑著逗他，之所以愛洛坤府，只是因為是自己的家鄉，還是因為真心覺得洛坤府的山景美？他給了我一個令人玩味的答案：

「我從來不是因為美麗才愛，但不論任何東西，我一旦愛上了，就會認為那個東西是美麗的。」他的答案，聽起來似乎在談論山，但看見他的眼睛便會感到他其實另有所指，我暗笑自己怎麼總是給他調戲我的機會，難怪拓瓦猜會這麼生氣！

34 另一個愛慕者

「蘇拉雅、蘇拉雅……」叫聲與腳步聲在河邊碼頭的橋上響起，正在低頭洗衣服的蘇拉雅聽聞便抬起頭來。

英卡波在蘇拉雅面前笑著，他是個強壯的年輕男子，如果與個子更高壯的阿力大哥相比，二哥看起來確實比較女孩子氣。然而，對蘇拉雅來說，兩個哥哥的身材的確有點相似，足以使不夠熟悉他們倆的人認錯人。

「哦！二哥，還不去上班啊！都這麼晚了？」蘇拉雅向二哥打招呼，停下方才正在洗衣服的手，才走下樓汲水。

「去什麼去啊，今天星期六，哪裡有學校需要上課呢？」哥哥笑著回答。

蘇拉雅睜大眼睛，也隨著二哥笑了，不過她的笑聲卻不是那麼爽朗。

「哦！是哦，哎，我怎麼這麼糊塗，天天待在家裡，都搞不清楚日子了。」

英卡波走近，在階梯旁的長椅坐下，將雙手放在膝蓋上，低頭看著坐在河畔長椅、面前擺著大水盆的妹妹。蘇拉雅正拿起髒衣服放進摻有泡泡洗衣粉的水裡清洗著。

「哎，蘇，我跟妳說一件事，先抬起頭來。」

「什麼啊？鬼鬼祟祟的。」蘇拉雅濃密而彎曲的黑眉毛挑起，疑惑地看著哥哥，露出詢問的神色。

「等一下妳洗好衣服之後，就不用趕著回樓上去，在這裡坐一會兒再走。」

「啊？為什麼？我也想趕緊去幫媽媽準備做點心的材料。」

「哎，跟妳說不要上去，就好好聽話嘛，做點心的材料讓媽媽準備就好了。」英卡波有點不高興。

「到底要怎麼樣才讓我上樓？這裡太熱了，太陽好大，如果在這兒坐到傍晚，我就被烤熟了。」

「不……是……」哥哥拉長聲音，「我的意思是，妳先不要上樓，等普龍回去了再上去。他想要見妳，知道嗎？老媽要我叫妳去見他。」他咆哮。

蘇拉雅皮笑肉不笑，低頭繼續洗衣服，一邊回應：

「媽要你叫我回去，可是你偏偏不想讓我見他。」

「怎麼了？」年輕男人蹙眉，不高興地問道，「有什麼好奇怪的？難道妳很想見他？」

「沒有啦，不過我不明白他為什麼要來？自從我上次拒絕他之後，他已經有兩年沒來過我們家了吧？」

「是啊，想必是有了新希望，他才又過來吧！」

「啊？」蘇拉雅又抬頭，圓圓的眼睛充滿懷疑，「怎麼了，誰讓他又有了希望呢？」蘇拉雅不解地看向哥哥。

「誰知道，可是……妳想過嗎？也許是拉盟，她最愛管別人的閒事，也許就把妳的事情告訴普龍了，普龍就產生了希望，想趁著妳最脆弱的時候替妳療傷。」

「也許吧！」蘇拉雅不拒絕也不承認，「畢竟沒有其他人知道我離開阿姨家的事。如果普龍知道了，應該就是拉盟告訴他的吧！」

「算了，是誰說的不重要。」哥哥打斷蘇拉雅，「總之，普龍知道了，而且正努力地想要搭座破爛的橋來拯救妳。」

蘇拉雅忍不住發笑。

「哈哈，二哥，你真喜歡用些奇怪的比喻！不過，普龍應該不認為自己的橋很爛吧，他可能認為自己搭的是金橋，畢竟他也長得很英俊……」

英卡波縮縮脖子，同時噘著嘴，打斷了妹妹還沒講完的話。

「夠了，夠了，那個人不管有多帥，只要他是拉盟的弟弟，他的橋肯定就是破爛的。」英卡波嗤之以鼻地回應。

「啊？」蘇拉雅半撒嬌地說，一邊站起，拿起水盆裡的衣服在小河邊繼續洗刷，「這樣批評他們，小心被大哥聽見了。」

「聽見又怎樣？他應該比誰都更清楚自己老婆的為人。」

「不過我覺得，大哥和你的想法應該不同，要不然他怎麼能夠忍受拉盟那麼久。」

「大哥能夠忍受拉盟，一點都不奇怪啊！蘇。可是如果是妳！妳能夠忍受普龍，可就是一件非常奇怪的事情了。」

「哈，為什麼呢？」蘇拉雅偏頭望著在長椅上盤腿而坐的哥哥一眼，又回過頭來忙自己的工作，「我不認為普龍和拉盟有什麼區別。」

明明一點都不可笑，但是英卡波卻狂放地笑起來。

「哎呀，和蘇拉雅討論這些，遠遠比跟我的小徒弟討論難上太多了。」他以略帶諷刺的語氣說，「我也不認為普龍與他姊姊有什麼不同。我只是認為，妳和大哥的差異很大。大哥是男人，他對粗俗的行為舉止比較能忍受，而妳呢？妳見過流氓的行為嗎？和那些動不動就說髒話、像拉盟家一樣的人相處過嗎？因為這樣，所以我更覺得妳不可能能夠忍受普龍，肯定沒多久就會崩潰，不像大哥能忍受他老婆。」

哥哥高談闊論時，蘇拉雅仍舊靜靜地做著自己手邊的工作，直到他說完，蘇拉雅也沒有提出其他意見。英卡波站在妹妹身邊，雙手扠腰，著急地繼續說下去：

「真的，蘇拉雅，我真的很擔心妳，怕妳被普龍的甜言蜜語欺騙，因為妳現在……嗯……」還沒說完，他便噤聲了。蘇拉雅以自嘲的口吻回答：

「失戀？是吧？哥哥。」她嘆了一大口氣，把最後一件衣服擰乾，放在盆裡，也轉換了話題。「二哥昨天穿的衣服口袋被墨水弄髒了，我怎麼洗都洗不乾淨，不過也淡了很多，只剩下一點汙點了。」

「哦！藍色的啊！筆蓋不見了，其實也知道這枝筆沒有筆蓋，但還是習慣性地夾在口袋裡，我這個健忘的毛病實在太糟糕了。媽媽還說，如果我有老婆，老婆肯定受不了我的健忘而會吵著跟我離婚。」英卡波感到羞愧地搖著頭說。

「忘記什麼都可以，就是別連回自己家都忘了，那可就慘了。」蘇拉雅逗逗二哥，拿起水盆。

「走吧，太陽變大了。」

英卡波伸手接過妹妹手上的水盆，兩個人走在佈滿綠草和破磚的小路，往晾衣繩走去。蘇拉雅甩開衣服，哥哥幫她拿衣夾夾上晾衣繩。

「嗯，蘇拉雅。」他開口，「哥哥可以問妳一個問題嗎？」

「問吧！」

「我想知道，妳……嗯……真的……決定……要跟『他』分手嗎？」

蘇拉雅愣了一會兒，完全不看哥哥，平靜地反問：

「媽媽還沒跟你說嗎？我已經把所有的事都告訴媽媽了。」

「還沒，媽沒告訴我什麼。」哥哥愁眉苦臉，一手抓著晾衣繩，凝視著妹妹的臉，「告訴我吧，我想知道，可是不敢問妳，怕妳傷心，今天敢問也是有原因的。」

「什麼原因？」

「先別說這個，妳先告訴我，妳和他真的徹底分開了嗎？」

蘇拉雅傷心地與哥哥對視。

「也不一定，二哥，他可能會來找我，也可能不會，一切都決定於他是否真心愛我。」

「什麼啊，直到現在，妳還不確定他是不是真的愛妳嗎？」英卡波憐憫地看著妹妹，「如果他真的愛妳，為什麼妳會一個人回到家裡呢？」

「說來話長，哥，改天我再告訴你，可以嗎？」蘇拉雅一邊說，一邊望向樓梯，「看，普龍先生親自來拜訪我們呢！」

英卡波相當不高興，斜睨了妹妹所指的方向。

「哎，不要，我還是趕快離開好了，我實在太討厭普龍了。」

「不要走啊，二哥！你走了，難道不怕我被他騙嗎？」蘇拉雅笑著說。

「哎，這倒也是。」英卡波同意，留在妹妹旁邊，緊盯著走過來的帥氣、高壯男人。

普龍合起雙手有禮地向英卡波問好，但是眼神卻忍不住偷偷飄向英卡波身旁的女孩，接著害羞地打招呼。

「一切都好嗎？英先生……嗯……蘇小姐……很久沒看見妳了。」

「還好。」英卡波強勢地回答，用輕蔑、睥睨的眼神看著普龍，想讓他知難而退，但他沒有露出絲毫不悅，他依然滿面笑容，以充滿希望的熱切眼神打量蘇拉雅，這樣的舉動使英卡波更為惱火。

「我們上樓去吧！這裡實在太熱了。」看見哥哥的神色有異，蘇拉雅打破尷尬的氣氛，立刻提議。但蘇拉雅也同樣厭惡普龍充滿慾望的眼神。

「媽媽叫我轉達要英哥到上面去。」普龍笑著說，「蘇拉雅，媽媽說，請妳帶我去後面看看兔子。」

從客人的嘴上聽見「媽媽」的稱呼，英卡波渾身起了雞皮疙瘩。他強硬地問：

「看兔子？看什麼看？」

「啊！」普龍臉上的笑意絲毫不曾消失，「我想要看看啊！昨天盟姊說，每一隻兔子都很可愛。」他轉過頭來看蘇拉雅，接著說：「盟姊說，妳幫它們取了好聽的名字，我很好奇每一隻小兔子叫什麼名字，哪一隻叫小珠、哪一隻叫小寶……真有趣呀！」他的話語因英卡波衝動的打斷嘎然而止。

「蘇拉雅，要一起上樓去嗎？也許媽媽需要我們幫忙。」

「好啊，我先上去放水盆。」

「先不要上去吧，蘇小姐，我可以幫妳拿水盆和盒子，如果妳不嫌棄這麼低俗的我，請妳帶我一起去看小兔子吧！」委屈的語氣使蘇拉雅心軟了，她不禁回想起哈林．郎西門，不正是因為「低俗的家庭」，才使得哈林．郎西門只剩下區區一個名字？他的名字直到現在仍然深深烙印在蘇拉雅心中，永遠也無法忘記哈林自殺的原因僅僅是因為遭到愛人的拒絕。天哪，太殘忍了！雖然不愛普龍，但蘇拉雅也不忍心不斷拒絕始終對自己表示忠心的男人。

「好吧，普龍，如果你真的想看兔子，我帶你去。」溫柔的微笑浮現於蓮花色澤的唇瓣，她將水盆和盒子遞給年輕男子，回頭告訴哥哥，「哥哥先上去幫媽媽的忙吧！我帶普龍去看兔子，很快就會上去。」

英卡波的臉色相當難看，故意踩著極為大聲的腳步回去。蘇拉雅長長吁了一口氣，轉過頭來對普龍說：「走吧！」蘇拉雅向他微微點頭示意，走在普龍前方，普龍開心地尾隨在後，他走在後面，甚至不敢與她並肩同行。他對於蘇拉雅的崇拜正如同欣賞一塊美好的寶石，雖然現在這塊寶石稍有汙點，但依然不減它的閃爍光亮。這是普龍心底最真誠的感受，真是一個以愛情為宗教崇拜的男人！

他的眼睛緊盯著蘇拉雅苗條的身材，長而鬈曲的黑髮如同絲綢，長及背後一半的髮尾隨著身子的律動晃動著。再低一點是肩膀，透過淺橘色短袖衣衫可以看見圓滑的肩膀，和煦的陽光使蘇拉雅的膚色變深了些，但仍舊透著些微粉紅，洋溢著青春的朝氣。

普龍的眼睛完全無法自面前這幅魅惑的畫面離開，他將視線下移，看見隱藏在棕色長裙下勻稱的腰肢和臀部，以及無瑕乾淨的腳。簡直難以相信擁有這般身材、皮膚以及溫柔舉止的這個女孩，曾經被一個爛貨佔了便宜，還被輕易地拋棄。儘管心裡對蘇拉雅·娜帕蓬所發生的一切相當清楚，普龍依舊身不由己，無法嫌棄她，連一刻都不會！

35 謠言開始傳出

蘇拉雅家後方的院子大概有十二畝，分為兩部分，靠近小河的是果園，大部分種的是猴蘋果，其他的是芒果、香蕉、柳丁等水果，只有兩、三棵樹，只供在家中食用，另一塊靠近廚房的土地，是豢養動物的地方，只有雞和兔子。

雞舍是長條狀的，隔出大約十間的小隔間，每間大小不超過兩公尺，裡頭用竹籬隔開，並以乾燥的草作為屋頂，建高平台以防水災，外面加蓋絲網，地面平坦，鋪放沙子以防潮濕。雞隻正在扒尋地上的小蟲，許多小雞跟著母雞跑來跑去，叫聲響亮。

「啊！小雞們好可愛啊！」當蘇拉雅帶著他走過雞舍時，普龍笑著說，「看看，這麼小隻，卻叫得這麼大聲。」

「現在很可愛，不過再過一段時間，羽毛長齊後，就不可愛了。」

「現在養雞的收入如何？好像一百多吧？」他接著問，認真地看周邊的雞舍。

「不到一百，大約七、八十吧！收入我不太清楚，畢竟我才剛回家沒幾天，這個問題只有我母親才能回答了。」

「我不是那個意思。」普龍尷尬地笑著，「其實我不是真的想知道，只是隨便問問，因為……嗯……不知道要聊什麼，妳也……不太願意跟我聊天。」

蘇拉雅挑高眉毛，對普龍的話表示疑惑。

「是嗎？你只問一句，我可是回答了好幾句。」

「那不是聊天，而是回答問題。」普龍語帶親密地反對，「妳都還沒先開話題。」

蘇拉雅轉過身來，這次她的聲音帶著笑意。

「好，到了兔子窩，我再先跟你說話吧！」

普龍長長地嘆了一口氣，分神看著旁邊兩、三隻小兔子蹦來跳去，蘇拉雅的態度讓他覺得自己比起以前更受重視。的確，她始終沒有表示出嫌棄的神色，可是與此同時，她也並未給他任何希望，不管是她的話、行為以及眼神！

蘇拉雅看他沒有反應，便朝著籠子旁邊正在咀嚼空心菜的灰色小兔子指去。

「那隻是小珠，正在蹦蹦跳跳的那隻是小寶，還有那隻，全白的、眼睛紅紅的叫小紅，這些兔子是我們的寵物，所以只有兩、三隻。」

「哦！雞呢？媽媽只賣蛋還是賣雞？」

「可能只賣雞蛋。」蘇拉雅不太確定，「聽媽媽說，養這些雞有一段時間了，有點捨不得，如果把牠們賣掉，牠們一定會被殺掉。」

普龍點點頭，眼睛搜尋四周尋找新話題的題材，他指向在雞窩旁邊收集的一堆雞屎，問道：

「那些也賣嗎？看起來似乎是特別收集的。」

蘇拉雅循著他所指的方向望去。

「哦！那是肥料，放在猴蘋果樹下面。」

「哦，對了，說到猴蘋果，我才想起要跟妳要一些猴蘋果，那天拉盟姊帶了一大籃回家，一下子就被吃光了。」普龍說著笑了笑。

蘇拉雅只是微笑，斜視他手裡白色的大水盆和他用手臂夾著的洗衣粉盒，才說：

「那麼，就自己去果園摘吧！隨便挑，先放東西，再回來拿。」

「沒關係，我帶著盆子去吧，用盆子裝猴蘋果，順便帶回去給媽媽，也可以挑去賣。」

「好啊，不用自己摘，媽媽會很高興的。」蘇拉雅禮貌地回應，帶著普龍前往果園。

果園的猴蘋果樹結實累累，各式各樣的果實懸掛在樹梢，普龍興奮說道：

「哇，蘇小姐的猴蘋果真多，這棵樹應該是郎卡搭（種類名）吧？」一邊說著，他一邊指向一棵結滿如同烏龜蛋的果實的猴蘋果樹。

「不是的，幹咖搭種類在那邊。」蘇拉雅平靜地回答，絲毫沒有注意到普龍神色有異。普龍注意到蘇拉雅稱呼猴蘋果的種類與他的習慣並不一致，他愣了一會兒，才接著問：

「那麼那邊的叫什麼？就是果實圓圓的、但下面尖尖的那一棵？」

「哦，那叫作金杯。」

「哎呀！種類真多，這種金杯好像是我經常吃到的，看起來有點眼熟。」普龍邊說邊笑，蘇拉雅並不喜歡他這般輕浮的模樣，但她沒有表示出來，等普龍笑聲停歇後才又開口。

「你隨便摘吧，不用客氣，媽媽的份我自己摘就好了。」

「搖猴蘋果樹不好嗎？比起摘得更快，小時候我曾經爬過廟裡的猴蘋果樹，在上面亂搖，後來被隆搭（佛教僧侶尊稱的發音）懲罰，綁在亭子裡頭好久，後來再也不敢試了。」

蘇拉雅一點兒都不覺得好笑，但看見普龍笑得肚子發疼的模樣，也忍不住露出一抹微笑。等他止住笑聲，蘇拉雅回答：

「還是不要用搖的吧！對果樹恐怕太刺激了，伸手摘比較好，況且果樹很矮，很方便摘。」

「哦！對了，為什麼妳的猴蘋果樹這麼矮呢？因為定期修剪嗎？」

「對，是我二哥砍的，我們每年都砍樹枝，摘完果子後也會稍微修剪，果樹便會長出新的樹枝，如此一來果實會更多；如果不修剪，果實的產量就會一年比一年少，果樹也會因為長得太高而難以摘取。」

「原來如此！」

「我們動手吧！不早了，太陽好大，對了，你一個人來嗎？沒帶小朋友來嗎？」

「對，我一個人來，孩子們出去玩了，我一個人待在家裡實在無聊，想來跟妳聊聊天。」年輕男人回答，看著蘇拉雅的臉，吞吞吐吐地再度開口，「蘇小姐，我……嗯……有事想跟妳講，不知道妳會不會嫌棄與我這種低俗的人講話。」

蘇拉雅的微笑稍微黯淡下來，對於對方不斷使用「嫌棄」這個詞彙而感到尷尬。但蘇拉雅依舊在臉上堆起笑容。

「不會嫌棄啊！可是我們不是要摘猴蘋果嗎？上樓再說會不會比較好？」

「嗯……」普龍吞吞吐吐，「如果在樓上講……就不是單獨聊了。妳二哥很討厭我，只有阿力哥支持我。」

蘇拉雅眉毛蹙緊，她怎麼可能不明白他話中的含意？畢竟他的話早已明顯地點出自己到底有什麼目的，又想跟她聊什麼話題。

「那麼我們就在這裡說吧！」

「去長椅那裡吧，沒有太陽，比較涼快。」普龍指向開花的芒果樹下的長椅，蘇拉雅看去，長椅很小，恰好只夠兩個人並肩而坐，蘇拉雅的怒氣油然而生，覺得普龍真是自不量力，於是蘇拉雅直接在長椅中間坐下，然而轉過頭來卻發現，他早已蹲在地上，怒氣頓時消弭不少。蘇拉雅便移動自己到長椅的另一端，再請他一同坐在長椅上。

「啊！為什麼坐在地上呢？坐在地上褲子不就髒了嗎？上來一起坐吧！」

普龍笑得燦爛，他的眼睛立刻閃爍著光芒。

「沒關係，我坐在這裡很舒服，可以看蘇看得很清楚。」

「那隨便你吧！」蘇拉雅邊說，邊移回長椅的中間。「好，你要說什麼呢？快說吧，否則母親找不到我會著急的。」

「嗯……」因為緊張與害羞，普龍臉紅了。「我想請問……蘇小姐還像以前那樣嫌棄我嗎？」

他努力說完整個句子。

蘇拉雅彎曲的眉毛輕輕揚起，平靜地說道：

「我表示過我嫌棄你嗎？」

「沒有，妳沒有表示過……不過妳……嗯……」他躲避蘇拉雅的視線，臉頰更紅了。

「我怎麼了？」

「妳拒絕……不跟我……結婚，我覺得是因為妳嫌棄我太低俗了。」

「你誤會了，普龍。」蘇拉雅溫柔地回答，「我拒絕你，並不是因為你揣測的那樣，我不覺得你有什麼好嫌棄的。」

「可是……那，為什麼？」

「我不能跟你結婚，是因為我不愛你，而不是因為嫌棄你的地位。想想看，和你相比，我有哪裡比較特別？憑什麼認為自己高貴而瞧不起別人？」

「那是因為什麼……妳才不愛我？」普龍急迫地問著，「如果我真的沒什麼可嫌棄的，為什麼妳不能愛我？我記得，妳告訴我媽，妳不能愛我，妳明明知道我有多愛妳、愛妳到我幾乎瘋狂！」

與普龍見面後，靦腆的紅暈首次浮現於蘇拉雅的雙頰，她躲避普龍充滿渴求的眼神，望向右手邊流動不息的河川，偶爾才有一艘船航過。

「蘇小姐！」普龍喚道，臉上的紅暈已經褪去，面色一片蒼白。

「我很清楚，普龍。我明白你一定很傷心。但我要怎麼辦呢？我不想欺騙你、不希望你對我抱持著希望，因為當你知道真相的時候，你會更傷心。」

「可是蘇小姐，妳為什麼還……」原本普龍想要嚥下這個問題，但是蘇拉雅帶著疑問的眼神讓他依舊將問題說出口。「為什麼妳還愛著欺騙妳的人呢？他一點都不配妳的愛啊！」

「哦，看來拉盟應該把我的事情都告訴你了吧！」蘇拉雅冷淡地說。

「拉盟姊確實講過，可是，即使她不說，我也知道妳的事情。妳不要生她的氣，是我自己好奇問她的，我只是想知道我從外面得知的謠言是不是真的。也是因為這樣，她才願意告訴我妳的事。」

蘇拉雅沒有說話，但臉上的神色清楚顯露出她並不相信。

「如果不是你姊姊說的，那麼你是聽誰說的？」

「我朋友的老婆。」普龍不加思索地回答，眼睛圓睜，愣愣地看著蘇拉雅。

「什麼？」女孩挑高眉毛，「你朋友的太太叫什麼名字？如果不是你姊姊說的，為什麼會知道我的事？」

普龍猶豫著。

「我不知道應不應該告訴妳。如果妳跑去責罵她，我和朋友之間就會產生嫌隙；他們才剛剛在一起，我的朋友好像也非常迷戀她。就我所知，她曾有過兩、三任丈夫。」

「喔？到底是誰？」蘇拉雅蹙眉思考，但實在想不出答案。「直接告訴我吧，我保證不罵她。我只是單純想知道，我的事情到底被傳成什麼樣子了。」

「她叫普苔。」普龍回答，這個答案讓蘇拉雅嚇了一大跳。

「普苔！啊！你怎麼會認識她？」

「她是我朋友的老婆。我的朋友叫阿僧，前幾天我去了曼谷一趟，探望阿僧，恰好他帶著自己的老婆，一問之下才知道，他去南部礦井工作一段時間，他的老婆也來自南部。他們問我是不是已經娶妻生子了，我說還沒，但現在我愛上了一個女孩……對不起，我不是有意讓妳……名譽掃地……」普龍替自己辯解。

「繼續講吧，我想要知道事情的發展。」蘇拉雅急急地說。

「我告訴他們妳的名字，然後把錢包裡頭妳的照片給他們看。普苔就告訴我妳所有的事，她還說妳在那邊時用的是另一個名字，好像是沙……沙什麼來著。本來以為是她認錯人了，所以我才跑去問拉盟姊，我想她應該多多少少知道妳發生了什麼事，而她說妳失蹤的事情，也和普苔所說的完全符合。」

蘇拉雅臉色蒼白，不知道怎麼回答，普龍趁這個機會靠近女孩，緊緊抓住她的手，說：

「蘇小姐，不要傷心了，雖然妳已經……雖然別人不愛、不要妳了，但是我依然愛妳、需要妳，我永遠愛著妳！拉盟姊警告我，妳可能已經跟他有了孩子，可是我更同情妳。蘇小姐，妳不想讓妳的孩子有爸爸嗎？跟我結婚吧，妳的孩子就是我的孩子，我會愛他如同我親生的孩子，求求妳！」語音甫落，普龍便牽起蘇拉雅的手親吻，蘇拉雅在一片迷惘中，來不及掙脫普龍，任由普龍親吻著。

36 他真的移情別戀了嗎？

親愛的蘇：

妳聽過一句萬田（泰國北部古代王朝）的俗語嗎？「讀萬卷書不如行萬里路。」我不會讀書，卻能到處去玩，增廣見聞，而妳一直很會讀書，卻不過是井底之蛙，哪能和我相比！

寫這封信時，我正在檳榔嶼海邊的Paradise旅館，幸運的是我們三個分別住在七—八—九號房，我住中間八號房，拓瓦猜住右邊的七號房，左邊的九號房是哈理德。下面有車庫，哈理德借了卡濃新的麥色雪佛蘭轎車帶我們出去玩。卡濃忙著工作，不肯一起來，我心裡很高興，因為我討厭他看我的時候，總是發出奇怪的笑，詭異的是，我卻好喜歡他的車，一點都不討厭。

哈理德帶我們去也拉府看他的朋友，我們在也拉住了一晚，吃完早餐後，我們往背東鎮（也拉府的小鎮）出發，一路上經過山坡和深谷，邊界旁有許多濃密的樹林。哈理德說，以前這一帶常有中國強盜出沒，他們躲在林子裡，警察總是抓不到人。說著說著，我也害怕起來，萬一我真被抓走，那該怎麼辦？

哈理德開車的技術很好，坐起來挺舒服的，不像坐拓瓦猜的車那樣搖晃。當我稱讚哈理德的時候，拓瓦猜說，那是因為車子好，不是司機厲害。我壓根沒想到拓瓦猜居然說出這種話。

到了霹靂區的入境檢查站後，我們停車讓警察查驗護照，也打開行李讓他們檢查，沒問題後才繼續出發。這裡賣各式各樣的東西，我想買菸給父親，但哈理德說，依規定一個人只能帶兩百支菸，多的話就要付稅，我說，那只能買三、四條。

車開上越來越高的山，路也愈來愈彎曲，兩邊的風景非常漂亮，一往下看更是驚人，遠遠的樹冠，路邊的小瀑布，衝擊力雖然不大，水卻相當乾淨，彷彿玻璃沿著線流下來，很自然，再遠一點可以看見在霧中的山嵎。這一番景象，連哈理德這個已經來過好多次的人都興奮不已，馬上停車拿起攝影機就拍了起來，他還叫我當他的模特兒，與那些景色一起拍照，我非常害羞，但為了教訓拓瓦猜那個愛吃醋的傢伙，我還是答應了！

馬路隨著斜坡愈來愈低，兩邊是旺盛的草叢。哈理德說：這些草噴了除草劑就變乾燥，可是現在到了雨季又開始發芽，真是鬥不過它們。我們沿途看著那些草，不一會兒就到了巴領縣，這裡有又大又乾淨的市場，還有警察局、學校、醫院，那座位在山麓上的建築物，很難讓人不注意到，原來是賽布立政府，蘇，妳知道嗎？連他們的馬路也比我們的好多了。

從巴領縣到檳榔嶼的海港要經過很多村子，也會經過一些橡膠園和田，他們住的房子跟我們的差不多，村莊裡有些小商店。我看到他們賣香蕉的方式忍不住笑了，是把整串香蕉掛著賣。哈理德說，等有人要買的時候才用刀切一小串一小串賣，很特別吧？

眼前這片景色很壯觀，右手邊可以看見高山上盛開的花。看看那玫瑰花，大得不可思議，花瓣彷彿蠟做的，跟我們在電視裡看到的一樣。山頂上的房子簡直就是國外的別墅，我們的導遊說，橡膠園的老闆是外國人，那別墅是他的家，我不自覺地讚嘆：「哎，老外總是重視住的地方，不管在哪裡生活，都要建豪華的別墅，難怪大家都說，住老外的別墅，吃中國菜，娶日本老婆，才是真正的快樂啊！是嗎，哈理德？」我隨口問了哈理德，我發誓我真的不是故意的！

哈理德一點都不客氣，馬上用他洪亮的聲音大聲說：「嗯……我反而不同意妳的話，要說住老外的家或者吃中國菜才愉快，這還能接受，可是娶日本老婆這點我倒不同意，因為我還沒見過這世界上有哪個國家的女人像泰國女人一樣可愛。」他邊說邊斜看著我，讓我全身發燙，不停地想躲避那雙眼睛，這個哈理德泡女人的方式還真是獨一無二，蘇，妳也承認吧？

讀到這裡，蘇拉雅細長的手指開始發抖，她抓緊手中藍色的薄紙，嘆了一聲很長的氣，眼睛離開這些讓她傷心的文字，深黑色的明亮眼睛頓時失去了開朗。她絕望地看著陽台欄杆沿著屋前護欄攀爬的讓樂花（泰國發音的一種花，花名意思是離開自己的愛），突然覺得好可怕！會有可能嗎？難道哈理德的愛已經離她而去，就像那些花的名字一樣？

她姊姊說，哈理德．郎西門對女人有自己的一套，那句話不停迴盪在耳邊。那一晚，當蘇拉雅反問哈理德，為什麼他相信她的話，因為以前他根本都不相信，哈理德說：

「因為我愛妳，擇我所愛，愛我所擇，每個男人一定都會相信自己愛的女人所講的一切。」

他真的愛我嗎？蘇拉雅開始猶豫，沙姍妮的每封信和每句話彷彿鋒利的刀割在她心上，讓她對哈理德愈來愈沒信心。沙姍妮．蘇帕安德美艷絕倫、氣質高雅，加上她爽朗開放的個性，更是吸引不少男人，所以哈理德．郎西門這個普通男人怎麼可能逃得過她的手掌心呢？

信接著說：

越靠近海口，風景就越不一樣。海口附近遍佈紅樹林，往大海看去，檳榔嶼島好像一座從水面凸出的山。哈理德開車在海口排隊，等著要把車運過岸。當哈理德下車去買票的時候，拓瓦猜便把握機會數落我，說我勾引哈理德，妳看看妳未來的姊夫嘴巴有多過分，我非常生氣，全身發抖不知道說什麼好，最後拓瓦猜向我道歉，而我也重罵他一頓。他說因為他很愛我，所以才會吃哈理德的醋，從今以後他會儘量控制自己的情緒，可是他要我們取消檳榔嶼的旅行，以防萬一，他擺明就是不讓我接近哈理德，但誰願意呢！我告訴他，我們又不是小孩子，想做什麼就可以做什麼。何況哈理德會怎麼想？他買票過岸來，結果只是開車送我們回家，他可能會覺得好氣又好笑，我寧願死也不要這樣。

最後，拓瓦猜說不過我，承認我的話也有幾分道理，我們就讓驗票人員檢查好票和行李，哈理德有電影攝影機，所以要註冊，而拓瓦猜的普通相機不用，所以檢查好了我們就可以通過，哈理德則跟著其他汽車下船。

海口的路分為三線道，左邊是我們剛剛過來的路，給汽車走的，中間的路比較寬，專門給卡車行駛，右邊還分為兩部分，一是給人通過，一是給自行車通過（自行車就是騎的人要自己出力踩車，怕妳不明白。）

下船的時候，本來以為要先下車，可是哈理德說不用，我們舒服地坐在船上的車裡，那感覺有如置身國外，帶我們過岸的是一艘大船，有兩層，上面是給大家坐的位置，下面是停靠汽車的地方，我們在一樓，才十五分鐘就到檳榔嶼，看見幾十幾萬艘船停著，從遠方的岸邊看見綠綠的山丘，彩色的屋頂點綴在山上，多麼迷人。哈理德說，他們都說那是檳榔嶼之山，當船到岸後，下面的門打開瞬間變成給汽車過的橋，碼頭上有個四面的大鐘樓，看是別緻，想必報時也分毫不差。

我們晚上到了海邊的西式旅館，空氣很新鮮，這兒有西式、中式和印度式旅館，哈理德讓我選，於是我選了兩層樓的西式旅館。旅館十分嚴格，我們入住之前必須先檢查護照，如果沒有就不讓人住，旅館人員是華人，卻說得一口流利英語，而哈理德也不相上下，不愧是商人，明明我們兩個都出過國，但我說英文卻還會舌頭打結。

我的房間很舒適，有空調，浴室很乾淨，床更是軟得沒話說，坐在落地窗前的沙發，就可以看到海景，價格一點也不貴，一天才十五元，換成泰銖大約一百元而已。整理行李後，我就去洗澡換衣服，選了那件妳說我穿起來很美的天藍色印花小禮服，因為今晚要去吃高檔晚餐，我才捨得穿，不然我可是一直把這件好好地收在行李箱裡。幸虧有妳幫我折好，所以並沒有很多皺褶，假如有皺褶也沒關係，因為這裡有提供熨衣服的服務。

哎，妳知道嗎？當哈理德看見我穿這件衣服時，雙眼發愣地直視著我，讓我害羞極了，只好假裝在玩我的鑽石吊墜。拓瓦猜真討厭，每當他看見哈理德往我這邊走過來，就馬上把我的手挽在他的手臂上，然後帶我往餐廳走去，哈理德就只能靜靜跟在後面。我邊想邊竊笑，如果拓瓦猜沒來，我今晚應該是挽著哈理德走進餐廳，而我們一定會是今晚最受矚目的一對。

Paradise 旅館住了很多老外和華人遊客，只有我們三個是泰國人，但哈理德還是碰到了朋友，好像不管老外還是華人他都認識，而且他們看起來都對哈理德很客氣，讓我不知不覺越來越欣賞他。如果拓瓦猜有哈理德一半的好，我也許會是世上最幸福的女人，蘇，妳覺得呢？

今晚是滿月，吃完晚餐後，我就回房休息，到陽台吹風。我想早點休息，因為欺騙了拓瓦猜讓我有點頭疼，就讓他在大廳和哈理德一起聊天吧！不過哈理德看見我上來，他也上來，最後大家都一起上來了，各回各的房間。其實我還不想睡覺，只是覺得奇怪，我越來越討厭拓瓦猜了，連我自己都不知道是什麼原因。當這種感覺一發生，只會讓我覺得煩躁。有時候，我想想，也許回家可以讓這種病好一些，我也明白這病只是一時的，偶爾才一次，卻也不知道該怎麼治好。

當我站著看風景的時候，感覺好像有人盯著，不禁嚇了一跳，我猜是拓瓦猜。當我慢慢轉過身去，心裡就想，如果是拓瓦猜就要假裝尖叫暈倒，懶得跟他講話。誰知道，隔壁陽台站著的男人不是拓瓦猜，我差點沒叫出來，是哈理德！雖然我們站在各自的陽台，但我們之間的距離才兩步，滿月的月光灑在我們身上，而我只穿睡衣，再披上一件粉色絲綢料的薄袍！

37 逼婚？

蘇拉雅手裡那淺藍色薄紙上一行行的文字彷彿用炙熱的火焰寫出來，使她的心好像被淹沒在岩漿裡。蘇拉雅的手顫抖著，沒有力氣，連薄薄的兩三張紙都無法拿到眼前。她把它放在大腿上，眼淚湧上眼眶，模糊得令她眼花撩亂，可是蘇拉雅的眼仍死命盯住那些字。

……哈理德看我站著發愣，就小聲地問我，頭痛好點了嗎？（小聲地問是因為怕拓瓦猜聽到。）我走近他幾步，回答他好一些了，所以才出來吹吹風。然後，他請求我讓他在這兒跟我一起吹吹風，我心底覺得太可笑了，好像我是旅館的主人，我假裝拒絕他。其實我故意讓他看到那件我最愛的珍珠色睡衣，蘇，妳還記得嗎？那件有花邊很薄很薄的睡衣，妳說過，那件能看透身材。外衣我只是隨便蓋上，若隱若現，只比沒穿差一點而已！

哈理德把我從頭到腳看了一遍，然後，接受了我的拒絕，馬上向我道歉並要走回去。我好失望，沒想到我穿這樣，哈理德居然對我沒有任何感覺，他難道不知道我在勾引他嗎？我還以為他會下意識把我抱緊呢！他這麼堅決地轉身回去，證明他是個非常好的男人。他太愛他的朋友拓瓦猜，才不想讓他傷心。如果是別人，一定會為了我，和拓瓦猜爭個你死我活，而我們在如此浪漫的今晚卻只有聊天！

他的紳士行為讓我心中充滿感動，令我不自覺地抓起他正準備收回的手。他似乎嚇到了，我對他這麼親切，他的眼神閃爍起來，充滿一股又高興又驚訝的矛盾，我害羞地放開他的手。我告訴他，我只是開玩笑，最後我們兩個人一起賞月吹風大約兩個小時，不過蘇啊，其實我感覺好像才過了兩、三分鐘。妳應該很想知道我們都聊了些什麼吧！可是這是我的隱私，要保密，但給妳個提示，我們剛才聊的內容一定會讓我今晚作好夢。

好啦，先這樣，我要趕緊睡了，最近總是睡不著，經常作噩夢，只願自己能克服我心裡忽冷忽熱的感覺，蘇也要替我加油啊！

沙姍妮

「為妳加油？」蘇拉雅痛苦地自言自語，眼睛依然盯住信上最後一句，當然！蘇拉雅會為她姊姊加油，幫沙姍妮克服她不能也不敢承認的感覺。最重要的反而不是沙姍妮已經有了未婚夫，而是因為沙姍妮是蘇拉雅心裡的敵人啊！

「在做什麼？蘇，媽媽不在嗎？」阿力一到家門口就打招呼，蘇拉雅抬起頭來，眉毛稍微皺了一下，但看見拉盟也跟著哥哥進來，她立刻把信收好，夾在腰間，站起來雙手合十向哥哥和嫂子打招呼。

「去哪兒了？大哥，拉盟姊，怎麼不帶小鄧、小冬過來？」

「啊，怎麼每次都只會問他們，不怕沒被提到的人心裡會傷心嗎？蘇。」拉盟和氣地朝她笑了笑，她的語氣和臉色讓蘇拉雅心中不滿氣得臉紅，不過她還沒與嫂子頂嘴，阿力突然就先打斷了：

「媽去哪兒了？」

「去菜市場，一會兒就回來。」蘇拉雅說著，邊走邊進去拿了墊子出來，為哥哥和嫂子鋪在院子裡。

大家都坐好後，拉盟便說：

「蘇真有福氣，有這麼善良的媽媽，如果是我媽才不願意買菜做飯給孩子吃，更何況如果孩子做一些丟臉的事，像蘇一樣，一天到晚不是被打就是被罵，都傷心死了……」她準備繼續誇讚她媽媽，但是被丈夫強硬的聲音打斷了：

「都已經過去了，拉盟，沒必要一直提這件事，蘇會傷心呢！」

「對了，大哥，」蘇拉雅換話題，「這個星期日你有空嗎？」

「有啊，怎麼了？」

「媽想讓你來砍猴蘋果枝，二哥最近經常有事要去曼谷，現在才砍了沒多少。」

「好啊，沒問題。」哥哥很樂意地答應，接著他太太嘲笑著說：

「我也會叫普龍來幫忙。蘇，有妳在，他一定願意幫忙。」

蘇拉雅又皺了一下眉頭，平靜地回答：

「我們不想打擾別人，拉盟姊，靠自己慢慢來沒關係，不然以後人情還不完。」

「哎，才不會呢！普龍又不是別人，都是自己人，以後我們可能關係會更親，蘇不要想太多。」拉盟近乎侮辱的嘲笑，使蘇拉雅的臉色漸漸沉了下來，嫂子旁邊的哥哥看到她毫無表情，急忙打斷對話：「夠啦！不要再講這件事了。拉盟，妳本來想跟蘇說什麼就趕緊說吧，別總是沒完沒了。」

拉盟吞吞吐吐，她那副即使化妝還是鄉下人的臉帶著得意的笑容，讓蘇拉雅十分厭惡。從剛剛的對話，蘇幾乎能猜出嫂子接下來要說什麼：

「有什麼事儘管說吧，拉盟姊，不然媽回來了，我就要去幫忙了。」

「嗯……啊……普龍讓我跟妳說……」拉盟臉色蒼白，蘇拉雅嚴肅的表情讓她知道這次談話成功的可能性不高。

蘇拉雅濃濃的眉毛微挑起來，一副十分好奇的樣子。

「啊，哪還有什麼事呢？就是那天他來，我們說的那些……」

「就那個啦！」拉盟點點頭，「就因為那天的事，讓普龍吃不下飯睡不著覺。」

「啊？」

「別繞來繞去了，拉盟，」阿力等不及把話搶過去說，「是這樣的，普龍來看妳那一天，他決定跟妳談清楚。如果妳接受他，他就讓他媽來跟老媽談妳的婚事。」

「蘇不用擔心，普龍不會讓妳丟臉，我跟妳說，普龍很認真，存了很多錢，從他第一次見到妳，那時候妳才十七、八歲，普龍就開始……」拉盟開始要講她已經反覆講過好幾遍的東西，阿力覺得很煩又打斷了：「那件事，蘇都聽膩了，少囉嗦。」他說著說著，邊轉頭來看妹妹，「哥知道，妳的問題不是錢，對吧！蘇，問題在於妳愛不愛普龍。如果妳不愛，不管他多麼有錢，妳也不會理他，我說的對吧？」

「沒錯，」蘇拉雅微笑，「還是大哥了解我。」

「但那天普龍說……」拉盟試著解釋，不過她突然不知道接下來該怎麼講才好，蘇拉雅懶得等她，便接著說：「說我接受他的愛，是嗎？拉盟姊。」

「哦，沒有，不是直接接受，但……普龍說……」拉盟吞吞吐吐，阿力最討厭這種要說不說的樣子，「他怎麼說妳就說啊，妳呀，都吞吞吐吐，什麼時候才說得清呢？不是直接接受，那是什麼？」

「普龍跟我說，蘇讓他親手，這不就代表妳接受了，不然還有什麼意思？」拉盟一下子說了出來，一副眼睛盯著蘇拉雅，好像在質疑她。

蘇拉雅氣得臉蛋發熱，嘴巴發抖，強硬地回答：

「哼，我真沒想到，普龍會佔女人便宜，那天他跟我說……他一個朋友有了新丈夫，我還正在想這件事，他就趁這機會抓我的手……根本沒有經過我同意。」

「可是妳都沒罵他，他肯定認為妳願意啊！」拉盟不高興地反駁，「想想看，我們女人如果沒有故意要勾引誰，要是被男人這樣佔便宜，我們一定會不高興罵一頓，不過妳一點反應也沒有不是嗎……」

「哦！」蘇拉雅頓時感覺受到極大的羞辱，生氣答道，「原來妳弟聽不懂正常的話，要用罵的才會懂。」

阿力看氣氛不好，立刻阻止她繼續說：

「等一下，蘇，不要生氣，拉盟胡說什麼……嗯，我想知道，妳怎麼跟普龍說，不然他怎麼會一直糾纏，我們來談談。」

「啊，我都已經講清楚了，普龍要我跟他結婚，他說，他都知道我的事，一點也不嫌棄我曾經……怎麼樣，但是我告訴他，我不愛他，我不會與不愛的人結婚，就這樣，我認為他應該明白了，怎麼會……」

「動不動就說愛情，」拉盟抿嘴，不以為然地說，「那麼，妳愛的那個有多高貴，哼！都這樣了還抬高自己的身價，不知道等著何方神聖。」

「對呀！」阿力也同意太太的話，「如果蘇還……沒有發生這種事就算了，我才不會一直要妳跟普龍結婚。妳也看見了，我一直都沒講這件事。可是這次無法說服大家啊！雖然我是男人，但我可以了解妳被拋棄的感受，妳能忍受寂寞和丟臉多久呢？萬一忍不住，可能會一錯再錯，像以前一樣。」

「哦！我敢保證，哥擔心的事絕對不會再發生，哥你相信我吧！」蘇肯定地回答，眼神自信閃爍著。

阿力慢慢地搖頭。

「哥也想相信妳啊！妹妹，不過這真的讓人很難相信。要不然，大家都說，女人一旦犯錯了，就會再錯。我想讓妳好好考慮，先不要拒絕普龍。即使和他結婚是要討回名譽，但我相信，不會有人怪妳。」

「但我會怪蘇。」一個強硬聲音突然插進話中，大家都轉頭看那個從房子樓梯傳來的聲音。英卡波一副臭臉，在樓梯口脫鞋後便走了過來，在院子坐下，沒看到妹妹移開要讓他坐在墊子上。

拉盟轉頭不看英卡波，因為她非常討厭他。

「你來搗亂啊！弟。」阿力憂愁地看著小他三歲的弟弟，「你怎麼想？」

「我沒什麼想法，只不過我不同意為了恢復名譽而結婚，就像你正在逼蘇做的一樣。」英卡波大聲反擊他。

「我哪有逼她，我只是建議，為了她自己的未來就該結婚。」哥哥不高興地說。

英卡波毫不客氣，冷笑著說：「未來？哦，你說，如果蘇跟那個……普龍……結婚了，蘇會有更好的未來？」

「那當然，我說，蘇能跟像普龍這種好人在一起，就比現在一個人好多了。」

「蘇哪是一個人，我在，媽也在。」

「可是老媽年紀大了，不是永遠都在。你有一天也會娶老婆生小孩，你怎麼可能一輩子照顧蘇呢？」

「為什麼要一輩子照顧她？」英卡波挑了一下眉毛，「以後有一天，蘇會遇到她的愛人，為什麼大哥要逼她與不愛的人結婚？」

拉盟的笑聲打斷全場，她斜眼嘲笑地看著英卡波：

「我會等著瞧。除了普龍，還有誰會傻到還敢來愛蘇，現在這裡整個區都知道她失蹤一個月的事。」

「但蘇沒有……」英卡波想解釋，但蘇拉雅搖頭阻止他繼續說，因為向他們解釋根本沒有任何意義。不管怎麼樣，她的名譽不會因為解釋個兩三句話而恢復。除了一直很了解蘇拉雅性格的母親和哥哥英卡波，誰還會相信她呢？事實就是她失蹤的這一個月之間根本沒有發生任何事，雖然她的名譽能討回來，但蘇拉雅非常肯定，這樣的話，反而會害到她的恩人，也就是姊姊沙珊妮的名譽。

38 令人傷心的信件

兩三天後，蘇拉雅又收到沙姍妮姊姊的一封信，信上說：

親愛的蘇：

我們今天瘋狂地逛遍了檳榔嶼，太好玩了，一定要與妳分享。其實我們昨天就準備「瘋狂」地玩檳榔嶼，因為昨天大家都休息夠了，一直在旅館睡到中午，哪裡都沒去，起來就吃午餐，然後在大廳聊聊天，聽聽音樂。我非常討厭拓瓦猜一直吹牛，想把哈理德踩在腳下。我們都知道哈理德一直待在礦井，不常接觸這些社會流行的東西，更別說是現在的流行歌曲。雖然哈理德知道的歌曲很少，但是他喜好的音樂風格非常獨特，每一段的伴奏他都聽得懂是什麼意思。說起來，我覺得，他比愛吹牛的拓瓦猜更會欣賞歌。

那天下午，我們去海邊玩。我穿著深紅色比基尼，因為搭配的紅帽子戴起來不太舒服，帽子太小，記得我有一次在宋卡戴那頂玩水，頭痛了半天。所以這次我戴淺黃色的，看起來也挺配我這套深紅色比基尼。哈理德的記性超好，當我們玩水時，他偷偷問我，那頂紅色帽子到哪兒去了，我回答說，太小了戴不舒服，他答說，剪短頭髮啊，這樣就能戴帽子了。他的回答把我逗笑了，但我不敢大聲笑，怕拓瓦猜吃醋不高興，最近拓瓦猜的眼神怪怪的，我看不出他在想什麼！

從海灘上來剛好是下午茶時間，我換了套深黃色連身裙，就是布料很貴的那件。蘇，妳還記得吧！我們去一個從海邊延伸出去的大理石畫廊喝茶，很巧很巧的是我們坐在他們種的玫瑰拱門邊，角落有盛開的黃色玫瑰，誇張到看不見綠色葉子，玫瑰花的顏色與我的衣服一模一樣，每朵花都差不多有茶杯那麼大（小杯的），我就摘一朵夾在耳朵。這時候，明明正在吃醋的拓瓦猜開口讚美我，至於哈理德，他現在哪敢在拓瓦猜面前誇我，只能看著我，他可能正怨嘆拓瓦猜先遇到我吧！

昨晚是泰國農曆的月蝕，很晚才看見月亮，他們辦了舞會，不過我們都保留體力給第二天的行程，所以說好大家都不跳舞，都到旅館頂樓看夜景。哈理德說他要回房間，我猜是想讓我和拓瓦猜單獨相處，可是我懶得聽拓瓦猜嘮叨，好煩！於是我們就躺在三把躺椅上看夜景，我在中間。聊天時，大家有說有笑，因為哈理德好幽默，還讓我們兩個猜謎語。哈理德說，我們南部人休閒時就喜歡猜猜謎語，比在背後評論人家更有意思，還可以動腦筋。有時候我們猜不出來是什麼，比如：「媽媽在家，孩子出去玩」，或者「早上入洞，晚上出來」，或是「四隻腳抓天花板，張開嘴巴吃人」等等謎語，其實，聽起來很容易，但我們根本想不出來，最後還是哈理德告訴我們，答案就是鑰匙、星星和蚊帳，聽起來很容易吧！但裡面夾雜著一些南方方言，要猜出來其實很難。

對了，我告訴過妳嗎？我已經跟哈理德說出真相了，就是我讓妳頂替我去見他那件事，他似乎沒有怪我，讓我安心多了。我跟他說，如果回曼谷有時間，請他來我家，讓妳向他道個歉。他說，沒必要。如果他要去，是因為想見我。哎，妳看看，他一有機會就泡我，明明是在說妳，但他又偷偷向我告白，但我只能假裝不懂，因為不想讓拓瓦猜和他打起來！

今天天還沒亮我就起來洗澡，先在澡盆放熱水，再放洗澡用的香鹽，整個房間都充滿香氣。因為我知道今天要擠在車裡，應該讓身子香香的，哈理德才開心。今天我穿著黑白色西裝和淺黃色鞋子，拿好手提包，把彎柄的傘掛著手臂，就趕緊出門與他們會合。我們在辦公室貼著大家的名字和房間鑰匙掛在一起，有人幫我們收著，當我們回來就可以拿鑰匙打開門。拓瓦猜試探性地問服務員，有沒有人「假裝」拿錯鑰匙呢？有沒有丟過東西？他說，偷東西的事沒發生過，也沒有人「假裝」拿錯鑰匙，我們才放心離開。

這裡的馬路非常乾淨，根本沒有垃圾，鞋子完全不會沾到灰塵，一個亂扔的袋子都沒有，不像我們那兒。其實我們那邊也開始變好了，因為管得愈來愈嚴格，不過和這裡還是差上一大截。說起來，這裡的交通也比我們好，不像我們每天都有交通事故。他們的三輪車比較奇怪，是乘客坐前面，司機在後面，這樣情侶要談戀愛，司機不就都看見了。電車很奇怪，沒有軌道。哈理德說，這應該叫電車才對，因為是電讓它移動，輪子是橡膠做的，上方掛著兩條電線，司機是印度人，坐在前面控制很像汽車的方向盤。很多人搭電車，是因為比大巴便宜，而且不用等，一點都不浪費時間。還有檳榔嶼的馬路上很安靜，因為都沒有喇叭聲，除非必要才按，一路只聽得見引擎的聲音。

這裡的商店也很特別，建築物的屋頂伸出來，所以走路買東西的時候我們都不會被太陽晒到，宋卡那邊也有類似的房子。這裡賣的東西，如果是從英國來的就比我們那邊賣得便宜，可是美國的反而賣得更貴，所以買的時候要注意。這裡還有很多的高樓大廈，要坐電梯才能上去，不過哈理德不帶我們去，他說，裡面的東西比外面的貴兩倍。我買了可愛的小手提包，想送妳一個，很多東西又漂亮又便宜，不知道買什麼送爸媽，只買兩、三小瓶香水，給老人家的紀念品真不好買啊！

哈理德帶我們去看賣鞋區，我買了兩、三雙，有一雙淺黃色混棕色的是送給妳的，我試穿有點緊，妳穿起來應該剛好。這邊的小商店是一區一區的，如果是鞋子，就整條都是鞋子店，賣布的就全都只賣布，不像曼谷全都混在一起，大部分的老闆是華人，也有印度人和老外，就是沒有泰國人。當我們去花店的時候，我以為老闆會是個美女，出乎我意料之外的，老闆都是皮膚黑得像墨水的印度人，與那些五顏六色的花非常不搭。不過他們很厲害，花圈、花環都弄得十分精緻，連我們女人都比不上他們。他們做花環的方式跟我們不一樣，不是用針線，而是用繩子結成環子，做出來也很漂亮。

我們逛到下午一點才覺得餓，哈理德帶我們去吃一家華人開的中國菜，各式各樣的菜看得我們眼花撩亂，不知道怎麼選。這裡有三層樓，還有空調，環境挺不錯的，菜也好好吃，服務生穿著合身旗袍，讓拓瓦猜看得眼睛發愣。哈理德一副沒興趣的樣子，我想是因為他一直看著我，就沒時間去看其他女人吧？

吃過晚飯後，我們去了小島南部的植物園，車子經過紅毛丹果園，樹不高，有很多紅紅的果子，好可愛，很想下去偷偷摘一個來吃。哈理德說，老闆不小氣，想吃多少就吃多少，可是不能帶走，除了紅毛丹，還有山竹、椰子，也有一些檳榔，但不多（以前應該很多，要不然他們不會叫檳榔島），所以現在應該叫紅毛丹島。

到了果園，哈理德就開車進去，從山坡可以看見各種樹排成一排，好像在保衛著辦公室，非常壯觀。果園裡有山、小溪、瀑布和小池塘。哈理德停車在山腳下，然後，我們走上山去。路的旁邊是森林，接著我們過橋，看見一片平地，前面是蓮花池。我萬萬沒想到這個地方會有這麼漂亮的情景，蓮花池裡有好多顏色的花，爭妍鬥艷，周邊是綠油油的森林。哈理德請我在小池塘旁擺pose，拍了幾張照，我故意逗逗哈理德，假裝看不見站在一旁已經咬牙切齒的拓瓦猜，實在太可笑了。

這裡的人工瀑布不太壯觀，他們築起一層層的水壩讓水慢慢流下來，水流沒自然瀑布大，也有可能只是擺飾罷了，可是那片樹林真是美得不得了。有竹林，還有其他特別的種類，看起來好像我們那邊的杜斯特動物園（在曼谷），但這裡又乾淨又漂亮。樹都貼著名字、種類和來源的牌子，看得出來有人在照顧。我們在大樹下的長椅休息，快到下午四點的時候，哈理德帶我們去檳榔嶼喝下午茶。

檳榔嶼上的霧很濃，大概三百尺高，所以在早上看不見風景，因為都被厚厚的霧蓋著。哈理德也像其他旅客，把車停在山腳下，請人顧著。哈理德去買票，再帶我們去搭纜車，座位與我們國家的不一樣，這裡是面對面坐著。纜車有兩層，第一層是軟座，第二層是硬座，我們坐第一層的四人座。我坐在他們兩個之間，我感覺哈理德的體溫比拓瓦猜的溫暖好多！

車正要開的時候，有印度人來賣檳榔嶼風景冊，一套有十二張，哈理德送我們一人兩套。拓瓦猜沒收下，因為整個旅程車費和餐費都是哈理德請客。我只收一套，不知道該拿來送誰，哈理德說，那就送妳妹妹一套好了，但我還是不敢接受。我叫他拿去送他的朋友們，別送給不認識的妳。他只是笑了笑，沒說什麼，就把冊子收回去了。

下一輛纜車來了，我們慢慢沿著鋼軌爬升，越來越高。我的背後是山，前面看見馬路愈變愈小，變成一小格，小小的屋頂好像動畫片裡的情景，好可愛。纜車又爬得更高了，現在我跟坐飛機一樣耳鳴，遠方看見一片綠色大海，海邊有小船停著。我們要轉車才能到達山頂，路的兩邊分別是向上和向下，路邊有很漂亮的房子，因為天氣很好，許多外國人喜歡來這裡度假，車和馬路圍繞著山，人行道和路平行，就算給我錢，我也不會用走的上去，腿絕對會痠到不行。

我們去酒吧喝下午茶，大部分都是老外。當我一走進去，許多人轉頭過來看我，哈理德還跟我開玩笑說，我真是有魅力，讓我有點害羞。最近不管哈理德做什麼，說什麼都能讓我整臉發熱，拓瓦猜卻完全相反，他一點都不會讓我覺得害羞。我已經儘量控制自己不要胡思亂想，可是……可是完全失敗。親愛的蘇，幫我想想，該怎麼辦？我突然覺得自己和拓瓦猜訂婚實在太衝動，其實我根本不愛他，只是認為他比別人適合我而已。不過我一遇見哈理德，就一見鍾情，他就是我在等的那個人。我認為，哈理德也對我有一點感覺，他看著我的眼神彷彿有特別的意思，我相信除了我，沒有人看得出來！

39 重回阿姨家

沙姍妮寄來的最後一封信，讓蘇拉雅非常傷悲，連母親都注意到了。她的臉上顯露出痛苦和傷悲，那雙眼睛已經失去了過往的精神，曾經時時刻刻有著愛人的那股甜蜜希望已被鬱悶蓋住，只剩下厭煩的皺紋，曾經年輕豐滿的粉色臉頰和嘴唇，也顯得蒼白黯淡。

母親只能默默關注女兒的情況，只能憐憫地嘆氣，畢竟愛情是個人的事，別人無法干涉，所以母親唯一能做的，就是為女兒祈禱，希望她的願望實現。

英卡波又從曼谷出差回來了，因為學校放暑假，才剛到家，他連忙遞了一封信給妹妹，這封信不是沙姍妮．蘇帕安德寄的，而是她的母親，蘇帕安德女士寫給她唯一的外甥女，信裡寫得很簡單，只說：

蘇：

阿沙已經回家了，求妳趕緊回來，這裡有很多事需要妳的幫忙！

阿姨

因為這封信，蘇拉雅決定再次回到那個讓她受委屈的地方。

隔天下午，蘇拉雅就回到阿姨的家，阿德開開心心地跑過來迎接她，從蘇的手中接過行李，笑盈盈地跟她報告說：「小姐，最近都沒有您的信，我每天都會偷偷去看。」

蘇拉雅才剛打起精神的臉，聽到「信」卻又立刻臉色蒼白，她向僕人微笑說：

「知道了，阿德，謝謝妳！」說著說著便走上樓去，「阿姨和姊姊在樓上嗎？」

「昭坤在午休，阿姨在茶水間，自從小姐走了，她就親自做點心，好辛苦。聽到您終於要回來，我很高興。」

「哦！明白了，阿德只是想讓我回來做點心，我還以為是想念我呢！」雖然一點都不開心，但阿德的可愛讓蘇拉雅不自覺逗弄起陪她長大的女僕。

「啊！不是，不是那樣。」阿德馬上否認，「我非常想您啊，即使您不做點心，我還是希望您回來，我們希望您回來比想沙小姐來得多呢！」

「噓！」蘇拉雅皺了一下眉頭，「快別那麼說，阿德，真是的，沙姊在上面嗎？」

「不在，她早上就出門去，從檳榔嶼回來，沒有一天是留在家裡的。」阿德不斷地說，蘇拉雅好不容易打斷。

「好啦，我要先去看看阿姨，妳幫我把行李放在房間吧，我等等自己整理。」

蘇拉雅拐彎進了茶水房，阿姨正把果凍放在冰箱裡，而僕人小金在旁邊洗東西，阿姨一看到蘇拉雅回來，高興得不得了。

「哎哎呀！妳回來了，哎，我正擔心呢！小金我要上去了，昭坤醒了去馬廄時，要記得端上去，還有飲料、菸，都要記得拿，別再忘了啊！」交代好了以後，她轉過身來看蘇拉雅，一副委屈的樣子，「妳都看見了吧，妳不在的時候，我一個人要忙這麼多事，還有阿沙什麼事情都不會。」

看著阿姨的眼睛慢慢降低，蘇拉雅平靜地回答：

「其實您不用這麼麻煩，叫安阿姨做就好了，她都會。」

「哼！怎麼可能放心，安要做飯，如果等她來做點心，我們可能要晚上九點才吃晚餐，其他的人都沒用，都不知道該怎麼做，就只會吃。」金偷偷對蘇拉雅微笑，阿姨正好看見，馬上責備說。「看，還厚臉皮，去，去，到廚房幫安阿姨做飯，跟阿南說一聲，不要離馬廄太遠，以防昭坤需要什麼。」

蘇拉雅跟著阿姨走出茶水間來，來到了客廳，阿姨就坐在軟軟的沙發上，而蘇拉雅蹲下在她面前。

「蘇，妳可能覺得很奇怪，我為什麼叫妳回來吧？」阿姨先講，滿佈皺紋的臉看起來又焦慮又擔心，她移動了一下鏡框，接著說：「我正懷疑，阿沙在生拓瓦猜的氣，不知道為了什麼事吵架，甚至退了訂婚戒指。」

蘇拉雅睜大眼睛嚇到了：

「您怎麼會這麼認為？沙姊應該不會……」

「先聽我說，蘇，」阿姨面帶憂心打斷蘇拉雅，「就是阿沙旅遊回家那天，不是拓瓦猜送她回來的，是拓瓦猜那個朋友。我向阿沙問起拓瓦猜，阿沙吞吞吐吐裝傻，什麼都不和我說，我看她手上沒戴訂婚戒指，又問了幾次，她跟我開玩笑說，寶石太小了不想戴，她想要七克拉的戒指。」

蘇拉雅的心跳加快而嘆道：「啊！這是什麼意思？您有沒有問過拓瓦猜呢？到底發生什麼事情了？」

「那傢伙也不見人影，從檳榔嶼回來後都沒來看過阿沙。昨天我打電話想問他，他也不告訴我，要我問阿沙，不過聽起來他還是挺有禮貌的。」

「唔！嗯……阿姨接下來要怎麼辦？」

「我也不知道該怎麼辦。」阿姨嘆道，「問了阿沙也不肯說，一直躲開我，可是她也暗示說，她已經決定怎麼做了，說我以後一定會認同她。哎！好煩啊！外甥女、女兒都給我添麻煩。」她邊嘆氣邊舉起眼鏡擦淚。

蘇拉雅低頭看著地上，雙手冰冷，因為她確定了，她曾經懷疑過的一切，原來就是事實！如果不是比她未婚夫強、條件好的男人出現，沙姍妮絕對不會向拓瓦猜退婚，但有沒有可能是她一廂情願呢？蘇拉雅自我安慰，不過……畢竟是又漂亮又有魅力的沙姍妮·蘇帕安德，誰不想跟她在一起呢？

「哦！昭坤怎麼說？阿姨。」

「他還不知道，他什麼都不在乎，除了他的馬，只是拓瓦猜真的好久沒來了，我很擔心，才叫妳回來，就是想讓妳問問姊姊。她應該會跟妳說，我很著急，想直接去拓瓦猜家問問，但又怕把事情鬧大，如果是妳們姊妹間問問應該還好。」

「好。」她沒意見地回答。

「她現在也不在家，一早就出門了，說了晚上吃飯才回來，她知道我不敢在昭坤面前問他這件事，妳的事就已經讓他夠煩了，如果阿沙又發生些什麼事，他一定會更傷心。」她鬱悶地嘆道。

「那我試試看，阿姨也不用想太多，也許不是您想的那樣。」蘇拉雅舉起雙手握住阿姨的膝蓋溫柔地安慰她，淚滴在大且細長的眼眶卡住，她看著面前的長輩，心裡也和她一樣痛苦，只是她必須掩飾自己的情緒。

阿姨點頭，慈愛地摸摸外甥女的頭。

「謝謝妳趕過來，剛開始我以為妳生我的氣，不願意回來了，哦……那件事呢？頭暈，到底是不是？」

「不是的，那天頭暈是因為睡不夠。」蘇拉雅穩定地回答，想向長輩說明真相又怕失敗會給她增加煩惱，於是她轉開話題，「我上去收拾東西，等姊回來，我問看看。」

慢慢走回原來的房間，蘇拉雅馬上把衣服拿出來放好。她只帶了幾件衣服，很快就可以搞定。她一邊整理，一邊思考阿姨剛才跟她說的那些問題。她突然發覺自己就是阿姨的間諜，而沙姊如果知道的話，說不定會跟她翻臉。但是不管怎麼樣，她一定要知道沙姊與拓瓦猜到底退婚了沒有，究竟發生了什麼事情，而且沙姍妮與哈理德的關係到底發展到什麼程度！這更是她目前內心最想知道的。

洗完澡，回到房間時，蘇拉雅聽到有聲音開門進來，一會兒就聽到沙姍妮的聲音在門口叫：

「蘇，蘇，開門。」

蘇拉雅把門打開，沙姍妮一出現，就抱緊她，轉來轉去的，好不高興。

「哎，我好想妳呀，留了很多好玩的事情等著跟妳分享，誰知道妳跑回家去了。知道嗎？我差點去那邊找妳，但媽媽不允許，說要寫信請妳過來。」

「好啦，好啦，放開我吧，開始頭暈了。」

沙姍妮洪亮地大笑，鬆開雙手，接著，抬起妹妹的下巴看看：「啊，妳看起來很傷心？不開心我回來嗎？」

「哪有，很高興啊！」

「好，那今晚我帶妳去慶祝一下，答應了。」

「可是……姊姊……」蘇拉雅想表示反對。

「沒有可是，如果真的高興就要跟我一起去。」沙姍妮嚇唬，「哦，對了，我這個人很麻煩。」邊說邊打開手提包拿出一張支票，「給妳，是妳的三萬元。啊！等一下，忘了問，妳收到我的信了嗎？就是說賣了項鍊那封？」

「有。」蘇拉雅儘量控制自己用正常的聲音回答，也沒有直視姊姊。

「妳沒有生我的氣吧？我是真心對妳好，要不然怎麼喊價到三萬元呢！」

蘇拉雅發愣一會兒才回答：

「好，我理解。」

「謝謝，親愛的妹妹，好，拿去吧！」沙姍妮打開妹妹的手放下支票，「哎，好險，蘇妳知道嗎？我有好幾次想跟妳借錢，其實我回來都沒錢了，但我也不敢跟媽要，她知道了一定會罵我，因為她已經給我幾千元去玩了，我也買了一大堆紀念品。」

「姊姊不進來坐坐嗎？站著說腳會疫吧！」

「哎呀！」沙姍妮摸了胸口，眼睛突然睜大嚇到，「我怎麼記性這麼差，剛想起來，忘了有個重要客人在樓下的客廳等著，原本我還想上來叫妳去迎接一下，但是因為見到妳實在太開心了，只顧著說話敘舊。蘇妳打扮好了先下去吧，我想洗個臉，再下去。」

蘇拉雅嘲笑姊姊笨手笨腳的樣子，而且非常奇怪，為什麼拓瓦猜是沙姍妮重要的客人，既然沙姍妮已經沒有戴訂婚戒指了！

「姊姊不用著急，拓瓦猜又不是別人，多久都能等。不過我不想下去，不想當你們的電燈泡。」

沙姍妮臉色立刻嚴肅起來，當聽到拓瓦猜，她好像要解釋妹妹的誤會，可是她沒說，只是推推蘇拉雅說：

「先下去吧，妳就明白我為何要妳一起去吃晚餐。我還要去看電影，如果妳不去我一定不能去。」

「啊？為什麼？畢竟拓瓦猜也……」蘇拉雅一臉狐疑，但沙姍妮假裝沒看到，她推著妹妹叫她趕快下去。

「還囉嗦什麼，下去啊，先陪他聊天，讓客人久等不好。」

蘇拉雅走下樓梯，手裡依然拿著姊姊給他的那張支票，連打開看的時間都沒有。她慢慢走到大廳，拐彎進客廳，差點就要開口大喊拓瓦猜的名字，可是當站在沙姍妮．蘇帕安德照片前面那個高壯、似曾相識的男子轉過身來時，蘇拉雅一征，牙齒緊閉地嚇到，全身寒冷，臉卻馬上熱了起來。

蘇拉雅覺得她已經全力大叫那個男人的名字，但其實她發出的聲音只有她自己聽得見！！！

40 意外的訪客

「哈理德。」

蘇拉雅不知不覺地喊了聲他的名字，然後站著發愣，手抓緊那張沾了汗的支票，眼睛彷彿移不開視線似得看著那張銅紅色的臉，有點不一樣。對了！他嘴唇邊黑黑的鬍子都刮乾淨了，整個人清爽、年輕不少，所以才覺得有點奇怪。但不僅是他的臉，還有他的眼神，過去那些仇恨痛苦的感覺都消失了。現在，蘇拉雅看見一雙快樂和如願以償的眼神正看著她，這樣怎能讓蘇拉雅堅持下去呢！

「您好！蘇拉雅小姐，感謝妳下來迎接我。」哈理德先打招呼，他的聲音開心又洪亮，當他看見蘇拉雅嚇到的樣子，眼睛也正笑著。

「蘇拉雅小姐！」怎麼聽起來怪怪的，好像不是她自己的名字，為什麼？就因為蘇拉雅第一次聽到他叫自己的名字，數種感覺一時湧了上來，居然意外遇見心愛的人，她的心幾乎被電得麻木了，同時，委屈感也湧上來蓋住了興奮感。

「他不回信給我，在我期待著他的消息時，他跟沙姊去玩，連拓瓦猜也受委屈，更何況他還親自送她回家，而我……哼！」

「妳真的不跟我打招呼嗎？」他提起，眼神顯露著笑意。

「我沒……沒想到會遇見……」蘇拉雅吞吞吐吐，臉頰紅紅，在不知不覺中，沒有精神的眼睛開始閃亮起來。

「哦！沒想到會遇到我，才大笑地走進來，一看見是我就……」他的語氣好像被欺負，更嚴重的是他又講下一句，「真想知道，妳走進來時希望遇到的人是誰，那個男子非常有福氣啊！好羨慕……」

「你怎麼知道是男士？」蘇拉雅的聲音開始發脾氣，「說得好像吃我的醋，其實是要隱瞞自己的不專情。」

哈理德頓了一下，話卡在喉嚨沒說，眼睛直盯著蘇拉雅的臉，溫和地解釋道：「我不知道，只是隨意猜測而已。」

「啊？」蘇拉雅嘆道而且更不高興，「我做了什麼讓你那樣想？」

「妳可能什麼都沒做，我是從別人那裡做的猜測。」

蘇拉雅皺了眉頭，細長的眼睛表現出溫柔和單純的樣子，表示女人的撒嬌很少有人能看到，高興的淚滴突然出現在眼眶。

「請你說得簡單一點可以嗎？我學歷不高，聽不明白聰明人的話。」她臉色紅嫩、近乎撒嬌地回答。

哈理德的臉上出現微笑，真奇怪，今天他怎麼帶那麼多幽默來？哼！對啊，能交上又漂亮又有魅力又聰明的沙姍妮．蘇帕安德的男人，當然是天天開心呢！

哈理德從灰色褲子的口袋掏出一封白色的信，用手指尖遞上給蘇拉雅，上面答得清清楚楚，

眼睛還是盯著她的眼睛。

「我想告訴妳，我根本就不相信這封信裡面說的任何一句話，帶來的目的是想讓妳看看好玩而已。不過妳剛才的態度倒是讓我有點懷疑，因為那不是女人在愛人意外出現在面前時的態度才對呀。」

蘇拉雅把支票放在桌上，帶著嘲笑走過去拿起那封信打開來看。

「哦哦！你是說要讓我高興，見到你就大笑是嗎？明明……咦？這是在說我嗎？怎麼會是這樣呢？她根本在胡說啊！」蘇拉雅嘆道，當她看到信的內容，那封信是普苔寫給他前夫的信，她有些話要說。

哈理德：

我猜得到，現在你應該還是眷戀著那個蘇拉雅，心裡感到很難受對吧！因為現在她不在你身邊了！我告訴你，她快跟新老公結婚了，那個人叫普龍，是在市政廳當職員的那空沙旺（泰國北方，有天使之城之稱）人，長得比你帥，而且他們很相愛，好像快要結婚了。我碰巧認識這個普龍，因為是我老公的朋友，真心希望你老婆的喜訊讓你開心！

普苔

蘇拉雅的臉又蒼白又羞恥又生氣，嘴唇顫抖。她把信還給哈理德，很嫌棄的樣子，聲音發抖

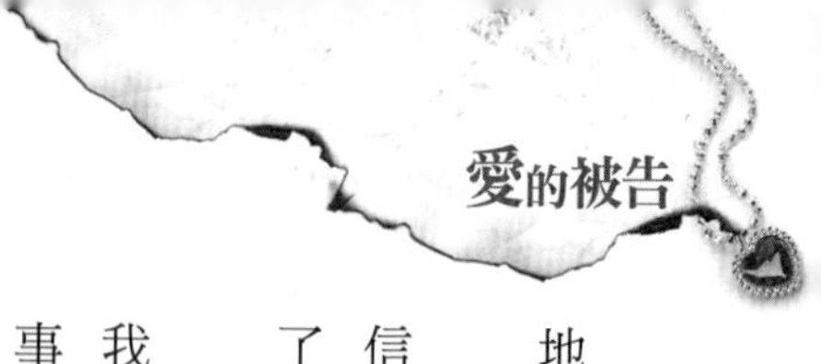

地問：「哦！你也相信那種女人的話嗎？」

「我說了，本來並不相信，但看見妳剛才的臉色，讓我不得不相信。」男人直接回答，把信塞在原來的口袋，「哪有這樣，遇到愛人一點都不高興，怎能讓我不懷疑妳現在可能有新愛人了。」

「應該是你有了新愛人吧，不是嗎？警告你，沙姊一直詳細告訴我你們在檳榔嶼旅遊的事，我很清楚，是誰害沙姊和她未婚夫引起衝突。剛開始我以為，你要迫害他們的感情是因為想報仇。事到如今我都明白了，深刻地了解，是因為沙姊太有魅力，能夠讓你的仇恨徹底消失，而且你故意破壞他們倆的關係，是因為你愛她，你想娶她，並不是要報什麼仇。」蘇拉雅一邊說話，一邊指著在桌上的那張支票，「那就是你三萬元的支票，我絕對不會碰這筆錢，因為可以肯定，你假裝想買是因為想拿回項鍊，你發現它太珍貴，不適合我，可是唯一能拿回的方法就是用錢來收購。你以為我這種窮人只要看到大筆金錢可能就會嚇到吧！你誤會了，那條項鍊，不管幾十萬，幾百萬我都不賣……」聲音在喉嚨消失，哭泣聲湧上來卡住。蘇拉雅拿起那張支票撕成小碎片，扔到年輕男子的臉上，同時轉過身，正準備跑出去。

哈理德又強硬又暖和的手先抓住蘇拉雅的手臂，他的聲音與剛才完全相反，好像不同的人，充滿溫柔和愛情的聲音：「等一下，蘇拉雅，又要離開我去哪兒？我努力跑過來看妳，希望能看見妳……」

「哼！想看我。」蘇拉雅哼了聲，熱淚滿眶，「好，我相信，你希望遇見我，是為了要跟我說，我們之間什麼都沒有發生過是吧？那條項鍊你都拿走了，你把它拿去送給沙姊吧！」蘇拉雅氣憤地指責他。

「哎呀！誤會了。」他開玩笑而嘆道，但是蘇拉雅沒看見他看著自己的眼神，「轉過來吧，親愛的，看著我，就會知道，妳全都誤會了。」

「關我什麼事，」蘇拉雅咆哮著回答，不願意轉過來，「我不想看到你這個感情不專一的人。」她流淚拒絕，好像早就準備好了，這時有腳步聲漸漸往這邊過來，「沙姊來了，你快點放開我。」

「不放，要先承認，妳還愛我，要不然我要在妳姊面前親妳。」他嚇唬她，嘴唇和眼睛滿是微笑。

「好，好，愛，我還愛著你，快放手。」蘇拉雅著急地小聲說，可是在哈理德放開蘇拉雅之前，趁她不注意時，他溫暖的嘴唇偷親了她軟嫩像花瓣的嘴唇，速度太快，蘇拉雅來不及拒絕，又驚又怒。沙姍妮開心活潑的樣子出現在客廳，當看見妹妹站在客廳中臉紅，她縮緊眉毛，感到奇怪。而她的年輕客人在離蘇拉雅不遠處站著，他的臉非常歡樂，是沙姍妮從來沒見過的，小小的紙掉在他們之間的地上。

「啊，蘇到現在都還沒請哈理德坐啊，唔……誰在這兒撕了紙……這是什麼？哎呀！這是支票！」沙姍妮嘆道。

「是，是的。」哈理德平靜回答，「是我付三萬元要買黑隕石的項鍊。」

「哦！是誰撕掉了？」沙姍妮憂愁說道，看著妹妹，「是妳？蘇？」

蘇拉雅吞吞吐吐，年輕男人替她回答，笑了笑說：

「就蘇小姐啊，還有誰敢撕呢？蘇拉雅小姐告訴我，她絕不會把項鏈給我，不管我給幾十幾百萬的價格。」

「哎，所以剛才蘇都說了？」沙姍妮不高興地批評，「出爾反爾，不給我面子。」

「蘇……嗯……蘇沒有……」妹妹低頭認錯，哈理德打斷說：

「哦，蘇拉雅她了解妳，但對我卻完全不了解，所以她才不想要賣給我，她現在已經還我錢了，所以是我應該還她項鍊。」他邊解釋邊從褲子口袋掏出小盒子打開，拿起項鍊，準備還給蘇拉雅。

「哈理德，」沙姍妮內疚提起，「我非常抱歉，蘇讓你失望了。我很清楚，你一定很喜歡這條項鍊，否則怎會願意花三萬元買它呢！」

「是的，我非常愛這條項鍊。」他輕柔地看著蘇拉雅微笑，「可是我剛才知道，蘇拉雅也非常愛它。」

「愛！」沙姍妮討厭地自語，鄙視地看了妹妹一眼，「她怎麼不愛呢，因為它是她親愛男主角送的，好得不得了的男主角！」她特別強調。

哈理德平靜的臉下藏著一抹微笑，假裝自言自語地說：

「哦！蘇拉雅已經有男主角？」

「姊姊，不打擾你們了，我失陪，先上去一下。」蘇拉雅結束話題，匆匆急著離開客廳，不想再繼續糾纏下去。

「好好，趕緊去換衣服，反正今天絕不讓妳拒絕，妳非去不可，必須陪我去吃晚餐，否則我就不去。」沙姍妮命令，在蘇拉雅回答前，哈理德突然打斷。

「等等，蘇拉雅小姐，我還沒還妳項鍊。」

蘇拉雅猶豫該不該取回，臉龐發熱，好像快要發燒一樣。沙姍妮覺得她反應太慢，心急地在旁催了催她。

「喂！想要就拿回去啊！都沒人想要妳的東西，以後不要哭也不要後悔這三萬元，我會等著說妳活該，哪有這麼笨的孩子。」

「別這麼說，蘇拉雅不是笨蛋，沙姍妮，我認為我們應該佩服她對愛人一心一意。」哈理德溫柔反駁。

「哦，對愛人一心一意，哼！對那麼壞的愛人不用感情專一吧！」沙姍妮尖聲不悅地說，「哈理德還不了解她的事才讚美她，其實這個孩子是個無比的笨蛋，聰明的人才不會像蘇拉雅那麼做。」

「是的，我同意你說的，聰明的人應該像沙姍妮。」他同意沙姍妮的話，讓她高興地笑了起來，心情頓時好了不少。

「別逗我啦，哈理德的嘴真甜啊，蘇。」沙姍妮轉過身去對蘇拉雅說話，可是蘇拉雅早已頭也不回地往門後走去！

41 莫名成了電燈泡

「蘇，打扮好了嗎？」沙姍妮敲著門並喚著，使出神看著窗外風景的蘇拉雅轉了過來，無精打采地走去開門。

「啊！」

沙姍妮一看見妹妹還穿著原來的衣服就嘆道，「妳在幹什麼？怎麼還不換衣服？哎……來不及怎麼辦，票都還沒訂呢！」

「我不去。」蘇拉雅平靜地回答，「姊姊快去吧，再晚就沒票了。」

沙姍妮不高興地皺著眉。

「哎，蘇，妳怎麼這麼固執呢？我不是說過了，如果妳不去，我也不能去了。」

「為什麼不能去？姊姊又不是沒去過……」

「有是有，」姊姊揮手阻止蘇拉雅，繼續說，「可是現在和以前的狀況不一樣了。以前我是單身，想跟誰去都沒問題，但現在我有了未婚夫，如果我突然跟未婚夫以外的男人一起去看電影，不就成了那些狗仔或三姑六婆感興趣的話題了嗎？」

「妳不是從來都不在乎那些人，怎麼這次忽然開始在乎？」

「誰說我在乎？」沙姍妮挑高眉毛，「就算是這次我也不在乎，但媽媽在乎啊！剛剛我只是告訴她我要與哈理德出去吃飯，還沒說是去看最晚的一場電影就被打斷了，她怕人家因為這樣對我閒言閒語，我就說蘇也會一起去，不是只有我們兩個人，她才允許。」

「哦！姊姊，我有問題想問妳，妳過來坐一下。」蘇拉雅起身想去扶姊姊坐到床邊，但沙姍妮反對。

「不坐了，想問什麼就快問，哈理德已經等很久了，快！妳也邊說邊打扮吧，快點，我在聽。」

「我想知道，妳在生拓瓦猜的氣嗎？」蘇拉雅邊說邊走到姊姊背後的衣櫃，避免沙姍妮看到自己不對勁的樣子。

「其實也不是生氣，我們兩個已經談好了。」

「也就是說，沙姊沒有……要和拓瓦猜解除婚約是吧！」蘇拉雅繼續說，手也跟著隨便挑了件衣服。

沙姍妮聽見後愣了一會兒，然後實話實說：

「蘇先不要大驚小怪，我跟妳說實話，其實我和拓瓦猜已經解除婚約，但我們兩個是偷偷談好的，妳看。」她高興地張開左手空空的無名指給妹妹看，一點都沒有眷戀前未婚夫的樣子，「可是蘇，妳先不要告訴別人，等到……」

「等到……？」蘇拉雅的手十分冰冷。

「等到哈理德娶我。」沙姍妮害羞地回答，眼睛充滿著希望。她接著說：「不過很快了，蘇，哈理德很迷我。」

「他……跟妳告白了嗎？」

「還沒，我還在找機會告訴他我已經和拓瓦猜解除婚約一事，我想他可能以為我們只是一般的鬧彆扭，因為回來時，拓瓦猜沒有送我，而是單獨回家，所以哈理德才來。其實我認為他不一定要現在跟我告白，可以等我們更熟一些再說吧！」沙姍妮自言自語。

「快！打扮好了嗎？否則吃飯就來不及了。來，妳要穿這件深藍色的？哎，不要，不然別人不曉得，還以為我阿姨來監督呢！就這件好了。」她邊說邊拿出蓮花瓣色的連衣裙給妹妹，「這件才有精神。雖然款式普通，看看我的衣服，深綠色還帶亮粉，剛才哈理德一直看著我，妳看到了嗎？」沙姍妮聊得非常開心，低頭欣賞自己翡翠色的洋裝。

蘇拉雅吞吞吐吐地說：

「我沒注意，不過……妳先去陪哈理德好了，我快好了。」

「那我先下去，妳快點啊！」沙姍妮說著，趕緊走了出去。

蘇拉雅沒辦法，只能穿上姊姊選的衣服，粉紅色服裝搭配著因被鄉下陽光晒黑的膚色反而顯得更美，而寬領細肩亦顯露出她沒戴任何裝飾物的裸肩形狀，以及細長的手臂。其實阿姨也不是不關心她，當蘇拉雅幫她做了讓她滿意的事後，她偶爾還是會送唯一的外甥女一些小小禮物，只不過那些裝飾品都十分陳舊且老氣，所以每次當蘇拉雅戴著粗粗的項鍊或手鐲、鑲了寶石的金戒指，或老舊年代的耳環等飾物時，沙姍妮總會嘲笑她，所以蘇拉雅才乾脆什麼都不戴。

打扮好後，蘇拉雅拿起那個從那空沙旺帶來的黑色小手提包，有點猶豫，不想讓哈理德知道他給的每件東西蘇拉雅都非常珍惜，可是還能怎麼辦，她就只有這一個，只好無奈地拿下去。在樓梯口穿上黑色鞋子後，噠噠走到客廳。

一出現在客廳，就與向著門口坐的哈理德對視，臉頰突然變得熱燙，「真討厭，當沙姊不注意就偷偷地看她。」蘇拉雅哼了聲，剛好沙姍妮轉過頭站起來。

「來了，蘇，哎，妳真慢，我怕我們來不及看電影，看來只能在電影院附近吃飯了。」

「沒關係，吃哪家我都沒問題，讓沙姍妮做主吧！」他邊回答邊跟著兩個女孩走出去，「我還沒和妳的父母見面呢！沙姍妮。」

「哎，不用了，我擔心她會問太多，更耽誤時間。」沙姍妮回答，蘇拉雅聽到後不自覺地回頭看了哈理德一眼，不過看見他的眼睛正微笑地看著自己，就馬上轉過頭去。

藍色的奧斯摩比（Oldsmobile）停在大樓卻沒看見司機的身影，沙姍妮看見妹妹疑惑的樣子才說：「我自己開，我們要看最晚一場電影，不想折磨老人家。下午我的車有點故障，無法發動，就停在車庫了。」

蘇拉雅走過去車後座位，伸手要打開門，可是她的手卻被哈理德伸出來的手抓住。蘇拉雅收回手，不高興地看著他的臉。

「請妳坐前面。」沙姍妮說。

「三個人都坐前面好了。」他笑著說，並輕輕地推著她的手臂，讓她無法拒絕。

「來啊，蘇，一個人坐後面很無聊吧！」沙姍妮點頭叫妹妹，再坐上司機的座位，蘇拉雅心慌，因為知道三個人坐會很擠，而且還要和自己討厭、想遠離的人坐在一起，卻沒辦法拒絕，她只能走去坐在姊姊旁邊，哈理德再坐下時，故意坐得很靠近蘇拉雅，甚至讓她的肩膀靠著他的胸部，蘇拉雅想躲開，又不敢太擠向姊姊，怕妨礙她開車。哈理德臉上笑著，斜眼看著旁邊那張有些扭曲的臉正變成粉紅色，好可愛。「妳的手放在大腿上緊握著，真喜歡看躲著不敢看我的眼神，小女孩就是害羞的時候最可愛了。」忽然想逗逗她，所以把項鍊的事拿出來說，

「對了，我剛剛想起來，我還沒還妳項鍊呢，蘇拉雅。」

蘇拉雅不回答，她姊姊開車出來的同時說：

「她只是在裝捨不得，人家都要還了，妳還不拿回。」

「那讓我冒昧地為妳戴上吧！」哈理德簡單地說著並付諸行動，但蘇拉雅立刻轉過身來拿回他手裡的項鍊。

「我可以自己戴，謝謝！」

「自己戴能戴得順手嗎？」他又逗弄。

「我習慣了，每次都是自己戴啊！」蘇拉雅的聲音更強硬了。

「每次都自己戴？」他自語，眼神閃爍地開心說道，「這表示，妳曾經拿下來好幾次？」

「我只有洗澡時才會拿下來，怕弄髒它就不亮了。」蘇拉雅解釋，接著突然意識到不對勁，才停止說下去。

沙姍妮討厭蘇拉雅搶了哈理德的注意力，故意插話道：

「我們到底要在哪吃飯啊？哈理德。」

「隨便妳。」他敷衍著回答，而後又小聲地說，「剛才妳說妳只有洗澡時才不戴，那現在妳又沒有在洗澡，怎麼不戴著呢？」

蘇拉雅想用沉默讓他放棄詢問，但她看見沙姍妮正用厭惡的眼神看著自己，只好鬱悶地讓哈理德看到她熟練地戴上那條項鍊。

沙姍妮選擇在一家豪華飯店旁停車，但空著的車位大小讓她得進出好幾遍才能把車停好，所以沙姍妮的臉色有點不好看，可是蘇拉雅很清楚，停車的事並不是姊姊不高興的主要原因，而是她想抓住的哈理德，居然會對明明才見過一兩次面的妹妹表現出很熟悉對方的態度。

哈理德也因為對蘇拉雅的了解而注意到沙姍妮的心情，所以進餐廳後，他補償性地表現出特別關心沙姍妮的樣子。一到飯桌前，他就趕緊替沙姍妮拉開椅子，讓她先坐，在沙姍妮坐好的當下，蘇拉雅也不等哈理德幫他移椅子，迅速地在桌子另一邊坐下。哈理德則是待大家都坐好了才坐下，且特意搬動他的椅子，以便能更靠近沙姍妮，這使她的臉色好了一些。而當他熱情地把菜單放在她面前，表現出一點都不在乎蘇拉雅的意願時，她的臉色就更好了。

「沙小姐想吃什麼就點什麼吧，我不挑食。」

「讓蘇選吧，她可是使今晚約會能成行的關鍵人物。」沙姍妮還有點生氣。

「啊！」蘇拉雅嘆道，臉色微變，但還沒來得及反駁，哈理德就笑著說：

「嗯，不過我認為沙姍妮更重要，如果沒有妳，蘇拉雅和我哪有機會在晚上出來玩呢？」

「嗯，怎麼會沒有？或許對蘇來說是這樣沒錯，因為她從沒在晚上出去玩，可是哈理德啊，你想哪個晚上出去就出去，有誰攔得住呢？」沙姍妮矯揉造作地反駁道，「你就別捧我了，這樣反而會讓我很不好意思呢！」

「是，我承認我的確什麼時候想出去玩都行，不過妳想想看，哪個晚上能像今晚這樣特別？

妳怎麼不讓我說妳是重要人物呢？」他甜蜜笑著，眼睛越過正低頭看著自己面前桌子的細長臉蛋，與沙姍妮高興地微笑著的豐滿臉形對視，她剛才不高興的情緒已經完全消失。沙姍妮以向服務生點菜來遮掩她的不好意思，且在用餐過程中，沙姍妮一直與哈理德津津有味地聊著，完全不在乎一旁靜靜吃飯的妹妹。

在電影院時，沙姍妮坐在妹妹和哈理德中間，整整一個多小時中，蘇拉雅口也沒開一次，因為她姊姊不斷地轉過去跟哈理德聊天，而蘇拉雅只能安靜坐著，眼睛認真地看著電影，可是她還是完全不明白電影在演些什麼，畢竟她一直不停地聽到姊姊與「他」聊天。

「奇怪，」蘇拉雅在心裡默念，「他們到底是來聊天還是看電影？如果想聊天，在家裡就好了，我也不用這麼麻煩，還得跟他們出來。」

忽然，她聽到哈理德對沙姍妮說：

「嗯……沙小姐，我可以問妳一件事嗎？」

「哎，問吧，我們又不是不熟。」沙姍妮甜甜地說道。

「我想知道，妳和拓瓦猜和好了嗎？我不喜歡事情拖很久，況且我也有點擔心。」

沙姍妮頓時僵住，隨後又開玩笑地說道：

「我們不會和好了，這樣你放心了吧！」

「啊！不會和好了？什麼意思？」他自言自語。

「也就是說，我們兩個已經翻臉了。」

「什麼？」他又嘆道，「翻臉？哦，是指要等到結婚那天再和好是吧！」

「哎哎，難道哈理德還覺得我會跟拓瓦猜結婚嗎？這……」她話只說到這，蘇拉雅悄悄地偷看了一下姊姊，隨即臉龐發燙，因為她在黑暗中看見沙姍妮舉起沒有戒指的左手，並把它放在哈理德的手上停了好一陣子！

42 報恩的時刻？

「哇！我今晚太開心了！」在哈理德·郎西門走進他住的賓館時，沙姍妮自語並長嘆一聲。賓館大廳裡的光照在她身上時，能清楚看見她楓紅色的臉龐，以及藏在棕色眼睛後的希望。

蘇拉雅也嘆了一口很長的氣，姊姊看著哈理德的樣子，是這樣強烈地顯現出她的心情。

「喂，怎麼妳也嘆氣啊，應該是羨慕我吧！」沙姍妮逗著妹妹，同時將車開出賓館門口準備回家。

蘇拉雅冷笑一下，開玩笑說道：

「怎麼會不羨慕呢？有哪個女人能像妳一樣想要什麼就有什麼。」

「真的，」姊姊自豪地承認，「我還想過，或許比我漂亮的女人很容易就能找到，可是運氣比我好的女人可是很難找，妳同意嗎？」

「不完全吧，我認為，兩種其實都不好找。因為從我出生到現在，遇過比妳漂亮的女人大概不超過五個吧！」

「哦！太誇張了吧，妹妹，」沙姍妮笑著說，「就屬妳最會誇人。」

「哎，我說的是事實，妳以為是在拍馬屁啊！通常會拍人馬屁的都是為了某些利益，可是妳已經給了我這麼多仁慈，還有什麼馬屁好拍？」

「嗯，」沙姍妮在喉嚨嘆道，接著用有點奇怪的語氣說道，「妳也清楚我對妳的仁慈對吧！我還以為妳不知道。」

蘇拉雅斜斜看著姊姊的臉，感覺她說那句話的語氣和含意很詭異，沙姍妮看似不在乎自己說的話，可是出現在她豐滿嘴唇的奇怪微笑，卻使蘇拉雅有些心虛，她明明應該不知道原因。

「啊！姊姊是什麼意思呢？我做過對不起妳的事嗎？」

「沒有，可是……可能……」沙姍妮斷斷續續的話帶著些許不確定。

「可能？」蘇拉雅更奇怪地自言，「妳是說，我可能有一天會忘恩負義是嗎？」

「我也不確定，但不是沒有這個可能性。如果想勾引的東西夠高貴的話。」

「想勾引的東西？是指什麼？哎，妳越說我越不明白，可以請姊姊再解釋一下，讓我更清楚好嗎？」

「不可以，因為我不想讓妳傷心，不過我會給妳一些暗示，讓妳意識到自己的立場，雖然有個高貴的東西可能使妳忘恩背叛我，但我一點都不擔心，因為我相信我的本事。」沙姍妮強調不會有這件事發生，並把頭昂得很高，充滿著驕傲和自信。

明白了姊姊富有意涵的話後，蘇拉雅的臉開始發燙，不過她也只能選擇安靜，不與恩人頂嘴。

「怎麼樣？不說話了，明白我的意思了嗎？」

蘇拉雅依然安靜，緊握著自己的雙手。

「妳在生我的氣嗎？蘇。」

「沒有，」蘇拉雅用正常的聲音回答，「我只是在想姊姊的話到底是什麼意思？」

「什麼？都說得這麼明顯了還不明白。那麼，我再多說一點。假如，妳是男人，妳會選擇我還是妳呢？要客觀回答。」

「當然，如果那個男人夠聰明，應該會選擇姊姊。」

「不只是『應該』吧，是一定會選我，」沙姍妮自信地強調「一定」，「而大部分男人是聰明的。」

「如果是這樣，」蘇拉雅笑著下結論，「蘇不就要一直等待，直到遇到笨男人，這個世界上總還會剩下兩、三個笨男人吧！」

「誰要笨就笨去，」她姊姊也笑著說，「可是我相信不管怎樣，我的那個『他』肯定不是笨的那個。」

「我也相信姊姊應該不會失望。」

「又是『應該』，」姊姊的聲音帶著悲傷，「我相信我一定不會失望，不信妳就等著看。」

「我相信，姊姊這輩子一定不會失望。」蘇拉雅傷感地小聲說道。

沙姍妮得意笑著，到家之前，兩個人都安靜下來。沙姍妮將車停在大樓下，讓司機去把車開進車庫，她則拉著妹妹直接上樓。

「哎，都兩點了。」她默念，低頭看了鑲著很多鑽石的白金手錶，「有點冷了，還沒洗澡呢，妳呢？洗了嗎？」

「洗了，一回家就先洗了，如果妳怕冷，我下去幫妳燒水好嗎？」

「不用了，其實我是懶得洗澡，冷只是藉口啦，我洗腳就好了。」沙姍妮邊說邊走進房間，剛好阿德上來等著服務小姐，蘇拉雅說道：

「哦，阿德來了，麻煩妳下去拿些熱水給姊姊好嗎？她說她有點冷。」

「我已經準備好熱水放在房間了，妳再不快去，小姐就要把它用完了。」阿德悄悄說著，蘇拉雅縮了下眉毛，感受到這個年輕女僕的善意，就小聲批評：

「妳真是的，姊姊用完就算了，我從來都沒有叫妳再弄給我啊！」

「就因為這樣，我才想讓您也用。就算妳讓我再開火燒也沒關係，我很樂意，我不怕被主人罵。」

「好啦，快去幫姊姊吧，不然等一下她拉不下拉鍊，心情又不好了。」蘇拉雅打斷話題。

「那您呢？妳也可能不方便，我先幫您用吧！」阿德熱情地想提供幫助，但蘇拉雅笑著搖頭。

「不用了，謝謝，我的手比姊姊長呢！」回應後，蘇拉雅就回房間換睡衣了，才剛把睡衣腰部繩子的結打好，敲門聲和阿姨的聲音響了起來。

「蘇，妳在幹什麼，開門一下。」

蘇拉雅走過去開門並說：

「阿姨妳還沒睡啊？我見您房間的燈暗著，以為您睡著了。」

「我睡不著，就去了陽台等妳們，」阿姨邊說邊走過來坐在床上，蘇拉雅順勢在她腳邊跪下，

「怎麼樣？讓妳去問的事如何了？」

「就……和您想的一樣，沙姊真的和拓瓦猜解除婚約了。」蘇拉雅無奈地回答，因為沒有選擇，她輕輕抓住阿姨的腿安慰道：「可是您不要太傷心，事情還不是很嚴重，因為她只是私下和

拓瓦猜談好而已，拓瓦猜的媽媽還不知道。」

「妳認為，在有那個男人夾在他們之間的狀況下，沙會回心轉意與拓瓦猜和好嗎？」

蘇拉雅在聽見「那個男人」時，臉紅地低頭看著地上，回答道：

「我也不確定，可是還是有希望，因為她還沒公開這件事。」

「但我覺得沒希望了，蘇，」阿姨擔心地搖頭，「根本就是絕望。妳沒看見沙來請求我允許她與那個哈理德一起吃晚飯時的樣子，她的表情興奮得不得了，簡直跟剛開始認識拓瓦猜時一模一樣。哎，沙為什麼會這麼容易變心呢，像個孩子一樣。」

蘇拉雅低頭摸著地上，不知道該接什麼話。

「哦！」阿姨想起來，「妳姊是否告訴妳，她和拓瓦猜之間發生了什麼嗎？」

「沒說什麼，不過……嗯……」蘇拉雅吞吞吐吐。

「不過什麼？她告訴妳什麼？」

「她就……只是說……她喜歡……哈理德比拓瓦猜多而已。」

「哼，怎麼可以那樣說，太不像話了，」年紀大的女士發愁道，「沙怎麼會變成這樣，有了未婚夫還一不高興就退婚，明明拓瓦猜並沒有犯什麼錯，若是結婚後成了老夫老妻，又遇到更喜歡的男人，她不就會甩了老公而跟情人私奔嗎？」阿姨悲傷地嘆氣，接著講：「接下來我該怎麼辦呢？順著她，又擔心沙被他騙，那個男人是哪裡人、家長是誰都不知道，可惜了拓瓦猜還是高貴家庭出身，父母也與我們很熟，這樣突然退婚應該嗎？哎，如果新的更好也就算了，不然肯定會害我被拓瓦猜的父母取笑，說我接受了個流浪漢作女婿，就那個哈理德啊！肯定連個家都沒得住，才會住在賓館。如果她真的喜歡他，甚至跟他結婚，那麼，我的沙不就得跟他在賓館住一輩子？」

「阿姨誤會了，阿姨，」蘇拉雅不自覺地反駁道，「哈理德並不像您想的那樣，是個流浪漢。他之所以住在賓館，是因為他是南部人，他在洛坤府有間很大的別墅，還有幾座礦井……」意識到說錯話，蘇拉雅停了下來。

「哦，所以是礦井老闆嗎？」阿姨自問自答，「那可能是去玩的時候認識的吧！拓瓦猜也真可憐，居然開門讓敵人進來打自己。如果當初他不主動找沙一起去南部旅遊，現在也不會弄到退婚。」

「那阿姨，以後該怎麼辦呢？順其自然嗎？」

「怎麼能讓它順其自然？雖然那個哈理德很有錢，我還是不同意沙甩了拓瓦猜，這會顯示出她的不專一，真丟臉，我還是想讓他們和好。」

「哎，可是我覺得……阿姨可能會失望。就我來看，沙姊對哈理德有很深的興趣，萬一他求婚，沙姊是絕對不會拒絕的。」

「但是妳要幫我啊，不能讓那個哈理德有向妳姊求婚的機會。」阿姨懇求。

「我不……不知道該怎麼做才好。」

「很簡單，只要妳別讓他們單獨相處、出去玩，好好地當顆電燈泡，我想這樣那個男人不久後就會放棄。男人嘛，總是沒什麼耐心，只要常被搗亂，很快就會放棄了，這樣沙就可能回頭找拓瓦猜。」

「呵呵，但是我不敢，沙姊一定會很生氣。」

「沙能氣多久呢？妳們是姊妹，她下不了狠手。我從小撫養妳到大，妳難道不應該報恩嗎？」

又來了，「報恩」這個詞蘇拉雅經常聽到，半個小時前，沙姍妮才叫她報恩，她控訴如果可以勾引到高貴的東西，蘇拉雅可能會背叛她，而那個高貴的東西不是別的，就是哈理德．郎西門！

如今，她的阿姨也開口叫她報恩，希望她阻礙姊姊和哈理德的關係，蘇拉雅到底該如何決定才好？

「不過……阿姨，」終於，蘇拉雅提出話頭，「如果我按照您的話去做，但沙姊卻在想跟哈理德單獨出去時不邀我一起，我要怎樣才能跟著呢？」

「那不是問題，如果她來徵求我的同意，我就讓她帶著妳一起去，就像今晚一樣。」

「嗯……要是她不告訴您呢？例如，她偷偷接哈理德出去玩，也不通知您，我要怎麼才能跟著他們呢？」

「啊，這樣的話我們只能多多注意，妳比我和她更親，當她打扮準備出門時，妳就來通知我，我會有辦法的。」

「沙姊一定會恨死我，」蘇拉雅喃喃低語，「我真不想那麼做。」

「蘇，」阿姨穩重說道，「妳這樣會讓我懷疑，妳其實贊成沙變心，去愛那個南部富翁，因為妳似乎不想按照我的話去做。」

蘇拉雅抬頭疑惑地看著阿姨。

「為什麼您會那麼認為呢？」

「哦，因為只要沙變心，拓瓦猜又會變回單身，我注意到，他跟妳也很熟，甚至不亞於沙。」

阿姨回答著，眼睛仔細看著外甥女。

43 如何讓兩人和好呢？

「阿姨！」蘇拉雅嚇到而嘆道，寶石亮的黑眼珠與恩人的眼睛對視著，心裡非常悲傷且感到委屈，「阿姨難道認為，妳從小養大的外甥女會這麼卑鄙嗎？雖然在您眼裡我很不好，但也不至於背叛沙姊！」

「我沒那個意思，蘇。」阿姨輕輕地說，「我的意思是，沙變心的事，可能讓妳產生不該有的希望。」

「阿姨說的好像我很支持沙姊拋棄拓瓦猜，然後我才能……」蘇拉雅還沒講完，阿姨就打斷說道：「妳別想太多，先聽我說，我愛妳不比愛沙少，而且對我而言，拓瓦猜做我的女婿或者甥婿並無差異，我不想讓沙退婚的主要原因，是因為這樣是違背傳統，女人一旦訂了婚，就等於一半的自己已經結婚了。而新對象對此一點都不在乎是不可能的，以後很可能因為這件事產生嫌隙。但若是結了婚又離婚，再跟新對象在一起，又是另一回事了，因為再婚的對象其實心裡很清楚老婆的情況，不過在已經訂婚又退婚而跟新對象在一起的狀況下，如果那個男人起了疑心，就會產生談不完的尷尬事，無法長久過下去，亦不會快樂，我這麼說妳明白嗎？」

「明白。」

「如果妳明白就要幫幫我，蘇，」阿姨做出對自己論點有利的結論，「幫我防範哈理德靠近妳姊，若能徹底打消他的念頭就更好了，妳能做到嗎？」

「我怕不會有效，阿姨，姊姊那麼可愛，不管是誰都會愛上，而且她也有哈理德已經愛上她的自信，他遲早會向姊姊求婚的，我怕我們的阻礙只能拖延一點時間。」蘇拉雅解釋，儘量將自己的感覺隱瞞住，不讓阿姨發現。

「哎，那我們要怎麼辦呢？妳再幫我想想，要光明正大地阻止是不可能的，沙一向固執，越阻礙只會任她更想向前衝。哎，我真的很煩惱啊！」

「我相信沙姊不會為難您的，也許她心裡已經有數，正準備找個適合的時間對昭坤提這件事呢！現在她只是在等哈理德的求婚。」

「如果他真要娶沙，也很愛她，我想，昭坤不會反對的，」阿姨悲傷地說，「生氣是自然的，但還能怎麼樣，都是沙不好啊！」

蘇拉雅安靜地低著頭，阿姨的話讓她的心裡產生強烈的痛苦，看著脖子掛著的黑色心臟，蘇拉雅不自覺地舉起手去摸它，好似它是唯一能鼓勵她的存在。她在心裡默念：

「哈理德，我們在這兩三天內就會知道，你到底是不是個男子漢！」

隔天早上，沙姍妮將她帶去檳榔嶼旅遊的所有飾品拿到大廳叫妹妹洗，因為蘇拉雅忙著洗她的飾品，所以沙姍妮就邊和她聊天邊拿起飾品一個個欣賞。

「這條寶石手鐲真可愛，蘇，做工十分精緻，如果它全是鑽石應該會更貴。看看，這束花如果全用鑽石鑲，得鑲好幾百顆呢！」

蘇拉雅忙著用牙刷刷著搭配綠寶石葉子，以白金雕刻的鑽石小葡萄胸針，抬起頭來答道：

「如果全是鑽石就太貴了，應該要好幾萬吧！」

「大約十幾萬吧，看看這些，一顆差不多一克拉，如果整條都是鑽石，媽媽絕對不會買給我，她會說，她已經買太多飾品給我了。知道嗎？蘇，每次我叫她買東西給我，她都會提到妳，要我以妳為榜樣，說什麼，蘇是好孩子，很聽話，她送什麼就用什麼，不像我，什麼都要買新的。」說到這兒，沙姍妮就笑了起來，接著說，「當然啦，前提是妳跟我一樣漂亮，媽媽總是囉嗦，忘了吧，何況我是她的獨生女，怎麼能讓我像妳一樣呢？」

蘇拉雅沒回答，放下胸針，拿起紅寶石戒指刷著，沙姍妮看著妹妹接著說道：

「真的啊！蘇，媽媽不知道把省下來的錢都花到哪去了，要買就該買全是鑽石的飾品，妳看這花束，」放下手鐲再拿起鑽石搭藍寶石的花束給妹妹看，「如果沒有這藍寶石，我想跟那種顏色的衣服搭配都行，但這只能和藍色衣服搭配，真討厭。現在大家都知道，只要我穿藍色衣服，配的肯定就是這花束。」

「哎，姊姊的飾品也夠多了，又不是只有這一件。如果妳穿綠色的衣服，就有綠色葡萄的胸針可以配；穿紅色時，也有鑲著紅寶石的耳環和戒指襯托呢！」蘇拉雅溫柔地反駁道。

「嗯，但我不喜歡戴便宜的東西啊！雖然量很多，可是價格加起來還不如一個大顆的鑽戒或一束鑽花，這個帶幾次都不會丟臉。」

「其實姊想要大顆鑽戒，妳也拿到了啊，可惜……」蘇拉雅還沒講完，姊姊就憐憫地大笑道：「哦，妳說我的訂婚戒指啊，呸！」侮辱的語氣，「只不過是兩克拉的鑽戒，妳以為這樣夠大嗎？哎呀，像我這樣的女人，至少要配上五克拉的鑽戒，加上整套的鑽石飾品才行。妳等著瞧，不久後，我絕對要讓妳徹底忘掉那像眼屎一樣的兩克拉鑽戒。」她說完話，就大聲笑了起來並轉過身，看見有個人正靜靜地站在客廳門口，嘆道：「哎！哈理德什麼時候開始偷偷地站在這呢？還好我們沒說你的壞話。」

蘇拉雅聽見後嚇了一大跳，在與視線強烈的哈理德對視後，臉立刻紅了起來，然後馬上就想躲避，哈理德微笑著回應了沙姍妮的招呼：

「沒必要怕在背後說我壞話被我聽見啊！沙姍妮，我很樂意讓妳在我面前說。」

「呵呵，才剛來嘴就這麼甜，」沙姍妮斜斜左右看了下，「還悄悄地進來，僕人們都不知道跑去哪了，沒人來通知一聲。」

「因為我沒開車進來，下計程車後是用走的進大門，沒見到人就自作主張地決定坐進這了，希望不會太冒昧。」

「哎，沒關係，妳又不是別人，」沙姍妮甜甜地回應，「聽著，今天哈理德要跟我們一起吃午飯，我要順便將他介紹給爸媽認識。哦，蘇，妳去叫僕人送杯飲料來給哈理德吧！」

「哦，我剛喝過東西，別麻煩了，蘇拉雅。」哈理德馬上提出反對意見，但蘇拉雅並不理會，她放下正刷著的飾品，看都不看站在門口的哈理德一眼便走了出去。

「那我也跟著蘇拉雅去向妳父母打聲招呼吧！」哈理德轉過來與正經坐在軟沙發上的沙姍妮

說，不等她回答，就邁開長長的步伐跟在蘇拉雅後面走去，丟下因為擔心自己擺在小桌子上那些亂七八糟的飾品，而愣在沙發上來不及跟去的沙姍妮。

哈理德在快到後門時才跟上蘇拉雅，她正準備下去僕人房，他輕輕地抓住蘇拉雅，委屈地說道：「妳要躲到哪呢？蘇拉雅。」

「請你放手，想說什麼就說，為什麼要抓我的手，小心等下被沙姊看見。」蘇拉雅用撒嬌的口吻說著，同時甩開哈理德的手。

「看見也沒什麼，我難道不行抓我愛人的手嗎？如果沙姍妮覺得奇怪，我就親妳給她看，這樣她就不會感到奇怪了。」他笑著回答，又舉起蘇拉雅的小手親了一下才放它自由，「好，既然我已經放手，就別再躲我了，不然下次的懲罰就不只是親手而已。」

那雙碧玉般的眼珠突然溢滿閃爍的淚，蘇拉雅逃避似地轉開頭。

「動不動就要懲罰，你憑什麼？」

「就憑我是蘇拉雅的心的主人啊！難道妳要否認這個事實？」他輕笑著挑釁地回話，然後看見蘇拉雅發愣，「好啦，畢竟妳已經承認妳的心屬於我，就請妳帶我去見兩位長輩，並介紹一下，讓他們能好好地認識未來的甥婿。」

蘇拉雅立刻轉過頭來，張大眼睛說道：

「不行！我絕對不能那麼做，妳應該還不知道沙姊已經與拓瓦猜退婚了吧！」

「哦，那跟我有什麼關係呢？」他埋怨，並露出嘲笑的眼神，使蘇拉雅非常不高興，她不自覺更強硬地說：「肯定有關，因為如果你沒來攪和，沙姊是絕對不會跟拓瓦猜退婚的。」

「如果我不來攪和？」他眉毛微挑，「哦，妳是真的不知道嗎？明明是拓瓦猜親自發電報請我到松田接他們，並讓我當他們出遊的嚮導。說實話，一開始我收到那封電報還滿高興的，因為我以為拓瓦猜的未婚妻是我曾經認識的沙姍妮．蘇帕安德。」

蘇拉雅的臉頰變紅，躲開他委屈的眼神而默念著：

「你可能很傷心吧，拓瓦猜的未婚妻是沙姊不是我。」

「傷心是因為失望沒見到偷走我的心的女人，可是當知道我曾以為的蘇拉雅不是害我弟弟死亡的女人時，高興的心情卻蓋過一切。」

「但是……哈理德，你原諒沙姊了嗎？」蘇拉雅看著他有著綠色痕跡的下巴，輕聲地問。

「原諒了。」他簡單地說，然後看見蘇拉雅用她不可思議的眼神看著他，就笑了笑，「為什麼那樣看我？」

「不太可能吧！但……唉，也是有可能。畢竟誰能忍心對像沙姊那麼可愛的女人生氣呢！我還曾經想過，如果你抓去拘留的是她而不是我，你可能早就心軟地送她回來了。不會像上次那樣，還等到水災。」

「或許會像妳說的一樣，可是如果那時我送那個沙姍妮回來，我現在就不會到這裡來找她，像來找這個沙姍妮一樣啊！」他模仿她的語氣說道。

蘇拉雅鬆了一口氣微笑道：

「哦，你跟著沙姊回來就是為了見我？真可笑。」

「那就笑啊，我喜歡妳笑比妳哭多，」他逗著，「不過妳現在有時間嗎？」

「問這幹嘛？」

「我想讓妳陪我去買東西，自己買怕買到妳不喜歡的。」哈理德笑著回答，並用甜蜜的眼神看著她。

「啊，買什麼東西？」

「訂婚戒指。」

「天啊！」蘇拉雅嘆道，血液迅速地往臉上衝，整張臉都變成粉紅色了，乾涸的眼睛也在那瞬間變成格外甜美，因為她看見了愛人的真心，可是女人的教育教她要假裝矜持，「不過……嗯……那沙姊該怎麼辦？別忘了你可是她退婚的原因。」

「那妳覺得我該怎麼做呢？畢竟這又不是我的錯。」他嚴肅地問道。

「你應該幫助他們和好，必須先讓沙姊與拓瓦猜和好，才能告訴兩位長輩關於我們的事。」

「意思是說，如果我不按照妳的命令去做，妳就不允許我來找長輩談婚事嗎？」

「哎，這不是命令，而是請求。我不想將快樂建築在別人的痛苦上，尤其沙姊是我的恩人。」

「好吧！那如果我照妳的請求去做了卻不成功，也就是他們兩個不肯和好，我接下來應該怎麼做？」他的話帶著諷刺，「妳要讓我為了彌補而和沙姍妮結婚嗎？」

蘇拉雅還沒來得及回應那些諷刺的話，就聽到沙姍妮往兩人方向走過來的聲音，哈理德和蘇拉雅都嚇到了。

「啊，你們在做什麼呢？哈理德，你不是說要跟蘇去拜見爸媽嗎？我等你們等了好久，就上去看了爸媽，結果那裡一個人影都沒有，你們到底站在這裡幹嘛？」沙姍妮用充滿懷疑和不高興的眼神看了哈理德一眼，並以逼蘇拉雅說實話的眼神盯著她。

「剛剛因為害妳和未婚夫吵架的事，我被蘇拉雅批評了。」哈理德平靜地說，「我正在向她解釋，我根本沒有讓事情變成這樣的意思。為了證明我的話，我很樂意去向拓瓦猜解釋……」

「哎，不必了，哈理德。」沙姍妮用甜膩的聲音打斷他，轉過來對妹妹皺眉道，「蘇就是這樣自以為是，其實我很討厭拓瓦猜，退婚後，我心裡感到踏實多了，我們是不可能再和好了。蘇拉雅，如果不想讓我送妳回家，就別再多事了，絕對不准再插手。」沙姍妮接著轉過頭來跟哈理德說：「我們回去聊天吧，請你忘掉拓瓦猜的事，現在你只要想著我就夠了，走吧！」說罷，沙姍妮就伸手輕抓一下他的手臂，但哈理德沒有反應，她就再回身拉他，卻不願再看妹妹一眼。

44 正式拜會父母

蘇拉雅腦海裡很亂，想到能讓自己冷靜下來的辦法，就是去廚房幫安阿姨做午餐。可是才過一會兒，沙姍妮就讓人叫蘇拉雅去休閒室見她。

「蘇。」沙姍妮一看見妹妹就跳起來，而蘇拉雅的視線卻在房間中轉來轉去，哈理德不在裡面了。沙姍妮看到妹妹的眼神就說：「找哈理德啊！他在客廳，想見他嗎？」

蘇拉雅的臉立刻紅到了耳朵，聲音顫抖著說：

「哎，妳在說些什麼啊！等下孩子們聽到又拿去取笑，有什麼事要我做就說吧！」

「事情倒是沒有，」沙姍妮無奈地說，「可是剛才媽媽告訴我，不能讓哈理德待在休閒室裡，她說，萬一拓瓦猜來看見會傷心的。」

「啊，為什麼拓瓦猜會傷心，妳已經和他退婚了。」蘇拉雅感到奇怪地說，心想自己明明已經告訴過阿姨有關沙姍妮默默與拓瓦猜退婚一事，但在姊姊接著講後，蘇拉雅又好像了解了阿姨的計畫。

「媽媽哪裡知道我已經與拓瓦猜退婚了，我不敢告訴她，怕她嚇到，所以只說我在生拓瓦猜的氣，他如果不來道歉就不會跟他和好。會這麼說是因為我很清楚，拓瓦猜不會再來我們家了，這樣媽媽就不能罵我了，因為我們都是女人，怎麼能跑去男人家和他見面呢？」沙珊妮向蘇說起自己的計畫。

「嗯，阿姨怎麼說，她有沒有罵妳？」

「沒有，什麼都沒說。她只是提醒我，只要和拓瓦猜的事還沒結束，我就不應該和哈理德走得太近，這樣別人會說閒話的，所以她就請哈理德去客廳坐，並且讓我也叫妳一起過去，這樣場面才不會太難看。哎，我真是討厭媽媽這種老古板的想法，但又不知道怎樣才說得過她，改變她的心意。」

蘇拉雅安靜站著，不知道該怎麼回答，但心裡默默佩服著阿姨的陰謀。她還真厲害，能夠讓她固執的女兒沒辦法提出抗議。

「等下吃中飯時，我要介紹哈理德給爸媽認識。妳說我應該怎麼介紹他好呢？」

「啊？」蘇拉雅做出迷惑的表情，「就像妳平時……介紹男性朋友一樣吧，妳以前都怎麼介紹呢？」

「唔，對啊，太奇怪了，以前我都不覺得這有什麼困難，只有哈理德讓我感到困擾。」沙姍妮的臉臭了一下，「嗯，如果說是拓瓦猜的朋友，他肯定會再問起拓瓦猜。最近他經常問，拓瓦猜怎麼不見人影了。」

「他只是隨口問問，也不是很關心，妳只要像每次那樣敷衍過去就好了。」蘇拉雅儘量讓自己以正常的表情提出建議，但其實心裡早已經冒起大火。如果此時蘇拉雅忍不下去，把事實全盤說出來會發生什麼事呢？沙姊會有多失望難過呢？她會不會又被稱為背叛者？她發愁地沉默思考著。

「我們到客廳吧！蘇，我已經讓他單獨等很久了。」沙姍妮轉了話題，並拉著妹妹的手走出去。

兩個姊妹走進客廳時，哈理德正看著相簿，而當他看見與沙姍妮一起走進來的蘇拉雅時，眼睛開始閃爍，又忍不住地想逗逗她，於是說道：

「哎，蘇拉雅小姐，我看見妳戴在脖子上的心型小項鍊了，真是替它的主人感到驕傲。」哈理德由衷地稱讚。

蘇拉雅的臉頰馬上變成了粉紅色，真想向他撒嬌，但姊姊擋住了蘇拉雅的臉，所以她只能無奈回答：

「沒什麼好驕傲的，只是很平常的事罷了。」

「哼，平常的事。對了，哈理德，你知道蘇的某些行為，對她來說沒什麼大不了，但我們家人卻都因此嚇了一大跳呢！」沙姍妮帶著瞧不起和嘲笑說著妹妹。

哈理德笑了笑，看了愛人一眼，再回頭回應她的姊姊。

「哦，是嗎？嗯……妳可以舉個例子給我聽聽嗎？應該很好玩吧，因為蘇拉雅其實滿幽默的。」

「啊！不能舉例，因為她並不像你想得那麼好玩。相反地，這是大家都想忘掉的事，除了蘇。」沙姍妮的話很像謎語。同時，她拉著蘇拉雅的手，坐在哈理德對面的椅子上。

而哈理德則是溫柔地看著被提到的女孩，逗問道：

「它應該給了妳非常深刻的印象吧，蘇拉雅，所以妳才不想忘掉它。」

「誰說我不想忘掉？」蘇拉雅不客氣地回嘴，「我恨不得把它徹底忘了。」

「但妳就是無法忘掉是嗎？不然，為何妳還要繼續戴著這條項鍊，又為何不願意將它賣給我，我開給妳的價碼可是三萬元呢！」哈理德立刻回應，眼睛則緊盯著眼前這張細長粉紅的臉，等待她的回答。

「哎，別再浪費時間糾纏下去了，哈理德，蘇不會賣的，反正那只是條小項鍊，別說三萬，就連三百我都嫌太貴了，我才不相信這是真正的黑隕石，大概是那個男人騙她的，而掛著的心臟大概就只是染過色的金子，憑那種人的本事，哪買得起真品並送給蘇這種不想認真的女人呢！」沙姍妮抿了抿嘴說道。

哈理德靜靜微笑，不在乎地接著問：

「那種人是指哪種人？我想多了解一些其他的小事。」

「就是那種女人認識了卻不敢向父母公開提起的人，如果他家世清白，會有什麼理由需要隱瞞呢？」

「哦，是嗎？」哈理德帶著嘲笑的眼神，摸著下巴思考著，「哦……所以像我這樣的人會讓認識的女人因為怕丟臉而不敢公開，並且對她的姊妹隱瞞嗎？」

「哎呀，哈理德你別瞧不起自己呀，怎能將自己與那種人相提並論呢？像你呀，是誰都會想……嗯……」沙姍妮因為害羞而說得斷斷續續，「哎呦不說了，等下哈理德就會認為我是在誇讚你了。」

此時僕人金跪過來說道：「午餐準備好了！」沙姍妮這才站起來，走在妹妹和哈理德前面。

蘇拉雅則趁機問金：

「有人去請他了嗎？小金。」

「阿德去了，他說一會兒就過來。」金回答。

蘇拉雅點頭，繼續跟著姊姊走到飯桌。她故意把腳步放慢，這樣才不用跟也刻意走得很慢的男人一起走。

飯桌上擺有五套餐具，沙姍妮和妹妹中間的桌子前後各有一套，還有一套放在沙姍妮旁邊的位子。如果這是拓瓦猜跟未婚妻一起吃飯，他不用等人請就會自動坐在他的位置，可是今天的客人並不是她的未婚夫，所以他還站著等候，而沙姍妮也有點猶豫是否請他坐在她未婚夫坐過的位置，直到表現出誰都不在乎的蘇拉雅率先在自己的位置坐下，沙姍妮才笑了笑尷尬地提到：

「啊，蘇坐那邊，哈理德就坐我旁邊吧，你會嫌棄嗎？」

「呵呵！」哈理德笑著嘆道，「會嫌棄沙姍妮的人肯定是又瘋又笨。」話畢，他就動身幫沙姍妮拉椅子，自己則接著坐在她旁邊，而在聽到沙姍妮說的話時又再站起來。

「來了，爸媽來了。爸、媽，這是拓瓦猜的朋友，他叫哈理德。」

哈理德轉身看向門口，看見昭坤和蘇帕安德女士夫婦慢慢走過來。昭坤穿著棕色和綠色邊的絲綢筒裙、白色的圓形T恤，而女士則穿著檳榔液色絲綢做的衣服和裙子。女士以手動了動眼鏡，似乎想將女兒未婚夫朋友的臉看得更清楚，而昭坤沒戴眼鏡，所以他只縮了縮眉毛，表示出對他的興趣。

當兩位走到適當距離時，哈理德就向他們低頭敬禮，昭坤和他太太則按自己的習慣接受他的敬禮，即昭坤舉起一隻右手，同時女士點頭說道：

「拜佛像吧！」（是泰國老人的習慣，拜他們就好像在拜佛，感覺很親切。）

「拓瓦猜怎麼了？好久都沒見到他。」和沙姍妮想得一樣，昭坤果然用了這句打招呼，「好像自你們從檳榔嶼回來後就沒見過他了，叫沙打電話去問也沒用。」

「他沒什麼，爸爸，他工作很忙，又剛從南部回來，累積的工作太多了，女兒也不想打擾他。」沙姍妮流利地回答，因為早已做好準備。

哈理德微笑著說：

「我也好久沒見到他了，但如果您想知道他的消息，我很樂意去他家看看。」

「好，謝謝你。」哈理德緩和氣氛的行為讓女士非常滿意，「跟他說，這麼久不見了，老人家有點擔心，如果他沒生病就過來看看吧！沙天天都提到他呢！」邊說著她邊打量心裡認為想做她女婿的哈理德的臉色。但奇怪的是，他一點都沒表現出任何不正常，他仍然很真心微笑著，在聽到沙姍妮和他未婚夫的名字一起出現時，也絲毫沒有不高興的臉色。更何況，她還注意到，在吃飯過程中，哈理德經常用深刻而眷戀的眼神看著坐在他對面的蘇拉雅，而不是她漂亮的女兒，這讓女士開始有點懷疑。有時候，蘇拉雅的眼睛與他碰巧對視，還會閃躲且臉頰也變紅，或許她完全誤解了？

當大家都吃完飯，兩位長輩就回到樓上，哈理德也打算回去，但沙姍妮反對：

「為什麼這麼急著回去？哈理德，有什麼急事嗎？」

「我約了鍋區（地名）華人要看鑽石首飾，不想失約。」哈理德藏著微笑的眼睛看了一眼對面靜靜坐著的某人。

「哦！看鑽石首飾？」沙姍妮深棕色的眼珠突然甜蜜而興奮地睜開，「哈理德是要買鑽石首飾？」

「是。」他簡單地回答。

「嗯，不好意思，別說我愛管閒事，我記得你說過，你與太太……分手了，你要給誰買鑽石首飾呢？還是你要自己用？」沙姍妮緊張打聽著，心跳也跟著加快，因為不知道聽到的答案對她來說是毒藥還是仙丹。

他笑了笑，眼裡有奇怪的光亮閃爍著。

「我這種男人是不會用首飾的，這是打算與女人訂婚用的。」

「什麼？」沙姍妮驚聲叫道，並與妹妹點頭交換害羞的暗號，紅血沖溢的臉龐充滿著強烈的希望。「蘇，哈理德明明是個才失戀沒幾天的人，妳還記得嗎？就是我跟妳提過，哈理德唱的那首歌啊！」

「記得。」蘇拉雅輕聲回答，眼睛直直看著姊姊的臉。

「對了，就是那首失戀的男人唱給他親愛女人聽的歌。你看看，才過沒多久，他就要與新女人訂婚了。」沙姍妮假意批評，但洋溢著甜蜜的眼眸卻看著哈理德，「這次哈理德對新對象很肯定嗎？不會再失戀了？」

「非常確定，」他笑著答，「因為這次我和她好好接觸一段時間，也了解了她的性格，不像第一次，那次只是年輕人的衝動。」

「漂亮嗎？你的那個她？」沙姍妮歪著頭，既期待又怕受到傷害地用甜蜜的聲音問，「我見過嗎？」

「不只是見過，你對她非常非常熟悉，可以說是從小就熟。說到漂亮，嗯，我也肯定，我的那個她比整個世界都漂亮。」哈理德穩重地回答，且當看見沙姍妮的紅臉和感動的眼睛時，眼底裡又出現了嘲笑的意味。

45 購買訂婚戒指

「我的夢終於實現了嗎？真不可思議，這一切來得太快了。哦！我是多麼幸運的女人啊！」沙姍妮愉快地默念，「那個女人非是我不可，不然他為什麼常常往我家跑呢？而且，在這裡沒有人比我與他更熟悉，更何況，雖然我不想自誇，但還是得承認，這個世上的漂亮女人才沒那麼容易找！雖然對正在談戀愛的哈理德來說，他可能不會承認，但世上哪有女人比我更漂亮呢！」沙姍妮沾沾自喜地說。

沙姍妮沉浸在她甜蜜的夢中，蘇拉雅也不知該說些什麼。

「嗯，姊姊，我先上去了，昨天東西還沒收拾好呢！」

「啊！」哈理德比沙姍妮早應答，說道，「我正想找妳去鍋區玩呢，蘇拉雅。」

「哎！別麻煩她了，」沙姍妮不高興地打斷，「我們兩個人去好了，白天出去媽媽不會說什麼的，昨天找蘇一起是因為會很晚回來。」

哈理德因與碰巧看他的蘇拉雅眼神交會而偷笑，並微笑著重複問道：

「蘇拉雅確定不想被我們打擾是嗎？」

「是……嗯……我要先上去收拾東西。」蘇拉雅尷尬地躲開哈理德微笑的眼睛，趕緊走了出去。

沙姍妮轉頭來看哈理德，變了臉色嚴肅提醒他：「以後哈理德別降低自己格調去與蘇拉雅開什麼玩笑了，這樣會讓她誤以為與我身分相同，你可能不知道，我媽媽是以什麼樣的態度在撫養她？」

「我怎麼會不知道？」他正常地回答，好像並不在乎，「妳跟我說過了，妳媽媽撫養蘇是為了用來當妳的傭人。」

「知道就好，我請求你，不要太抬舉那個孩子，她會得意忘形地以為你對她和對我一樣重視。」

「哦！哎，如果蘇拉雅那麼想，那就大錯特錯了。如果有人認為我把蘇拉雅看得和妳一樣重的話，那個人就是個讓人憐憫的笨蛋。」

沙姍妮臉紅並大笑，卻不明白哈理德話裡真正的歧義，又害羞又高興地回答：

「哎，別再誇我了，再這樣我就要飛出去了，哈理德就會傷心……嗯，我們是現在要去嗎？我這就去換衣服。」

「妳去吧！」

沙姍妮甜甜地微笑，在出去之前，還轉過頭來給哈理德一個時尚的揮手說：

「等我一會兒，保證不超過半小時。」說完就跑向長樓梯，拐彎上樓到她房間換衣服。可是在經過樓上的休閒室時，卻聽到母親叫道：

「沙，過來一下。」

沙姍妮感到討厭地抿起嘴，無可奈何地從門口探出頭來打招呼：

「媽有什麼事嗎？哦，蘇妳也在這兒啊！」在看見妹妹跪在媽媽椅子前的地上時，她加了後面這句。

「先過來一下，沙，我有話跟妳說。」

「媽，晚上再說行嗎？我正準備出門呢，怕哈理德久等。」沙姍妮著急地回答。

在聽到她那麼自信叫著「哈理德」時，蘇拉雅抬頭看了下姊姊的臉。

「你們還要去哪啊？」母親愁眉，「哎，沙做的事一天比一天難看了，才剛跟他去玩過，現在又要一起出去。」

「哎，媽媽，昨晚已經有蘇陪著來防止別人說難聽話了，現在還是白天，就算叫蘇一起去她也不會肯。」沙姍妮斜眼看著妹妹，眼神似乎在阻止她反對。

「白天還是晚上都不好，妳能不能過來跟我說話，沙，我懶得大聲說。」

沙姍妮臭著臉走過來蹲在母親的椅子前面，但把屁股放在腳跟，且把洋裝收到膝蓋，抬頭與媽媽說話並諷刺妹妹：

「蘇又告訴您我做了什麼不好的事了，妳的表情這麼不高興。」

「沒有，」女士放鬆眉毛，「是媽叫蘇過來，正要問她怎麼不陪妳坐在下面，而讓妳和哈理德獨處，如果拓瓦猜出現看見了該怎麼辦？媽不想有衝突，別的事情還好解釋，但如果是男女之情就不一樣了。」

「哎，不會有那一天的，我保證，拓瓦猜將沒那個權利與我有什麼衝突了，媽放心好了。」

她自豪地強調，眼睛明顯閃爍著光亮，卻完全沒發現，她的母親只是假裝問著，想讓女兒上鉤說實話。

「哦，那妳是什麼意思？拓瓦猜為什麼沒有權利，他畢竟是妳的未婚夫。」

「什麼未婚夫！」沙姍妮用力甩了下頭，連到脖子長度的棕色頭髮都甩開了，「我早就和他解除婚約了。等等，媽先不要罵我，聽我解釋一下。」在看到媽媽開始移動嘴唇想說話時，沙姍妮打斷，「我不敢告訴媽是因為怕妳罵我……」

「哦，那妳現在告訴我，就認為我不會罵妳嗎？」母親諷刺道。

沙姍妮拍馬屁地微笑著：

「我也沒把握媽不會罵我，而是希望稍微說一下就好。」

「啊，為什麼妳認為現在說我就不會罵妳了呢？」

「是這樣的，現在哈理德已經對我太著迷了，迷得其他東西都看不見了。如果我能與他訂婚，而他比拓瓦猜更有錢，更時髦一百倍，媽媽應該就不會生我的氣了吧！」

母親挑了下眼鏡，擔心地看著女兒的臉，說道：

「妳怎麼知道他迷上了妳，他有說要跟妳訂婚嗎？媽真的是很擔心吶！」

「哎呀，這種事怎麼說呢，現代人沒有那麼囉嗦了。媽，都什麼年代了，光是他叫我陪他去看訂婚戒指這一點，還不能證明一切嗎？我猜，他愛上我了，而且他想跟我結婚。」沙姍妮抬高頭，驕傲地回答。

「什麼！那個哈理德叫妳陪他去看戒指？」母親不可思議地大叫，並偷看外甥女的表情，而她的臉色變得跟白紙一樣蒼白，可是沙姍妮完全沒注意到，她被自己太過激動的情緒蓋住了，她又很快地補上：

「哎，媽，真的，我這麼急著跑上來，是要換衣服跟他出去。他在鍋區約了華人，媽就讓我去吧！我買好就馬上回家，絕不再去蹓達，我不放心讓他一個人去買，男人嘛，都不會買這種東西，我怕我不喜歡。」話一說完，女孩不等母親的答案，馬上從休閒室跑了出去。

僅僅用了十五分鐘，沙姍妮就打扮得漂漂亮亮，穿著檳榔水色的裙子和淺粉色長袖絲綢的襯衫，戴著疊上很多葉子的黑色金耳環與手提包，和時尚的高跟鞋很是搭配，一出現在客廳，她就開心地說：「走吧，哈理德，別讓那個華人久等了。」

哈理德跟著那個喊聲回過頭來，有一瞬間，沙姍妮注意到他的眼神與平時一直充滿著活潑、開心、微笑的哈理德有些不一樣，現在反倒是充滿著說不出怎麼形容的憐憫和沉思的眼神，可是還沒來得及讓沙姍妮起疑心，她就看見他微笑著站起來。

「那妳真的要去嗎？沙小姐，嗯……其實我自己去就好，這樣太麻煩妳了。」哈理德委婉地提醒著沙珊妮。

「啊，一點都不麻煩！」沙姍妮立刻拒絕，並馬上跑過來親密地抓著哈理德的手臂，說著甜蜜的話，「哈理德，這種事情，沒有哪個女人會覺得麻煩。女人和鑽石店是分不開的，誰都會想去，即使知道他是要買給別的女人。」說到最後一句話時，沙姍妮甜蜜的眼睛看向旁邊的男士，等著他開口反駁，可是哈理德卻微笑著說：「如果妳不覺得辛苦，我也很樂意妳幫我挑，因為其實我不會看，不知道與妳同年齡的女人會喜歡哪種樣式？」

沙姍妮臉頰變得很紅，「與妳同樣年齡的女人！哈理德啊，哈理德，男子漢怎能這麼害羞呢？為什麼你不直接說讓我自己去挑，難道你覺得我會捨得拒絕你！」她默念，眼神閃爍，「好吧！那我也假裝不知道，看你還能忍多久，會不會說出來！」

這對年輕男女就開著沙姍妮高檔的汽車前往鍋區，車開出家裡大門時，哈理德無意中抬頭看了樓上一眼，好像他能從一扇窗戶後面看見某人痛苦悲傷的雙眼正往下看著車子開走。哈理德不自覺地嘆了一口很長的氣，使旁邊的女孩開心地轉過來笑問：

「哈理德對我厭煩了吧，嘆了那麼多次氣。」

「妳認為妳做了什麼讓我煩的事嗎？」他嚴肅地反問，讓沙姍妮有些尷尬。

「就是……嗯……我跟你來這件事，你明明不想要的，這不就是給你添麻煩了嗎？」

「我不麻煩，只是感覺很不踏實，覺得妳沒必要來罷了。」

「沒必要？」沙姍妮尖叫反問，嘴唇移動著想批評，不過顧及現實狀況，哈理德還沒開口說過她就是他要結婚的女人，所以她忍著吞下了要批評哈理德的話。

到了鍋區一家相當高級的鑽石店時，哈理德讓沙姍妮把車直接停在人行道，然後兩個人就走

進店裡。這家店的老闆是個不太會說泰語的華人，但他熱情迎接，且對沙姍妮的尊敬態度讓她非常尷尬。

「哦，哈理德來了，夫人請坐，請問您想喝什麼？茶還是飲料？」

哈理德假裝看不見沙姍妮的臉紅，他揮手拒絕了老人的心意。

「不喝了，謝謝老闆，我們剛吃飽，想看看我訂做的東西，接著還要趕去別的地方。」說完就回頭跟沙姍妮說，「請坐，沙小姐。」

當這對男女在店內長椅坐好，胖胖的老闆就拿了個紅色盒子放在哈理德前面的玻璃櫃上，邊說著邊打開首飾盒子：「我已經準備好整套給您，戒指、項鍊、手鐲、耳環，全是依您的要求特製的同樣款式，我的鑽石每顆都很純，但如果夫人不喜歡，也可以選其他的，櫃子裡還有很多款式可供挑選。」

在看見盒子裡的每件飾品全是鑽石花束時，沙姍妮眼都花了，這是她最近才對妹妹說很想要的項鍊，她真想馬上把它掛在脖子上，黑色天鵝絨的背景更襯出鑽石閃亮的光，而盒子裡和它放在一起的手鐲及耳環，也都有著一樣美的花束，與項鍊同款，差異只在於大小。而在透明小盒子裡的戒指，沙姍妮伸手拿過來欣賞，鑽石非常純潔漂亮，大小在五克拉以上，它的四角用時髦的釘架著，環則是白金的，大鑽的左右兩邊各有一顆小鑽陪襯，有點像拓瓦猜給過她的訂婚戒指，不過這只樸素的款式卻更時髦，且更能映出戒指上鑽石的光亮。

剎那間，沙姍妮徹底忘了整個世界，只想著眼前每件飾品都是他愛的象徵，哈理德．郎西門才認識沒幾天就要送給她這些，並要讓長輩來談關於娶她的婚事，更何況是到了結婚那天，沙姍妮認為自己絕對會變成這個世界上最快樂的女人。

越想越忘我，沙姍妮突然拿起戒指往左手豐滿的無名指試戴，「有點緊！」她心想，覺得要用點力才有辦法將它戴到手指根。

老闆的聲音在耳邊響起：「有點緊嗎，沒關係，如果喜歡這款，我可以再調大點。」

「不用了，老闆，就這個，很合適，我想我沒算錯。」哈理德肯定地回答，卻不知道他的答案瞬間喚醒了作夢中的沙姍妮！

46 突如其來的車禍

沙姍妮用她甜美的雙眼看著年輕的男人。

「這只戒指合適了？」

哈理德的眼光閃躲著女孩的目光，此時他的臉色非常嚴肅，雙眼盯著女孩手指上的戒指，並肯定著自己內心的想法。

「是，我覺得剛剛好。」

「哦，這可是你說的，哈理德，這麼大顆的鑽石很容易滑來滑去，我之前戴過媽媽那只紅寶石戒指，就是因為太大所以滑來滑去，好討厭！」沙姍妮「甜蜜」地說著，並張開戴著戒指的手自豪欣賞著，還展示給身邊的男人看，似乎要表示她有多麼適合這顆炫麗的鑽石。

哈理德偷偷嘆了口氣，因為他注意到，沙姍妮明擺著不會取下戒指，最後是老闆發現了這個尷尬氣氛而提出問題：

「您現在還不需要是吧，我還沒找鐲子，不知您想要黃金還是白金做的？」

「黃金好了，剛好與盒子大小很配，做好了就送到我住的旅館去，送之前最好先電話通知，最近我經常在外面跑。」

老闆微笑著表示明白，轉過頭來向女孩說道：

「夫人喜歡吧？」

「哦……是的，每件都又漂亮又時尚。」沙姍妮呆了一會兒，對「夫人」的稱呼有點尷尬。老闆回頭瞄了一下哈理德，用一副「你的新娘太幸運了，真羨慕啊！哈理德，看吧，戒指、項鍊、耳環都非常非常漂亮。」的表情看著他。

哈理德皮笑肉不笑地看著他。

「你覺得漂亮，我很高興，因為我新娘的眼光應該與你的差不多，可是我們該回去了，我還有別的事要忙。」

沙姍妮無奈地取下戒指，捨不得地放回盒子裡，在要走回停車處時，沙姍妮就說道：

「你要去準備訂婚的東西了嗎，我越來越好奇誰會是你的新娘了。」

「是嗎？」他微笑著。

「你不能暗示一下，告訴我你的女主角是誰嗎？」

「有這個必要嗎？因為後天妳就會知道了。」

「啊！後天我就知道了？」女孩興奮地重複他的話，眼睛突然閃爍著明亮的光芒。「你的意思是後天，你就會告訴我你的新娘是誰了嗎？」

哈理德沒有立刻回答她的問題，直到兩人走到車邊，沙姍妮打開車門，他才平靜地說：

「其實，我沒必要說妳自然也會知道，因為後天下午，我會帶我尊敬的長輩去妳家。」

沙姍妮睜著眼，臉紅著假裝問：

「你的長輩要去我家？啊！去找誰？」

「就去找妳的父母啊！」他裝著正常的表情回答，好像沒有看見女孩臉紅害羞的樣子，「還要我講清楚去妳家做什麼嗎？」

「不……不用說，我明白了。」沙姍妮躲開他的視線害羞說。

「上車吧，哈理德還要去哪兒？我送你。」

「哦，別辛苦了，謝謝，我自己去就好。」哈理德拒絕的同時，也幫她關上車門，「我們改天見。」他低頭就走回去，女孩捨不得地看著他的背影。

沙姍妮當天下午開車回家時，開心到好像要飛起來似地，一上樓就跑進小廚房。她知道下午的這個時候，蘇拉雅會準備昭坤和阿姨的點心。

「親愛的蘇，我有個好消息要告訴妳。」

蘇拉雅抬起頭，她正忙著將新鮮春捲放在金色托盤中準備端給昭坤，看見姊姊進來就問她：

「是什麼好消息？姊姊吃飽了嗎？」

「還沒，但是今天不餓，開心到連晚餐也吃不下。」沙姍妮正準備感動地向蘇拉雅說時，看見女僕人進來打開冰箱拿出蔥來，便沉默下來。

蘇拉雅轉過身來繼續自己的工作，沙姍妮看著妹妹的手，難受地說：

「好了嗎？蘇，出來跟我聊天。」

「阿姨的還沒放呢！」

「讓阿德做好了，蘇，」姊姊看著阿德，「妳順道做媽媽的份兒啊，就跟這份一模一樣，不能多也不能少，被罵我可是不知道啊！蘇，來吧，我恨不得馬上跟妳大聊特聊啊！」說完，她就拉妹妹走進休息室，壓下她的肩膀讓她坐上沙發，自己才跟著坐下，

「蘇還沒洗手啊！」蘇拉雅叨叨絮絮說著，舉起手聞著。

「隨便啦，妳現在不會被誰親手啊！」沙姍妮諷刺道，「哎，我啊！急著想講，哼，妳呢，滿不在乎。如果我有其他妹妹，我才不找妳說呢！」

蘇拉雅冷笑，呵呵。

「哎，姊姊那麼心急，蘇洗手就才一分鐘，不過算了，畢竟都沒洗了，想說什麼就說吧，我聽著呢！」

「嗯……」沙姍妮吞吞吐吐，臉紅害羞說道，「哎呀，要說的時候就不知道該怎麼開始。」

「不知道怎麼開始？幫妳開個頭吧，就從哈理德帶妳去看寶石開始吧！」寶石兩個字的音調還特別提高。

「哦，對了。」沙姍妮嘆道，「天啊，蘇，我真想讓妳看見哈理德準備訂婚的鑽石首飾，整套的，戒指、項鍊還有耳環，單是一只戒指就十幾萬了，鑽石非常漂亮，我太感動了，所以就說今晚不用吃飯了。」

蘇拉雅抬著頭，用一種痛苦卻無法說出口的眼神看著她，沙姍妮注意到：

「為什麼那樣看我，蘇，難道妳不相信哈理德會娶我？」

「不是不相信，可是……嗯……」

「別像老媽想太多，」沙姍妮不在乎地說，「我不是作白日夢，不是自己的幻想，雖然哈理德沒講過他愛我，但是妳想想，他為何天天跑來看我？而我昨晚才告訴他，我向拓瓦猜退婚了，他就安排我去看首飾，如果我不喜歡就隨我的意更換。更何況，他還說後天他就要讓他家長輩來跟爸媽談……」沙姍妮說到這兒時，看見妹妹臉色瞬間蒼白。

「蘇，怎麼了？妳在嫉妒我嗎？」

蘇拉雅低頭看著地上回答：

「我不會那麼忘恩負義，嫉妒姊姊妳的幸福。」

「那為什麼妳的臉色那麼蒼白，不信妳去照鏡子。」沙姍妮說。

「我……只是可憐拓瓦猜，他那麼愛妳，妳退婚他已經夠傷心了，現在又……」

「沒辦法啊，妹妹。」沙姍妮微笑著回答。

「人不為己天誅地滅嘛！其實拓瓦猜對我非常好，我怎麼不心疼他，可是我要先考慮自己的幸福啊！想想看，如果我跟拓瓦猜結婚了，我懷疑會不會有哈理德的一半開心。妳還沒見過哈理德和拓瓦猜的別墅，如果妳看見了，妳會了解我為何這麼殘忍地一點機會都沒給拓瓦猜。哈理德家的別墅可壯觀了，而拓瓦猜的，哼！就別提了，妳想想，我家這是三十幾年前貴族的房子，已經夠久了，雖然拓瓦猜的就比這兒的大上幾倍，但還有他的七個弟妹一起，哎，我肯定受不了。」

「可是拓瓦猜說，要建新的給妳，沒有要妳跟他家人一起住，拓瓦猜的父母也很有錢……」

蘇拉雅反對，明明知道無效。

「我承認拓瓦猜的父母很有錢，可是妳想想看，貴族和商人哪個更有錢，況且拓瓦猜的爸爸已經退休了，還等著養一大堆孩子。」沙姍妮嘴巴歪斜，搖著頭，不想再說。

「總之，妳選擇了哈理德。」蘇拉雅平靜地問，眼睛一直看著地上，「然後，他要來娶妳。」

「沒錯，就是過兩天，他的長輩要來跟爸媽談。哇！我好開心，蘇也替我感到高興對吧？」沙姍妮吐了一口長氣，背靠著沙發絲綢枕頭，臉上閃亮著希望、甜蜜。

「是，我恭喜妳。」

「嗯，不過我還沒準備訂婚要穿的衣服。對了，我的衣服哈理德都看過了。」沙姍妮睜大眼睛，用右手數數，「後天長輩來談，也應該約訂婚時間，可能是下個星期日，時間好趕啊！哼！也許爸媽會拖時間，頂多拖個兩、三天，我不想那麼趕，但是在訂婚那一天我要當最漂亮的女人，絕不能讓哈理德的面子比拓瓦猜小。」她說著說著都沒考慮，突然就嚇到，「天啊！！可是訂婚那天我要請誰來參加呢？」

「就……為什麼不請以前那些客人呢？不都是姊姊的朋友們嗎？」

「說什麼呢，傻瓜。」沙姍妮立刻不高興，「怎麼能請已經來過的賓客，想想那些人會怎麼說。就算是好朋友，哪有這樣，參加過一個男人的訂婚禮，還不到半年，突然又請來參加與另一個男人的訂婚禮，誰會這樣？」

「的確是沒有，但如果姊姊的朋友們知道妳沒邀請他們，一定會很傷心。」

「對耶，妳說得也對，那我再想想，要不然不辦訂婚派對了，乾脆直接辦婚禮，好嗎？蘇，我那些朋友肯定都會嚇到。」沙姍妮作著白日夢，愣了半天。

「蘇，我跟一個人訂婚，卻跟另一個人結婚，但我也沒辦法啊！我的幸福才是最重要的事！讓他們長舌一段時間，時間過了就沒事了，對吧？」

「是，」妹妹簡短回答，「嗯，姊姊，我明天要回家了，蘇向阿姨說了。」

「什麼！為什麼趕回去，不可以，妳要留在這裡幫忙訂婚晚會。」

蘇拉雅咬緊嘴唇：

「沒關係，什麼時候訂下來，姊再叫我回來也行，可是現在我先回家，來了幾天了，我媽媽很擔心。」

「咦，討厭，怎麼變成還沒斷奶的孩子，以前沒這麼擔心媽媽的啊！有時候一年才回家一次，這次怎麼才兩、三天就待不下去，嗯……難道有人在那邊等著妳回去？」沙姍妮逗著問她。

「沒有，我真的擔心媽媽，最近她身體不好，我二哥經常跑曼谷，媽一個人在家，要是晚上生病說不定也沒人知道。」

「妳的理由還不夠。」沙姍妮不肯讓步。

「妳的二哥應該要有自覺，不能讓媽媽一個人在家，怎麼反而跑到曼谷來，我想讓妳再留幾天，等恭喜我再回去也不遲。」

「哎，提前恭喜也行啊！讓蘇先回家，然後到了那天，我一定會來幫妳！」蘇拉雅輕聲地說卻很穩重，表示自己絕對不會忘記。

客廳的電話聲響起，一會兒，阿金跑來告訴蘇拉雅有人找她。

「啊，誰？有說他的名字嗎？」

「沒有，但是是男人聲音，他說有急事叫您下去，我就忘了問名字。」

「看起來是妳的舊情人，打過來要和好喔！」沙姍妮嘲笑，「別心軟，蘇，再一次失蹤，可能沒人這樣歡迎妳囉！」

蘇拉雅臉一紅，默默過去接電話。一拿起話筒，蘇拉雅的臉頰就更紅了，因為話筒裡傳來的聲音正是哈理德！

「蘇拉雅嗎？我是哈理德！」他的聲音很喘。

「怎麼了？」女孩平靜地問，可是心卻跳得飛快。

「我有拓瓦猜的消息，他出車禍了，現在人在警察醫院，我馬上要去看他。」

「天啊！」蘇拉雅驚訝地叫出聲，哈理德的聲音再度傳來：

「他的媽媽也生病了，家裡很忙，都沒人來照顧，麻煩妳轉告沙姍妮。」

「等一下，先不要掛電話，拓瓦猜怎麼樣？」

「還不清楚，他家的僕人都不清楚狀況，我現在正要趕去醫院。」

「允許探病嗎？什麼時候發生的事情？」

「前天，嗯……蘇拉雅，我叫妳來，不叫沙姍妮，就是因為想要跟妳認罪，希望妳能原諒我。」他的聲音明顯很悲傷。

「啊，認什麼罪？」

「前晚我跟沙姍妮去買東西，碰巧與拓瓦猜的車擦身而過，拓瓦猜剛好看到沙姍妮坐在我車上。當天晚上，拓瓦猜就出了車禍，蘇拉雅……我這才發現，我怎麼這麼過分。」他的聲音嘶啞，差點認不出是他。

47 病床前的鼓勵

蘇拉雅全身發抖，一時之間有很多種強烈的感覺湧上來，她就這麼站著，緊抓著電話，突然哈理德的聲音又傳過來：

「為什麼不跟我說話？求求妳，不要不說話。」

「我不知道要說什麼才好。」

「說什麼都行，罵我啊！妳要說我多混帳王八蛋都行，我沒想過事情會變得這麼嚴重。如果拓瓦猜死掉或者變成殘廢，我這輩子絕對不會忘記自己所犯下的錯誤。」

哈理德聲音中透露出極大的悔恨，蘇拉雅聽了立刻強硬地回答：

「我相信你不會忘掉自己的錯，哈理德這個人從來不會忘了誰的錯。如果你懂得忘掉和原諒別人的錯，拓瓦猜就不會身陷險境，所以請你知道，萬一拓瓦猜真像你說的那麼嚴重，我也不會忘記，那都是你一個人的不是。」

「蘇拉雅……」蘇拉雅放下電話，就這樣呆呆站著。

「誰打的電話啊，蘇？」沙姍妮望見妹妹的臉。

「啊！發生什麼事情？妳怎麼哭了？」

「拓瓦猜出車禍，姊姊，現在正在警察醫院。」蘇拉雅回答的聲音顫抖，她的答案讓沙姍妮開心的臉色立即轉為蒼白。

「天啊，真的假的？蘇，他嚴重嗎？」

「情況還不知道，哈理德也還不知道，他正要去醫院看看。」

「啊，是哈理德打來的？那妳怎麼不叫我來聽，反倒是一聽到我走過來就掛掉了？」沙姍妮啾著眉，不高興地盯著妹妹。

「我嚇到了，所以才沒聽到妳的聲音，說沒幾句，一聽到消息就掛掉了，正要通知妳。」

沙姍妮的愁眉依然緊縮。

「可是為什麼哈理德不找我講呢？難道阿金她聽錯了？」

「也許……吧，不過他的聲音聽起來很著急，可能沒注意到是我接電話。」蘇拉雅想讓事情矇混過去，接著問道，「姊姊要去看拓瓦猜嗎？」

「對呀，我該不該去看他啊？其實我想去，可憐可憐他嘛！但是萬一讓哈理德誤會的話……」

「誤會什麼？我們是去看病人啊！」蘇拉雅覺得很奇怪，反對沙姍妮的意見。

沙姍妮搖頭而憐憫地回答：

「妳不會了解男人吃醋的心情，因為還沒有人吃妳的醋，可是我很了解。如果哈理德知道我去看拓瓦猜，他一定會認為我還捨不得拓瓦猜。」

沙姍妮的前兩個句子使蘇拉雅全身發麻，並且感到非常失望，進而再勸勸她，最後才總結地說：「就是說，妳不去。」

「妳不會覺得我太狠心吧，蘇。」沙姍妮著急地辯解，「我恨不得去看他，可是……」

「怕哈理德誤會。」蘇拉雅無奈地接話。

「沒錯，我真的很擔心，妳沒像我接觸過哈理德，妳不會理解，我為什麼不能讓哈理德疑心我與拓瓦猜的關係。哈理德比較任性，不管他有多愛我，如果他懷疑我還戀戀不捨其他男人，他絕對不會開口說。就像在檳榔嶼旅行的時候，我那麼明顯地讓哈理德知道他比我的未婚夫還重要，我比較喜歡他，也給了他好多次機會，可是哈理德都沒有任何表示。如果不是我讓他知道我已經退了拓瓦猜的婚約，他也不會提出要讓長輩來談婚事，他會一直折磨自己苦戀我下去。」沙姍妮說著說著，覺得非常滿意這個人，「嗯，再說了，妳要去看他嗎？」

「妳不去，我怎麼一個人過去呢？」

「有什麼奇怪，對了，他在哪棟樓，哈理德告訴妳了嗎？」

「沒有。」

「啊！什麼都沒說，還聊了那麼久，真想知道在聊什麼？」沙姍妮懷疑的眼神盯著妹妹，讓蘇拉雅的臉慢慢變紅。

「我還能跟他聊什麼，只是哈理德說都是自己的錯，他就是讓拓瓦猜出車禍的原因，我也表示認同。」

「什麼？」沙姍妮尖叫地嘆道，「妳這個人真奇怪，怎麼能那樣指責他啊？」

「我沒指責他啊，是他自己怪自己的。」

「對啊，這種時候妳不反對他的話，就說明妳在責怪他嘛！哦，妳認為拓瓦猜出車禍都是哈理德的錯嗎？那如果他摔倒了或者被刀子切到手，難道都是哈理德的錯嗎？」

蘇拉雅沒回答，從放著電話的桌子走過去沙發，沙姍妮也跟著去，眼睛還不高興地盯著妹妹，「哼，蘇，妳認為是因為哈理德把我從拓瓦猜身邊搶走了，所以才害拓瓦猜出車禍是嗎？太過分了吧，說得好像我是世界上最後一個女人似地。哈林的死因也是，妳也推到我身上。」

「我那樣說過嗎？」蘇拉雅疑惑地說道。

「不知道啦，我也不記得，不過妳說得好像是我的錯，其實如果是哈林被我拒絕而自殺，這還有可能。因為他還小，可能會想不開，可是拓瓦猜啊，如果也因我而自殺就太離譜了。拓瓦猜都三十幾歲了，已經夠成熟，出社會也那麼久，事業有成的成年人才不會像小孩般想不開呢！」

「我沒說拓瓦猜是自殺的，可是我認為，或許真的是因為對妳失望才一時失神出車禍。」蘇拉雅低聲解釋而換了話題，「去吃飯吧，蘇餓了。」

「好啊，我本來開心到要吃不下了，哪知道，拓瓦猜的這件小事讓我嚇到，好像開始有點餓了。」

哈理德正要去醫院的加護病房看拓瓦猜，雖然有點嚴重，可是醫學技術的進步也讓他的狀況好多了，讓醫生允許探病。當哈理德走進拓瓦猜的病房時，他看見對方悲傷痛苦地閉上眼睛，這個倒楣的年輕男人全身都被夾板固定著。百葉窗的聲音讓他張開眼睛，當看見前來的探病者，他的嘴唇稍稍移動，卻無法發出任何聲音。

「不能超過十分鐘，先生，」照顧病人的醫生在背後小聲說，「也不要讓他多說話。」

「家人沒來看他嗎？醫生？」哈理德問，因為沒看見其他人。

「剛開始有人來，但我請他們都回去了。女人們來了又哭又鬧，我怕病人受影響，所以只留下一個男傭人，現在他出去買食物了。」中年醫生說完就走出去。

哈理德走到床邊，兩個年輕男人的眼睛對視著。

「拓瓦猜，」他小聲地叫，「我來看你了。」

「謝謝，但沒必要，」拓瓦猜勉強用他扁平的聲音說，「沒什麼用，我快要死了。」

「別這麼說，你沒那麼嚴重。醫生剛跟我說，你很快就會恢復正常，不要放棄，要堅持，不久後你就會像原本一樣健康。」

「像原本一樣？」拓瓦猜默念，眼淚在模糊的眼眶中打轉，「沒有什麼像以前一樣了，你知道的……」

「是，我知道。」哈理德嚴肅地回答，而且更穩重地接著說，「我很清楚一切都會一樣，只不過需要一段時間……先別說什麼，你還沒恢復好。請你聽我說，而且儘量相信我的話，事情自然大事化小，小事化無，請相信我。」

拓瓦猜沒反應，淚眼盯著在旁邊低頭跟他講話的銅色臉龐，哈理德接著說：

「我剛知道沙姍妮退你的婚。」一說出口，哈理德就感覺這個名字太刺激他的心。拓瓦猜閉上眼睛，稍稍移動的動作讓眼淚潸然落下。

哈理德馬上接著說：「可是你誤會了，拓瓦猜，沙姍妮依然愛你，請你相信我。她說，退婚是因為你不信任她，而不是她不愛你。她覺得很委屈，覺得你會笑她，說她三心二意，她要你向她認錯，可是你一直都不去，沙姍妮非常傷心，你知道嗎？」

拓瓦猜睜開眼睛看著哈理德。

「不可能。」他脆弱地發出聲音反對，「別騙我，你愛她……」

「沒有，我愛的不是沙姍妮，我愛的是蘇拉雅。我們相愛很久了，不過有點誤會，我跟她走得很近，是請她幫忙我和蘇拉雅和好。真的，如果你不相信，我叫蘇拉雅來跟你保證。」

希望的光開始出現在拓瓦猜的眼眸中，

「沙姍妮知道我出車禍嗎？」

哈理德安靜，最後才回答：

「還不知道，我怕嚇到她，等你好點再告訴她吧，還是你想現在就說？」

「不要，先別說吧！」

「可惜你病了。」哈理德嘆氣而微笑地說，「要不然就能參加我的訂婚宴。」

「訂婚？與蘇拉雅？」

「是的，我們很快就要訂婚了，後天就要請我家長輩去跟昭坤和蘇帕安德女士談婚事。如果他們很快就定下日期，也許我們很快也要結婚了。所以你更要趕緊康復，要不然沙姍妮一定會很傷心妹妹竟比她先結婚。」

護士推開門進來。

「時間到了，」她甜甜的聲音說完，便把溫度計塞在病人嘴裡，哈理德才回頭跟拓瓦猜說：「我先回去，明天再來看你。」

回到飯店，服務生就招呼著哈理德，恰巧有人來電，他拿起電話，沙姍妮黏膩的聲音就馬上傳了過來。

「去哪兒玩啦？我打了好幾次電話，你都沒回來，人家都快放棄了。」

「我沒去玩。」哈理德平靜地說，「我去看拓瓦猜，我以為蘇拉雅都告訴妳了。」

「哦，蘇已經說啦，但我不明白耶！」

「有什麼不明白？」

「就不明白，為什麼你要叫蘇拉雅，而不是找我去聽電話。」她撒嬌地說。

哈理德發愣，對呀，他忘了這個事實，可是還能怎麼樣，既然不能講實話，就只能撒個謊吧！

「我擔心妳嚇到，才偷偷先跟蘇拉雅講，請她找機會告訴妳。」

「哦，原來如此，哈理德好體貼，對我太好了。」女孩嬌笑，「在哪兒能找到這麼好的朋友啊！」這兩個字比其他的更大聲，就希望他會懇求與她更親密的關係。

可是哈理德心裡並不希望這麼做，他說得非常冷淡：

「我們還不是好朋友，因為還不夠了解妳，單就這件事而言，我擔心妳會嚇到，哪兒知道妳一點也沒被嚇到。」

「哎，怎麼沒嚇到呢！可是也不知道該怎麼幫忙，沙又不是醫生。」

「至少妳應該去看看他。今天拓瓦猜一直提起妳，他可能想見見妳。」他儘量勸，沙姍妮愣了一下子，接著說，「哈理德，我真的想問你，你真心希望我去看拓瓦猜嗎？還是說說客套話而已？」

「啊？為什麼那麼問我，為什麼我不想讓妳去看拓瓦猜？既然他那麼愛妳，妳去看他等於給他很大的鼓勵。」

「哎呀，你呀，真大方，哈理德。」沙珊妮甜甜地誇讚他。

「啊！」他嘆道，「什麼大方？」

「啊，就你讓我去看拓瓦猜啊！都不擔心我會心軟與他恢復婚約嗎？」

「哦，如果真的變成那樣，我反而覺得，我的罪就能減少一半。」

「就是呀，這樣怎能讓我不說你很大方呢？」

48 正式提親

重要的日子馬上就來到，沙姍妮顯得非常興奮，明顯到大家都能發現。天剛亮，她開開心心穿著水藍色連身裙，拿了剪花的剪刀下樓去，走在樓房邊的道路上，在前往花園的路上遇到正要上去打掃房間的阿德。

「啊，今天您這麼早起來，要上哪兒？」

「沒有，為什麼我不能早起，沒出門不行嗎？」女主人尖叫，但臉龐充滿著微笑表示好開心，阿德回答著：「就看見您穿這麼漂亮的衣服。」

「是嗎！這件漂亮？」沙姍妮挑起眉毛低頭看著自己，「如果妳覺得這件漂亮，等等下午的時候，妳肯定要愣上老半天。」她說著，便穿過玫瑰花園。

早上的空氣這麼新鮮，玫瑰花開著各式各樣的顏色，每棵樹都開滿著花，明亮的露水沾在花瓣上。沙姍妮開心地哼著歌曲，剪了整束都是剛好盛開的玫瑰花才回到大廳。阿德打掃好客廳，金正在拖地，聽到腳步聲抬頭來看，看見每個人都微笑。

「哎呀，您為什麼剪那麼多玫瑰花？都好漂亮。」

「啊，就剪來放花瓶啊！如果不是我親自下去剪，你們會做嗎？」沙姍妮諷刺說道，走過來把玫瑰花放在中間的桌子上，「嗯，阿德掃地的速度真快，好像魔術，比吸塵器快多了，難怪桌上的灰塵這麼厚。」沙姍妮邊說邊用手指擦桌子的灰塵指給僕人看，「這該留下來給你們擦擦臉。」

「是阿德負責掃地，但如果是我負責掃地，也會順便擦擦桌子。」

「啊，要擦就先擦啊！用抹布拖地就髒了，怎麼拿來擦桌子。」一邊說話，一邊拿起那些花放在沙發，拿出陶瓷做的窄口花瓶給僕人，「來，小金拿去洗洗，裝滿水，我自己來弄。哦！跟阿德說，先不要打掃樓上，先找乾淨的布擦擦客廳的玻璃桌面，今天下午會有客人，要不然他們就會說，房子這麼大卻像個骯髒的老鼠窩。」

小金出去一會兒，就拿著裝滿水的花瓶進來，本來阿德該跟著來，反而是蘇帕安德女士來了。

「妳今天是怎麼回事？阿沙突然讓小金叫阿德下來，說妳叫她過來打掃客廳，上面都還沒好，傘瑞也在洗衣服。」

「也不至於要重新打掃，女兒只想讓她來擦擦桌子椅子，好幾天沒擦了，好厚的灰塵，媽媽妳來看看。」她嘟嘴說著，拍打著沙發給母親看。

「那就等上面打掃好，掃地的先停下來，這樣灰塵只會更多。」

「那我自己擦好了，蘇都跑回家了。」女兒埋怨，「小金去拿乾淨的抹布來吧！我也得幫忙，再順便拿水和水桶來好了。」

小金抬頭奇怪地看著女主人，弓著背走出去，母親也與小金一樣覺得很奇怪。

「妳？要擦桌子？」

「哎，」沙姍妮嘆了口氣，又笑嘻嘻地說，「媽看著我，好像我有四隻手似地，怎麼了？我不覺得擦擦桌椅有什麼辛苦的。」

「辛苦或者不辛苦不重要，但從來沒看見妳做過。」母親批評，接著問，「那妳打扮成這樣是要去哪？」

「沒去哪，我只是準備而已。其實這件只是休閒的裝扮，下午要穿的可比這件漂亮多了。」女孩說到自己也害羞起來，但眼睛卻閃爍著愉悅的神情。

「接待客人？」

「媽從昨天就聽到妳叨叨絮絮說今天會有客人，問了也沒用，妳還纏著爸媽在家等客人。」

沙珊妮眉開眼笑地接過女僕人送來的抹布擦桌椅，擦得很勤快，毫無嫌棄的神情。女士神奇地看著從未做過粗活而勤快幹活的白嫩雙手，無話可說。

沙姍妮抬起頭說：

「媽媽再忍一會兒，今天下午自然會知道是誰要來，況且爸媽如果愛我的話，我希望今天的客人不會被拒絕。」

女士愁眉，這位千金小姐的話使她有點明白了。

「阿沙，」她嚴肅地叫，「妳停手一下，媽想跟妳說幾句話。」

沙姍妮微笑，她沒有立刻停止工作，繼續將椅子擦好，才扔掉抹布及水桶。

「來，小金，妳接著擦，每片玻璃都要擦得乾乾淨淨。如果阿德打掃好上面就叫她下來一起擦。高的地方擦不到就叫男人來擦，我一會兒過來看，乾淨有賞。哦，玫瑰花我自己弄，可是如果撒贏有空就讓他弄好了。」

小金點頭受命，因為想起「沙小姐」每次打賞都是不少的金額。

「來吧，阿沙，媽等妳等到腳都瘦了，爸爸還在等吃飯。」女士催促著，沙姍妮就無奈跟著母親去休息室。當她們進去一起坐在長椅上時，女孩抱著母親的腰撒嬌地說：

「媽媽有什麼事要跟我說呢？」

「媽想知道今天是誰要來我們家？他們與爸媽有什麼關係？」女士嚴肅認真地問女孩，不過她的手還是繼續關心地摸著女兒棕色的鬈髮。

沙姍妮高興笑著：

「哎，媽怎麼這麼心急啊，等不到下午啦？」

「為什麼等不了，如果是我一個人負責倒沒關係，可是這是妳爸爸也要出面的事，不是嗎？」

「啊，為什麼媽知道啊？」她可愛地歪著頭，「媽媽猜得到啊，今天來的客人要與爸媽談什麼事呢？」

「我是妳媽啊，阿沙，我怎麼會看不出來。妳說，哈理德叫妳去買訂婚戒指，然後我怎麼猜不到妳的貴賓要與爸媽談什麼事？」

沙姍妮好害羞，舉起母親的手，溫柔摸著自己的臉頰。

「您清楚情況也好，我想知道您要怎麼回答他的長輩，媽媽別拒絕。」後面一句說得好像他們會反對似地。

「這不是我接受或拒絕的問題，可是妳想想，他會怎麼想，他畢竟還不知道妳退了拓瓦猜的婚約，他可能很生氣，甚至不給面子拒絕要來談的貴賓，我認為……」

「哦，媽說的沒錯，我忘了老爸還不知道，以為爸媽都清楚我與拓瓦猜的事，才不反對哈理德說要請長輩來談婚事，天啊！！我該怎麼辦？我趕緊去告訴爸爸好了，不過……哎，我真怕老爸。」沙姍妮臉色蒼白地說。

女士擔心又關心地看著女兒的臉，目前清楚無法阻止她，只不過在她心裡總覺得有什麼地方不太對勁，她回答女兒：

「沙靜靜地就好了，其他事由媽來處理。」

「但……媽媽，他的長輩今天就要來了，如果讓爸爸在那時候才知道，肯定是大發雷霆。」

「下午妳老爸會去馬廄，那時候媽去說好了。」

「那媽媽要怎麼回答他們？」沙姍妮緊張地搖搖母親的膝蓋，「媽媽要同意啊！」

「還不行，如果他提到，我會推遲一段時間，再找個好時機，待妳爸心情好的時候再談。」

沙姍妮鬱悶地嘆了口氣。

「哎，要很久才有結果。」

「忍耐一下，這種事如果真能隨心所願，也許再過兩三天妳又要求媽媽答應另一個未婚夫了吧！」媽媽諷刺地說。

吃完早飯後，沙姍妮就一直走來走去，忙著檢查客廳、房間是否打掃乾淨。這本來是她從來都不在乎的事，也使得家裡的僕人們在背後說悄悄話，興奮地盼望著看見女主人的貴賓。客廳的裝飾和打掃都完成後，沙姍妮就開車出去。她向母親報告要去做頭髮，就不吃午餐了。過了三個多小時才回家來，她的新髮型讓管家薩盈大聲驚呼。

「哎呀，小姐這個髮型好可愛啊！」

沙姍妮得意地微笑，伸手摸著精心打扮的頭髮回答：

「能不漂亮嗎，我花了三百元，其實並不打算燙髮，才剛燙兩個多月，但設計師說它鬆開了，不好看，就再燙一次吧！剛好有喜事，頭髮就需要弄漂亮。」

「什麼？小姐要結婚？不是跟我說要先建新家才結嗎？」

僕人的反對，也是當過她保姆的薩盈讓沙姍妮的臉色顯得有點蒼白，只好尷尬地回答：

「哦！誰說我要結婚，薩盈阿姨一直跟不上新聞啊！不說了，太囉嗦，就怕來不及打扮，我先走了。」一說完就跑下樓，完全不在乎撒贏的叫聲。

沙姍妮在浴室洗了洗手臉，然後進到房間來，在鏡子前面欣賞自己的新髮型，棕色而柔軟，光亮像絲綢般被梳高的頭髮，另一邊的髮尾則拉到前額，讓她看起來更加可愛。女孩吐了一口氣，圓圓的大眼閃耀著愉悅，再慢慢將化妝品化上她豐滿的臉龐，心裡開始默念著自己的英雄。

「真想知道今天他會不會開口告白，還是堅持不講，然後狠心不開口說愛我，直到結婚那天？照道理，那麼高壯的男子漢該不會那麼害羞才是。」

化好妝後，沙姍妮就將她那件最心愛的，也就是灰藍色帶有透明花邊的連身裙從衣櫃裡拿出來。

「不提前告訴沙就直接讓長輩來談，誰還來得及做新衣服呢！可是沙對哈理德保證，我們的訂婚和結婚那天，沙要在晚會裡做最漂亮的女人，要讓整個世界的男人都羨慕你，親愛的。」她默念著，快樂地說道。

她拿起藍寶石的花束戴上脖子，看著鏡子微笑：

「這是最後一次戴你了，當哈理德拿著鑽石首飾要訂婚時，我便將送你給蘇，她那種人應該會很興奮的。」

打扮好後才意識到，過於興奮的心情讓她自己忘了拉上後面的拉鍊，都不叫僕人來幫忙，不自覺地笑了笑自己，接著才笑著走下樓梯。

「嗯……都三點多了，怎麼還不來？」沙姍妮自言自語，看著鑲鑽的手錶上的時間，走著走著來到了客廳。

蘇帕安德女士一個人坐在客廳的沙發，往門口這邊看來，沙姍妮這才清清楚楚看見母親的表情和眼神，以一種正在沉思的態度看著她，帶有一種令人放心和踏實的感覺。

「哎，母親興奮地一個人來等啊？」沙姍妮開心地打招呼，盈盈笑著，走到母親跟前並跪下，雙手貼在母親的膝蓋上，但下一秒她臉上的笑容就停止了。她看見在桌子銀色托盤中放著三杯水，「啊！」她嘆道，還沒來得及開口，女士就平靜地回答：

「媽在等妳，阿沙。」

「媽媽，是哈理德的長輩已經來過了嗎？」女孩緊張地問，搖著母親的雙腿。

「來過了，剛回去一會兒妳就回來，也不知道是去哪一家做的頭髮那麼久。」

「就經常做的那家。」沙姍妮滿不在乎地回答，並興奮地說，「天啊！我真沒想到這麼快就來了，以為會像拓瓦猜上次一樣，要四點多才……哈理德沒來嗎？」後面的問題顯得比較吞吞吐吐，一方面也是因為心裡有點失望，至少他今天應該來看她，整整一天都沒見面，他怎麼受得了沒看見他心愛的女人？

「來了，但也回去了。」母親平靜地回答，眼睛認真盯著女兒。

「然後，他……沒有要向我說什麼嗎？」聲音忍不住顫抖，感覺很委屈，可是母親安靜並未說話，她接著問：「是哪位長輩來談呢？」

「他說，是什麼處的處長，媽也不記得了。聽哈理德叫他處長，而他太太也是女士，聽哈理德是那麼稱呼的。」

沙姍妮安靜，高興和委屈的感覺正在心裡纏鬥著，可惜我打扮得這麼漂亮迎接他，應該嗎？也不等她回來見個面，算了，也許是要送長輩回家，沙姍妮要學會講理。最後她才問起：

「哦，媽媽，您推遲了是吧？」

「沒有，媽同意了，讓哈理德找個訂婚的日期。」母親依然平靜說著，她的手憐憫地摸著女兒的頭。

「啊，媽不是說要推遲點再談嗎？」沙珊妮反對，看得出她掩飾著自己興奮的心情。

女士猶豫著，拉了女兒過來抱緊，以安慰的聲音回答：

「在那時，媽以為哈理德要來找沙，親愛的女兒，媽知道，沙一定很傷心，如果媽說出真相，但是不管怎麼樣，肯定有一天妳也會知道，所以媽現在就想告訴妳，以防事情變得更嚴重。」

「啊！」沙姍妮尖叫地打斷，「媽的意思是……」

「是的，沙，媽非常傷心，當知道哈理德是要來娶蘇，而不是媽的寶貝沙姍妮時。」

49 興師問罪

母親的答案使沙姍妮感覺整個客廳正在轉動，一時之間她幾乎無法站立。她將母親推開，一副無法置信的眼神。

「媽媽！別跟我開玩笑啊！」

女士張開雙手抱著親愛的女兒，不在乎她的反抗，溫柔地回答：

「媽沒開玩笑，這種事是不能開玩笑的。媽願意直接告訴妳，是因為相信沙有自尊，夠堅強，不會再眷戀不愛自己的人。」

「誰說哈理德不愛我？」沙姍妮緊閉牙齒說。

「媽媽妳誤會了，哈理德很愛我，他愛我，迷戀我迷戀到都瞎了，怎麼會去與蘇那種人結婚？我不相信！」

「阿沙！」母親大聲提醒。

「妳是在跟媽媽講話，妳以為媽會開這麼讓妳傷心的玩笑嗎？」

「如果媽沒騙我，就一定是個誤會，將我的名字聽錯成那孩子的了。」沙姍妮說著哽咽著。

「媽媽肯定……肯定聽錯了，不信現在就打電話問問哈理德。」

女士將正要衝動去打電話的女孩拉住。

「等等，沙別這麼衝動，妳會丟臉的，來，先坐下吧！」將女兒扶坐在長沙發上，溫柔解釋著，「剛開始，媽也以為自己聽錯了。當聽到對方長輩說出『蘇』的名字時，媽嚇了一跳，甚至跟他確認是誰？哈理德本人就強調說，他要與蘇結婚，他還特別提了蘇的全名。」

「不可能。」沙姍妮反對，眼眶充滿著淚水，不眨眼地盯著媽媽。

「絕對不可能，就……那個孩子也才見了哈理德兩、三次，只是聊了幾句，哈理德一定是瘋了，才會與她結婚。」

「可是哈理德確認地說，他和蘇很相愛，而且蘇很樂意由他讓長輩來談婚事，媽就只能回答，如果蘇真的愛誰，媽也不反對。」

「啊，爸爸呢？」

「剛好爸爸沒下去馬廄，他也一起出來迎接，老爸很想讓蘇嫁出去，當知道那個人便是外甥女女婿時很高興，他的老闆相當推薦他的為人，說這年輕人很好，心地善良，經濟狀況也很穩定，但是同時尋求兩件事，老闆卻都不提。」女士不甚滿意他的性格。

「同時尋求兩件事？您的意思是，哈理德同時喜歡我和蘇？可是最後他選擇了蘇，是嗎？媽媽覺得哈理德有那麼傻嗎？」沙姍妮的臉龐已滿是淚水，又說又哭地問，使母親非常痛苦。

「當然，親愛的，雖然媽不想相信哈理德有那麼笨，但是不相信也好，這就是事實，爸媽都聽到一樣的話。」

「可是我絕對不會相信。」沙姍妮用力站起來，從媽媽的手裡收回自己的手，充滿恨意地擦乾淚水。

「爸媽一定都誤會了，我要親自去問他，就知道到底是爸媽誤會還是他瘋了。」

「阿沙……」女士喊叫，但無效。沙姍妮飛地快跑出去，就在她母親還沒來得及喊她之前，女兒便開車出去了。

從家裡往哈理德所住旅館的路上，沙姍妮沉思著母親剛才的話。哈理德愛蘇拉雅，並且讓長輩來談蘇的婚事，怎麼可能是真的，太不可思議了，腦中混亂的沙姍妮努力回憶妹妹與他的關係……

蘇拉雅第一次見哈理德，是在久遠前的某天下午，還是她的命令，卻在同一天，蘇拉雅就跟著愛人一起從家裡失蹤。可是當蘇拉雅回來之後，就沒再見過他，直到沙姍妮從檳榔嶼回來，才有哈理德的陪同，但這也才兩、三天前的事。更何況他只有兩、三天的時間去認識蘇拉雅，幾乎沒說過幾句話，怎麼可能會有自己擁有一個月左右的時間去相處來得有利呢？絕對不可能！

不知不覺來到了哈理德住的地方，沙姍妮將車停在旅館停車場，著急地走到櫃檯，問了那個男人。她顫抖的身軀和發紅的雙眼引起旅館人員的注意，她們奇怪地看著她，才幫她轉了電話給哈理德。

當哈理德知道沙姍妮來旅館找他時，覺得很奇怪：

「沙小姐……找我有什麼事，竟跑到這兒來了。」

「沙想見你，哈理德，讓我到房間跟你見個面行嗎？」

「哦，不太好吧！我覺得不太方便……我下去找妳好了，請稍等一下……我才剛送家中長輩回去。」

沙姍妮在旅館大廳等著，一會才見哈理德走出來，往自己坐的方向走過來。與平時完全相反的是，對方挑著眉，用一種閃爍著奇異光芒的眼神看著她。

「哦！沙小姐，」哈理德毫不在意地打招呼，完全沒注意到比平時漂亮的沙姍妮，這是第一次讓她心裡感覺非常冰冷，難道母親的話都是真的？

徹底的傷心讓沙姍妮愣了一會兒，才顫抖地說：「剛才……嗯……你去我家了是吧？」

「是的。」他冷漠地回答，同時在沙珊妮對面坐下。

「我已經提前告訴妳了，今天下午要帶長輩去見妳父母，以為會遇見妳。」

「我……嗯，我沒想到你那麼早就過去，以為是三、四點才來，就先出去……忙一會兒，就等一下見個面也不行嗎？」

「如果我是一個人去那就沒問題，可以等，可是我要先送兩位長輩回去，剛剛到旅館妳就打電話來，有什麼事嗎？」

「還好意思問有什麼事。」沙姍妮心裡恨恨說著，淚水已在眼窩裡打轉。

哈理德也不表示什麼，他奇怪地看著女孩：

「啊！沙小姐怎麼了？妳好像快哭的樣子。」

這句話像一把刀一樣，刺進沙姍妮的心中，眼淚霎時湧出，接著開始哽咽。

「啊！這是怎麼了？怎麼突然就哭了起來？好了好了，抬起頭來好好說話，這不是我家客廳，等會別人以為發生什麼事了。來，告訴我一下，妳為什麼哭？難道擔心拓瓦猜，嗯……他的狀況也漸漸好起來了。」

「不是拓瓦猜。」沙珊妮立刻回答，「你是真的不知道嗎？哈理德，我是為什麼哭？」

「哎，如果知道，我為什麼還要問妳呢？」

「我哭是因為生媽媽的氣，哈理德知道嗎？剛才她怎麼跟我說？」

「啊，妳不說我怎麼知道？」

「她故意捉弄我，她說，哈理德讓長輩來商量娶蘇拉雅。」沙姍妮邊哭邊說。

「她肯定地說，哈理德提到了蘇的名字，連爸爸也聽到了……哈理德。」她輕輕地叫他名字，大大的雙眼閃著淚光，懇求似地看著他。

「你告訴我一句，爸媽誤會了，其實你根本就不想與蘇結婚，說啊，哈理德。」

哈理德神情嚴肅而憐憫地看著她，並平靜地回答：

「我不能那麼說，沙小姐，妳父母說的都是事實。」

「哈理德！」女孩尖叫，嚇到一旁的人都睜大眼睛看著她。

「你……的意思……是……」

他低頭承認，清楚回答：「是的，我的意思是，我真心要與我相愛的蘇拉雅．娜帕蓬小姐結婚，不管發生什麼事。」

沙姍妮受到驚嚇而說不出話來，緊握著手，強烈的恨意閃爍在她眼裡，哈理德就接著講：「我很抱歉，現在才告訴妳，其實是蘇拉雅讓我不要講的，等到妳和拓瓦猜和好，才讓長輩來談她的婚事。但要我怎麼辦，我請來的長輩下個月就要出國了，還要一年多才回來，我不能再等下去了，因為我們相愛很久了……」

沙姍妮大笑，讓他停止說話。

「相愛很久了？」她諷刺地自言自語，眼睛充滿著怒火。

「可笑，你認識她不過三天，還好意思說相愛很久了。」

「妳可能忘記了，沙姍妮，我很早就認識蘇拉雅了，在認識妳之前。」

「我的記性可沒那麼差，哦，還是說你見到她第一秒就愛上她了？真是廢話，隨便的人與隨便的人相遇，所有的事情也都那麼隨便。」她邊說邊笑，眼中閃過一道光芒，她突然想起一件事。

「看在你的面子上，告訴你一件事，其實我跟你的事有什麼關係，但是媽媽擔心你以後會有不滿，她才讓我轉告你。你的仙女啊，不是你想的那麼單純，她早就跟著男人跑走過，才剛剛被他甩回來沒幾天，就是這樣。如果你不在意與她結婚就隨你的意，我要回去了。」她一說完話，就拿起包包準備走出去，但被哈理德攔著：「等一會，沙姍妮，那麼著急去哪？」

沙姍妮慢慢轉過身來，一顆心緊張地跳了起來，因為又燃起一絲希望。哈理德的聲音與平時不同，是不是有可能，她的話發揮了效用，導致現在哈理德對蘇拉雅有了嫌隙，而他開始看見了她的好，看著吧！沙姍妮要撒撒嬌向你報仇。

「請坐下，我也有件事想麻煩妳轉告妳的父母，為了感謝妳的好意，把妳自己妹妹的祕密告訴我。」他平靜說著，臉上浮現一抹奇怪的微笑。

沙珊妮輕輕坐下，同時溫柔地辯解：「剛開始我也不是很想說，但要我怎麼辦，這是媽媽的命令，她要維護她的名譽，希望你可以了解。」

「哦，是嗎？」他哼哼笑著，用奇怪的眼神盯著她，表示出我一點都不相信的神情。

「我好奇的是，剛才昭坤和女士怎麼都沒提到，他們看起來很樂意讓我娶蘇拉雅。」

沙姍妮嘟囔著，看著自己的手在沙發上摸著。

「哦……就，因為他們覺得這事說出來不好聽，畢竟你家長輩也在場呀！」

「哦，對呀！」他表示同意。

「可是也沒關係，不管是女士讓妳來轉告還是妳好心來跟我說，我都想麻煩妳再轉告妳的母親，我絕對不會嫌棄蘇拉雅，雖然知道她曾跟男人跑出去，但根據妳的話，我非常相信，她跟那個男人在一起沒有任何損失。」

「你怎麼知道？」沙姍妮又尖叫了起來，既生氣又失望。

「哈哈，沒有任何損失，你就那麼迷戀那個孩子啊！哪有這麼笨的男人都帶女人去了，況且又是那麼隨便的女人。」

「別瞧不起妳的妹妹了，沙姍妮，我實在受不了。」哈理德的聲音大了起來。

「我現在就告訴妳，我相信蘇拉雅離開家之後是純潔的，因為是我帶她出去的，因為我誤認她是沙姍妮．蘇帕安德。」

沙姍妮發愣一會，大聲說：「是你帶蘇拉雅出去，你要我怎麼相信。」

「好好想一想，沙姍妮。蘇拉雅失蹤那天，正是妳讓她做替身來見我的同一天，而且如果不是我帶走她，為什麼我知道她什麼時候不見？」

「可是你要害我什麼事？畢竟我們不認識。」

「我們確實不認識，妳也沒聽過我的名字，但我認識妳，而且非常清楚妳的事。」哈理德肯定地說。

「我知道很多沙姍妮．蘇帕安德的事，而且有一件事是我這輩子不會忘記的，就是妳沙姍妮害死了我唯一的弟弟哈林，妳不用拒絕或辯解。」當他看見她要開口時斷然地說。

「我不想糾結這件事，我的目的是要讓你們大家知道蘇拉雅是無辜的，因為整整一個月離開家時，我讓她在森林都沒見任何人。」

「在森林？要報仇？」沙姍妮睜大著眼睛，「你以為蘇是我，才恐嚇她去？啊，為什麼她那麼容易跟你去，為什麼她不說真相，她不是我，我不明白，她為何要替我受苦呢？」

哈理德皮笑肉不笑。

「妳不明白，是的，如果妳是蘇拉雅，妳一定會馬上告訴我。如果知道我是不懷好意而來，說不是妳害死我弟弟，如果我想報仇就會去找真的沙姍妮報仇，因為妳什麼都不知道，我看穿妳的心了吧？」他停了一會兒，看著她愧疚而泛紅的臉才接著說，

「正是因為蘇不像妳這麼聰明，反而讓我愛上了她的好心，她讓我學會什麼是原諒，妳知道嗎？我沒懲罰妳，不是因為我可憐拓瓦猜，而是因為我看在妳可愛妹妹的面子上！」

50 甜蜜的結局

今天下午河邊的蘋果園氣氛比平時好很多，藍色天空襯著白色的雲，淡橘色陽光閃耀，太陽漸漸拉長樹影，淺紅色的天際線，搖曳的樹林，雲朵慢慢地游了過去。

蘇拉雅常在忙完家務後吃晚飯前太陽快下山時，拿著蓆子悠閒地坐在河邊。每天這時她都是一個人前來，坐著看在陽光照耀下而閃爍的河水，但今天的蘇拉雅並非一人，就在她不遠處有著一個高壯的男人，他的上半身躺在蓆子上，下半身躺在綠色的草地上，用充滿愛的眼神盯著女孩的臉龐。

「美麗的蘇拉雅小姐，究竟什麼時候才能讓我感到舒暢呢？親愛的，說說妳有多想我好嗎？我特地從大老遠跑到這裡來見妳，怎麼不說一些讓我開心的話呢？幸虧我有蘇帕安德女士給我的推薦信，要不然妳媽和二哥肯定不相信我們認識了很久，搞不好一看到我，還會把我趕出去呢！」哈理德先開口說道，看見蘇拉雅聽了之後仍沒反應後，就把自己的手放在她的小手旁，委屈並帶著埋怨的口氣。

「看吧，妳的心這麼狠，只是開口說妳想我，會讓妳沒面子嗎？」

蘇拉雅收回手，假裝整理衣服，才平靜地問：

「這是要逼我說出讓你滿足的話是嗎？」

「我哪有逼妳，我是在懇求妳，讓妳說出自己心裡的話……啊……啊！小心，妳正在口是心非呀。」

「你怎麼知道？」

「就是知道，難道不是？」他笑著說，而且笑得更開心，側眼看著女孩撒嬌。

「哎，我真想知道，我到底犯了什麼錯，讓妳突然跑回來。當我跟著來時，也不見受到歡迎，然而見了不到一個小時，卻又被撒嬌了好幾回。」

蘇拉雅沒有回答那些話，反而問起：

「阿姨寫給媽媽的信，說了什麼關於我的事嗎？」

「哦，我沒看啊！」他假裝很可惜的樣子，臉上藏著微笑。

「誰叫你打開看？」蘇拉雅沒好氣地說。

「我會這麼問是因為，阿姨在信上說了些什麼，不然你說，那是最佳的推薦信。」

哈理德大笑，站起來往愛人走來。

「我隨便說說而已，因為當時見妳媽媽和二哥的表情，媽媽看完就笑了笑，再給二哥看，他看完也又笑笑，然後我就受到妳媽和二哥的熱烈歡迎，甚至讓我單獨來跟妳坐坐，這樣難道不該稱呼它是一封最佳的推薦信嗎？」

蘇拉雅安靜不與他爭辯，是因為懶得跟他理論，而不是已經心服口服，一會兒她才又提出新的問題：

「沙姊怎麼樣了？」

「不知道。」

「啊！怎麼不知道？」蘇拉雅的聲音有點不高興。

「憑什麼我要知道啊？」

「因為沙姊跟我說，我們一起去看電影的隔天，你要讓長輩來談婚事，是真的嗎？」蘇拉雅小心地徵詢。

「確實是真的。」他笑著答，踏實地坐著。

「那麼就說明，現在她是你的未婚妻了，是嗎？」

「誰說的？」

蘇拉雅愁眉，嘴唇突然開始發抖。

「啊，你故意要來捉弄我是吧？」

「啊！沒有，我正要告訴妳，我真的帶了長輩來，像沙姍妮說的，可是不是去娶她，親愛的蘇拉雅，難道妳想知道嗎？我帶長輩是向誰提親？」

害羞讓蘇拉雅的臉色漸漸變紅而發燙，眼睛只向下看著裙襬，害羞地摸摸裙子。哈理德抓起她細長的小手，握在他寬厚的手掌裡，溫柔地說：

「如果不說話，就說明妳知道了，而且很樂意讓我接妳回曼谷那邊去辦訂婚禮，是吧？親愛的？」

蘇拉雅沒有抬頭，可是也沒有將手抽離就是答案。哈理德舉起小手親吻，一會兒女孩才擔心地自言自語：「不知道媽媽和二哥會怎麼說？」

「妳媽和二哥不會嫌棄我的，親愛的。當妳進去拿菜時，我趁這個機會向媽媽說，是我帶妳從阿姨家出去的，媽媽說這件事妳已經告訴她了，並且她很樂意讓妳嫁給我，二哥啊，他還主動跟我握手恭喜我啊！」

「嗯……還有……那普苔的事情呢？她確定跟你分手了嗎？別以為我在找碴，我是擔心以後會有問題……」

哈理德微笑，抓了她的手摸著，並忠實地回答：「妳不要擔心普苔的事，我們已經合法離婚了，幸虧與她沒有孩子，要不然我可能不會這麼容易下決定。」

「哦，那啞仔呢？我差點忘了，我那天用石頭砸傷了他？現在好了嗎？我很內疚，一直擔心他的傷勢。」

「我的天呀！妳還在關心啞仔的事，他已經沒事了好嗎？那之後兩三天他的傷口就恢復了，搞不好他早就忘了妳曾經用石頭砸傷他這件事，畢竟現在他正快樂呢！」哈理德說著，看見蘇拉雅臉上有疑惑就接著說，

「我給他找了一個老婆，是我工人的外甥女，人很好，很會說話，可惜小時候爸爸在她耳朵旁邊開槍，從那以後就聽不到聲音，每次要說話，都要大聲才聽得到，他爸爸很樂意將她嫁給啞仔，很合適。」

「女兒樂意嗎？」

「我相信是樂意的，她長得不算好看，反而是我們的啞仔好看多了。總之現在他們新婚中，妳可以放心了吧！」

蘇拉雅嘆了一口長氣，但還沒來得及提問，哈理德就打斷她：

「接下來換我問了吧，親愛的，妳問了好多問題，對吧？」

「那就問啊，可是應該不是普龍的事。」蘇拉雅說著笑。

「哎呀，真厲害。」他好像在埋怨。

「那我不問那個男人了，等一下又說我不信任妳。但是我真的想知道，妳怎麼會突然想跑回家來。哎，我煩到快瘋了，本來要馬上跟著來，卻要先完成已經答應妳的事，才能光明正大地來領取獎品。」

「什麼事？」蘇拉雅笑著問，雙眼看著因天空反射成藍色的水面。

「就是調解關係啊，妳姊姊和拓瓦猜的，妳的願望不是想讓那兩個人和好嗎？無論如何，我都得幫你完成這件事才行呀！」

蘇拉雅轉過頭來看著他，眼睛閃耀著高興的光芒。

「哈理德讓姊姊和拓瓦猜和好了？我好擔心他們。」

「如果不成功，我怎麼好意思來找妳領獎品啊！」哈理德的眼睛也含著笑。

「就是說，如果不能完成，我就沒機會再見到你了。」女孩平靜地說，這不是問句，可是她的眼睛看著他要答案。

「沒有，沒有！」他立刻否認。

「我不是那個意思，可是我非常肯定的是，自己要能夠按照愛人的願望去完成任務，不管這任務有多艱苦。」

「哈理德，你是怎麼辦到的，能告訴我嗎？」

「其實，我什麼都沒做。」他坦白地說。

「我只是告訴沙姍妮真相，說蘇拉雅才是我心愛的女人，沙姍妮就立刻往拓瓦猜那去了。」說完後，他看見愛人正用甜蜜的眼神責備他。

「你呀，好壞，欺負她了還在背後偷笑。看見了吧，你執著仇恨的結果是什麼，差點就害死好人拓瓦猜。」

哈理德再次握著女孩的手懇求原諒。

「請妳原諒我吧，親愛的，我真的後悔自己之前所犯下的錯，並且儘量誠心地去彌補，現在拓瓦猜的狀況也好多了，因為現在他身邊天天都有愛人陪伴，而沙珊妮也沒有什麼損失，所以蘇拉雅放心。」

「不管怎麼樣，我還是不忍心沙姊，她對我非常好，一起相處了這麼多年，我害怕，我們會因為這件事情而不再與對方相見，不相往來。」蘇拉雅邊說邊嘆氣，似乎擔心著往後的事。哈理德反對著說：

「應該是沙姍妮不敢面對妳才對，因為……」他欲言又止，他知道蘇拉雅要是了解真相，那對她一點幫助也沒有，反而會使她感到悲傷。如果她清楚知道了姊姊的心意。於是他很快地換了話題。

「哦，我忘了告訴妳，我想跟昭坤、阿姨和沙姍妮坦白說是我帶妳離家的，沙姍妮讓我轉告說，她很感激妳替她受苦。」

「是嗎？」蘇拉雅睜大雙眼，顯得非常高興。

「就是說，現在大家都知道真相了，我太高興了。」

哈理德笑著，並看著開心的她，逗逗她說：

「高興嗎，那是不是應該給帶來好消息的人什麼獎勵呢？」

女孩的雙頰泛紅，手指抓起身上的項鍊，親吻前面和後面一次，默念說：

「給過獎勵了。」

「這可說不過去吧！我不在的時候，妳要賞給我的代表沒關係，可是現在我離妳這麼近，人就站在你的面前，請給我本人獎勵好嗎？」他懇求，同時，環起手臂就將蘇拉雅抱起來，慢慢抬起她的下巴，再親吻她那像花瓣般鮮嫩的雙唇，然後靠近頭，就在女孩耳朵旁說起了甜蜜的悄話。

「聽說，妳很討厭有鬍子的男人，現在我刮了鬍子，蘇拉雅會更愛我嗎？」哈理德假裝擔心地問她。

「不會啊，因為蘇愛的是哈理德本人，所以不管你有鬍子還是沒有鬍子，蘇都依然愛著你，只要你是原來的哈理德就行了。」蘇拉雅甜蜜地回答，才給了哈理德要的獎勵，親了他兩邊的臉頰。

「我們結婚後，我讓你選擇我們度蜜月的地方，親愛的。」

「哪兒都行，除了檳榔嶼。」蘇拉雅在他耳朵旁小聲地說，開起了玩笑，哈理德也跟著笑，他明白這當中的含意。

此時天空開始暗了下來，天氣也開始轉涼，但這對年輕男女的心卻因為互相信任的愛情，充滿著溫暖並閃耀著。

51 重回山中小屋

銀灰色的小車子裡有兩位乘客，車子輕鬆緩慢地行進在開往山上森林的彎曲道路上，彎曲的山路漸漸變陡，兩旁有著樹蔭，下午金色陽光透過樹枝、葉子灑落下來，車裡的人一點也不感覺到熱，反而讓兩個人的心感到暖和，充滿著快樂。

司機是高壯的男人，銅色的臉龐，寬厚的下顎表示其敢作敢當的性格，平時深色的眼珠總是散發出強悍的眼神，這是受過生活的磨鍊才顯現出來的，更何況現在要負責管理幾百個工人。但這雙眼睛現在卻閃耀著溫柔與開心，特別是每次看著旁邊溫柔可愛的女孩時。

坐在他旁邊的女孩有著細長臉形，白嫩皮膚，頭上綁著綠寶石顏色的緞帶，結在下巴，讓臉龐顯得更明亮，深綠色的緞帶與絲綢般深黑色頭髮被風吹飄著，她的臉上、心裡都洋溢著快樂，眼光總是離不開身邊這位司機的臉龐。

女孩往兩旁長著綠色大片葉子的竹林比去，開心地說：

「看看這片竹林，哈理德，葉子好大，好像比上次大很多。」

「戀愛中的人看什麼都比真實大很多。」他笑著回答。

蘇拉雅哼了一聲，但聲音中依然帶著溫柔與甜蜜。

「哼！在說什麼呢我不懂，我真的覺得現在綠色葉子都比上次大得多。」

「因為剛過雨季，南部雨季佔了好幾個月，大樹小草有很長的時間成長。」

「哦，真好，我想在森林的小屋住久一點。」蘇拉雅笑了笑。

「啊，沒有吧，只是住一個晚上，就像我們說定的那樣。」

「哎，為什麼？」她轉過來，黑色眼珠看著他的臉龐。

「蘇喜歡大自然，看，這麼漂亮的景色大自然就有，我們不用種，不用管它。」

哈理德指著樹林裡的小樹，盛開著小花，有各式各樣的顏色，它們的花瓣又薄又嫩，很像絲綢，個個搶著盛開，似乎正在歡迎小公主往山上小屋去，回憶往事的到來……

那段仇恨、記恨、痛苦的往事，結局卻是愛情和體諒。

誰能想到，仇恨般黑色的開始，在短短時間內就變成粉紅色愛情。如果不是他們倆註定的前世緣分，山上小屋裡的事情也許會往另一種方式發生，可能與現在的樣子截然不同。

「我很了解蘇的感覺。」厚重黝黑的大手輕輕抓了指著自然風景的小手，他的聲音非常溫柔。

「我也很清楚，對蘇來說，我們的別墅反而比不上那間小屋，因為蘇愛的是我的人，而不是我的財產，是吧？」

「誰說？誤會了吧！」蘇拉雅側眼看他。

哈理德大笑，看著太太。

「小心啊，那麼驕傲，等下要被懲罰！」

「我就叫啞仔救我。」蘇拉雅抬起下巴，但眼神表示出她忍著笑。

「沒用，啞仔有老婆了，別的女人都不看在眼裡了。」他笑著捉弄她。

「哈哈，真想看見啞仔的老婆。」

「一會兒應該就能看見，他們會來接我們。」

「啊！不是說我們偷偷地離開城市來小屋度蜜月的事都是祕密，我不想打擾大家，不希望以前的事情再被提起。」

濃濃的眉毛挑了一下。

「不會，沒人知道的，就只有啞仔和他老婆，至少我們要讓他們幫幫忙，我不希望妳太累。」

「說得好像我沒幹過這些活似地。」蘇拉雅正想向丈夫撒嬌。

哈理德忍不住嘲笑，並回想起以前的事。

「帶人家過來像奴才一樣幹活，還好意思說。」蘇拉雅埋怨。

「如果我沒試探，怎麼知道自己得到高貴的鑽石呢？」他握緊手裡的小手。

「可是想叫啞仔老婆來做飯，是因為害怕要再吃到魚露粥，就像那天一樣。」

蘇拉雅的指甲用力地掐了那隻手，哈理德差點要叫起來。

「這麼喜歡說以前的事。」

「哎，這是我的興趣，假設我是那麼容易遺忘的人，現在就無法成為蘇的另一半了。」

「好啊，警告你小心一點，說不定哪一天我再做與那天一樣的魚露粥作為獎勵。」

「如果蘇是用愛去做，不管多鹹我都吃。」

「那時候我將魚露倒下去，是因為很想害你。」

「騙人，頂多就是討厭，我知道，自從第一次見面，蘇就愛上我了。」他露出驕傲的神情。

蘇拉雅哼了一聲。

「自誇，沒人像你這麼厲害。」

車子停在以前停過的位置，哈理德跳下去，嚴肅而大聲地命令，與第一天他帶女孩離家過來時一樣的情況。

「給我下來！路太陡，車子爬不上去了，要走路。」

蘇拉雅忍住笑，裝出嚴肅的表情，眼睛瞪著他。

「不去！」

「如果真的不能走，我可以抱妳上去。」他說著，張開雙手要抱蘇拉雅，但蘇拉雅退回去拒絕了，像那天一樣尖叫。

哈理德笑呵呵，雙手抱胸，像勝利者般站著。

「妳已經在我的手中了，還不肯認輸，告訴妳，我不會殺妳的，不是因為可憐妳，而是我不想妳死得那麼快就解脫，妳得為妳犯的罪孽承擔。」

「你要對我做什麼？」蘇拉雅尖叫。

「去那間小屋，然後我會告訴妳。」

「我不去！」蘇拉雅喝斥一聲，又哼了一聲去看大樹上開的紫色花朵，竊笑著。

哈理德笑咪咪地看，有點不太正經。

「如果想待在這兒也隨妳，不要怪我沒事先提醒妳，這附近眼鏡蛇很多。」

「眼鏡蛇！」

「小心，在大樹下面有一條。」他忽然吼了一聲。

蘇拉雅尖叫，立刻跑進丈夫的懷裡，然後四處查探。

「哪兒？眼鏡蛇？」

哈理德開心地大笑，將個頭小的太太抱得緊緊的。

「都被騙過了，妳還相信。」

「你！還嚇唬我！」蘇拉雅用手輕輕地打了他強壯的手臂。

「要不然哪有這麼快就抱到蘇啊！我們那段都是吵架，要演到相愛的時候太久了。」

蘇拉雅忍不住笑了出來，然後她讓丈夫扶著爬上小屋。

那間小屋依然像以前一樣，堤防的水流不夠大，流不進小屋，可是還稍微維修了一下，樓梯也重新做，寬了一些比較好走，最明顯的是掛在窗上粉紅色的窗簾，是從來沒看過的。

一個其貌不揚的鄉下女孩活潑地出現在樓梯，然後大叫她的丈夫，一會兒啞仔就跑出來，他們向男女主人敬禮。

「請先上去吧，主人。」啞仔的老婆禮貌地請他們上去。

「這位啊，就是啞仔的女主角。」哈理德告訴太太。

「很相配吧？」

蘇拉雅微笑，不回答問題。

「他們看起來很恩愛。」

哈理德點頭，命令正蹲著合起十指的啞仔。啞仔笑得嘴巴都合不攏。

「去吧，啞仔，下去拿東西來，叫你老婆一起去。」

當啞仔和老婆走開後，哈理德就扶著太太上來。蘇拉雅走過去倚著陽台，眼睛看著遠方，踏實地站著，溫暖的陽光照透樹枝，一點陽光照下來陽台，爽快的氣氛停留著。

暖和的強壯手臂從後面攬住女孩的腰，蘇拉雅抬頭向丈夫甜蜜一笑。

「在想什麼？親愛的。」

「正在想你帶我過來的第一天。」

「啊，啊，哪有，剛才不是說不讓我再提起以前的事嗎？這是誰說的？」他捉弄她。

蘇拉雅甜蜜地笑，明亮的眼睛非常愉快地看著丈夫的臉。

「說來說去，不想也不行，回憶起以前的事感覺更快樂，就應該回憶不是嗎？」

他點頭，抱得更緊，溫柔地說：

「再過三、四十年，我們可能像老人，但還是一樣快樂，回憶起這些美好的記憶時。」

「我這輩子要永遠地維護這間小屋，而且要告訴我們的孩子，這就是你們爸媽的紀念物，表示爸爸對媽媽的愛。」

「也是媽媽對爸爸的愛。」蘇拉雅接著那句，深刻的快樂表示在聲音裡，繫著綠寶石緞帶的頭倚靠著丈夫寬大的肩膀，充滿著愛和信任，願意讓自己的生命和未來永遠屬於他一個人。（完）

作者

泰國虐戀小說之后——初翁．查雅金妲

本名初翁．查雅金妲（Chuwong Chayajinda），生於一九三〇年十二月二十五日，排行老么，已移居澳洲墨爾本市二十五餘年（至今仍旅居於此），育有一子。

筆名

初翁．查雅金妲（Chuwong Chayajinda）這個名字在泰國幾乎無人不曉。除了用這個本名寫作之外，她還擁有不少筆名，分別用於不同的創作領域，其中比較知名的有：

特芃：用於撰寫短篇小說。

桂麥拿翁海、岡通和賈藕．嘉納奈：是在寫小說之初用的三個筆名。

初翁．查雅金妲：用於長篇小說至今。

學歷

小學就讀於故鄉的珊荔刺模麗文小學，之後進入刺西尼高中。高二時發生了第二次世界大戰，與家人因戰亂遷居至瓦棧倫鎮，轉學至葩巴町維素伽薩高中。而原就讀的刺西尼高中也因戰亂遷至大城市帕海鎮，因此轉學回剌西尼高中就讀。

大學畢業於朱拉隆功大學泰語學院，獲得學士學位。一九五一年修習梵文並獲得銀牌獎，一九五七年申請通過澳洲墨爾本大學修辭學入學獎學金。

工作經歷

一九五二年時，任教於希利沙喜培亞學校泰語學院（現改名為希利山普學校），後因身體不適而辭職。恢復健康後，前往剌西尼高中執教，但不久後因喉嚨長期過度使用而聲帶長繭，於是下定決心離開教育界，進而轉職農業水利部任職公務人員，為時三年。

一九五七年於幾瑪．西利．阿奴爽學校重拾教鞭，並開始撰寫《愛情食譜》。一九六〇年在詩納卡琳威洛大學當泰語老師，於校內發表多篇散文作品，獲得全校師生一致肯定，創作屢屢登載於校刊，更獲邀於知名的雜誌、勞暹羅報紙開闢連載專欄。專欄內容廣受喜愛，使她成為知名的專欄作家。

散文、小品作品

初翁．查雅金妲在朱拉隆功大學就讀時，培養出喜愛寫作的興趣，《鮮花》（布葩．妮蔓哈蔓女士著）是作者文學創作的啟蒙之作。

高中時期，班長巴葉．拿卡娜恰巧是同屆畢業班畢業校刊的總編輯，其妹巴葩錫．拿卡娜（後來成為泰國知名的散文作家）的散文作品——岡勒翁通（音譯，中文為金塵之鐘的意思）恰巧收錄在這屆的畢業校刊中，令她非常羨慕，視她為偶像，因此開始嘗試散文寫作。她一開始創作的小品沒有公開發表過，僅於朋友之間互相欣賞，直到一九五二年時，才在希利沙喜培亞學校校慶期刊中，發表了一篇有關於父親教育孩子的感想，這可以說是她第一篇公開發表的作品。

一九五二～一九五七年間創作了超過五十五篇作品，例如：〈五百種關於愛情的看法〉、〈落葉歸根〉、〈鏡子〉、〈第一個受害者〉、〈抉擇〉、〈撞球桌謀殺案〉、〈永生咒〉等等，皆發表於《席週刊》。接著，她以特芃為筆名，開始撰寫長篇小說《愛情食譜》（Love Lesson）。

才華洋溢的初翁．查雅金妲陸續出版小品散文、長短篇小說等。她的作品大部分都是以「因果關係」為主題，希望能對大眾達到淨化人心、洗滌心靈、勸世警惕的效果，其小說更時常被改編為廣播劇、電影，例如本書《愛的被告》，至目前為止，已經三次被改編成電視劇，一次改編成電影，堪稱是眾多作品中最受歡迎的一本。

翻譯作品

除了喜歡創作之外，她也喜歡閱讀國外散文小品——O.Henry 的《一克拉的鑽石》（The Diamond of Kali），並將其翻譯成泰文。此外，翻譯作品有《致命的蘑菇》，更曾參與翻譯和編輯 William Hope Hodgson 的作品《夜之聲》（The Voice in the Night）。

旅行記事作品

初翁．查雅金妲因屢受國外友人的邀訪，啟發其旅行記事的靈感，寫了許多的作品，包括：

我愛斯堪的納維亞半島（挪威）：受到丹麥、挪威、瑞典和芬蘭等國女性作家研討會邀請而撰寫。

墨爾本再見：內容為關於澳洲的旅遊記事。

晨靜的土地：一九七〇年時期，與同為作家的素潘．沙瓦迪拉女士、阿曼拉瓦迪女士、素帕．特瓦君和素瓦妮．素坤塔女士，第一次在泰氏雜誌合作連載發表。

羅馬之旅：旅遊記事。一九七一～一九七二年與素潘．沙瓦迪拉女士、阿曼拉瓦迪女士、素帕．特瓦君、通瑪丹蒂、潘茄．翁沙納、目芭吉、喜．努曬、塔翁．素萬和拿隆．詹讓等作家合寫。

小說作品

初翁．查雅金妲三十歲開始寫小說。一九五七年因《鮮花》啟發靈感，而有了第一篇小說——《愛情食譜》（Love Lesson）的問世，全書共五十五章，她也因此書而成為知名作家。之後著有《藏心》，這兩篇小說廣受大眾的喜愛。

此外，她在其他週刊、雜誌發表了不少小說，包含：

泰氏雜誌：連載發表《財富中的富貴》、《黯月》、《人間煉獄》、《黑暗中的男主角》。

每日郵報：連載發表《愛的被告》、《水性楊花》、《迷宮森林》、《天涯海角》、《愛之心》（藏心完整版）。

Daily Mirror：連載發表《樹影》。

女人心細雜誌：連載發表《生活的障礙》。

席暹羅雜誌：發表《缺陷之心》、《受詛咒的寶石》。

在她的小說作品中，最受到一般普羅大眾喜愛的有《愛情食譜》（Love Lesson）、《愛的被告》、《樹影》、《天涯海角》、《夢裡的男人》、《紅色的月亮》等等，使她得到夢裡小說家之后的美稱。

她自一九七八年停筆寫小說後，與兒子移民至澳洲，直到一九九七年，因受泰氏雜誌編輯顧問素潘·沙瓦迪拉女士邀請而重新執筆。她希望藉此提醒新一代年輕人不要忘記傳統的道德感，此外，更期望藉由淺顯易懂的文筆，從女性的角度來抒發、分享自己的經驗與看法。

再次執筆的初翁·查雅金姐，在一九九八～一九九九年於泰氏雜誌連載發表《異種》一書，依舊廣受好評。之後更陸續創作出許多深受喜愛的文章，包括：《丘比特殺手》、《設計與誘惑》、《暢銷排行版第一名》、《你是我心中的太陽》、《今生只為你》、《孽緣》、《大膽情聖》、《命運捉弄》、《雨過天晴的彩虹》、《天使》、《孔雀的計謀》、《愛情公園的風》、《蛻變》等等，可以說是一位創作力源源不絕，經得起時代考驗的人氣作家。

Redbird 006

愛的被告

國家圖書館出版品預行編目

預行編目
愛的被告／初翁·查雅金妲（Chuwong Chayajinda）著 初版.
台北市：朱雀文化 2014〔民103〕
面；公分.--（Redbird：006）
ISBN 978-986-6029-61-5（平裝）

1. 小說
427.16

作者	初翁·查雅金妲（Chuwong Chayajinda）
翻譯	何雅玲
美術	黃祺芸、鄭寧寧
編輯	連玉瑩、黃瑜君
校對	連玉瑩、彭文怡
企劃統籌	李橘
行銷	呂瑞芸
總編輯	莫少閒
出版者	朱雀文化事業有限公司
地址	台北市基隆路二段13-1號3樓
電話	02-2345-3868
傳真	02-2345-3828
劃撥帳號	19234566 朱雀文化事業有限公司
e-mail	redbook@ms26.hinet.net
網址	http://redbook.com.tw
總經銷	大和書報圖書股份有限公司（02）8990-2588
ISBN	978-986-6029-61-5
初版一刷	2014.05
定價	299元
出版登記	北市業字第1403號

Jum Luey Ruk(จำเลยรัก) by Chuwong Chayajinda